船要过滩

付鹤鸣 著

云南美术出版社

图书在版编目（CIP）数据

船要过滩 / 付鹤鸣著 . -- 昆明：云南美术出版社，
2024.1
ISBN 978-7-5489-5505-4

Ⅰ . ①船… Ⅱ . ①付… Ⅲ . ①长篇小说—中国—当代
Ⅳ . ① I247.5

中国国家版本馆 CIP 数据核字 (2023) 第 221183 号

责任编辑：方　帆
责任校对：金　伟　赵昇宝
装帧设计：书点文化

船要过滩

付鹤鸣　著

出版发行：云南美术出版社（昆明市环城西路 609 号）
印　　装：四川科德彩色数码科技有限公司
开　　本：880mm×1230mm　1/32
印　　张：12
版　　次：2024 年 1 月第 1 版
印　　次：2024 年 1 月第 1 次印刷
书　　号：ISBN 978-7-5489-5505-4
定　　价：89.00 元

目 录

船要过滩

第七章 /197

第八章 /232

第一章

1. 送日子

日子定好了，明天到黄沙坳看姑俚。

看姑俚就是相亲，也叫"见面笑"，这是我们船头滩人的说法。媒人刘阿婆送日子来时，太阳已偏西，父亲正在菜园里锄菜，我在屋对门河里放篙（方言，当地多用"篯"，捕鱼的一种工具）捉鱼。

父亲想留刘阿婆吃了晚饭再走，可她说出门时栏里两头猪还在嚎叫，潲还在锅里煮，还请人帮添了灶柴，所以急着要回去。父亲也不好再挽留。望着刘阿婆远去的背影，父亲当即放下锄头，也不知是心急还是太过高兴，走出菜园门时，不小心被石头绊了一下，一个趔趄差点倒地，把关菜园门的事也给忘了。

不过有一件事，父亲倒是没有忘记——将那个害人的石头多看了一眼。跟在父亲后面的我家那条大黄狗邀功心切，也不管主人高不高兴，便自告奋勇地上前嗅了嗅，见是个不香不臭、又无

法下口的硬家伙，这才发觉上了一个骨头大的当。又似乎心有不甘，吐着猩红的舌头，几个纵步跑到父亲的前头探路去了。好似又发现了新猎物。

　　其实父亲是走过了那个石头的，只是回头看了一眼。当他看到地上那个比拳头大一点的石头只露出半个脑壳，心里便闪过一个念头：要用锄头将它刨出来，丢到路边的草丛里，或者塞到围墙的石缝里，免得下次不小心又上它的当。当父亲看到太阳不到两丈高了，还要到河堤上喊我收篙回家通知亲房叔侄晚上来我家"打商量"（议事），便放弃了这个念头，啐了一口，意思是先让你蹦跶一下，等过了这会儿再来收拾你！父亲见大黄狗一眨眼跑到河堤上去了，遂从菜园墙边的小路下了坎。坎也不是高坎，只有三个小石磴。坎下便是田，一块块的连成片，似摊开的一张张不规则的煎薯饼，呈现在日月星辉下，还散发着泥土和青草的清香。田中间有条伸往河边的田塍，之前长满了丝茅，不知从何时起，村人抄近走这田塍到河里去洗衣、挑水，或者干其他农活，正如鲁迅先生说的，走的人多了，自然就成了路。我家菜园离河边最近，就打个嗝、吸两口烟的距离。那条田塍路像一根两头弯的扁担，挑着星星月月。星月照人，也照万物芘芘生长。那些星星月月，就是两边爹开的一块块水田。田塍左边是别人家的田，年年稻黄苗青。此前，这些田都是集体的，从1981年分田到户起，好像又回到了从前，每一块田都有名有姓有主子了。再往远一点，墩中央有一口不太方正的池塘，足有十多亩，一年到头不缺水，能够慷慷慨慨灌溉这片田地。池塘里还养了鱼，鱼戏荷，荷戏风，风戏蜻蜓，季节一眨眼，荷叶便高过了塘坎。风则借塘坎掀起一层层绿浪，送来一阵野草清香。荷花还没开，不到时候它是不会开的，到了时候，荷花也不用催，一夜间就会开出无数朵，这是自然规律。谁家一头牛走上了塘坎，正悠闲地吃着草，尾巴甩得像个绅士一般，一声清清亮亮的牛哞，似远似近，从荷花中蹦出来，又从荷叶上滚过，惊落了荷叶上几滴水珠，吓走了一只两只三只四只红蜻蜓。田塍右边也是一片田，那块最小的田，就是我家的秧田。小时候在这田里翻过鱼鳅，捉过黄鳝。黄鳝鬼贼，溜得快，想捉住它有点难。一次为了捉拿一条黄鳝，因田泥太深，我的脚被吸住，不小心滑了一下，"扑通"一声倒在水田里，平生第一次喝了黄泥汤，那个味，至今还在嘴里作法。

2. 曹家峡

春日融融，河滩上，数十个碓石大的麻卵石，如一尊尊菩萨在这里打坐，有的双手合十，有的埋头诵经修炼，一泓清流扯出十里空旷。这些石头在夕照中披着一身金辉，如披上了金黄色的袈裟。在它们的前方，有个山峡，村人说千年前两山发生过肢体冲突，双方打得飞沙走石，天昏地暗。山神不安，就到玉帝那儿告状。玉帝派雷公下凡，雷公一时为难，分不出谁对谁错，结果两山均被雷公劈了一掌，后双方各退一步，仍虎视眈眈，就形成了这样一个山峡。

这山峡正好坐落在曹家村，与邻村交界，跟人一样，有名有姓，自然是随村人姓曹，叫曹家峡。曹家峡水口紧，滩头长，来龙急。这些大大小小的石头就是早年被雷公震怒吓破了胆，慌不择路从两边山上滚落下来——滚落下来就回不去了，也不可能回得去，它们也不想回去，回去也只能困在那里，守着山嘴，一年四季喝西北风，倒不如在这里自在，伴着清流，倾听一河水声，过着与神仙无几的日子，这多惬意。

河滩上那些个儿不大的石头，陆续被村人捡走了——多被捡去垒了墙脚，或是彻了石坎。那些虎背熊腰、棱角分明、个儿大的石头，则没人敢动——我猜它们也是领受了使命的，要留下来看守滩头，等待某一天的灵异出现，岂料乾坤难转，倒让其成了时光里的摆设，只好每天在此诵经修炼。

20 世纪 70 年代，县里一位姓王的县长来到曹家村，看到曹家峡地势险要，易筑坝修堤，就有了在此修水库、建发电站的想法，还专门开了会，县水利部门还派人进行了考察研究，听说还制定了移民计划，要把曹家村迁一半到黄沙坳去，连山外的路也拓宽了一庹，后来不知咋回事，这个王县长突然被调到邻县去了，后来的县长对此不感兴趣，就没谁再提起来，这铁定的事也就搁了下来，而且这一搁，就搁了二十多年，再也没人提过了，人们似乎早已忘记了这一切，曹家峡依然是曹家峡。谁也不会想到，这水库会在我当支书的时候修起来，当然，这是后话。

曹家峡往上不到五十米处，有一寮桂竹林，长在河岸边，那些桂竹粗壮，大的比锄柄还大，完全可以做竹篙或船篙，小的也可以做鱼竿或秧框。外人打趣说这是曹家村人热情，在村口的临河处摆了个大屏风欢迎外人。也有人说，这个桂竹林是曹家村的守护神，每年洪水猛兽来袭，竹林总是一马当先，奋不顾身地担起第一道保护屏障。连 1954 年的大水——那是中华人民共和国成立以来船头滩历史上一次最猛最大的洪水，竹林如一员骁勇的战将，穿着绿色铠甲，面对汹涌的洪流，没有半点畏惧之色，坚守着阵地，寸土不让，好一场恶战！竹林生生的被洪水撕扯掉一半，掉皮露骨像一员受伤的战将，仍拄着一杆杆竹子，像举着一杆杆枪，挺立在河岸边，没有让洪水冲毁曹家村一寸良田。想不到，洪水咆哮如雷两个昼夜，竟被竹林的大义凛然和视死如归震住，怂了，到第二天早上，就软了下来，再也不嚎了，又变得跟

往日一样温驯，在主人面前摇头乞尾的。不用说，最终败退的，还是洪水。在村人的心目中，竹林完全有理由有资格配得上英雄两字。竹林与春夏秋冬厮守，看惯浮云浪月而成为鸟的乐园，那些松鸡、旋木雀、山鹑、雉鸡、褐马鸡、长尾雉、石鸡、扁嘴海雀、岩鹨、旋木雀、鸫鹕、山鸦、交嘴雀、水雉、山椒鸟、卷尾、黄鹂、绣眼鸟等总爱在竹桠上跳来跳去，鸟声啁啾，恰如一位隐士高仙在弹奏张若虚的《春江花月夜》，听得两岸静密，万物萌生，如熟睡的孩子，打着香鼾。这片竹林有百余米长，宽有九丈多，站在村庄一户最高的屋顶上，就可以看到那片竹林，如一弯绿色的月亮，煞是好看。我少时和玩伴常在这竹林里拔笋，那笋粗壮，有刀柄粗，十多棵就有一抱，不要一盏茶就可以拔一背篓。有时在此捉迷藏，半天找不见人，玩到尽兴时，竟忘了回家吃饭。记得读小学时在这竹林里斫过竹子。那时没钱买鱼竿——在我的印象中，那时镇上也没有卖渔具的店，想买也买不到。我斫了竹子后就把竹桠削掉，没有鱼线，便用母亲做鞋的线绕成鱼线；没有鱼钩，就把母亲纳鞋的针放在灶火中淬红，再用弯嘴钳将其弯成鱼钩，做过几次后，就顺手了，玩伴还送了我一个绰号"鱼钩"，我也不反感，好像还有点自豪。有时在放学后，有时是暑期假日，我们做好鱼钩背着老师或瞒着父母，拿着长长的钓鱼竿，结伴到河塘里钓鱼，别提有多开心了。

那时，我们自然是把鱼竿当朋友的。有个玩伴特聪明，说长大了，我们就把朋友当鱼竿。朋友怎能当鱼竿呢？那时小，自然不懂这些道理。

竹林下有个半人深的水潭，潭水又碧又绿，恰如朱自清老先生说的似一张大荷叶铺着，满是奇异的绿，绿得让人心动。而此时恰恰相反，水潭倒映着一轮火红的夕阳，拖着长长的尾巴，把一潭碧水搅动了心，漾起了粼粼波光。山那边，夕阳与山峦"扛"

上了，"扛"得眼睛鼓鼓的，露出血红的眼，好似女人的心事被人捅破，心烧脸酱的，洇红了半边天。那夕阳应是有一双肉眼的，可以洞彻人间，只不过悬在山巅，在数落人间凡尘旧事，或者在等待滩头上这些愚顽的石头幡然醒悟。

大黄狗"哧呼哧呼"吐着猩红的舌头突然出现在我面前。这大黄狗成天跟着父亲不离左右，我猜肯定是父亲也过来了。正想着，就听到一阵"咚咚咚"的脚步声——父亲的脚步声像敲边鼓一样来得快，吓得路两旁的草儿不敢做唧，纷纷闪着柔弱的身子让出一条道来。父亲边走边喊"憨牯、憨牯"，人还在竹篷后面，声音就从竹丫上滑溜过来，被流水接住，被鸟声吸湿。

3. 放篙

在赣北辽山下一带，我们把放筌捕鱼称为放篙，放篙是我少时的最爱。但我不会编篙、也不愿意学编篙。那些篾片看似纤细柔软，实则是不好惹的，弄不好就会被篾片伤到手，弄个血口子。要是不小心被篾丝扎中了指尖，就有十指连心的疼，那个痛无法忍受，所以我对篾丝没有好印象，对编篙也不感兴趣。记得这些篙还是我读初中一年级时，一次放学后，也是在这片竹林里，斫了一捆竹子扛回家，当时手上还被竹桠划破了皮，出了血，血滴到了地上，弄脏了衣服。同伴说嚼竹叶敷在手上能止血，我信，真嚼了一把，确有点作用。那些篙也是我缠着父亲编的。记得那次一共编了八只。读高二放暑假时，也常去河里放篙，多则三四斤，少则半斤八两，每次都会有收获，不过多是些小鱼小虾。母亲还把我放篙捉的鱼放入锅里煎好，然后铺在竹盘里，端到门口晒架上晒干。那时读书是住校的，每到星期天下午，母亲就拿出那些干鱼仔，用干辣椒炒好，并放上大蒜、生姜、豆豉，然后摊凉，再用罐头瓶子装好，让我带到学校去嗍饭。吃饭的时候，总有同学要瞥一眼那只罐头瓶，我也故意掇着罐头瓶假装寻找座位，走了几圈才坐下来，有个叫"好吃鬼"的同学见了，眼睛牵着我走，还不甘心，口水也流出来了，被同学们当成笑柄。自大前年我去参军后，我就没摸过这些鱼篙了。这些鱼篙堆放在梁上，远离风尘匝地的街市，无人待见，蒙了尘，结了蛛网，天长日久的等待，没日没夜的冷落，早磨没了锐气，没了非分之想。今天突然想起放篙纯属偶然，因为自学考试日期临近，我不得不抓紧时间看书。前两次在部队没考上，所以这次是不敢懈怠的，唯有暗下决心。只是当时在家看了几个小时的书，有些累了，就在房前屋后转了一圈，活动了一下，又到茅屋小解，在解手的时候无意中瞥了一眼，看到墙壁上挂着一张木犁，犁头虽有锈迹，但还是亮的。木犁左边是一副铁耙，耙齿虽生了锈，也是耙过大田大地的。铁耙旁边是一副牛轭，牛轭上的绳子还没解下来，还是旧年下田系的。再过去是一把木耙子，柄长丈许，是耙秧田用的。以前我对犁田耙地有点害怕，干那活太辛苦了，父亲要我学，但我一直没学。茅屋的横梁上靠东头的墙壁处搁了一架老水车，水车前边就是鱼篙，鱼篙右边是个竹笼，是卖猪崽用的竹笼，竹笼右边是三床地箕，想起地箕我就想起母亲说的那个谜：又圆又扁又四方，日头一出我开张。日头一落西山去，系紧腰带我还乡。地箕旁边是一捆竹秧棍，这捆竹秧棍是我在曹家峡那片竹林里斫的。我没有踩过水车，更没有车过水，但我喜欢别人车水，一有人车水，我就跑过去瞧。曾读过梁晓声先生的《老水车旁的风景》，那水车活脱脱如一匹野马，欲从书中跃出，似青春少年。但先生在开头又说"那水车一点儿都不老"，这"老"与"不老"，不知怎么理解，倒把我搞迷糊了。很显然，我家的老水车与先生的老水车有些不同，先生的老水车傍上了名人，写进了书本，而我家的老水车是搁在屋里的，虽然是茅屋，也不失灵性，而且就在我眼前，只要两片庙门似的眼皮一张，就能看到，手一伸，就能触摸到。它的高度，是不需要任何想象和夸张的，岁月的如椽之笔早已给它涂上了黧黑的经年色彩。它的外形像头龙，还有长长的龙骨，充满动感，充满灵气，似乎只要脚一顿，然后一声大喝，它随时都可舞动起来，摆出在河塘里吸水的姿势和憨态，或者冲上云天，叱咤风云，抑或在荒天地野间撒开脚丫飞跑起来，快乐如少年。我唏嘘这台在梁上搁了这么多年的老水车——像个坎坷多舛的老人，如时光能慢下来，或者稍停片刻，必有人吟风弄月，或者痛饮一杯酒，对着老水车慢慢品味人生。挨着这台老水车的，就是我早前堆放的鱼篙，它们不甘于被禁锢，看到我来了，似乎个个掀髯自喜，眼睛也放光，早想跳下来，一齐奔向河塘堰圳——它们的生命价值在河塘堰圳，它们的欢乐和笑声还留在田野，田野有它就会有脉动，就会有欢笑，就会有撒欢的童年。父亲把它们堆放在茅屋里，无异于是对它们的一种惩罚，是让它们坐禁闭，这何其痛苦！难怪这些鱼篙都在眼巴巴地看着我，似乎在异口同声地喊：快，快把我放下来！喊得可怜兮兮的，喊得我心里痒痒的，手也就不自然地伸了过去。这种鱼篙中间大两头小，有点像蝌蚪，长了个呱呱肚，呱呱肚再大，也没人的胃口大。鱼篙的另一端，有一个喇叭形的口，让人想起《石田杂记》里的器皿，也藏不下人和事。鱼篙外大内小，口内的竹篾相互交叉，篾须也是交叠着，鱼儿只能进不能出，这对鱼来说，就是一道难以逾越的屏障。不要说鱼呀蟹的，就是鳅和鳝这两种细溜圆滑的家伙一旦进入了篙内，也会晕头转向，找不着北，只有插翅难逃、乖乖束手被擒的份儿。想起少年放篙的乐趣，童心又在身体里肆意游荡，于是我带上鱼篙，夹着那本《自学考试三百题》，径自来到了河边。

我把八只篙都带来了，一只都没落下，因水潭不大只放了六只，还剩两只未放。我放好篙后找了个地方以石为凳，"菩萨"背对着我在滩头诵经，我则面向"菩萨"，坐在河岸上看书。我想借放篙看完这本书的最后一节，以便早日进入复习阶段。

在河边看书是一种享受，除了几声鸟叫，几声虫鸣，再有就是淙淙的流水声。当然，还有轻微的风从我身上拂过，连翻书声都是那么动听、那么美妙。

4. 邂逅船头滩

我不知刘阿婆送了信来，也不知明天就要到黄沙坳去看姑俚，见父亲这样风风火火走来，我合上书，问了声："甚事这样急？"

大黄狗好像肩负了某种使命，如一条训练有素的警犬一般，摇着尾巴在我旁边的草丛里不停地嗅着，似乎不想放过任何一个可疑的地方。父亲见我放好了鱼篙，自顾坐在岸边的石头上看书，便催着我说："刘阿婆刚送信来了，她做的恁个媒，说姑俚爹娘同意了，因她爹后天要进山做手艺，去了就一个月不下山，所以刘阿婆与他们说好明天看姑俚，时间有些紧，你要快些回去，我去叫你娘准备酒菜，你去通知亲房叔侄，晏了人家都吃过了晚饭，还以为咱家不舍得一盅茶、一杯酒呢！"

父亲是个急性子，一口气就说了这么多，话还没说完便车转了身，又"咚咚咚"地丢下一个远去的背影。说实话，这背影于我最有感情，无论走多远，那份慈祥，那份无私的爱，常在我眼前浮现。就是这个亲切的背影给了我希望，时时在激励我，不让我懈怠，不让我放弃。我赶紧起了身，想起岸边还有两只未放下的篙忘了拿，又折回去拿在手上。

也难怪，父亲兄弟仨，就我一根独苗。三年前我去参军，母亲在房里偷偷哭过几次，眼也哭肿了，为了我的婚事，母亲有少操心。去年回家探亲，有个媒婆拿了母亲一篾兜鸡蛋，又从母亲口中得知我叫憨牯（村人大多爱喊小名），憨牯就是木头木脑憨不拉几的意思，她以为我曹一男是个又憨又傻的家伙，便给我介绍了一个半乖半傻的姑俚，连走路也走不稳，笑起来让人起鸡皮疙瘩，好在是母亲随媒人先去"暗访"了，否则真要闹出笑话，后来这个媒婆也被母亲臭骂了一顿。

也许天下母亲都一样，儿女大了就想早日抱孙子。这次我退伍回乡不到一个月，母亲就急急地请刘阿婆给我介绍对象。实话实说，这次刘阿婆给我做媒我是点了头的。

那天中午，也就是上个星期六，正好我在家，刘阿婆特意送了张相片来，说她介绍的那个姑俚叫竹花，人长得蛮秀气，穿一件白花连衣裙，水水灵灵，侧身站在一座石拱桥上，那座桥只有两庹宽，爬满了青藤，那些青藤清逸不羁，气色天成，能呼风唤雨，洞悉人世烟火，估计有上百岁了。照片中的竹花正微微地对着我笑，笑得很甜，身后一棵古柏，高过屋脊数尺，两人才能合抱，裸肌露骨，虬枝叶老，像位长须飘逸的老寿星，不知有几百年树龄了；桥下卵石点缀，清流简慢，青草疏影横陈，一簇一簇，叶叶团团，似有鸢飞鱼跃的景象；说是河，其实应该叫溪，只不过此溪非彼溪，宽了那么一庹。我突然想起，这溪就像某部电影里那位大爷手中一支旱烟筒飘出的一缕淡泊的心境，切入了山里人悠悠哉哉的慢生活；我似乎听到了溪水的欢唱，声音雅致又悠远。溪岸边，一头黄牛正悠闲地吃着草，没有人惊动它，也没有看到放牛娃，静谧得没有看到蜂蝶的影子；溪岸边一株石兰在静默中养尊处优地享受着得天独厚的环境，成了四君子中的一员，真是静坐不知山外事，闲观有悟水中天！我猜那里一定有牛的哞叫声。听说牛叫一声，草就要长一寸，溪水就要走两里，春天就要绿三分。如果连叫几声，人间不就要生发好多好多愿景，小小村落不就成了世外桃源？听说这溪里还有捉不尽的"石拐"（石蛙）和"石膏鱼"哩。竹花身后是迤逦的大山，像一匹绿绸锦缎被风吹褶了，大气磅礴地飘逸在天边，连高高的屋脊也拖不住，喊不停，只好阴着脸，竖起柳叶眉；再细看，又如女人披着围巾，有一种青春的活力在跳跃。难怪刘阿婆说竹花是黄沙坳一枝花。不知是那里的风景太醉人，还是相片中的竹花太清秀，总之，我就是被这张照片征服的。

刘阿婆心细，不愧是个老媒婆，临走时也要了我一张相片，那是我在部队参加集训后最有精神时照的一张照片，是母亲在相册中精心挑选的。我当时站在部队营房门口一方园林石旁，园林石右边还有一棵歪脖子松树，不到一人高，地上围了一圈半尺高的木栅栏，刷着白漆的栅栏内青草翠绿欲滴，有几棵开了白色小花；再往右，是一棵铁树，铁树旁边是一溜红檵木，被修整得齐整，但不知树木被修剪后，又是怎么想的。照片中的我因一身橄榄绿而显得有些帅气英武。母亲说刘阿婆看到照片时，两眼放光，连说"中，中，一定中"。母亲和刘阿婆也不会想到，再过几个月，我就会考上大学，成为一名响当当的大学生，当然，这是后话。

约莫过了三五天，刘阿婆安排我与竹花在船头滩"邂逅"了一次。就这一邂逅，双方便有了那个意思，也算一见钟情吧。我猜竹花看了我的照片，又听到刘阿婆笑眯眯地介绍说我在部队入了党，还评过优秀士兵，去年在部队考军校，离录取分数线就差十分，落榜也不气馁，退伍了还坚持看书复习，立志要考上大学，人也不惑头惑脑，个头也不高不矮，样貌不但中看，

而且还有几分英俊，是方圆十里八村的好崽俚。刘阿婆虽然没有添油加醋，但话有几分对口称心，否则竹花也不会轻易同意与我见面，时间就定在周末午后，地点就在船头滩老街，这都是刘阿婆一手安排的。

5. 小汉口

　　船头滩老街属三省通衢之地，人烟辐辏，商贾云集，非常热闹，早年还被称为"小汉口"。

　　汉口兴于明中期，船头滩则盛于清代。那时，汉口货栈云集，作坊密布，店铺错落，是明清时期长江沿岸的商业巨镇，与河南朱仙镇、广东佛山镇、江西景德镇并列为全国四大名镇；据说船头滩与景德镇、永修吴城镇、铅山河口镇等都上过江西古镇名榜。汉口自 1861 年开埠之后，汉江上千帆竞发，百舸争流，每日都有船头滩的商船往来。那时汉口洋行遍地，金发碧眼的洋人也赶到汉口来做生意赚真金白银。据说当时的国内外，许多人不一定知道武汉，不一定知道艾县，但却知道中国有个汉口，知道艾县有个船头滩被誉为"小汉口"。这也充分证明了过去汉口商业之繁荣，船头滩也值得骄傲，不失为繁华之地。

　　船头滩去往湖北通山，必经千年道教名山九宫山，那里有茶马古道，往湖南有经浏阳的官道，下武汉去安徽到吴城有经九江的水路。那时的船头滩老街有横街三条，十字街两条，不少湖南、湖北、福建的商人都在此开店做生意。

　　最热闹的当是北面的湖北街。那时的河两岸，都是一寮寮的盐铺、饼铺、裁缝铺、水烟馆、水饺铺、茶馆、窑子店、布店、弹花店、豆腐店，油榨坊、油漆店、棺材店、茶叶行、裱画铺、纸坊、戏馆，等等，大大小小约有上百家。街心是麻卵石铺的道，雨天被雨水擦洗得圆润干净、水水亮亮，纤尘不染，很有精气神。老街的铺房也是富有江南特色的，清一色的木架屋，一寮寮的，挨个儿做了吊楼，那吊楼的柱子木纹粗糙，被岁月侵蚀成灰褐色，看上去有些年轮了。这些楼主人常坐在吊楼上喝茶聊天看风景，看日落日出，看街上各色行人，间或也有寂寞的女人独自坐在吊楼上，想念心中牵挂的远行的男人，目光呆滞地望着远方，日头送给她一个影子做纪念。这影子有时被拖曳到了街上，有时又被日光投射到了墙上，日头移它也移，男人走它也走，让女人的忠贞平添了几分思念和愁肠，也许让过路的某个男人动了心，乱了步子吧。这吊楼还有一个好处，逛街的人可以从吊楼下过往，所以雨天逛街淋不到雨，也不用担心泥水会沾鞋。晴天日头照着，鹅卵石因含有金砂而泛着金光。有几家吊楼上晒着新旧不一的被子、衣服，还有小孩的尿布，也有用竹竿挑出来晒的，也有用杉篙晒的，也有用棕绳牵着缚在两柱间晒的，这些物件都是有主的，也都有使命，进街就能看到，很有特色，只是落眼有些乱，有些抢风头。还有几户在吊楼上挂了芝麻杆、玉米棒、红辣椒、南瓜干、红薯什么的，尤其是西头某家墙角飘出的酒旗特惹眼，有一派让人眉来眼去的江南古镇风情。

旧时的船头滩还有码头。有码头自然就有旗杆，旗是码头帮的旗，那旗杆高过屋脊三尺三，坐在吊楼上能看到，站在辽山上也可以看到，在田塅里劳作也能看到。有码头自然也是有船的，各式各样的船，大大小小都有。船走修河，船工唱着滩歌：

温汤出来是船滩，莲塘石峡两边拦。

三都木桥容易过，石岐湾大水又深。

斜石滩急是风口，车下对面是崖山。

前面有个雷打石，下去又有老虎滩。

撑船要喝三碗酒，否则难过鬼门关。

　　船头滩的船可以直达永修吴城码头，再进入长江。据说到九江、湖北汉口、安徽宿松只需三五天。河里船来船往，有木帆的、乌篷的，也有小舢板和脚划船。有眼福的人，偶尔还能看到一两艘画舫出入码头，那是早年艾县的官爷带着太太来公干或者是吴城码头、九江码头的老大派来收钱或押私货的，也有福建的盐商和茶叶老板，他们在街上撒着银子摆阔，招人妒眼，只有抽那"三国路通通，孔明祭东风，曹操用水战，周瑜用火攻"的水烟筒的铺老板眯缝着眼，盯着眼前的这一切，故作悠闲地吐着烟圈，其实他心里在想着什么，谁也不知道，谁也猜不透。我曾经听人说过，眯着眼睛、只留一丝线缝看人的人，城府深不可测，是很难捉摸的，这种人最奸猾，也最贼。街上赶早的人，大多都是为了生计奔忙，起早贪黑的，哪有闲情去想这个事儿？说穿了，他们是没有这个心思，即便有这想法，也闹不明白。平日里，码头本就十分热闹，搬货的、接人的、送货的、看热闹的、寻逍遥的，人挤人。那些担担的，总担心扁担尖儿不小心戳到人，箩担晃到人；而那些推车的，任凭车轱辘"依依呀呀"戳穿胯裆喊破喉咙，车把总是攥得紧紧的，步子总是迈得稳稳的，生怕碰伤他人酿出事端，轮子被人卸了去，回家交不了老板的差。

　　码头隔街十丈不到，站在货台上就能看到街上的景象，听到街上嘈杂的声音。天还没亮，远远的辽山寺就传来了可以穿越时空的钟声，这钟声古朴悠长，能唤起早起人无限的思绪。醒得最早的当然是湖北街，有人还在梦里揉着睡眼，就听见了匆忙的脚步声。先是一声两声，轻轻柔柔，在黑漆漆的夜半，伴着生活的底色，带着一丝山岚雾气，惊醒一路晨雾夜露，所以这些人总是忙忙碌碌，总是起早摸黑，总是脚步匆匆，总是生活无光；而后是多声部的，有些嘈杂，有些纷繁；细听，像贝多芬的交响曲，雄雄壮壮的，带着希望，带着黎明的曙光。所有的这些脚步，多是些赶早拿扁担去码头帮人"担脚"的、赶骡子为店家送货的、打货的、走亲的、寻郎中的、卖柴的、奔丧的、赶脚猪的、挑货郎担的、修秤的、补锅的、收茶叶的、弹棉花的、到河里放鸭的、洗衣的；进山破篾的、放木排的、割棕的、寻犁辕牛轭的、拨笋的、挖葛的、采草药的、扶（做）棺材的、做香菇的、割油茶的、摘茶子的、捡桐子的、扒毛栗的、剪金樱子的、斫柴的、剁树的……这些人中，有穷的，有富的，有男的，有女的，有老的，有少的，有本地人，也有外地人，除了有光着膀子赤脚下河的，还有街上那些穿马靴、皮鞋、布鞋、草鞋的，他们都吃着同样的谷米，喝着船头滩的井水或河水，说着天南海北、叽叽呱呱的话。此时，东边的太阳正睡眼惺忪，慵懒而又吝啬地洒下一缕晨光，晨光翻过屋脊，像个顽童的影子落在老街的墙上，以为偷爱败露，吓得一个男人趿着鞋，慌慌张张溜出东边那扇木门，又在墙角定了定神，整了整衣冠，然后掸了掸长衫，换了一副神态，道貌岸然地走下街沿，没入了早市的人流中。

几声脚步响过后，接着就是一阵"吱呀呀"的开门声接龙般陆续从街头响到街尾，前后不到一盏茶的功夫，除了回春院的人起得晚些，各家各户的铺门都相继打开。不一会，便有早起的人端着碗坐在铺门槛上，或坐在门墩上，一边喝着粥水，啃着馒头，看着那一串串拥挤的脚步从眼前走过，仿佛在看一次人流涨潮，听一部声乐，看一场精彩的茶戏。一不留神，那些摆草鞋摊的、用陶钵磨薯的、算命打卦的、卖糖葫芦的、烤煎饼的、卖唱的、骗鸡的、磨刀的、打草绳的、卖脚鱼的、补锅的、修秤的"九佬十八匠"，都找到了自己满意又可以吆喝的位置。一时间，街上叫卖声不断，棉絮店里的"嘭嘭"声，旅馆门口的招客声，铁匠铺里的打铁声，榨油坊里的榨油声，屠铺里猪的嚎叫声，油漆店里髹工喊徒的叫声，一声比一声尖，一声比一声高。据说那时的船头滩除了屠宰，还有横屠十多墩，每天要卖十多头猪，十多头猪是个什么概念？爷爷说一户砍两斤肉，那也得近千户。

只可惜，时过境迁，船头滩已风光不再。眼下正是"闹"春时节，耕作的人那有闲工上街溜达？偌大的街，一寮寮的铺，只有三三两两几个行人，显得十分冷寂、萧条。而那些带吊楼的老铺，像个流浪汉，耷拉着脑袋，也多是关门闭户。门上有贴过对联的痕迹，纸也褪了色，纸屑或卷或翘，都是时间雕琢，兼有赣北风土的经卷，只是无法回到其挺括光鲜的过去。那些铺房病病恹恹摇摇欲坠，再也找不到一点昔日繁华的影子。东头一间房屋的墙体，不知是谁出的点子，用杉木打了个牮，用铁线吊着半边石磨斜斜牮着，不管风里雨里，日日夜夜不歇。老屋像一位老眼昏花的老妪拄着拐棍从民国走来，伫立在过往的风中，久久才稳住身段。好在船头滩民风淳朴，老街的人有情有义，水岸好养人，屋漏也避风，才算在船头滩喘了口气。

刘阿婆不愧是个老媒婆。在老街转角处的一家"唐记布店"旧址门口，是刘阿婆约好我与竹花"邂逅"的地方。记得我的第一条开裆裤，就是母亲带着我在这家布店裁的布，门头上"唐记布店"几个字清逸飘然，不知是那位老先生所书，还有些民国的遗风。母亲为我买了布，又在对面那家裁缝铺量了尺寸，虽然过去十多年了，仍记得真切，真是"伢崽记得千年事"啊！现在对面那家裁缝店，已人去楼空——关门多年了，阳光从瓦脊上照下来，漏出几线斑驳的光影，我看到光影中有两只大蜘蛛，还在墙壁与门板间游移。"南阳诸葛亮，稳坐中军帐，排起八卦阵，单捉飞来将"，这是儿时父亲教我唱的一首关于蜘蛛的儿歌。这些蜘蛛天天在此布网，不分昼夜，把守一方，虽网到过几只蚊子，偶尔也网过飞虫，有些小惊喜，却无法改变历史的必然结果，始终没有修成正果。厚重的木板门，纹理粗犷，斑驳有痕，藏有岁月的皱褶，怀着浅浅的沧桑，刻着怀旧的梦影，举着褪色的脸谱，显出古朴的质感。老街一窗一世界，一门一风情，一瓦一菩提，都是有血性有资历有故事的。

老街临河，风是常客。风吹动木门，"咿呀呀"响的木门上，有一对惹眼的铁门环，上面还留有早年扎的布瓣，分不清是蓝布还是红布白布扎的，已变成了一种旧旧深深的灰褐色，这些都无关紧要，也许这种深深旧旧旧旧深深的灰褐色就是生命的色彩，就像街上一位百岁街邻，虽已风烛残年，足可以见证老街的兴衰。

我刚转个身，就见刘阿婆陪着竹花从老街的小巷中走来，一老一少，就像走进了一幅水墨画中，那么古朴，那么浪漫。一条窄窄的老街，一栋栋古老的房子，立刻有了一种久违的情调。

在我的印象中，媒婆总是在戏里拿着一支长长的竹烟斗，吊着一个灰黑的布烟袋子，嘴角点颗大黑痣，太阳穴处还要贴两片黑膏药，走路盘着腿，被剧作家刻画得奇丑无比让人生厌。而眼前的刘阿婆，却一点也不像戏里的模样，穿着一条青色裤子，配了一个短袖浅色豆花褂，虽然有六十岁的样子，面容一点也不显老，穿着也得体，走路有精神，一双丹凤眼还有神韵，一副薄嘴唇还是那样薄削，天生一头瀑布云似的卷发，过去被人笑了多年鸦鹊窠，好在眼下比较流行卷发，刘阿婆不用去理发店烫发，还省了不少钱。可以窥见，年轻时的刘阿婆，绝对也是村里一枝花。

竹花穿一件时下流行的白色花格紧腰衬褂，风吹落了额头一缕发丝，显得有些浪漫，领口的小飘带扎成了一个非常别致的蝴蝶结，下穿一条牛仔裤，藏青色的那种，一双白胶鞋洗得洁净、明明晃晃，头上扎了个蜈蚣辫，别了个水红色的蝴蝶结，不洋不土，颜色都是时下的流行色，脚步轻柔，仪态万端，如一枝含水带珠的青荷迎风宛立眼前。

刘阿婆知机，见我和竹花都停住了脚步，双方都在偷偷地眈着对方，便借口悄悄离开，有如一阵风，眨眼就拐过了街角，不见了身影，留下老街一方神灵护佑的天地，任我和竹花去描白，去裁量。

对刘阿婆这样的安排，我和竹花都心知肚明。

眼前的竹花一脸绯红，手不停地捻着辫子，脉脉含情的样子极是动人。我看到她还忽闪着眼睛，不忘偷偷地多眈了我几眼。四目相碰时，她就赶紧儿低着头，看着手上的辫子。虽然我在部队锻炼了三年，已不再是昔日山沟沟里的"憨牯"，毕竟这是第一次看姑俚，我也有些不自然。这不，我掏出一支烟点上，想掩饰自己的紧张，不知怎的，打火机按了几次也没有点着烟，一旁的竹花看到我这可掬的憨相，还以为我天性滑稽，故意做出这些搞笑的动作，只管掩着嘴儿笑，我不知她"咯咯"笑什么，也只好傻傻地跟着笑，过了一气儿才发现海绵嘴烧焦了，原来是我的纸烟叼错了一头……

6. 打商量

我将书夹在腋下，提着鱼篓走上河堤，又回头看了一眼放了篓的水潭，这才绕过那片竹林，穿过几块田舍，走到我家的菜园墙边。那菜园墙，是父亲用石头砌的，那石，是清一色的麻卵石，一个个大如西瓜，盯眼鼓睛，都是父亲用窝兜（一种竹制农具）

从曹家峡挑来的。圆圆滚滚的麻卵石砌上墙后非常牢固，齐齐崭崭地站成一方石墙，肩负起守护菜园的重责，不让鸡鸭进园，算得上是村头一道亮丽的风景。

父亲临走时忘关了菜园门，这不——就进了一群鸡，正在园中啄菜哩。一旁有父亲丢下的锄头。园里的菜是父亲刚栽不久的菜苗，才刚活过来，有的就已经被鸡们连蔸啄起了，东一棵西一棵，像鬼子进了村一样，一片狼藉，要是父亲看到了，会心疼煞了。我拿上锄头，把鸡赶出去，关好菜园门，正好父亲又来催我，我说你出菜园也不关门，这下菜苗都被鸡啄了吧，补栽也没了菜苗，太可惜了！那知父亲并不把这当回事，接过我手中的两只鱼篙和锄头，一个劲地催我快去通知亲房叔侄。

在船头滩，看姑俚是一项很重要的订婚习俗，事关婚姻的成败，是马虎不得的。无论谁家崽俚看姑俚，事前都得"打商量"，还要办东道，必须请上众亲和乡邻，这习俗都有百余年历史了，谁也不敢轻视。当然，该请的人不能漏一个，不该叫的人自然也不会随便叫，一方水土养一方人，这就是规矩，没有规矩不成方圆嘛。但竹花那里是不是也有这样的规矩呢？这我就不清楚了。

我遵照父亲的意思——通知到位。

天还没断黑，亲房叔侄便到齐了。

也许是我家第一次办喜事吧，那些婶们、嫂们都提前来帮忙了。筛茶的、洗菜的、切菜的、烧火的、做粑的、包哨子的、斩什锦的、铺桌的、端菜的、炒菜的、煮饭的、扫地的、抹桌的人手都有，母亲倒成了帮手，只须拿菜货尝咸淡。父亲是一家之主，自然要忙于迎客，我也隔三差五地站在大门外笑迎这些亲房叔侄，还有我家那只大黄狗也特别热情，来了客人它就要迎上前，"呜呜"两声，摇着它那毛茸茸的尾巴，亲昵地嗅一下，再围着客人转一圈，又陪着送进屋里，让人感到特别亲和。真的是狗有义人不知。

直到亲房叔侄都到齐了，它也觉得完成了任务，不用再站在门外迎客了，才蹾到桌旮下去。父亲原本打算办两桌酒的，结果多来了一桌帮忙的人，这得益于父亲和母亲平日为人处事。

还没到掌灯时分，屋里就闹热起来了。

厨房里的婶子和嫂们各有分工，烧火的、切菜的、炒菜的、洗菜的、做粑的、煮汤的、配菜的、洗盘端碗的，早已各就各位。三个女人一台戏。厨房因了她们，就有了生气，说笑声不断。灶膛也晓得今天是个好日子，灶火哗剥作响，火苗笑盈盈地舔着锅旮。锅也懂人意，冒着腾腾热气，充盈着整个厨屋。一阵锅碗瓢盆交响乐奏过后，菜就上了桌。

"入席了，入席了！"树东大伯与父亲是亲兄弟，见菜已上了三四个，厨房里还在忙着上菜，便招呼大家入席吃饭。

"好，吃饭啰！"

"吃饭啰。"

大家先是相互谦让着，然后按辈分落座，树东大伯年尊辈大坐大桌一位，父亲坐陪席，其他人都按辈分找到了自己的座位。

父亲很重礼节，站起身给树东大伯等人筛好酒，然后环顾一圈，一手端起酒盅、一手托着盅旮，像主持人一样来了段开场白："今日烦劳树东哥和各位亲房叔侄，主要是憨牯明天看姑俚的事，俗话说'闺男一人，门楼一众'，我虽然也帮人办过不少喜事，可到了自个儿份上，却想不周全，脑壳里一片空白，故把亲房叔侄请来打商量，没有好茶饭招待，一盅淡酒略表心意。第一杯，我先敬大家！"说完一仰脖喝下了肚，然后又礼节性地从左到右亮了亮盅旮，这一动作是乡人的传统习惯，不滴一点是表明自己诚心诚意，并非客套。大伙儿也纷纷站起身，有说客气的，有说恭喜的，有说好的，有说干的，只听一阵凳动盅响和"咕噜咕噜"的喝酒声，把桌旮下的大黄狗也惊动了，毛茸茸的尾巴警觉地连扫几下，发现没有什么可以大惊小怪的，便用舌头舔了舔狗毛，见屋里这么多人都不搭理它，便钻出桌凸支起双腿一屁股坐在大门槛外，像个哨兵一样望着黑下来的天，还有那一弯清亮的月亮。

第一盅酒下肚后，一向不太喜欢说话的树东大伯便接着父亲的话茬对大家说："憨牯这崽俚不错，为我们曹家兄弟叔伯争了气，当了三年兵就入了党，成了组织的人，还被评为优秀士兵，去年差点考上军校，现在转业了也不松劲，不像其他崽俚成天东游西荡，不成气候。而他有空就抓紧时间看书复习，肯努力，一心想考大学。我扳着指头数了个遍，从上屋到下屋，从段上到段下，还有坳背那边，整个曹家庄有几百口人，目前还找不到一个像他这样有上进心的崽俚！憨牯这崽俚我打小就看好，我敢肯定，将来是会有出息的。现在，树南夫妻想抱孙了，催着他成家，这转业还不到一个月，就动了婚姻。听说那姑俚也非常聪明伶俐，又读了高中，还是黄沙坳村的一枝花呢！树南夫妻有福气，憨牯明天就要看姑俚了，这不仅是树南家的喜事，也是我们庄里曹姓的喜事，要办得体面些，我们曹家也是村里的大姓大族，都是自己人，既然来了，酒也要喝，菜也要吃，主意也要出。"

树东大伯的话音一落，毛狗哥就急着问父亲："明天憨牯看姑俚交'见面笑'是多少钱，有没有和媒婆商量好？"

父亲道："都商量妥了，八千八百块。"

"好！要得发不离八！"树发叔说，"这个数字吉利！"

山叔天性好乐，端起酒盅来到父亲桌前，说："树南哥，憨牯明日就要看姑俚了，媳妇儿就要进门了，你也高兴得合不拢嘴了。媳妇进了门，明年你就可以抱孙了。我要恭喜你哟！得敬你一盅酒，这回你藏放在箱凸里的钱，也要拿出一些来吧？"大伙儿听了一阵哄堂大笑。

父亲刚拿起筷子准备招呼大家吃菜，只好又把筷子放下，也

跟着笑出了声，说："莫说是箱�里的钱，这回是卷在裤脚筒里的钱，藏放在鞋72里的钱，还有塞在墙圻里的钱，都得抖出来啊！"想不到父亲还这么诙谐，我也忍不住笑出了声。

毛狗哥一边笑一边认真地说："看姑俚是有规矩的，去的人要成双，来时也要成双。"

树东大伯道："那是，'船不过滩'嘛，规矩只能兴、不能灭。"

细叔边筛酒边问父亲："树南哥，黄沙坳看姑俚有甚不同的规矩，你打听清楚没有？"

"我问了媒人刘阿婆。"父亲说，"和我们这里差不多，也就是姑俚如果中意的话，便筛好茶掇出来，端给崽俚，崽俚中意的话，便要接茶并把'见面笑'放在茶盘里，完成了这一过程，这事就算成了。"父亲说完又对我说："尤其是憨牯，明日在众目睽睽之下，不能出任何差错，一切都要按风俗办，如果你接了茶忘了放'见面笑'，那你就把事情搞砸了，跌了人家面子不说，我们去的这帮人也下不来台，要切记！"

我不以为然地瞥了父亲一眼，说："这规矩也太简单了，不就接盅茶、放个红包么？"

"哟哟哟！憨牯——"递菜的细婶刚从厨房掇菜出来，便抢先接嘴笑着说，"不，曹一男同志当了三年兵，现在有了姑俚，口气也大了，一盅茶八千八百块，还说简单，那我们这些帮橱的，你又打算发多少喜糖和喜钱？"说完咯咯地笑个没完。

"细婶尽管放心，喜钱也是要发的，尤其是喜糖，一定要多发几粒给细婶。"我对打绰嘴（开玩笑）的细婶眨了几下眼，又故意挑了挑嘴。

"哎哎哎，各位女客和男客们评个理，憨牯就想发几粒喜糖打发我们，这也太屁眼（吝啬）了吧，你们同意吗？"细婶见我朝她做了个鬼脸，就有些不服气，想拿我开心，把目光投向了婶们和嫂们。

"不同意，坚决不同意！"掇菜的婶们和嫂们也笑着齐声附和。

"好，等竹花进了门，看我怎样调教，到时不叫你跪床钉，喝辣椒汤，我就不是你细婶，看你还敢不敢犟嘴？"细婶泼辣，说完又咯咯笑个不停。

"细锅柝不能盖大锅，细婶就不怕'牛轭架在犁身上'，到时竹花不听你的，那你不白费心机了？"我也不让嘴。

"呦呦呦！老婆还没进房，就想睏一个枕头！你是'麻雀吃汤圆'想得美，等着瞧吧！"细婶比我大不了几岁，说话像只小山雀，尖牙俐齿的，上菜也不忘打绰嘴，脸上一笑就现两酒窝，笑声满屋跑，又脆又甜。

7. 山牯

胖墩墩的山牯最喜欢吃薯粉粑，见细婶端来一盘，眼睛鼓得溜溜圆圆的，像个牛铃铛一样，一眨不眨。那黄釉菊瓣的盘子才刚落桌，细婶嫩藕样的手还没有来得及抽走，大伙儿也还都在说着笑儿，薯粉粑的香味就在屋内弥漫开来，侵入了五脏六腑。山牯生怕落了后，吃了亏，就来了个刘老倌抢新娘——先下手为强，抢先搛了一坨。也许是婶们拍的薯粉粑又嫩又活脱，又加了肉和虾的料子；那肉是腊肉，是挂在火炉角用茶籽壳和谷壳薰的；虾是辽山脚下小河里的小虾米，是母亲用虾捞兜耙来的，很有特色，味道特别香。山牯刚刚搛起的那坨薯粉粑，在一盏二十五瓦的灯泡照耀下，很像一条胖嘟嘟的肉虫，在筷子上扭扭捏捏，不好意思出场，可它又不想错过这样一个表现的机会，也想卖弄一下身段，故显得灵动可人。山牯生怕薯粉粑从筷子上掉下来，眼睛鼓得溜溜圆圆，小嘴一撮一撮的，像看一场大戏，眼睛紧紧地盯着台上的戏旦。也可能是山牯心太急，也可能是他看到山叔有些不高兴，也有可能是他怕别人都在盯着他，所以心里有些慌，有些发毛。其实慌也不要紧，就是攥筷子的手有些颤抖，出的劲儿也不稳，哈气的声息也大了些，那坨薯粉粑眼看就要被筷子夹为两段，不到零点一秒就要掉下来了。这一幕，在座的人全都注意到了，包括山叔，还有树东大伯，还有端菜的细婶和嫂们，都认为那坨薯粉粑，百分之一百会被山牯夹断，分为两半掉下来，掉到桌子上，或者掉到地上，也极有可能会掉到山牯的大腿上或者衬裤上，但绝对不会掉到山牯碗里，更不会掉到山牯嘴里。此时山牯也不敢用手去接，因为那坨薯粉粑太烫了，是刚出锅的，才掇上桌子，还冒着丝丝热气，似乎还有些像初婚的女子扭扭捏捏有点不好意思的样子。可谁也想不到，世间事有许多是人们无法料想的。而山牯吃薯粉粑就不一样，眼也快，手也快，就在那坨薯粉粑还在纠结是否一分为二的一刹那，他恰好伸嘴把那坨薯粉粑接住并送入了口中。

这一幕，来得有些突兀，超出了大家的想象，众人都松了一口气，心里那块石头总算落了地，大家收回目光，又开始有说有笑了。

令山牯想不到的是，那坨入嘴的薯粉粑还不愿消停，还想"闹"些风头，到了口中还蛮烫人，烫得他像生了火疮一样难受，皱着眉，连着吸溜几口还是受不了，那舌头被烫得有如炉罐里炆鱼鳅一样打乱窜。山牯眼睛一翻，那坨薯粉粑便"骨碌"一声地钻进了他肚子里。入了肚本应服服帖帖，可那坨薯粉粑还不死心，还要作垂死挣扎，还是烫煞人，直烫得山牯眼睛上插，肚里似有无数只猫爪在抓挠。山牯受不了了，忙下桌跑到厨房里，正好遇到一个婶子手上拿了个大水瓢，山牯也不说话，抢了她手中的水瓢，那一刻，婶子不知发生了什么事，只好愣在那里，眼睛追着山牯不放。山牯拿到水瓢，赶紧儿在水缸里连舀了两瓢水，跟水牛牯下塘似的一阵猛喝，边喝边用手在胸前不停地摩挲着，脸上由红变白，又由白变紫，一副很痛苦的表情。掇菜的婶子和厨房里洗菜的嫂子以为是炒菜的婶子放多了盐，菜太咸了，便互相开着玩笑说：

"今天批发部里卖盐不要钱啊！"

"大家都去买啊！"

"见者都有份啊！"

炒菜的婶子又说是配菜的嫂子放多了辣椒，就叫配菜的嫂子少切些辣椒，并开着玩笑说："要是把你男人辣出了汗，看你今天晚上怎么交差！"

你一句，我一句，大家一阵哄堂大笑。婶子们辈分大，倒把配菜的嫂子笑得脸红红的，不敢做唧，像做了亏心事一样。

过了好一会儿，山牯才回过神来。

山叔见山牯这样虎虎搭搭的，脸都沉下去了，跟日头过了山脚一样，阴着半边脸，确有点瘆人。山叔在众人面前又不便发儿子的火，只好说："吃薯粉粑也能看出一个人的乖与蠢，过去有句俗话说，'心急不能吃薯粉粑'，你扶起筷子就吃，也不思量一下，也不从容些，要是明日看姑倒让新亲们看到你这般模样，人家还以为你是个劳改犯，刚从大牢里放出来，饿晕了头，三年冇吃过饱饭呢！"

山牯埋着头、酱着脸，不敢吱声，也不敢看众人一眼。

"吃薯粉粑被烫的人多着呢！"树东大伯忙接过话茬，"那年黑鳅吃薯粉粑被烫，喝下一脸盆冷水，还是摩挲着肚子说要死心、要死心，差点笑煞了一桌人，过一会不也好了？"

我见大家都忙着说话，便赶紧拿着酒壶下桌筛酒，走到下桌毛狗哥处，毛狗哥朝我使了个鬼脸，又在我屁股上狠拍了一下，说："憨牯啊，明日要看姑俚，今晚是不是睡不着呀！要不要我陪你坐个通宵？或者夜里溜去黄沙坳见见竹花？"

　　我说："去你的吧，不下桌帮忙敬酒，还拿我来绰！"

　　七岁的山伢坐在细叔腿上，说："憨牯哥，你看姑俚也不发喜糖给我吃，好屁眼哦！"

　　我笑着说："你也晓得屁眼是什么意思？"

　　"晓得，不就是你看姑俚不舍得发喜糖嘛！"山伢说。

　　"哥还没去看姑俚呢，还不知明日中不中，要是中了，肯定是要发喜糖的，你就准备盒子放喜糖吧！"我笑着说。

　　"好，明日有喜糖吃啰！"乐得山伢跳下地一个劲地在堂屋里跑。

　　父亲和树东大伯等几个长辈一边吃一边商量明天去些什么人，戴着老花镜、在村里做过会计的树发叔则摊开红纸一一记着。按惯例，每个亲房去一人，共八人，来时加竹花和媒人，便是十人，礼置（礼品）也议好了，一一列了清单，明日到镇上批发部照单拣货，看得出，父亲对这样的安排非常满意。

　　"钱够不够啊，不够我就帮凑点。"树东大伯对父亲说。

　　"多谢大哥好意，我都准备好了，就是还冇用红纸包好，等会竹娥捞检好了厨下，我再叫她把'见面笑'包好。"父亲应着。

　　"还有一项要记得，"树发叔搛着一箸菜，慢吞吞地说，"就是那个'见面笑'，你要算清，莫多一张，也不能少一张。"

　　"野蘑菇还要粪浇？"一旁递菜的树发婶听了，立马白了树发叔一眼。

　　"我这不也是好心嘛。"树发叔有些怕老婆，说完便放下筷子不做喇了。

"好了，大家酒也喝了，东道也吃了，该哇的也哇了，现在有好晏了，明日还要去看姑俚，大家都早些回去休息，明天早些来。"说完就起身下了桌，众人齐声附和，纷纷跟着下桌出了门，我和父亲送到门口岔路口，我家那条大黄狗也跟在我们身后，看着他们一路说笑着，转眼消失在月光地里。

8. 东方亮起鱼肚白

母亲忙完厨下的事，就催我早些瞓觉，我也确实有些累了，进房歪在床上，想到明日就要与竹花见面了，心里还真有些兴奋，想瞓又瞓不着，遂翻出放在床头的那本《自学考试 300 题》，看了一会儿就迷迷糊糊地睡着了。

蒙眬中只听父亲说："竹娥呀，你去把那个钱拿来数一数，数好了再用红纸包好。"

"嗯。"母亲应着，进房，揭箱，把钱拿出来放在桌子上，与父亲一道坐在桌旁数，"……八八、八九"，母亲过惯了穷日子，从来没有数过这么多钱。

只听父亲哈哈笑着说："钱到你手上还会生崽，还是让我来数吧。"

父亲接过钱又数了一遍，也不对。

只听母亲说："你越数越泄，八个指头叉都漏财的，还是我来吧！"

"哎，人说赚钱容易数钱难，看来这话一点不假。前不久听说温汤山里一对老夫妻，'穷得卵头冇篾箍'，没想到崽囡在外打工带了好几扎钱回家，喜得一晚睡不着，对着一扎扎钱作了几个揖，又磕了几个响头，额头都磕起了疱，尔后又把一扎扎钱重算了一遍，算来算去，算到东方亮起鱼肚白，还是不对头，不是这扎少了一张就是那扎多了一张，整整算了一个通宵也没有算出个子丑寅卯来。"

"那是笑话，你也当真？"

"可不，刚才还觉得累，这会儿把钱一数，居然醒了眼，有了精神，冇得半点睏意了，你说怪不？"

"哈哈，原来你也见钱眼开。"

"嘿嘿，我又没有去石剑山打劫，还不是咱俩省吃俭用整两块钱？咱们一年到头，连衬褂都不舍得买一件，这叫过啥日子？记得当年我去你家看姑俚时，还是在上屋牛叔家借了条撒捺裤，谁知那裤腰带头夜被老鼠咬了，到了你家喝了两碗茶，就崩断了，要不是你及时搓了根麻绳给我当裤腰带，险些还要出洋相呢！"

"这些陈谷子烂芝麻的事，你还记得呀？"

"咋能忘得？我一辈子都忘不了！你跟着我也受了不少苦，现在憨牯也大了，明年就可以抱孙了，这辈子也算值了。等竹花进了门，我就陪你到镇上去买身新衣。"

"我成天在家调猪搅潲的，要买什么新衣？倒是你，明日就要去黄沙坳看姑俚，着太旧了，人家还以为我俚好穷艰，憨牯哇老婆是大事，我这还有三十块钱，你明日去买身衣，憨牯看姑俚的新衣我已买好了。"

"我要买甚新衣？是憨牯看姑俚又不是我看姑俚！困吧，明日还要早起呢！"

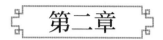

1. 老冲

一大早，眯子哥就把车开到家门口来了。

都说开车赚的是平安钱，出了事故赔半生。眯子哥开车有些年头了，虽然他的眼睛有些近视，却从未出过事故，去年赚了钱，他把破三马（三轮摩托车）卖给了别人，换了一辆有四个轮子的新龙马车，龙马车是客货两用车，有货装货，无货跑客，方便又实用，让村里人羡煞了。记得买车的当日，整个屋场里人家家都去放了炮竹，眯子哥也大方，还搞了个东道招待，四邻都到了场，屋里挤满了人，好不热闹，场景不亚于眯子哥当年娶眯子嫂水菊进房。

日头出山一竹竿的样子，是父亲在通书上看到的出行吉时。

树东大伯清点了人数，见该来的都来了，吉时也到了，眯子哥已把车门打开了，遂叫父亲点炮竹。那是一封千字头的炮竹，平日里是不舍得买的，记得前年解年猪，父亲叫母亲在镇上买了

一封五百响的炮竹，父亲不舍得一次放掉，把炮竹剪为两半，留下一半用来过年接灯唱戏。没想到我看姑俚，父亲不但买了封千字头，还放下手头工夫，亲自到街上去买。要是以往，父亲总喜托人捎货的，不舍得半晝工。这回他是不放心，担心炮竹买来有假，放起来有哑炮，哑炮是不吉利的，所以他宁愿耽搁半晝工，也要亲自到镇上去买。吃完早饭时，父亲就把红彤彤的千字头撕开，挂在门口晾衣的竹竿上，屋场里立时有了喜气，还惹来几个看热闹的孩子，连树上的喜鹊也喳喳地叫，也不愿错过这场热闹。

一阵"噼里啪啦"的炮竹声炸响，惊飞了门口柿树上的喜鹊，眯子哥一边关车门一边说："现在假货特别多，唯有炮竹越做越真、越做越响。"

眯子哥发动了车，母亲站在屋檐下向我们挥着手，车子很快驶出门口的岔路口，转眼就看不到母亲的形影了。二叔一支烟还未抽完，眯子哥就把车停在了镇上一家批发部门口。

这家批发部的老板是个湖北佬，二十年前到船头滩做上门女婿，一口浓浓的湖北通山话，总也改不过来。听父亲说过，这人绰号叫老冲，爱喝酒，脾气火冲冲的，如松毛丝一样，一点就着。大凡爱喝酒的人，知己朋友也多。前几年，老冲伢崽多，负担重，家里穷得锅碗瓢盆做破响，搞计划生育的干部到他家罚款，催他老婆去结扎，有好心人隔夜嘶了风给他，他把家里仅有的半箩谷，一头刚赊来的猪崽藏放在邻舍家里，还跑到箬坪坳丈婆里借了一把土铳，把土铳偷偷地藏放在屋后山。他裁量着，如果那些人逼得急，要强行捉他老婆去结扎，就跟他们拼个鱼死网破。也合该不出事，邻舍人人都劝他，说鸡蛋不能碰麻石，泥鳅不能钻火塘，得先避一避，不能猴急冲动，跟计生干部犟不是个办法，犟急了捉去牢里关着划不来。

计生干部来时，邻居都纷纷近前帮腔搭话，说老冲家穷，穷到什么地步呢，穷到老鼠在楼上楼下跑出一身大汗，跑到气喘吁吁，跑到腿儿发酸，跑到两眼发黑，跑瘦了一身肉，也没找到一粒谷壳，一粒饭什。

计生干部还没听说过有这样穷的人家，非要破门进屋查看，结果楼上楼下搜了个遍，凡是能藏谷的木桶和缸罐都揭开检查了一遍，楼上除了蛛网、板壁、破缸、破芦罐，空空荡荡的。屋瓦上到处者是"谷筛眼"，漏进的阳光明晃晃，这就是有力的证据。楼上没找到一粒谷，计生干部又到房里搜查，发现右间房有两只木桶，黑黢黢不知是祖上那代留下来的，竹片做的两道箍也被虫咬出了白粉末，白在地上没人打扫。桶里没有一粒谷不说，还被老鼠啃了两个洞，可以伸进拳头钻，其他值钱的家具没看到一件。屋侧倒是有间旧猪栏，栏里面没有猪，猪栏盖的是稻草，稻草烂了多年，变成了一层厚厚的黑泥，上面长了几棵不知名的野草，还有几棵半尺来长的狗尾草。狗尾草看到这些稀客，欢喜至极，在风中摇摆起舞，想在计生干部面前展示柔弱的身段，卖弄一点风骚，以博得同情，好似要向主人邀功请赏。可茅屋上七八个葫芦大的漏洞，不失时机地漏进了阳光。一只毛蛆被阳光晒暖了，抑或是被这些人吵醒了，惊扰了它的好梦，刚想伸个懒腰，探头看看外面的世界，就被这些不速之客的脚步声吓了一跳。这一吓，就出了大事——毛蛆不慎从烂稻草中掉到了地上——永远回不去了，把最先进来的那个矮胖男子吓了一跳。矮胖男子从未见过这么白白胖胖的毛蛆，不知是何异物，吓得连说："我的……妈呀……"身上也起了鸡皮疙瘩，接着连退三步，就三步，一步也不多，一步也不少，便退出了猪圈，如果再退一步的话，便要撞着计生队长，这肯定不行。看到这样的情景，队长摇了摇头，手一挥，才带领大家离开。村民们望着他们远去的背影消失在小路的尽头，这才相视一笑。

村里一位读过三年私塾的老先生听说此事，特意编了首顺口溜，只顾摇头晃脑地说："穷也老冲，窘也老冲，一群老鼠跑出汗，硬冇找到一粒谷。"

人说"三十年河东四十年河西"，看来这话一点不假！这几年老冲的伢崽长大了，家境略有好转，听说镇上一家百货批发部要转让，老冲脑瓜转，认为是个好机会，立马与妻子商量，并找黄沙坳的老庚——赵子文帮忙借了一笔钱。赵子文也够朋友，还特地找到批发部老板——那老板也是他的朋友，赵子文出了面，又让利一千元，让老冲得了便宜，就这样顺顺利利接下了他人的批发部，摇身当起了店老板。

实话实说，老冲从湖北过江西，没有两下子也难在船头滩立住脚。他脑瓜活，做生意有一手，靠进货勤，愿吃苦，薄利多销、不吃秤，做了不少回头客的生意。没出半年，便在船头滩有了些口碑，生意也日见起色，仓库里的货码成了山，还从湖北请了一个无家无眷的远亲专为他搬货送货。有时客人一个电话，他就把货给人送上了门，也有客人要他顺便帮忙带包化肥什么的，老冲也乐意，从不另外收钱，也不打半句支吾，镇上其他几家批发部没有他这么随和，生意也就要淡一些。

父亲与老冲打了几年交道，虽没深交，倒也合得来，有时还在老冲家喝两盅，过年宰猪，父亲也不忘送箸肉给他，或者叫他来家里喝碗心肺汤。父亲是个老老诚诚的人，总不愿欠人家的情，总要记着人家的好，也不会白吃人家的东西，如果欠了人家的情，晚上会翻来覆去睡不着，变着法子也是要"礼尚往来"的。

老冲点货快，不到十分钟，就按货单逐一检好了。那些糖果、瓜子、饼干，还有香烟、红酒、白酒等，全用纸箱装好，接着又要帮我们装车。父亲说装车就不必了，我们这么多人，可以顺带上车。老冲也知机，晓得我们不能多停歇，便挨个敬了一支烟，然后把算盘拨得噼里啪啦响，把账算了，又抹去了零头，父亲把钱付清，说了声多谢，然后我们就上了车。

2. 眯子哥

刚出船头滩不远，不知何故，眯子哥突然一个急刹车，我坐在后车厢里，要不是扶手攥得紧，我们差点还要碰伤头。我从小玻璃窗往车头里眦，见他们一个个笑得前仰后合，就差眼泪没笑出来。原来眯子哥看到车前一只黑母鸡赖在地上不走，眯子哥又不想下车，便不停地按喇叭，也不知按了多少次，喇叭都快按破了，而那只鸡好像没听到，赖在那里就是不走。眯子哥又按了一阵喇叭，然后才自言自语地说："难道这只瘟鸡没有耳朵，老子按了半天喇叭也不管用？"

眯子哥也不敢去辗那鸡，只好拉上手刹停住车，骂骂咧咧打开车门，要跳下车去赶鸡。眯子哥心里说，这只鸡的架子也忒大，以为自己是"徐九斤"，是坐着官轿来的，见了人也不怕，也不躲，也不跑，根本没把我眯子哥放在眼里。这还了得？眯子哥气得卵杪可以挂炉罐——起了火，恨不得一脚踢死它，再在地上支个灶，一锅把它炖了，与大家打个平伙，才解气。再看附近，也没有一个人影，眯子哥便悄悄靠近鸡，三步，二步，一步，眯子哥生怕鸡跑了，也没仔细瞧，走近前便飞腿踢过去，口里还乌七八糟地骂着。哪知这一脚踢过去，踢了一脚的牛屎。原来他踢的不是什么老母鸡，而是一堆黑牛屎！眯子哥瘪了气，只好自嘲地骂了一句："真是瞎了眼！"车头里的人见了，个个笑得喊爹叫娘，笑出了眼泪，差点笑背了气。我们坐在后车厢里也跟着笑了起来。

眯子哥飞腿踢牛屎的故事，很快被村人当成了茶余饭后的笑料。

车到东湾停了下来。东湾是细叔的丈婆家，细婶搭顺风车回娘家，下车时，车门结瓜开不了，也许是刚才踢了那堆牛屎，眯子哥觉得晦气，上车时太过用力，把车门狠狠地"咣"了一下，把右门闩锁也震坏了，车门打不开了。眯子哥嘴臭，当着细叔的面与细婶开起了玩笑："干脆莫开了，从我这边来，不就从我怀兜里爬过去么，不就是碰下那点硬邦邦的东西么！"

"不怕你老婆打你的屁嘴？"细婶也不是好惹的，笑着回敬眯子哥。

眯子哥嘿嘿笑着，一边下车一边涎皮涎脸地对细叔说："我老婆水菊坐车我都没帮她开过门呢，这回粘到了荤腥，回去还真说不明白了，要是水菊找我落壳（麻烦），闹着不愿跟我上床了，你们这些人可要出来帮我作证哟。"

"虎虎搭搭的，作甚证？那就干脆叫你老婆水菊跟我老公睏呗！"都说乡下女人心甜嘴毒，这话一点不错。细婶是过来人，嘴也毒，还笑出了眼泪，细叔和车里人也都跟着笑了起来。

我是第一次去黄沙坳，车过了马家山，就到了黄沙坳的地界，一条小河蜿蜒而进，两岸都是大山，一条简易的公路（其实就是一条机耕道）像蚯蚓一样沿河借岸拱出地面。山上层林叠翠，万木葱郁，那些叫不上名的树木高高昂昂，风过林时沙沙响个不停。还有那大片大片的竹，又粗又壮，又青又翠，有的旧年被雪压弯了，好似一把临阵待发的弓；有的歪在一边，受到了冷落，被枯树恣意欺凌，压在下面无法挣脱，自成一景；有的侥幸脱逃，则犇着身子，像一杆铳，没日没夜地瞄着远方，总想猎物出现，可许久不见动静，枉费了一切心机。

3. 毛狗哥

　　早些年，村里有人到黄沙坳去做副业，在山上搭茅棚，一住半个月，早上去山上砍树，中午用盐袋盛饭带到山沟里就着泉水吃，掬水当菜，就这样过一顿，肩上一担杉方料百十来斤，要担着翻越太阳山，过一十七条山岭，下一十八只山荡，走四五个小时才能到达湖北高湖。一天，毛狗哥挑着一担杉方刚上到一个山荡沟，正想放下担子歇息抽支烟，就着山泉吃点饭补充能量，可一摸那烟不见了，再一摸，一袋饭也不见了，不知啥时全掉了。而此时，他已又累又饿，白头汗都饿出来了。也是巧，正好对向有两个搞副业的人卖完杉方叼着烟一路说着话儿朝他走来。毛狗哥忙放下担子，待他们走到近前，便挤出两滴笑，又恭恭敬敬地叫了一声"同爷"，说要讨支烟吃。喊"同爷"是指对方的年龄和自己父亲的年龄相当，也是对对方的一种尊称，属晚辈喊长辈。谁知那人听了很不高兴，立马变脸，比五六月的天变得还要快，脸黑得可以搲出水来，比煮淅的锅乵还要难看三分。毛狗哥"同爷"两字才刚出口，其中一人就接嘴骂出了声："你瞎了狗眼，乱吠！我有那么老吗？！"话音刺耳难听，吓得路旁林子里一只黑炭鸟"嗖"地一声拍着翅膀飞了，还掉下一坨鸟粪，不前不后，不左不右，"吧嗒"一声砸在杉方料上，不过毛狗哥没有看到，也没有听到。

　　毛狗哥满以为恭恭敬敬叫了声"同爷"，会博得对方好感，或许能讨点好处，不料被骂得一头雾水，那人像吃错了药似的，无缘无故地朝他发起了火。毛狗哥觉得有点冤，忙抬头眦了对方一眼，这一眦不打紧，心里先"咚"了一下，他怕眼睛发花，又赶紧地揉了一下，随即在心里骂了自己一句：真是瞎了眼！毛狗哥心说：这哪是"同爷"，明明是个细皮嫩肉的毛头崽俚，比自己还要小七八岁哩！毛狗哥自知出言莽撞失礼，抬手就自扇了一个嘴巴，边扇边说："我是真饿瞎了眼，对不起哟，细老弟，你就大人莫记小人过！"

　　那人见毛狗哥长得五短三粗，蓄个芦罐柁似的寸板头，似发过地火，头发如干松毛丝，还黏了不少杉油，像干巴巴的白色鼻屎黏在上面，乱糟糟的，好似几年没洗头了；一双眼睛细如线缝，如他的杉木方崩的圻一样，混沌得就如他的生活，总也看不到光；一身破旧的补巴衣服上，也特别醒醒，黏的都是杉油和木屑，又破又脏，比漆匠的围裙还要难看。说他是漆匠吧，又没有漆匠的风度，说他是木匠吧，又没有木匠的派头，说他是篾匠吧，又没有篾匠的神气，说他是砖匠吧，又没有砖匠的干练，说他是窑匠吧，又没有窑匠的腰身。那两人见他这样一副寒碜相，心先软了三分，气也就醒了一半，便一人给了他一支烟，又给了他两块瓶干。对方递过来的烟是三门峡牌的，毛狗哥虽然眼神有些呆滞，看似像打瞌睡的样子，但烟盒上的字他是看清了，还有烟盒上那幅画，早就刀刻在心；还有那饼干，是四方薄饼，撒着芝麻，就是收杉方料的一盘鳅林站旁边一家饼干作坊生产的，毛狗哥往日卖完杉方，饿得不行的时候，也称过半斤，又香又脆，毛狗哥舍不得吃完，总要带些回家给孩子。

　　毛狗哥又累又饿，心说这两支烟、两块饼干，就可以救命！毛狗哥一摸衣袋有个破洞，这才想起火柴和烟是一块掉的，只好勉强挤出两滴笑，说还要借个火，把两支烟全叼在嘴上，说一支烟过不到瘾，要两支烟一块儿点着才煞瘾。那两人觉得毛狗有些怪，也没见过有人这样抽烟的，心里发笑，以为遇到个憨巴，也不细问，就按他的意思划着火柴，为他点上了烟。毛狗哥猛吸一口，像吸了一口大烟，然后连连点头说多谢，两个烟圈像《西游记》里那股妖气一样，似要兴风作浪，相互推搡着从他鼻孔里冲出来，毛狗哥呛出了眼泪，连吭两声，还喷出了唾沫星子。路旁有棵不大的枫树，枫树旁边有两棵野柿树，树上一群麻雀正在枝间嬉闹，听到这两声奇怪的吭，吓了一跳，"呼"地一声，从毛狗哥的头顶飞过，飞进了沟盲的林子里。

毛狗哥这一"呛"，有点像电影里的烟鬼，眼泪鼻涕都流出来了，比油棺材的人还要难看三分。那两人不由得都皱起了眉，好像这唾沫喷到了他们脸上，鼻子一张一翕，连抽了几下，还不忘用手擦拭，然后啐了一口，赶紧侧身绕过毛狗哥，像躲瘟神一样，扭头走了，脚步飞快，眨眼就走过了山沟，走出了那个山嘴，看不到人影儿了。

毛狗哥不知对方把他当成了瘟神，有避之若浼的意思。他也无心去想，对他来说，这些都不重要，重要的是要有力气，有了力气，这担杉方料才可以挑到林场，换成刮刮响的票子。有了票子，便可以回家买一头仔猪，栏里有猪嚎，灶里不断火，日子就有盼头，生活才有光。想到这，毛狗哥猛吸几口烟，纸烟发出一阵"哔哔"响，毛狗哥觉得这是世间最惬意、最美妙的声音，那火星儿闪着富庶的光，给他送来一线希望，可眨眼又变成了烟灰。俗话说，人不挪不活，路不走不得到头。毛狗哥吸了几口烟，吃下两块饼干，脸上便有了点气色，精神为之一振，又挑着担子上路了。

都说毛狗哥是个倒霉鬼，只知闷头做，一点也不知机。有一次，他在山上砍树，好不容易找到一棵又粗又直的杉树，比茶罐还大一圈，有五六庹长，树杪也能剁成方料，送到一盘鳅林场，定能卖个好价钱。毛狗哥暗自高兴。可疲寒专欺瘦汉，人要背时了，盐罐也会生蛆，睡在床上也会摔跤。正好那天乡林政队的人下村，走山下的路上经过，远远就听到了砍树声，他们知道有外村人在此偷树剁杉方料，就悄悄地包抄过来。

与毛狗哥一同进山搞副业的人脑瓜都灵泛，听惯了风吹茅林，也知道野猪拱林的声响，当他们听到山下茅林传来一阵窸窸窣窣的响声，就知是林政队的人来了。他们一边跑一边喊毛狗哥"快跑快跑"，可他闷头剁树没听见，正砍得起劲，树还没砍倒，那斧头还砍在树上没来得及拔出来，就被林政队的人当场捉到，也算人赃俱获。没收了斧头不说，还把他当强奸犯一样押到山下一个屋场里，那屋场就是黄沙坳的一个自然村。

正是午饭时分，林政队的人要吃饭，毛狗哥便成了累赘。为了防止他跑人，林政队员便在村民的楼角里找来一只黑黝黝的大禾桶，禾桶上写着"五谷丰登"几个字，四角有四个木耳朵，就是没有桶盖柁（其实禾桶是没有桶盖柁的）。那时的林政队也有特权，是可以关人的，他们关人也不怕，也不犯法，也没人管。他们将禾桶倒置过来，把毛狗哥关在禾桶里，又担心毛狗哥趁他们吃饭之机把禾桶驮走，就在上面压了两扇筲箕大的石磨。那石磨很沉，都是两人抬上去的，毛狗哥蹴在里面也不敢动，只有嚎叫的份儿。好在黄沙坳有个大爷听到喊声，见他可怜兮兮的样子，就出面帮说了一钵好话，又一人送了碗菊花茶，那些林政队员才勉强同意把禾桶移开，但是附加了一个条件，要大爷帮看着，不能让毛狗哥跑人，最后罚了五十块钱，才算放了他。

至今村里还有人笑毛狗哥关禾桶，关禾桶成了村里人背时倒运的代名词。

4. 黄沙坳

"到了！"

车头里的人看到了刘阿婆，她站在黄沙坳村口的三港口桥头。黄沙坳是刘阿婆的娘家，她嫁在邻村，离这也只有几里地，就提前来了，按约在这里等我们。

刘阿婆今天也打扮一新，穿一件翻领碎花上衣，下穿一条青灰色的裤子，脚上配一双水红色凉鞋，虽是一个标准的农村妇女打扮，也可窥见她年轻时的美貌。

车子一停稳，我们纷纷跳下车。

我是第一次来黄沙坳。这个坳子比较敞阳，如果站在太阳山往下看，就像一个玉盘安放在这幕阜山中，四面围着大山，坳里几处屋场，几垄庄稼，村前还有三条小河穿村而过，都在村口汇集，水口扎得紧，来龙也急，山势奇险。难怪刘阿婆说她娘家黄沙坳是个好地方。

走在最后面的毛狗哥听了不以为然，说这里除了撞鼻孔的大山就是高接云端的山梁，哪能跟曹家村比？也没见黄沙坳出过几个什么人物，唯一的就是《鹃花》杂志刊载过县文化馆柯老师采写的该村关家树的故事。他的故事还被小说家戴成标写成了四十四万字的长篇小说《免敕源》，成了黄沙坳家喻户晓的"新闻人物"。

还有一个人物，也必须说一说，那就是明朝开国大将胡大海出生在黄沙坳一个叫将军洞的地方。现建有殿宇在三港口上，桥头造了六角亭，细一看，就知竹花那张相片是在三港口桥上拍的。

前面一栋土墙屋，门头上有"板筑遗风"四个大字，字体遒劲有力，行笔奔放潇洒，不知是哪位书家所书，我虽读了三年高中，也看过几本名家小说，却不知"板筑"为何意，对那四个苍劲有力的大字感到有些新奇，总想逮人问个清楚明白，这也是我在上学时养成的习惯。

老屋门口已经站了不少人，连两个门墩也不闲，坐了人，门槛上还站了一个老妈子，手上牵着一个小女孩，大家都朝着一个方向——望着路上走来的我们，山里人喜欢瞧热闹，我猜他们都想看看哪个是憨牯，都想看我憨牯到底是帅还是憨。

我想，那应当就是竹花家。

果真，刚到屋门口，那里的炮竹就"噼里啪啦"响起来了。接客的、敬烟的，一轮又一轮，个个笑脸相迎，热情有加。

老屋门口有四五家的菜园，排成一寮，都扎着半人高的竹篱笆，篱笆边一角，有数十担毛柴相互垡成一堆，毛柴堆下的空处，趴着一条大白狗，看到来了那么多生人，不敢出来，嘴巴不停地"哧呼哧呼"，吐着猩红的舌头，尾巴不紧不慢地摇着，倒显得很悠闲。屋坪里还摆了两张桌子，前一桌围了几个人，在看两个老人下象棋，下棋的人很专注。另一张桌子，放着一只竹盘，几个妇人围坐在那里做米粑，有揉粉的，有捏粑的，嘴里说笑着，手上则不停地做着，都把头歪过来，朝向我们这一边。

我们一行被迎进屋后，屁股还没挨凳，就有数人次第端茶出来，都是有几分姿色的女人。我以为竹花要掇茶出来了，正想掏"见面笑"，那递茶的婶子笑着说："莫捉急，竹花掇茶还有，这第一盅，是客茶，来者都有份。"

我被她的一声"莫着急"说得有些不好意思了。原来掇茶也有这些规矩，要不是这婶子及时提醒我，还要闹出笑话来。

刘阿婆说，客人到了黄沙坳，主人必先上一盅茶，这第一盅茶是菊花茶，菊花是黄沙坳村的特产，她说该村的菊花是胡大海在任江南行省参知政事镇守浙江金华时带来的种苗，后来家家户户都种上了菊花，房前屋后，山坡地坎，一眼望去，一丛丛，团团蔟蔟，"黄黄白白色色无数朵"，在秋日的阳光下，被微风掀起一层白浪，老远就能闻到扑鼻的菊花香，如果此时有人采菊，那正是"秋风融日满东篱，万选轻红簇翠枝，若使芳姿同众色，无人知是小春时"。看不出，刘阿婆还是黄沙坳一个饱读诗书的才女，可惜嫁到了外村，也生不逢时。

山牯话多，又好奇地问："为什么第一盅必须上菊花茶，上其他茶不行吗？"

刘阿婆道："当然有说法！一是为了纪念胡大海，胡大海是黄沙坳人，当然要纪念他；二是说茶灌聪明人，男人喝菊花茶益智，所以黄沙坳男人个个精明健壮；三是说菊花茶可清心火，明眼目，滋润肌肤，所以黄沙坳姑俚不施脂粉，个个秀气，那是自然美；不着华衫，那是本色美。"刘阿婆是黄沙坳出生长大的，看来她对黄沙坳特有感情。黄沙坳与湖北通山一山之隔，两地通婚结亲来往多，喝的是一山分岭水，住的是一片云雨天。而黄沙坳人喝的是岭头水，虽属船头滩乡所辖，但口音与船头滩人不一样，带了点通山口音。

我想，几瓣菊花涟在盅乭里，原来有这许多奥妙，黄沙坳的风俗也太有意思了。

第一盅茶刚喝完，便有邻舍掇来了第二盅，这是芝麻豆子茶，除了豆子外，还有炒米、芝麻、花生等，这茶特香着实好喝，又有嚼劲，山牯连喝几口，见盅乭里有沉淀的茶渣没有掏尽，就仰起脖子，把盅倒过来，用嘴就着盅倒，又不停地用手拍打。末了，见还有豆子芝麻粘在盅壁上，便又歪着头掏，只见他把盅左车车右转转，左手拍了，又换右手拍打，盅里始终还有数粒芝麻豆子不肯就范，山牯也不死心，不舍得放下茶盅，便用手指一一抠出来吃了。临了还不忘再看一眼盅乭，见芝麻豆子已悉数收拾干净，这才舒了口气，停住手，同时瞄了一眼山叔，见山叔正拿眼鼓着他，似要敲他的脑壳、抽他的鞭子一样，山牯这才赶紧把盅放回茶桌上。其实山叔早就盯了他一眼，只是山牯一心吃茶抠豆子，没有半点反应。我看到山叔脸上掠过一丝不悦，好在未引起他人注意。

山叔是很重礼节、注意分寸的人，遇事也沉稳。可想不到的是，像山叔这样稳重的人，前些年也上过一次当，被人耍了一回，成了人们茶余饭后的笑柄。

5. 卖猪崽

那年三月初七，他到三都卖了猪崽，袋里有了五十块钱，山叔一高兴，就唱起了：

> 天晴莫走黑，
> 不是凼就是坑；
> 下雨莫走白，
> 不是水来就是石；
> 天光莫走林，
> 不是露来就是霜；
> 哐才哐才哐……

山叔有些迷信，早上出门碰到挑粪的细婶，一股臭气劈面而来。山叔忙捂住鼻子，想说两句不是，可人家担粪关你屁事？山叔虽感到晦气，但也不敢放个屁，毕竟大家都住在一个屋场里，又沾亲带故的。古话说："出门遇到破胯（女人），不去也罢！"山叔有次去山上砍柴，出门遇到一个寡妇，结果在砍柴时，不小心将左手砍了一刀，至今手上还留了疤。山叔打消了去三都的念头，正打算把那只仔猪放回猪圈，择日再去卖，可他刚一转身，就被出门晒衣裳的山婶看到了。

山婶说好猪不出栏，捉进了猪篓哪有回栏的道理？再是锅里没了潲食，不可能又要她驮背篓去打猪草吧？就是打了猪草，也还要煮潲呀！出门碰到女人就不去了，难道女人是瘟神？女人是瘟神那你还要老婆做甚？山婶将他呛了一通，骂他信神信鬼，山叔只好自认倒霉，挑着猪篓又上了路。

俗话说，"人要走鸿运门板也挡不住"。山叔刚走到三都街口，隔猪市还有百十米远，在转街角时遇到一个挑着空猪篓要买仔猪的人正从街巷里走出来，对方看了他的猪崽，眼里有了光。还说这仔猪脚长嘴短骨架粗，两耳又生得开，是头会吃潲的猪，会吃潲就会长膘，对方很中意，也没除潲水也没少一两秤，买卖就谈成了，还卖了个好价钱。山叔一高兴，便哼起了山歌。

山叔卖了仔猪挑着空猪篓，顿感一身轻松，随即往回走。

此时正是上午十点多，太阳冲出厚厚的云层，洒下一束束光柱，打在路边的树上，照到人身上暖洋洋的，特别舒服。山叔脚步快，不一会就走到了三都岔路口，见那里围了一堆人，有的踮起脚尖，挤在人堆里瞧，有的把手搭在别人的肩上，歪着头眮。山叔不知里面是在耍猴还是做甚，也想瞧个热闹，便放下猪篓，挤近前，原来是有人在这路口玩"猜铅笔"游戏。

一个瘦猴似的崽倀蓄着一个时髦的飞机头，时而蹲在地上，时而又站起来，手里正拿着一把铅笔让人猜，明明十拿九稳可以猜中，可旁边猜的那个家伙好似虎虎搭搭的就是不知机，接连几下都被吃了，关键是输了钱还没闹明白是咋回事。山叔在心里骂他愣头青、瞎眼屎。山叔又不好点明，也不敢多嘴，怕惹火烧身，只得在一旁挠着头皮干着急。

那玩铅笔的家伙虽然长得短眉鼠眼，瘦小如猴，但眼睛滴溜溜转。见山叔动了心，就前移半步，把手上的铅笔也伸过来，在山叔眼前不停地晃着，晃着，晃得山叔眼睛发了花。山叔也算稳当，衣袋里有钱，也不敢轻举妄动，尽管那人晃得起劲，他却一直没做唧，也没吼气。又看了两圈，山叔终是没有忍住，伸了一下手，就一下。没想到这一猜就中了，伸手便赢了十块钱。真的是赌博来钱快，赚钱腰不痛！难怪有人说赌博要是能算准，场场有得赢，皇帝老子也没了官瘾，江山美人也不想要了。山叔好不高兴。

那玩铅笔的人也痛快，输了就付钱，并不赖皮，也没说半个不字。付完钱后又把铅笔在山叔眼前晃得"沙沙沙"响，周遭的人也都将目光投向了他，好像他是大老板，他才配得上是今天的主角。

按场子上的规矩，押第二下是要翻一番的，要押二十块。山叔瞧得准时，及时伸出了手，一看竟被这家伙吃了。山叔揉揉眼，定了定神，以为看走了眼，心说再试一回，这次眼珠子都没转一下，气也没吼一声，眼睛鼓得牛卵大，细一看又傻了眼，又被这家伙吃了。山叔心里暗自着急，很不自然地摸了摸后脑勺，思衬为何被吃，难道这家伙有障眼法？不对呀！又没看到他做手脚搞鬼，不知是哪个环节出了差错，总也想不明白。

那家伙又不失时机地把铅笔晃起来，晃得山叔眼花缭乱，心里跟打了三年疟寒一样。山叔摸了摸衣袋，手里捏着最后一张二十元的票子，手心都出了汗。都怪自己贪心，如果不把那三十块钱赢回来，回家交不了山婶的差。这回山叔真有些急了，一咬牙，又押了二十块，还没反应过来，钱又被对方吃了去。山叔心里猛痛了一下，像猪被屠户按在凳上，那把雪白的刀，已捅进了他的身体，嚎也嚎不出来了，他彻底焉了，只好带着哭腔，哀求对方退一半钱给他，谁知那家伙不但不愿退钱，反而绷着脸，凶了他一眼："好赌不怨，哪有退钱的道理！照你这样说，难不成我捉了你弊？"

"不……是……不是，我是回家……"山叔已急得语无伦次了。

"不是看你一把年纪，不是看你也老老诚诚，我的拳头就要发痒了……"那家伙搏拳拢袖，做出个凶神恶煞般要打人的样子，说完便收了摊。待山叔回过神来，早不见了那家伙的人影，围观的人也散了，只剩山叔一人如一根烂柴桩样杵在那里。

山叔跑了二十来里路，卖了一头猪崽，得了五十块钱，放在衣袋里还没捂热，就进了别人的衣袋。

山叔一路踉踉跄跄，都不晓得是怎样走回家的。到了家后，山叔才想明白，之前那个故意猜不中、虎虎搭搭的家伙是个托子，和那家伙是一伙的，是引他上钩的，气得山叔眼睛鼻子皱成一团，就差没被山婶当萝卜削了，放瀨锅里煮了。山叔到家便蒙头大睡，山婶喊他起床不啣，喊他吃饭不理，问他是不是病了也不应。山婶生气了，遂进房把被子掀开，见山叔不烧不热不寒不冷的，歪在床上假睡，而且衣也没脱，身上还留有猪屎臭，脏兮兮的。山婶气不打一处来，一把揪住山叔的衣领，原来山婶的爷爷是船头滩有名的武师，做过保镖，翻过南皋山，多次经过大冶，到汉口押过货。山婶打小随爷爷练功，一般男人都不是她的对手，手劲大着哩，再加上山婶个大，山叔又细丁，堂堂一个大男人，硬是被山婶拖下了床。山叔做了悔青的事，心里有愧，被山婶一惊一吓，嘴里结结巴巴说不出话，像个做错了事的孩子，只有挨骂的份。吵闹声惹来隔壁几个看热闹的伢崽，他们在门外探头探脑地眦，还拍着小手在门外又跳又叫："大老婆，细老公，打不赢，拜祖宗！"

……

6. 板筑遗风

没过一会，第三盅茶又来了，别看这是一盅萝卜干茶，可里面的料子多着呢，有菊花、盐姜、麻子、豆子、花生米等。

山牯听说是萝卜干茶，小嘴一噘，眉毛便皱成了一个柴蔸，尝了一口后，眉毛又扬开了花，嘴角也翘起来了，脸上又漾起了笑意。

山叔羡慕父亲攀了一门好亲，说黄沙坳人热情，乡风好，走遍天下也难逢难遇。谁家来了客，邻舍都送茶，而且客茶要喝好几轮，这家送了那家送，一波又一波，山叔还没享受过这么高的礼遇，回家后叨念了几天，说去黄沙坳走一趟，蠢猪也要被茶水灌聪明。

正当大家说得投机的时候，那些上茶的、帮忙的人都拢过来了，挤在厅房门口，朝我这边张望着。刘阿婆朝我使了个眼色，众人晓得竹花要上茶了，都屏心静气不吱声了。

竹花家是一栋三间两进带天井的百年老屋，虽说是土墙，可屋内的墙土板结，墙上还钉了不少竹楔，那是用来挂农具和物什的；靠墙脚两边各摆了一条长凳，叫茶凳，约有一丈多长，宽有八九寸，那茶凳是老柏木做的，异常厚重，凳脚雕着狮子头的造型，眼大须长，不怒自威，应有百余年的历史了。大门垴上横了一根杉木，上面搁了七八只箩筐，摆得整整齐齐，大门角里几床新旧不一的地箕，被打开的木门遮了一半，有一床旧地箕露出一排字：傅至远记用。这是竹花她爸的名字。这床地箕有十余年了，箕都变成了灰褐色，但字迹还是墨黑的。东边墙上刷有一块一庹见方的白墙，上面写有褚红色的语录；西边墙有个两米见方的“量盲尺”，上面写了好多常用字，有的字已脱落，是早年教村民识字的；厅堂正中墙上有个一尺见方的“忠”字，“忠”字下有个木托神龛，神龛上有个小香炉，炉内有烧过的香把；天井边的厅房柱子都是椿木的，纹理粗犷，能看到结疤，屋柱子的磉墩都是石雕的，有动物和花草图案，有一磉墩已残缺一角；那些柱子都是贴过对联的，还留有往年办喜事贴对联的纸屑和痕迹。

黄沙坳屋场不大，东一片西一片，有些稀散，除了两栋砖面土墙屋外，其余都是土巴墙，有盖青瓦片的，有盖红杉皮的，还有混合盖一半瓦一半杉皮的，杉皮上长出了野草，在风中摇摆，似要扑下来；还有两家盖石片的，石片青青，那些不规则的青石片，得了天地日月精华，也起了绿意，不知啥时生了绿苔。

刘阿婆说竹花家姓傅，是黄沙坳村唯一的独姓人家，是从石坑傅家迁来的。值得骄傲的是，筑土巴墙的祖师爷便是姓傅的，是商朝的傅说，傅说是傅姓的始祖，是商代武丁时期的宰相，曾发明了农历和板筑术，被称之为"傅圣"，原来竹花家门头上的"板筑遗风"就是这来由。

竹花家堂前那个方方正正的小天井，是青石砌的，石缝里长出三五棵狗尾草，石板铺的天井四角背阴，有绿茵茵的青苔，那些条石方正，似被银子磨过，被湿布儿抹过，乌青墨绿，有一种冷浸浸的感觉。老屋很阴凉，过廊对着两边的门，门外的风也善解人意，轻轻拂来。天井里的狗尾草闻风而动。两只燕子"叽叽"地飞进来，趴在倒梁上的燕窝上，也不怕人，鸣声乖巧婉转，让老屋平添了几分生气。

竹花掇茶是今天的重头戏，老老少少都不想错过，连厨房里帮忙的人都停下了手中的活，有的搓着手，拍打着围裙，挽着他人的胳膊，走出厨房。有个子矮的，倚着木门，踮起脚，像看戏似的。此时，屋里的人都屏心静气地盯着我，好像我就是电影《庐山恋》中的演员郭凯敏，我就是今天的男神，我就是传说中的白马王子，我的一举一动都关乎大家的利益，能调动大家的兴致，调节所有人的情窦。

没一会，众人眼前一亮，只见竹花穿一件细格米花短袖衬衣，配一条青色紧身裤，梳一条齐腰的蜈蚣辫，穿一双八九成新的方口春秋人造革黑色皮鞋，头上别着兰色蝴蝶结，羞羞答答地端着一个黑红的木雕茶盘，侧身从茶房里走出来，比照片里的她更秀气丰腴，比那天"邂逅"在船头滩老街的她，又多了几分姿色和喜气。

那个方形茶盘有些特别，约有一尺见方，雕着神态各异的花鸟鱼虫，黑黝黝的古色古香，应当有些年头，堪称古董了，也完全配得上今天这仪式。据说黄沙坳人看姑倻都来竹花家借这个茶盘，而且早早就要定好，生怕和别人的日子撞车。

竹花双手端着茶盘，盘里一盅茶，正冒着热气，看似轻淡如烟，却是千百年婚俗的最好见证。缘定终身，在此一盅，你说这茶盘掇在手上，是何分量，我想竹花应当是经过深思熟虑的，不单单是船头滩老街一"会"，很有可能竹花还通过其他途径，对我作过进一步"侦察"，了解到我也算"百里挑一"的好青年，否则，竹花也不会轻易答应这门婚事，毕竟竹花聪明伶俐，人又长得漂亮，是黄沙坳数一数二的好姑倻。

竹花在众目睽睽之下轻移莲步，她手上的茶盘被托得四平八稳，盅里的茶不荡也不溢，但她脸上早已泛起了两朵红云，心也在扑扑地跳，似要跳出胸口，跳到我心里来。离我一步之遥时，我便闻到了她沁人的鼻息，四目含羞相对，我和她只微微地笑了笑，没说一句话，此时此刻，也无需多说。只要两情相悦，只要双方意会，一切都在茶中，一切都在眼神中，一切都在不言中。

我拿出事先准备好的红包放在茶盘里，尽管肚里喝多了茶水，可我端起盘里那盅茶就喝，我想一口把茶喝下去，喝到海枯石烂，喝到白头偕老，让竹花看到我的心迹。站在一旁的刘阿婆笑眯眯地说："莫急，慢慢喝，好日子在后头呢！"

刘阿婆这话说得土，但好有艺术，我爱听。

在幕阜山一带，看了姑倻，交了"见面笑"，就意味着订了婚，算是夫妻了，到民政局领结婚证只不过是个形式。

刘阿婆见时机成熟，即按当地风俗当着众人的面喝起了彩头：

福裕——

今搭鹊桥，

人间巧奇，

一对鸳鸯，

恰逢新禧，

花开成双，

喜结连理，

甜甜蜜蜜，

百年夫妻，

天喜，

地喜，

人亦喜；

物喜，

事喜，

样样喜。

恭喜恭喜！

我以前只见过茶戏班的师傅在台上打彩，没听说过看姑俚也打彩的，今日算是开了眼界、长了见识，而且是亲身体验，感觉就更不一样了。

刘阿婆的祝词一停，竹花爸和父亲便赶紧抱拳近前，说"您费心了"，并给刘阿婆各递了一个红包。

为什么叫递红包，而不叫发红包呢？我当时不好意思问，到后来才晓得，这也是有说法的。递红包是两手恭恭敬敬递，或递给同辈、或递给长辈、或递给领导，有尊敬的意思；发就不一样，发红包可以是长辈发晚辈、老板发工人，队长发社员，老师发学生，含有打发的意思。这一"递"一"发"，在黄沙坳这个山旮旯里，也有这么多讲究，真让我长了不少见识。

更没想到的是，这递红包也是有规矩的，单方递，说明另一方对婚事不庄重，不庄重就不能同心，不同心就是一个单字，单字就是一个祸字，祸字就是一个泡字，泡就冇得影，冇得影就冇有襻，没有影襻就是子虚乌有，美事就难成就，这是大忌。双方递红包，说明双方都重视，男女双方都同心，同心就是一条心，一条心就能夫妻恩爱，夫妻恩爱就能发子发孙，就能白头偕老，好事就能成双，美事便成美缘。而且这个递红包是黄沙坳千百年的老规矩，即便是姑娘叔婶做的媒，这红包也是少不得的，钱可多可少，也没人争多争少，如果不递红包，人家就会说你小气，灭了祖宗的规矩，那是要被人说闲话的。

竹花爸和父亲提前便做好了准备，也知道刘阿婆跑了不少路，费了不少心，所以从内心感激她，他们递过去的红包是多少钱我不清楚。父亲递的红包是母亲昨晚包的，包了多少钱我没问，我猜也不会太少。

刘阿婆识礼，谦让了一番，然后才笑嘻嘻地说："好，喜钱我就收下了。"

第三章

1. 接筵

　　黄沙坳的风俗与其他地方有些不同,看姑俚有亲戚"接筵"的。接筵就是在主家开席前男方到女方家,或者女方到男方家,男方或女方的至亲都要办酒席,把新亲新戚全部请到家里去喝一顿"认亲"酒,一般都是两桌三桌的,少的也有一桌。菜则讲究四盘四碗,多则八盘八碟。如果亲戚多,接筵的也就多。接筵的多,媒人就得提前打招呼,要新亲早点来,来晏了主宴就难以按时开席,不能按时开席东家嘴上不说,心里则会鼓鼓哽哽的。

　　竹花有个姑父叫周敬财,也住在黄沙坳,家门口有一片田,远望对门山,是片竹林,那竹林漫山遍野,郁郁葱葱,像门前摊开一幅超大的声电风景画,坐在门墩上也能听到竹浪声声,好似千兵万马从门前开拔,令人心旷神怡,平添了几分豪气。

　　姑父周敬财家门口的坪坎边有一块大田,有黄沙坳村小学的篮球场一半大。当年分田到户时,因那块田正处屋门口,易遭鸡鸭侵害，人家不肯要，周敬财也担心别人分了去，鸡鸭糟蹋人家庄稼赔不起，只好自己要了来。好在那块田隔屋近，易放水，好管理，正好做秧田，所以年年春夏都种秧。

姑父周敬财读过几年书，对农事节气很敬重，半个月前，他就从樟木箱里翻出那本皱巴巴的老通书，看好了今日为赶春开秧田的日子，通书上说这日宜耕宜嫁，且这一个月也就这天是个好日子，可他没想到会与竹花订婚交见面礼撞车。

为了接筵和开秧田两不误，周敬财只好花钱请本村牛主高松叔来帮忙开秧田。

高松叔是个快活仙，最喜唱山歌，一日不唱喉咙便发痒，而且他唱山歌能触景生情，见啥唱啥，张嘴就来，尤其是女人爱听，若有几日没听到他唱山歌，魂都不晓得跑哪儿去了。

这不是神侃，都是真人真事。

有一天，高松叔唱得起兴时，有个女人在堰下洗衣走了神，她男人一件新买的汗衫被水冲走了也有察觉，后来找了半里水岸才找到，结果被河里的柴桩刺儿挂穿了，回家后被老公骂了一顿还不服气，在厨房做饭时，盆钵被她摔得"嘭嘭"响，菜刀在砧板上剁得"啪啦啦"响，心里还是漾漾的。还有一次，一个女人坐在桌前吃饭，听到撩人的歌声飘进院来，心就像被猫爪挠了，脚也就不由自主地迈出了门，说难听点，有点像夜半被野男人翻墙入室摄了魂似的。乡人说，女人野了心，那可是十头牛也拖不回来的。这女人端着饭碗走出大门时，眼睛像栓了根牛绳儿似的，只顾遁声远望，也没注意脚下有道石门槛，过这门槛时忘了抬脚，一个趔趄栽在门槛外的石板上。说来也怪，那只碗摔出去一丈多远，像抽陀螺似的在地上转了一圈又一圈才停住，竟然完好无损。而她被门槛绊倒了，手也好的，脚也好的，头也没伤，身上也没破皮出血，不知怎么的就把门牙儿磕断了，这不是奇了怪了吗？

开始还不觉得痛，没一会儿泪就滚出了眼眶，男人骂骂咧咧把她送进医院，医生开了点消炎药，回家后半年都不敢磕一粒蚕豆儿，让人笑了几年。

这不，高松叔打了个呜呼，张嘴就唱了起来：

> 吃了糊饭去看娇，
>
> 大水打掉路边桥，
>
> 手扶桥墩双流泪，
>
> 只见桥墩不见桥，
>
> 打掉情哥路一条。

高松叔赶了个早，不到两个时辰便把秧田犁翻了，然后换犁架耙准备耙田，人站在平耙上，心情格外舒畅。头上白云朵朵，像谁赶出了一群羊儿，在悠闲地吃着草；风溜溜地吹，吹绿满眼青山，吹得人神清气爽；几只牛蝇也闲不住，在牛背上飞来飞去，"嗡嗡"地叫着，水牛甩着尾巴上下左右驱赶，泥水洒落在高松叔身上。高松叔低头看了一眼脚下的平耙，一手攥着牛绳，一手拿着牛鞭，对牛吆喝了一声，牛就迈出了前蹄，耙就跟着走了一庹，山歌也就从他嘴里嘣了出来。高松叔站在耙上唱山歌时，不停地挥着手中的牛鞭，吆喝声飞过几条山梁，几处窝窝荡荡，那片竹海也动了心，起了风，似在呼应着，喊个不停。

听到那与眼前春景不相协调的悲情歌声，在场的人心都紧紧的。

"这家伙昨晚肯定被老婆踢下了床，要不，怎会唱得恁样悲伤？"不知是谁笑着说。

田野中草儿已青青一片，还点缀着星星点点的野花，那些花儿好似都睁大了眼睛，竖起了耳朵，仰着头，铆着劲，似乎要在

春阳中争相讨个好彩头。

燕子最忙，在田野中不停地来回穿梭，矫健的身影不时擦过草尖、田埂，又从高松叔的头顶飞过，最后落在不远处的一根电线上，站着队，列着阵，呆呆地看着两只八哥飞落在牛背上喳喳叫个不停。

高松叔见我们这些来吃"接筵"酒的新亲新戚们酒也不吃了，都下了席站在屋檐下听他唱歌，还不时地交头接耳，指指点点，说着什么。高松叔一高兴，便又放声唱了起来：

> 情哥路远来得稀，
> 走进门来姐杀鸡。
> 老公回家寻鸡算，
> 指南指北指东西，
> 又指山中野狐狸。

水牯拖着平耙在田野中飞奔，远看恰似一幅美妙的江南春耕图。高松叔在"画"中好不快活，故意把牛鞭甩得脆响，把水牯撩得兴起，只听他又唱了起来：

> 叫你上床就上床，
> 莫变黄牯退犁框。
> 莫变虾公打倒退，
> 莫变鲤鱼挂树桩，
> 莫变乌龟缩头王。

这首山歌看似下流粗野，说的是乡里男女情事，其实是鼓励人们大胆去追求心中所爱，所以很动听，也极受山里人喜爱，老少都爱唱，但就是唱不出高松叔这种醉人的情调。

姑父周敬财也是唱山歌长大的，见我们纷纷走出屋来听歌，便饶有兴致地给我们介绍，说高松叔不但会唱山歌，而且还会打山鼓，其鼓点如千军开拔，要是这山歌能配以山鼓，咚咚有声，那就更加煞火了。

得知姑父也会唱山歌，我们都说要姑父唱一首，姑父推辞不过，便脱口唱了起来：

> 山歌不唱使人呆，
> 清水不挑长青苔。
> 撇开青苔挑担水，
> 撇开撇开又拢来，
> 好比情哥难撇开。

姑父周敬财唱到前二三句时，我对"清水""青苔""撇开""拢来"的词意不甚了解，觉得很平淡，没明白究竟唱的是什么意思，而且也推测不出他最后唱的会是一句什么歌词，故没有引起我多大兴致，觉得还是高松叔唱的有意趣。待姑父唱完最后一句"好比情哥难撇开"，这结尾便有云开雾散的惊喜，也十分的出人意料，又好似在情理之中，让人顿感清新明朗，情深意长，可以久久回味。这歌词不知出自谁手，应是一种寻常的应景生活现象所产生出来的一种巧妙的爱情联想语，与姑父情意绵绵的腔调十分切合。据说姑父周敬财唱这首山歌还参加了县上的山歌会比赛，在百余参赛歌手中脱颖而出，获得二等奖，是船头滩乡唯一一个获奖者，县上奖了他一台收音机。如今收音机的塑料壳已褪了色，开关也都转不动了，姑父周敬财不但不舍得丢掉，而且还把它当宝物似地摆在房里那张红漆亚亚的老柏木桌子上，用一条白花毛巾盖着，俨然成了一件宝贝，比家里任何一件物品都要看重三分，可见姑父周敬财对这台收音机的感情有多深了。

又一群八哥唧唧喳喳飞来，落在高松叔身后刚耙过的水田中觅食。

耙刀过处，那些烂根烂草全被耙翻，蚯蚓无处藏身、虫子也出来了，鸟儿成群结队地飞来，偌大的一块水田露出一条一庹宽的泥痕，像女人不小心露出了她的私处，而两旁退去的泥水像一块幕布，似是女人的守护神，又挤挤挨挨地汹涌而来，大有要为女人献身、要为女人遮羞的意思和勇气。高松叔还在吆喝着水牯，站在耙上尽情地享受着春阳，任凭水牯拉着他，就像书上说的古代某位皇帝坐着牛车兜风一样神气，任鸟在他周围飞来飞去，任田里的泥水退去退去又拢来，他的眼睛却不时瞟向屋场，那形景，比神仙还惬意几分。

这时，水牯看到不远处走来一头脱了缰绳的水牯婆（母牛），就昂起了头，哞——哞——哞——叫着，声音传出几里地，吓得在田里觅食的鸟儿也不敢喳喳叫了。有人说，是不是刚才高松叔唱的情歌太煞辣，惹得水牯起了兴、心里着了火？只见水牯又哞哞连叫几声，眼里喷着情火，拖着耙要去追赶那头水牯婆，虽隔着几块田，可水牯拉着耙，拖着耙上的高松叔在秧田里走得比刚才凶急。高松叔没想到这水牯见了水牯婆比他见了女人还要上心，田也不愿耙了，牛轭也不退，耙也不松，就不管不顾地要与水牯婆私奔。这还了得，这不把主人当茅耙（稻草人）了？高松叔来了气，随即挥起牛鞭要打水牯。都说皇帝为了女人连江山都可以不要，水牯为了能与水牯婆相会，又岂怕这根牛鞭？水牯拖着耙要起跑了，高松叔的牛鞭还没落下，人就站不稳了，牛背上的八哥受到惊吓，尖叫一声飞走了。

2. 锣声响起

高松叔是村里的耙田老手，见识过犟牛，多次教过牛、走过田、开过犁、闹过场，这回算是遇到了对手。

高松叔左手攥紧牛绳不放，拿牛鞭的右手又想去抓住牛尾巴，乡人说"老牛胜过老奸贼"，水牯早就料到了高松叔这一招，那牛尾巴左一抻右一甩，如活脱脱的泥鳅在泥田里揎来揎去，还不停地挥洒着泥水，弄得高松叔脸上、身上到处都是泥水，眼睛也不敢睁开，哪里还抓得着牛尾巴？还没反应过来，那牛尾巴跟笨棍一样横扫过来，反被牛尾巴狠狠地扫了一下，只听他哎呦一声，一个仰八叉倒在水田里，泥水溅起一人多高。这一突发情形让我们和屋场里看热闹的人都担心起来。那水牯拖着空耙还是要跑，好在高松叔死死攥紧牛绳未放，水牯歪着头，不停地哞叫着，眼睛血红血红的，好像是遇见了前世的杀父仇人，牛角连甩了几下，这架势，倒像是上了斗牛场的牛，那生相着实吓人。高松叔也是第一次见到这样的形概，心里也着了慌，不知如何是好。

水牯拖着耙槎转了身，高松叔吓得手也抖了，腿也软了，还出了一身冷汗，之前的神气劲儿荡然无存。高松叔赶紧松了手中的牛绳，慌忙从泥田里爬起来，没跑几步又倒在水田里，爬起来时也不敢回头，只敢往屋门口的地坪坎儿这边跑，也顾不得脚下泥水四溅了。

都说人到了极处，就顾不得廉耻。高松叔遇到牛发疯，自然是逃命要紧，也就不怕被人耻笑了。原本从田塍走是可以上坪坎的，可在这么凶急的情况下，高松叔是不可能走田塍了，也由不得他想，只有从田里直接上，从田里上是最近的，而且坪坎也只有一尺来高，抬脚就可以上去。可高松叔的腿脚已不听使唤，又慌不择路，竟然是爬上来的。

情急中，我看到坪坎边的田角头有一个稻草垛，便急忙跑上前抽出一把稻草，然后我用门口晒衣的竹篙着那把稻草，好在那稻草干爽给力，打火机一揿就点着了。这时高松叔刚爬上坪坎，那水牯就拖着耙冲到坎边来了，前蹄已踏上了坎，高松叔已吓得屁滚尿流，瘫在地上，连爹娘都喊不出来了。见水牯发了疯要伤人，早有人吓得尖声大叫躲进了姑父周敬财家，还关上了大门，他们担心牛踢开门闯进去，又移了一张桌子将门顶住。有几个胆大的则跑到房里，挤近窗户，探头看着屋外。

我不知哪来的胆气，举着竹篙权一个箭步冲上去，把烧着的稻草在水牯眼前晃着，就晃了两下，没想到水牯怕火，竟然摇摆着犄角哞叫一声，极不情愿地在坎边停了下来，眼里还喷着火，鼻子喘着粗气，嘴巴不停地反刍着，好像肚里窝了不少火气，还嚼出了许多泡沫，没一会，水牯就变得温驯了，收回了它踏在坎上的蹄子。

好险啦，要是再迟一步，牛蹄就要踩到高松叔身上，就要出人命事故，在场的人都松了一口气，躲在屋里的人赶紧打开大门跑出来。

我见水牯收回了野性，赶紧从草垛上又抽了一把又黄又亮又软的稻草送给牛吃，水牯这时已温驯了，在美美地吃着稻草。我赶紧扶起满身是泥、瘫在地上的高松叔。

屋场里的人听说有牛发疯要斗人，纷纷赶来看热闹，一眨眼便围了一大圈人。人们议论纷纷，有说牛发疯会斗死人的，牛角会挑破肚皮，肠子都要挑出来，不斗死也要被吓死；有责怪高松叔没掌握牛脾性，牛发癫了还挥牛鞭，这不是找死，差点送了命吧？！还有人说得更神气，说是高松叔的情歌唱得太热辣了，你唱山歌就唱山歌，做甚要唱那些荤歌，你唱那些荤歌太动情，人都要被你唱癫，何况是牛，牛受不了，哪有不斗人的道理？这个一句，那个一声，把高松叔说得只管低着头，也不知如何回答。当然，也有人夸我，说参过军的，在部队锻炼过，就是不一样，有勇有谋有胆识。

尽管牛在吃着草，没了野性，但高松叔的腿还是有些抖，嘴唇也有点紫。他刚一回过神来，便拉着我的手，说是我救了他一命，并问我："你怎么知道牛怕火？"我说我也不晓得，当时是急中生智，又没有其他办法可想，没想到一把稻草还真起了作用，这让我也感到很意外。

听说姑父周敬财家请来耙田的牛发了疯，正在厨下掇着盘箕往锅里放哨子的竹花忙放下手中的盘箕，一路小跑赶过来，手上还粘着雪白的糯米粉末，几根发丝在耳际飘飞，眉毛锁成了一条线，口里微微喘着粗气。当她跑出屋场，看到一堆人围在那里，预感情况不妙，心里非常担心，脸也由红变青，眼里都快有了泪光。当她挤进人群，见我没出什么危险，心里的石头才算落了地。见我衣服和脸上有不少泥渍，便急忙跑进姑父家拿了一条毛巾出来，全然没了刚才掇茶时的那种羞涩和矜持，上前便拉着我的手挤出人群，朝姑父屋头的山脚下走去，我不知竹花拉我去干啥，屋场里的人都眼生生地盯着我俩。

还没有走到山边，离山边还有两块田的距离，就看到一股山泉从山沟里汩汩地流下来。山上是灌木林，林子很深，黄沙坳处在大山里，林子也多是老林，黑樾樾的。近了，眼前有一条小溪像女人弯下细腰，在这山林里寻寻觅觅，泉声潺潺，经夜为其弹奏，谁也喊不停，也没谁来喊，这样多好。山里有泉就有灵气，林中有泉就有湿润，没有山泉树木也不会有绿浪，溪里的石头也不会光滑。泉水只有经过深林，跑出了水花，跑出了欢畅，跑出了哗哗声，才清洌甘甜、沁人心脾。

船要过滩

姑父周敬财用数根毛竹剖成两半架设了一排竹笕，把山溪中的泉水一路引到厨舍外的水缸里，哗哗声经流不断。我读过陶渊明的《桃花源记》，桃花源也没有这不花钱的"自来水"，而且这水绝对比城里的自来水清澈，那竹笕还长了青苔，可见这竹笕已架设多年了。记得船头滩曾有人开过玩笑，说黄沙坳人在上游河里洗澡，下游的船头滩——则有人在河里担水吃。黄沙坳人吃源头水，镇上的人喝洗澡水，这也是不争的事实。

竹笕当头不远处，能看到那山泉低吟溅唱穿过狭窄的灌木丛，像唐诗宋词里的君子一样谦谦然让过岩沟边一棵棵碗口粗的灌木，我痴痴地想，泉水流过时有否向林中树木打过招呼，或者问声好，要不，怎能如此相敬如宾？

及至走近前，才看到那山泉是从一人多高的崖坎上凌空跃下，然后化成轻轻的雾水散落下来，落在崖坎下的小水凼里，那些雾水落下来时，我似乎还听到一阵凉飕飕的风飞过，偶尔有一两片树叶落地，也卷起一阵雾气。

那个水凼正处在竹笕下，水凼旁一排青石板砌的洗衣埠，水凼下面的沟坎，不是常见的土坎，也不是石头垒砌的，也不是浇的水泥，而是打了一排半人高的松树桩，上面绕着光条条的小山竹，扎得齐崭密实，像一道篱笆墙，那应是村里人防山洪冲堤扎的。水凼的青石板还有水渍，湿漉漉的，像刚有人洗过菜，上面还留有几片残菜叶。青石板边安了个小石墩，石墩上有一个茅槌，不知是谁遗落抑或是有意放在这里，也不怕人拿走，山里人多淳朴，路不拾遗。溪里的水清澈见底，几条小鱼在游弋。这水凼不仅可以洗衣、洗菜，热天，小孩还可以在凼里洗澡，当然，大人就只能抹澡了。

竹花把毛巾在水中搓了几下拎起来，并示意我跪下来，我故意眯着眼睛任其摆布，就像一只幸福的小绵羊，被牧人抱在怀中，尽享人间抚爱，心里像灌了蜜似的。

竹花用毛巾轻轻地为我拭去脸上的泥渍，她出手那么轻，那么细腻，两人相距是那么近，她胸前一起一伏，有规律有节奏，又恰到好处，像湖水起的波，像高山飘忽的烟岚，那么美妙，那么撩人。我闻到了她身上散发出来的气息，是那样芬芳、那样沁人、那样醉美。那是一种青春的气息，一种久违的气息，我多想时间定格下来，就这样，直到地老天荒。看得出，竹花并没有像我这样胡思乱想，她擦拭得那么仔细、那么认真，让我意乱情迷。

竹花一会儿又要我站起来，一会儿又要我转过身去，弄得我堂堂一退伍兵，像个小学生似的，虽有些难为情，可心里甜蜜着。

"嘡——嘡嘡——"，忽听一阵锣声响起，不知村里又出了什么事，我忙抬头张望。

竹花见我傻乎乎地望着屋场里，便吃吃地笑道："你晓得这打锣是做甚啵？"

"黄沙坳是林区，树木多，肯定是护林员在打锣呗！"我自认为很聪明，肯定地说。

"猜错了。"竹花咯咯地笑着。

"那就是捉到了偷树的人，打锣游村！"我又猜。

"又错了。"竹花笑得脸上起了酒窝。

"难道是唱戏的打起场锣？"这回我认为猜对了。

"错、错、错……"竹花只管抿嘴笑，笑得那样甜。

"那你快说呗，这是做甚打锣。"我有些急了。

"猜不着吧，猜不着了我就告诉你。"竹花停了一下接着说，"这是我家要开席了。"

"什么？"我以为听错了，又问一声。

"现在有红白喜事，村里人都兴打锣叫吃饭。锣一响，老远就能听到，在田地里劳作的人便知道是办喜事的东家要开席了，

主人就不用家家户户上门去催，省却好多麻烦，这习俗都是几年前兴的。"竹花挺认真地说。

"请客吃饭也打锣，这习俗真新鲜！"我感到有些新奇。

"说起打锣，还有一件趣事呢！"竹花又神秘一笑。

"那说来听听，让我也开个巧。"见竹花这样纯真可爱，我索性拉着她的手，故作认真地说。

"想听？"她眨着那双水汪汪的眼。

"嗯。"我点了点头赶紧答。

"好，那我说给你听。"声音沁人，那么甜。

"嗯。"我眊着她那双水汪汪的眼，好似看到了一个童话世界。

竹花被我眊得有些不好意思了，望着水凼旁一丛刚开花的野草，丢过去一个小石子，小石子落在水凼里，溅起几滴小水花。

"那是几年前，"竹花的睫毛像蝴蝶在花丛中飞呀飞地扑闪着，我拉着她的手趁势坐在洗衣埠旁的石墩上，竹花接着说，"村里横仔杀年猪，他办好东道叫邻里去喝汤，叫了东家跑西家，好不容易叫来几个人，可来的人见村邻大部分都没来，怕被人笑话，便又折回了家，如此一叫二叫也没来几个人，横仔脾气躁，如果不是往日吃了别人的酒，喝了别人的汤，欠着人家的情，他都不想再跑了，气得横仔提着铜锣站到吊楼上一阵猛敲，一边敲锣一边喊，你猜他说啥？"竹花一口标准的黄沙坳话，带了点拖音，又故意打住，眼神里流露出一种甜美的幸福感。

"是骂人吗？"我故意说。

"你又猜错了！横仔说'你们看得起我，往日叫我喝了汤，我冇要你们催来又催吧？冇要你们放炮竹迎我吧，也冇要你们抬轿来接我吧？今日我横仔解年猪，本要图个热闹，想不到你们人人身价大，比辽山寺里的观音菩萨还难请，请不动也不打紧，东道不好你们也该来尝一尝，为何要我催了又催？我酒也买了，秋莲菜也炒好了，不来也浪费了！好了好了，不来就算了，下次你们也不要喊我喝汤了，这次咱们就算两抵扯平了，以后见面就不要说我横仔莽子还欠你们大家的人情啊！'"

"秋莲是谁？"我说。

"秋莲是横仔的老婆。"竹花答。

"横仔为何又叫莽子呢？"我不解。

"因为横仔个儿高，所以也有人绰他莽子。"竹花解释说。

"这横仔还真有两下子，锣一敲，就这样跟人两抵扯平了！"我觉得横仔这人有意思。

竹花也说横仔是个有故事的人，只可惜他投错了胎，许多好地方、好人家不去，懵懵懂懂地便投胎到了黄沙坳。

不过话又说回来，黄沙坳人也没嫌弃他，有好山好水侍奉他，有好田好地让他种，虽然交通不发达，有点偏僻，但绝对是山清水秀的地方。横仔在黄沙坳，也算个人物，上过武汉，到过广州，住过宾馆，坐过火车和轮船，见识广着呢！

横仔能去广州，当然得多谢黄沙坳村的竹厂。在船头滩，好多村是没有厂的，黄沙坳村有竹厂，连村干部在乡上说话也有"分贝"。

黄沙坳村的竹厂就建在离村不远的一个长满了竹子的山荡里，连着那条马路，马路与村路一样只有不到三米宽，只能通小货车，大车进不了，好在竹厂也是用厢式小货车送货的。竹厂为什么要用厢式小货车呢？这也是竹厂为了逃避沿途的木竹检查站的检查罚款，用厢式货车运输好通关，不易引人注意。横仔曾是竹厂的外销员，到过好多大城市。他第一次入住广州白云宾馆，那可是广东最有名的宾馆，看到房间和走廊里全部铺着崭新的地毯，地毯上还有大朵大朵叫不上名的花，比横仔结婚时床上的毛毯不知洋气多少倍。横仔哪敢开脚？杵在哪里像个碌墩似的，同

伴推他也不敢开脚，就像他当年第一次去秋莲家一样，不敢进门，怕秋莲爸赶他出门。同伴笑他是一只山林里的兔子，只晓得钻林子，过山埂，藏土洞，没见过大世面。那知进了房间，同伴又给他开了一个大玩笑，与他玩起了躲猫猫的游戏。

横仔听到人说话，找遍房间未看到人。最后，同伴突然像电影里的演员似的大喝一声，从一张洋洋雅雅的大床上蹦起来，右手举成一把手枪的姿势，瞄准着他，嘴里喊出"叭叭"两声，把横仔活生生地吓了一跳，魂也飞到了千里之外的黄沙坳去了。

那是一张叫什么"席梦思"的大床，有海绵、有弹簧，人睡在上面，就可以凹陷下去，把床单一拉，又平平展展，看不到人的形景。

横仔有些好奇，围着那张大床转了好几圈，以为那张床是神话传说中的魔床，屁股都不敢挪上去，只敢用手试着摸了一下，还不敢用力。

横仔还说，只见过房间里放夜壶（尿罐）的，没见过房间里有茅厕的。更洋气的是，那茅厕里的便池也是瓷的，不知是景德镇瓷还是越州瓷，溜光水滑，厕完屎后用水哗哗一冲，又白又净，比家里过年盛糯米汤圆的盘子还要白，还要洁净，还要水亮，还要光滑。

横仔大开眼界，说过去皇帝也没住过这么高级的宾馆，也没见过这么新奇的物品，每当与人聊起这些，横仔就滔滔不绝，有一种自豪感，听者眼睛放光，也觉得很新奇，毕竟那时村里没有谁出过远门，没谁敢当着村人的面说坐过轮船，住过宾馆，火车是横着走的还是竖着走的，也没谁晓得。连村里赵子文也没到过广州，谁还敢吹牛屄（说大话）？广州有多大，隔辽山有多远，是屋场的前方还是后方，黄沙坳河的水是否流经广州，村里没人能说出个一二三。再是"席梦思"有架子床高吗？有稻草暖和吗？

藏不藏跳蚤？是塑料的还是铁的？村人没见过，更莫说在上面睡了。横仔说的这些是真是假，村人也无法印证，只能半信半疑。那时没有电视，乡村文化生活很是落后，村民吃完晚饭没啥地方消遣，多坐在屋坪里乘凉，听万亩竹海奏乐，看天上繁星闪烁，扯着家长里短油盐柴米，还有村里某人偷鸡摸狗或者男女是非，听得田野流萤点点，天上星星眨眼，月亮也觉得耻人了，只好隐入云层。这时，男人们抽起了旱烟，吧唧吧唧的，竹烟蔸闪着火星儿，坐在一旁的女人摇着手里的蒲扇，被烟呛了，骂了男人一句脏话，引起女人一阵哄堂大笑。村里的孩子则拿着空墨水瓶在屋坪里欢叫着扑捉萤火虫，笑声从屋坪里飘出，在菜园的篱笆墙上打住，天地间铺开了一幅美妙的乡村夜景。这样的时候，横仔总不会缺席，他就会有意无意地说上一遍，也不知他说了多少遍，反正听者也乐意，也没有谁反驳过他。

后来村里的竹厂被人承包了，横仔离开了竹厂，就过着开门看山、出门看地、晚上抱枕的日子，再也没出过远门了。

横仔失落了几年，晚上乘凉时就不再扯这事了。

3. 报案

前不久，黄沙坳竹厂的刘老板瞒着村人在黄沙坳的"七里坑"砍了两车楠竹未办砍伐证，没办采伐证就算盗伐，弄不好是要拘留罚款的。这事让横仔晓得了。横仔肚里有怨气，正愁无处着手，这不是天助我也吗？于是他骑上那辆"牛轭"（嘉陵摩托车）——那"牛轭"是他早年在竹厂上班时买的，到乡林政队报了案。乡林政队的人当即打电话把刘老板"请"了去，作了一个调查笔录，

说是等待处理。横仔回来时天色已晚，骑到半路一处陡坡，一个该死的石头，还没西瓜大，不早不晚，不偏不倚，恰在此时从山坎上脱落滚下来，就像是刘老板故意掀下来似的，滚到了路中间，把横仔吓了一跳。横仔一着慌，车把就失了控，连人带车翻下了坎。还真是应了乡人说的话：冤鬼千年在，无巧不成书。坡坎下有个荒坪，荒坪下面是个山沟，正好有人在此码了一堆窑柴，那堆窑柴有半间房大，七八尺高，不知是谁想在这里建窑烧石灰。奇就奇在横仔的摩托车翻在左边，人摔在右边。好就好在那堆窑柴全是干冬茅，厚厚实实，软软绵绵的，像放了一床厚棉絮在那里，专等横仔上床做新郎哩。横仔好似做了个梦，梦里看到满目的青山老树，听到了松涛、流泉、风吟、虫鸣，闻到了泥土的气息和一股山林之气。对，那个茅柴堆，比家里的眠床还暖和，比当年修河堤时他在芦茅洲里与秋莲偷吃禁果的草坪还安逸哩。横仔梦见自己又一次来到了广州白云宾馆，这回可不是同事跟他开玩笑，而是他跟刘老板开了个玩笑，他躺在宽大的席梦思上，将一床绣着一对鸳鸯的大红被子盖在身上，刘老板在房里找他喊他，寻遍所有房间都没有看到他，他也不吱声，装着没听见，刘老板以为横仔故意躲着他，不愿理他，也生了气，就黑着脸，气呼呼地把门"嘭"地一声关上——走了人。

这一声"嘭"，把在茅柴堆上正做着梦的横仔惊醒了。

横仔终于想起来了，是自己到乡里举报刘老板无证砍伐竹子，刘老板被乡干部喊去谈了话，乡里要处罚他，自己骑车返回时在半路上遇见了鬼——不，是撞到一个石头，一个圆滚滚的石头，那石头不是刘老板掀的，也不可能是刘老板掀的——绝对不是！就是那个该死的石头，正好在他经过的时候，从山坎上脱落滚下来，不偏不倚撞到了自己的车子，害得他连人带车翻下了坎，现在全身像散了架一样。他听见山沟里有风声，这风不是天井里的风，也不是竹林里的风，也不像船头滩的风，更不像修河风，与屋后山坡上的风、黄沙坳墩里的风，都大有不同。这风像找不着北的风，似跟在棺材后面呼呼跑的风，有点怪怪的，说准确点，有点像阴风，让人毛骨悚然。

横仔赶紧儿从茅柴堆上爬起来，他感到有些头晕，但不忘摸了摸脑壳，一再确认没缺胳膊冇少腿，也没有伤到骨，这才谢天谢地地拍了拍衣服上的茅屑，他想爬下茅柴堆，竟然是滚下来的。滚下来也行。他想。

没想到的是，刘老板第二天就登门来了，还带来了一瓶四特酒，精包装的，那可是江西的名酒啊！这酒横仔以前在竹厂喝过，在外跑销售时也喝过，现在有几年没喝了，已想不起是个啥味儿了。刘老板进了院门也不问生庚八字，便老哥长、老哥短的，把横仔喊得浑身不自在。

刘老板之前对横仔了解甚少，只是昨晚与乡里分管林业的副乡长老宋在一块喝酒时，听老宋说起横仔，说横仔肚里没两根好肠。

横仔与刘老板没什么交情，刘老板在黄沙坳承包竹厂后，横仔就没去过竹厂了，竹厂的生意怎样，横仔一概不知，也无心打听。横仔也没说一个"请"字，那刘老板就走进了堂屋。横仔心说，"来者不善，善者不来"，这笑面虎还带了酒，这不像是上门问罪，倒是想来收买他的。好在乡人也说，伸手不打笑脸人。不管怎样，来者都是客，横仔不好简慢。秋莲脑子灵泛，见来了客人，还带着礼物，忙放下手头剥笋的事儿，正欲起身去泡茶，还未起身时，她的腿因蹲的时间太长而发麻了，她扶着椅子歇了一会才好。随后便泡了茶送来，又到厨房去炒菜。黄沙坳人都这样热情，哪怕家里来了冤家对头，只要进了门，都要上茶上酒，这已成了传统，横仔家当然也不例外。但刘老板算不算客呢？横仔也不好说，毕竟人家是带了酒的，带了酒就是提了见面礼，有礼就是理，就冲这瓶四特酒，横仔再小气，也不好将人拒之门外。横仔进房掇出一錾缸山杨梅泡的谷烧酒，这酒是自己酿的，杨梅也是山上摘的野生杨梅，这些自酿的酒特别香，比店里买的酒还要烈。横仔筛了两杯酒摆好，没一会，秋莲就把菜掇上来了：一盘春笋炒腊肉，一个山蕨炖猪尾火钵，一盘木耳炒青椒，一个香菇蛋汤，都是喝酒的菜。横仔这才说了句"请"，刘老板说了声"多谢"，两人才在桌前落座。刘老板屁股刚挨凳，就端起了酒杯，说："老哥早年跑四方，比我出道早，又见多识广，我是有眼不识泰山，这杯酒就算是我赔罪的，来日再请老哥到我厂里喝个痛快！"

"刘老板抬举，你是客，这杯应是我先敬你！"横仔冇想到刘老板竟然这样识眼，还亲自上门，开口就说赔罪，要是换作他人，花再多钱，也不愿道个歉、赔个罪，难怪乡里干部和他处得好，于是也一仰脖，一杯酒便下了肚。

都说酒是好东西，搁在瓶子里是水，喝到肚子里就是火，火在灶膛里笑，火笑就有客来，再大的冤家，一笑可以泯恩仇。这话一点不假。横仔和刘老板越聊越投机，似有相见恨晚的感觉。

又一杯酒下肚，横仔的话便多了起来。

"我在竹厂干了几年，顺顺当当的，哪知你把竹厂承包了，打掉了我的饭碗，你莫嫌我说话难听，当初我是有些气愤，对你有看法，怨恨的心都有……实话实说，我之前是这样想过，也跟人说过，说谁打破我的碗，我就要拾起地上的残片掷过去，狠劲地掷过去，打瞎他的狗……狗眼……"横仔好像又回到了几年前，说得有些激动，口里的唾沫乱飞，眼睛闪过一线诡秘的光。

秋莲这时仍坐在一旁的小杌上剥笋，杌子埋在屁股下，只露出四条杌子腿，旁边摆着一只背篓，笋壳也剥了一堆。见横仔说话走了嘴，便斜了他一眼，意思是叫他不要骂人，说话要有分寸，不要挑明了，可横仔好似冇看到。秋莲也不知他是真醉还是假醉，抑或是想借酒装疯敲打这个刘老板，也就只好随着他，照原低头剥笋，好像屋里就她一人，横仔和刘老板的存在只是假设，是虚无的事。一背篓的笋被她剥了一半，还剩一小半的样子，地上已拢起了一堆笋衣。

"嘿嘿，不打不相识，这回我是叫定了你老哥！"刘老板多知机，听了不但没生气，还忙掇起鋻缸为横仔筛满酒，然后自己也倒了一杯，像是在自己家里招待客人一样随意。

刘老板是湖南平江人，曾在修水办竹厂多年，后到黄沙坳来采购毛竹，与乡里分管林业的老宋交上了朋友，通过老宋牵线搭桥，刘老板顺利承包了黄沙坳村的竹厂。想起当初承包竹厂时的情景，横仔恍如昨天，没有谁比他更清楚的了。

其实，村里发布竹厂承包的消息后，横仔也想过报名，可报名要交押金 50000 元，横仔一时筹不拢，这还不打紧，关键是村里报名的人多，而且他那刚脱五服的亲戚——铁山也来报了名。铁山准备参选村主任，铁山的父亲曾当过村大队长，人脉关系比他好，而他是水桶冇襻，出门无路，没一个人可以帮到他。到时竹厂没包到，反倒得罪了铁山，这不成了"屋里屋外不是人"吗？就是见了刘高叔——铁山的父亲，也会很尴尬。横仔不想有这样的结果，在眠床上翻来覆去睡不着，便索性披衣坐起来，在床上抽了一支烟，抽完一支接着又抽了一支，捻灭又抽了一支，横仔也记不清前后抽了几支，快到下半夜了，才打消了报名的念头。

竹厂花落谁手，谁能成为竹厂的新主人？横仔逐个筛了个遍，也想了大半天，认为只有铁山中标的可能性大，其他人都是垫床舌的，自然是白忙活。

横仔想实了，如果是铁山承包竹厂，就去找铁山讨份事做，

铁山不可能不给面子，铁山没办过厂，没有啥路子，也没搞过厂里的销售，需要有经验的人相助，说不定还会重用他哩。

4. 横仔住在村西头

竹花说横仔就住在村西头的山嘴上，是一栋土墙屋，依山就势建在溪沟旁，横仔没在此建房时，附近有三四户人家，他们和睦相处，从没有闹过口角。秋冬季节，谁家在屋坪里剥茶籽，必会生一堆惹人的茶壳火，村人会三三两两前去凑热闹。主人特热情，总把邻舍当远亲，不是端机便是端椅，男人忙敬烟，女人忙敬茶。邻家在火堆旁坐下，夯开双手炙火，火把脸映照得像个红柿子。当然，邻家来了也是不闲的，腿上搁着竹盘，手上不停地帮剥着茶籽，聊着春夏秋冬、家长里短、坊间趣闻，有人一时兴起，还会哼两句山歌……

农家都是有晒谷坪的，几个小毛孩在晒坪里滚铁圈、抽陀螺，其中两个跪在地上把茶籽球当成玻璃珠玩得正欢。这是横仔邻家的风景。

而横仔家是没有地坪的，因为他家原来住在村东头，那地方不好，晒不到太阳，加上老屋也要倒了，后来看中了村西这块地，可村西这块地正处在这几个邻家的"白虎"上，虎是吃人的，自然这几家人都反对他在此建房，可反对也没有用，那块地是横仔的，横仔坚决要做。房子是建起来了，但美中不足的是，房屋东头挨着溪坎，屋檐水就滴在溪坎上，点点滴滴不差毫厘，屋檐下的过道只有两尺来宽，以前没抹水泥，路面凹凸不平，雨天泥湿路滑，小孩上学、玩耍没有大人牵着、护着，胆小的只好摸着墙壁才敢通过，被邻里咒骂过。门口也不能叫坪，一床地箕都铺不开，横仔听了铁山他爸刘高的话，在门口封了个围墙，建了个两庹宽的小院，还竖了个门楼。这门楼虽小，却有一种逼仄的气势，因这与邻里产生了隔膜，好在秋莲做人比横仔要好，与邻里还有些来往。

竹厂招标那日，天公不作美，下起了毛瀿雨，山山岭岭雾雾沉沉。

横仔希望铁山中标，想去为他助阵，便催秋莲早早煮了碗粉皮，横仔喜欢喝酒，吃粉皮汤时也潷了一杯酒，像是自己要去参加中标一样，喝酒时在心里默念了几句，临出门时还打了个酒嗝，放了个响屁。

> 鸡嘴冇得鸭嘴长，
> 哥嘴冇得姐嘴香。
> 前年八月亲个嘴，
> 三年冇买油和酱，
> 而今还作桂花香……

横仔打着雨伞，一边哼着山歌，不到一盏茶的时间，便来到了村部门口。还未进院门，隔着一道一人高的围墙，就听到里面有好多人在说话，声音有点杂。

"横仔你也报了名？"横仔刚走进院门，没想到前脚刚进来——只打过两次照面的副乡长老宋一眼便认出了他，老宋是副乡长，院里那么多人，唯独和他说了话。

"他没报名。"横仔还没来得及接话，出来迎接老宋的赵子文便赶紧接了嘴。横仔本来就跟赵子文有过节，听了这话便有些不高兴，心说有朝一日我会让你难看，叫我同爷都不理你！但碍于老宋在场又不便发作,只得"嘿嘿"干笑两声。

老宋分管林业和乡镇企业,得知村里竹厂要招标,提前几天就打了电话给赵子文,考虑到报名的人多,村里又没搞过招标,便叮嘱赵子文:一要掌握报名人的思想动态,二要了解这些人有无办厂实力,三要稳定不出乱子,四要招到实实在在的客商。老宋的话,赵子文在村务会上都说了三遍。虽然平日与老宋接触不是很多,但领导能在百忙之中打电话给他,这是关心村里,换句话说,这也是对其个人的关心,赵子文又不是傻子,心里能不明白?

可是,村里人也说:"官有十条道,九条人不知。"谁又晓得老宋心里是咋想的?反正横仔就是不明白。

"有多少人报了名?"老宋走上阶沿坎时收拢雨伞,就问赵子文。

"有五人。"赵子文忙伸手接住老宋的雨伞。

"上个星期,湖南的刘老板找到乡里,说要报名,我说报名要到村里去报名,这人有没有来报名?"老宋说。

"对,有个姓刘的老板报了名,是外地人,另外四人都是本乡的。"赵子文答道。

"哦,那好,先到你办公室去,听你介绍一下这些报名人员的情况。"横仔见赵子文屁癫屁癫地跟在老宋后面,进了办公室后还不忘把门带上。

"有甚事不能公开,还要关起门来商量?"横仔在心里骂他。

雨,还在下。

纷纷扬扬的细雨,看来是不想停歇了,远山一派烟雨蒙蒙,村部屋后那片古松林,雾气氤氤氲氲,好像整个山都是湿的。

昨天气象台还说今日是晴天,现在竟然下起了毛瀎雨,这鬼天气连气象台也捉摸不准,不仅影响了看热闹者的心情,也给前来参加招标的人带来了些许焦虑。

横仔倚着走廊的柱子，一支烟还没抽完，就见赵子文开门探头对着门外走廊里的大伙儿喊："凡是报了名的老板，都到我办公室来，老宋要向大家交待几个事。"

铁山此时正站在屋檐下，看村里早先贴在宣传栏里那有些残破又褪了色的招标通告，听见赵子文的喊声便跟着别人走进了办公室，横仔也没和他说话，只是目送他进去，另几人也先后走了进去。

约莫过了半个小时，铁山第一个走出来，并当众宣布退出招标，横仔以为听错了，便追问了一句，得到肯定的答复后，拿在手上的雨伞也不自然地滑落在地上，左脸部也似在抽筋，俄而又波及到了右脸，像突然间得了面瘫似的。他怕人瞧见这些变化，忙弯腰去拾那把雨伞，在拾雨伞时又叹了口气。

想当初，铁山找他了解竹厂的生产和销售情况，横仔知道铁山来的目的也就是不想其去竞标，怕给他带来不可预见的情况，横仔碍于情面，忍痛放弃，他给铁山算了一笔投资账，让铁山吃了定心丸，信心更足了。可横仔做梦也没想到，铁山竟然是扶不上壁的烂泥，没一点自信，没一点主见，招标还没开始，就要放弃，而且是他自愿放弃的，这不是两国交兵还没开战，先就投降了吗？横仔大失所望，在心里把他骂了个够，还不解恨。

横仔转而一想，不对啊，昨天两人都聊了半天，铁山是吃了定心丸的，没有半点要退的意思。这事可能与老宋有关，老宋没来之前，铁山都信心满满的，刚才进去的时候，也没有半点放弃的意思，难道是老宋不想他承包，抑或是许了他什么好处？

刘老板到村里竞标，老宋却不早不晚跑到黄沙坳来了，是巧合，还是为了刘老板？

横仔想晕了头，也没想出个子丑寅卯来。

5. 东道

在黄沙坳，看姑俚是要办大东道的，村邻家家户户都要请到，如失错漏了一户，人家则会说你瞧他不来，那是会兜人惹怪的（惹人生气）。

竹花家堂屋大，有上堂前和下堂前之分，中间是个小天井，上堂前神龛下当中摆放了一张圆桌，下首对开设了四桌，下堂前设了四桌，还有三桌摆放在厅屋里。

我在下堂前过厅房的走廊里看到墙壁上贴了一张不大的红纸，上面写着竹花订婚交见面礼执事人员安排：

> 总管：章剑；采买：乐兵；接客：东云、山水、鄂西；掌铲：秀英；帮手：月红、细娥、三姑、东菊；铺桌：细毛、东生；放炮竹：水生。
>
> 即日

虽然是一张小小的红纸，却把什么人该做什么事写得清清楚楚，一目了然。我想，这绝对不是炫耀谁的字写得好不好，而是总管铺排事情、就事定人、尽人所能，把一件件该做的事儿落实好，落实到人，如果有人忘了自己该做什么事儿，还可以到墙上瞄一眼，就晓得自己该做什么事了。做事的都各司其职，自然就不会出差错，事情就会办得圆满，这也说明黄沙坳人办事是认真的。

黄沙坳虽然是个不起眼的小地方，可文化底蕴深厚，不说别的，单就这安排坐席就有许多妙处。办红白喜事作兴把新亲安排坐大位，旁边必定安排一位老亲作陪，这叫老亲陪新亲。但有时也会出现个别长辈、贵客该坐上席而执意谦让的，也有辈分高、年纪轻的客人不愿意或者不好意思坐的，但总管必须得请到、叫到。如果有人不拘礼节，疏于排位，那该坐上席而未被请到的客人可能会不高兴，弄不好会生出什么事来，让大家扫兴。以前就出现过这么一回事：一个可以坐大位的客人因没有坐到大位，一气之下把酒桌给掀翻了，掀了桌子后便要离席走人。这是办喜事的主家很伤面子的事，最后总管和主家出面赔了不是，说了一谷箩好话，还放了一封炮竹赔礼道歉，才算把这客人留下来。

父亲和树东大伯被总管安排坐上了神龛下的大圆桌。神龛下设大圆桌是有讲究的，即东家亲戚多，坐大位的人也多，按常规安排坐不下，出现这样的情况怎么办呢？这也难不倒乡人，通常在这样的情况下，会在神龛下摆一张大圆桌，在圆桌上就坐的人也不分上下了，都算坐了大位，这也就不会有人有想法了。我坐在下堂前过厅房处，也是一个上位，竹花则坐在我左侧，背对着厨房，刚才掇茶给我的那个婶子系了一块花围裙，端来一钵热气腾腾的什锦汤，钵里放着一个铁勺。

什锦汤是船头滩人宴席上的头道开席菜，是祖祖辈辈传下来的风俗习惯，是请客设宴必上的菜，它有十全十美的寓意，村里人无论办红喜事还是白喜事，或者逢年过节，都少不了要上一钵什锦汤。对，早年是用陶瓷盆盛的，盆里放一个勺，人人可盛满满一碗，只要美美地喝上一口，你就会觉得这日子是美的，心里是甜的。

什锦汤人人会做，但每个人做的味道不一样，这也不奇怪。

母亲说食材要在锅里猛火炒后多熬，熬个小半天，色泽会鲜嫩，入口香而不腻，喝完了还会回甘，营养极为丰富。要做好这道菜，须选好香菇、板笋、白萝卜、胡萝卜、黄花菜、肉、豆腐仔、猪血、板栗、荸荠、鸡蛋、花生米、饭豆、葱、姜、薯粉等，然后把各式菜剁成碎末放到锅里干炒几分钟，再放入姜末、辣椒粉翻炒，之后倒入肉汤或开水，用文火慢慢熬，然后把鸡蛋花倒入锅内，加入适量薯粉搅匀继续煮，多则煮半日，少则煮两三个小时方可起锅。正宗的什锦汤都是用的大铁锅，烧的是老土灶，用的是上好的干柴，如果用钢锅和煤气灶煮的什锦汤，味儿要差十万八千里，只要看一眼，尝一口，村人就识得。

今天的什锦汤就是大锅大灶熬的，烧的柴是竹花爸去年砍的，都码在屋檐下，一大溜的干柴，老远就能就看到。

我看到有个传菜的大婶将一钵什锦汤掇到了大门角前的一桌，一个瘦高个赶紧起身接钵，竹花朝他咻咻嘴，在我耳旁轻声说："那就是横仔。"

我仔细打量，横仔除了"莽"，还有与众不同之处。那两颗鼠牙，就如我在某一画报上看到的一幅有趣的漫画，也有人说他两颗门牙长得好，如两个日本"鬼子"穿着黄狗皮日夜守着大门，好像他嘴巴里藏着一个挖掘不尽的金矿；几根稀疏的胡须，既像猫毛，又似山羊嘴上的须，让人想起电影中的某位明星；头发也和刘阿婆的一样，是自然卷，要是让其出演反派人物，化妆师最高兴，可省却不少心。

6. 拦车

竹花告诉我，去年乡里的老伍不知因何事与铁山结了仇，临调走时，铁山放了一个松木桐挡在老伍搬家的车前，致使搬家的车走不了。这主意，就是横仔出的。铁山还不放心，竟叫其有半身不遂的父亲刘高坐在那根松木桐上守着，不让老伍搬家的车子通过。老伍的家具都搬上了车，堆了满满一车，绳子都绑好了，还有两个邻居买来了炮竹，要为他送行，老伍的老婆也坐上了车，司机也打开了车门，就要上去开车了，没想到铁山来这一招，还惹来街上好多人瞧热闹。老伍的脸都气紫了，肺也气炸了。

老伍知道这是铁山故意要打他的脸，要让他在众人面前下不了台，这个损招，也只有铁山想得出来，老伍哪晓得这都是横仔的杰作。

既然铁山要撕破脸，生气也没用，也解决不了问题，有了事儿还是要面对。老伍好话说了一堆，刘高就是不挪一下，也不吱一声，就当没看到老伍一样。这让老伍左右为难，一时不知如何是好。

面对一个身患半身不遂的老人，老伍自然是硬不得、软不得、恨不得、骂不得、打不得。想当初，他也是船头滩乡堂堂副乡长，现在却对此束手无策。更可气的是，还有那么多围观者在盯着他，那些人的目光，就像一根鞭子抽在他身上，抽得他遍体鳞伤。老伍恨不得早一刻走人，早一刻离开这里，永远不要再来什么船头滩。而此时，那两个买了炮竹来送行的人见到这般情景，也只好悄悄溜走了。还有往日在他面前唯唯诺诺的那几个贴心人，现在也不知躲哪了，真是人走茶凉啊！老伍心里刀割一样难过，可又想不出其他办法，只得叫司机先熄火，决定亲自去会会铁山。他想铁山肯定就在附近。

老伍就是老伍，还真让他猜到了。

此时，铁山正坐在附近一家小酒馆里，面前一张小方桌，临着窗，桌上就一副碗筷，另外多放了一只酒杯。

铁山有神机妙算，早就猜到老伍会来找他。

为什么不多放一双碗筷呢？

铁山有铁山的想法。老伍在任时罚过他的款，现在调走了，那些乡干也不想惹他，只有我铁山有这个量，也只有我才有这个胆，以后谁要不识相，谁要不知趣，不把我铁山放在眼里，不把我铁山当爷看，我就要让他做龟孙子，永远抬不起头。就像他老伍调走时一样，搬家的车都走不了，必须自罚三杯，求我放他一马，然后，才给他筷子，给他座，否则，他筷子都莫想摸一下，咸淡都莫想尝一尝。

铁山早就想好了，选了张临窗的桌子，坐在那里，既可以看见门外街头的动静，又可以看到酒馆里来来去去的人，还可看看窗外的风景，此时看风景是最有意思的，也最宜人。

他佩服这家酒店老板有眼力，在距乡政府这么近的黄金地段，开了这么一家酒馆，还在窗外种了一丛月月香，那月月香经过昨日一场雨，叶儿特别绿，花儿特别香，且开得妖艳无比，正在微风中频频向铁山点头。铁山赶紧滗了一杯酒，对着月月香一饮而尽，心情无比痛快。

铁山的酒杯才刚放下，正想举筷搛菜，老伍就找过来了。

老伍见铁山一人坐在临窗的桌前喝酒，桌上就两个菜，一盘花生米、一个猪脑炖豆腐仔。

铁山点的这两个菜恶毒，吃花生米，那就是当地人说的吃铳籽，咒人不得好死。而猪脑腐仔，也是骂他的。除了铁山的碗筷外，桌上还摆了一只酒杯，老伍不愧是当过乡长的，一眼就猜到，那应是特意为他摆上的，没有放筷子，那是不想他动筷，没有座位，那是要他站着说话，听铁山坐在椅上奚落，就像老师罚学生一样，要老伍站着，不许坐，随时要接受铁山的审判。老伍做梦也没想到，这都是横仔唆使铁山这么干的。

此刻，有一朵云，很白，很轻，飘过了窗外，好似在说铁山干得痛快，干得漂亮。老伍皱着眉，望了眼窗外，云动窗不动。

老伍心说：铁山这家伙真损，真不是人，这出戏唱得有些过分，这不就是鸿门宴么，比鸿门宴上项庄舞剑还要凶险。

世间事，好多不可预测。

本来，铁山是想奚落老伍一顿，让其难堪，甚至给他下跪，求他，方解他心头之恨。可当他看到眼前的老伍，那形景，那窘相，孤影无助的，与往日判若两人。铁山那扇板似的脸又挤出了一点笑，忙喊店老板搬凳、加筷，还亲自给老伍筛酒，一个劲地叫坐坐坐，这让老伍大感意外，不知铁山葫芦里到底卖的是啥药。

也不知是老伍没反应过来还是不想坐，铁山连喊了几声，老伍还是杵在那里没落坐，好像没听到似的。

"哎哟，老伍呀，都怪我昨夜没跟你打招呼，可我想，先打招呼又怕你不肯赏脸，于是就出了这个傻主意，也没别的意思，目的就是想敬你一杯酒，以便攀你这棵大树。攀了菩萨好开亲，攀了亲戚好办事。你看，我菜都备好了，就差你这个东风。来，坐下喝杯酒再走，我还要买挂炮竹为你送行呢！"铁山一说完，便非常热情地下桌拖了条凳子，拉着老伍入了座。

老伍还是没吱一声。

"老伍呀，你肯定还在心里骂我铁山缺德、不是人，你听我说完，也许你就不会怪我了。其实，我做的这一切，都是为了你。你看，你往日那些手下，你没走时，他们对你是那样好，只差不给你擦屁股，只差不争着给你倒洗脚水了。现如今，你要走了，调到了外乡，从大乡调到了小乡，也没升上官，便没谁来帮你搬东西，也没人来为你送行了吧？我故意演了这一出，把你搬家的车子拦住，就看有谁出来帮你说个话不，有谁出来帮你解个围不，没有吧，没谁站出来吧，从头到尾都没有看到一个人影吧？可能他们此刻正躲在那里看你的笑话呢，我算是用心良苦啊！你这回体会到了人走茶凉的滋味了吧？我这不是帮你揭穿了这些人的西洋镜了吗？如果我昨夜跟你说明白了，你会同意吗？肯定不会！所以我就这样做了，假戏真做，这回让你看清明白了吧，谁才是你的知己，谁才是你真正的朋友。等会儿，我还要组织好多朋友和街邻为你放炮竹送行，保证让你走得热热闹闹，风风光光！我敢肯定，打解放以来，船头滩就没有一个调走的乡干有你放的炮竹多，有你这样走的这般风光！"铁山越说越来劲，唾沫都飞出来了，濺到了老伍的脸上。

老伍似乎有些不信，闷着头，没说一句话。

"来，喝！"铁山掇起酒杯，独个儿与老伍的酒杯碰了一下，"这杯我敬你！"说完一仰脖，一杯酒便下了肚，也没看老伍一眼，好像老伍还没有到场。

老伍坐在那里显得神情有些古怪，脸上没有一点表情，也不说话，两眼直勾勾地看着那杯酒。那酒是山背谷烧，清清亮亮的，杯里还漾着一圈酒泡。老伍并没有掇杯。是不想喝，是不敢喝，还是怀疑那杯酒里有毒？

此时不是吃饭的时候，店里有些静，也没有人走动。老伍停了一会，最后还是端起酒杯，一仰脖干了，那形概，好似喝的是壮行酒，又像是喝的感恩酒。老伍脸上一会儿青，一会儿紫，一会儿白。他喝完把酒杯重重地顿在桌上。

"龙游浅水遭虾戏"，老伍算是忍住了，要是以往，他可是要摔杯掀桌了。

"走，我送你！"铁山没在意老伍心里想什么，随手拿起放在椅背上的西装搭在肩上，又紧了紧皮带，走出了酒馆。

老伍此时想什么，也许只有铁山心里有数。老实说，老伍也不晓得下一步，会是个什么情况。

这家酒馆斜对着乡政府宿舍，只有百多米远，围观的人看着老伍走进酒馆没多久，便又和铁山先后从酒馆里走出来了。与过去不同，往日是铁山跟在老伍后面屁癫屁癫的；而今天，是老伍跟在铁山后面，形景有点像往日的铁山。人们以为又有什么好戏要上演了，忙交头接耳指指点点议论起来。

"不要看了，大家都去买封炮竹来，老伍是个好官，他今日调走，那些个人却在棺材上拍巴掌，做了龟孙子，我们可不能简慢了他，要让他走得风风光光。"还隔十多米远，铁山便对着人群嚎起来，生怕那些人听不见似的。

铁山虽是黄沙坳人，但他以前贩过木头、设过赌场，又多在船头滩街上混，没人不认识的，这一喊还真有些管用，那些看热闹的人，都纷纷到前面的货店里买炮竹去了，铁山还叫货店老板给他送了挂湖南浏阳产的千字头炮竹来。

铁山走到车前，先叫其父亲刘高回家，然后俯下身子，双手一运力，那个一百七八十斤重的松木桐子便被他掀到了路边，接着又叫大伙把炮竹撕开，一封接着一封铺在地上，一径从街头铺到了街尾，还吩咐多人逐段燃放炮竹，好像他就是主角，他就是新调来的乡长，一切都得听他安排。

炮竹铺好后，铁山作了个挺优雅的姿势，请老伍上车。

老伍对着街邻抱了抱拳，似有许多话要说又忍了回去，最后什么也没说，连屁也没打一个，就上了车。

车子启动了，炮竹噼噼啪啪响起来。噼噼啪啪的炮竹声又惊动了不少街邻，引来好多人看热闹。

望着老伍坐的那辆屁股冒烟的货车从街头消失，那些个看热闹的人似乎还没过足瘾，迟迟不愿离去，还在交头接耳地议论着。

"老伍面子大，临调走时，炮竹从街头响到街尾，有个儿子当乡干部，真他妈的光宗耀祖，风光热闹啊！"

"你井里蛤蟆晓得啥？老伍搬家的车子都被铁山放了个大松木桐子拦住走不了，祖宗八代的颜面都被他丢光了，你还不晓得？"

"还有这种事？"

"我说你糊涂眼贱了吧，当时那形景，老伍气得就差没喊你送绳了，想上吊又没地方，想钻地坼又没地缝！"

"那是为啥？"

"为啥？还不是以前铁山偷运木头时被老伍罚过款。"

"罚过款就这样记仇？"

"你还不晓得，那些人对老伍意见蛮大，见铁山冲老伍来事，都不敢出来放个屁。"

"这些个人也不是人。"

"嘿嘿，老伍的脸面这回跌大了，要是我，就跟铁山干一仗。"

"你也不去尿桶里照照，人家老伍是不跟他一般见识！"

"你说这铁山也怪，后来不知为啥还劝我们买了炮竹，又高高兴兴地把老伍给送走了。"

"这叫唱了文戏唱武戏。铁山好厉害哟！"

"啥叫文戏武戏？"

"你不是说我是井里蛤蟆吗？难道你的脑壳也没开窍？"

"我晓得还问你做甚？"

"这叫一箭双雕。"

"啥一箭双雕？"

"这也不懂？亏你还是算个男人！一是杀猴给鸡看……"话还没说完，被旁人打断了："你老搞错了，《新华词典》上是'杀鸡儆猴'。"

"我说你是猪脑壳吧！那些人是鸡，老伍是猴，铁山就是要杀这猴给鸡看，让那些人以后不敢在铁山面前洋气，这是其一；其二，铁山去拦老伍的车，就是明着要跌他的脸，谁敢？量你公孙三代也没这个狗胆！铁山报了罚款的仇，出了心中的恶气，后来又做了好人，带动街邻放了炮竹为老伍送行。可怜老伍狼狈啊，被整得哭笑不得，遭了打还要感激铁山，这出戏，高、高啊！"

"啧啧，看不出，铁山不费吹灰之力，就把老伍当猴子耍了一回！"

"这都是跟他爸刘高学的。"

"他爸不是当过大队长吗？"

"铁山现在也想当村主任呢，你没听说？"

"这、这还真没听说。"

"嘿嘿，好戏还在后头！"

7. 贵人

铁山为啥想当村主任，横仔是最清楚的。

黄沙坳村虽不大，人口也有两千多，当了村主任便算掇了公家碗，在村里也算个人物，大小也是个干部。再是刘高当初当大队长被公社免职，憋了多年的屈，一直抬不起头，后几次想东山再起又未能如愿，这是刘高的心病，到死都消不掉。现在铁山有这个想法，正遂了他的意。刘高还做了一个梦，梦见铁山提着公文包，穿着油光水滑的皮鞋，走进大队部办公室，又不知为何与支书赵子文发生了口角，两人闹到了公社，公社里的老书记来了，也就是老书记免他职的那间办公室里，老书记坐在宽大的办公桌前，拍着桌子，唾沫横飞地将赵子文骂了个狗血淋头，不但当场免了赵子文的职，还任命铁山当了黄沙坳大队的支书。刘高好不高兴，买来一千响的炮竹在家门口燃放，那炮竹忒长忒响，从黄沙坳铺到了公社宿舍院内，又从街头响到街尾，把刘高的耳膜也震破了，还流了血，鲜红的血，刘高用手去摸，湿湿的。还好，原来是个梦。听说梦见血是个好梦，不是发财就要升官，看来真

是有好事要来了。

前年，铁山报名参选村主任未果，刘高称病三天没下眠床，铁山老婆端饭给他吃，叫他，没应。再叫他，没理。气得铁山的老婆把饭给端走了，还倒给了邻家一头狗吃。

横仔想不通的是，那次竹厂招标，铁山主动弃权，刘高晓得后，竟然没有半句责言，照样吃饭，照样晒着太阳，照样哼着采茶戏。横仔白欢喜一场，心里绞疼。

更让横仔没想到的是，除了铁山外，另四个参加招标的人，又有三人先后表示弃权，而且那三个弃权的，也是本村人！大家心里都有数，谁能承包到竹厂，不用投太多钱，只要不胡乱经营，也不用操太多心，便可以赚到钱，这可是个香油饼啊！可看准的事儿，这些人都是猪脑壳，竟然纷纷弃权拱手相让，这不是有病吗？这不是跟钱过不去吗？横仔想不通，在心里骂着。

横仔不晓得自己是怎样走回家的。

横仔回家后独自坐在桌前喝闷酒。秋莲下地去了，没有人给他搞菜嗑酒，他就把泡茶用的黄豆倒出一小碟，黄豆没吃几粒，酒却喝了三五杯。横仔思来想去，觉得这事有蹊跷，不是那么简单，尤其是老宋，这人更不简单！

横仔想，老宋没来之前，铁山信心十足，没有半点打退堂鼓要放弃的意思。可这老宋一来，就把他叫到办公室，前后不到半个时辰，横仔一支烟都还没抽完哩，铁山就走出来说不包了，而且是他心甘情愿放弃的，这个香油饼就这样溜了，好了别人，轻飘飘地落到了刘老板嘴里，这不明摆着是老宋在帮刘老板么？

到底有啥猫腻？

铁山没有说，也不愿说。可能也说不出个所以然。

横仔思来想去也没能想明白。

后来有人问起这事，横仔只得自嘲地说："官有十条道，九条人不知。"

当然，坐在眼前的刘老板心里是清楚的，可他会说吗？

横仔装着醉眼迷离的样子眈着给他浧酒的刘老板，想从他身上找到答案。

眼前的刘老板，胖胖墩墩，宽皮宕肉，像个财神。尤其是那双眯缝的眼，看起来藏不住什么，但眼皮遮不住日月，里面有个无底洞，让人捉摸不透。

"来，我再敬你一杯。"刘老板做竹生意多年，经过的酒场多，接触过各色人物，遇到过不少事儿，但最后都圆满解决了。他总结自己成功的经验有四条：一是诚信。诚信是做人的立身之道，奸诈只能是失败的前奏；二是多交朋友。干部也好，村民也好，只要是利于企业的，都要用心去交。三是要舍得花钱。逢年过节、红白喜事，都要打点，赚到一百，能带五十回家就行，甚至还可以更少一些。四是确保不结怨，不树对头，不发生纷争，发现问题，及时解结。横仔去乡里举报，这是他到黄沙坳村办竹厂以来，遇到的第一件麻烦事，要不是他和乡里干部关系熟络，事儿捅到了森林公安那儿，可不那么好收场。老宋交待了，只要他把横仔的事安妥了，没有人告状了，乡里保证大事化小小事化了。所以，他是真心实意来交横仔这个朋友的。

刚才，横仔说他承包竹厂打破了他的饭碗，还借着微微醉意，说要拣起破碗掷过来打瞎他的狗眼，横仔这人有心机，心里有气还没消，这不还借机骂了他吗？

不过，刘老板听了并未生气，相反，还有些同情，并在心里盘算着，要帮横仔一把，如果他愿意，就把他安排到竹厂，横仔不是跑过外销吗，厂里也需要这样的业务员，这样就可以把坏事变为好事，对横仔和厂里都有好处。

"老哥，我干了啊！过去的一切，都怪我，是我不好，也是我不会用人。据我了解，黄沙坳像你这样跑过四方，又懂外销的同志，确实不多。当初，我就应该把你留在厂里，让你继续发挥才干，难怪你有想法，这都怨我，也许这就是应了那句不打不成交的古话。现在我也想好了，如果你愿意的话，我同意聘请你到我厂里担任外销员，工资保证不比原来少，还有嫂子也可到厂里做些杂工，赚些小钱补贴家用，就看你老哥意下如何？"刘老板说完一仰脖，把酒干了，还把酒杯倒过来给横仔看，表明自己的诚意，没滴一滴酒，然后才放下酒杯。

"你说啥？"横仔不相信自己的耳朵。

"我说我是真心实意交你这个朋友，如果你愿意的话，我想聘请你到我厂里去担任外销员，工资和福利保证不比原来少，还有嫂子也可到厂里做些杂工，赚些钱补贴家用，就看你老哥愿不愿意。"刘老板故意把个"请"字拖了一拍，说得格外重。

"你说的……是……真的……"横仔还是有些不相信。

"真的！你没醉，我没醉，绝对不是说酒话！以前我对你不了解，也不是我怕你去乡上举报，才"请"你出山，而是通过这顿酒——当然是要你破费了！通过这顿酒，我看到你老哥有个性，有思想，也跑过四方，做过外销，具备了一定的业务员基本素质条件，所以我想聘请你到厂里担任外销员，这也是为了竹厂今后的发展需要而考虑，并不是想收买笼络你，这一点请你放心，我是真心实意求才，希望你能接受我的邀请。"看得出，刘老板说这番话是发自从内心的，没带半点歪心。

都说宰相肚里好撑船，横仔想不到，刘老板的气量比宰相还大。报了他的案，不但没有生气，反而要聘请他到竹厂去做外销员，这是横仔想都没有想过的事，这样的好事，他能不接受？横仔觉得刘老板这人够朋友，是个可以交的人。不过，话又说回来，如果他昨天不去乡里报案，刘老板是不可能想起他的，今天也就不可能到他家里来，更不可能和他一块儿坐在这里喝酒。人说大难不死必有后福。昨晚摔一跤，遇到那样的凶险，还没伤到筋骨，这——贵人就上门送福来了？

秋莲前三日到辽山寺去上香，抽了个"否极泰来咫尺间，暂交君子出于山，若逢虎兔佳音信，立志忙中事即询"的签，秋莲和横仔都不会解签，遂请村里一位老先生帮他解签，老先生说武吉遇姜子牙是逢凶化吉，远小人交君子，知足常乐与否极泰来，都在于一念之间，一切境随心转。虎兔，是指虎年、兔年，月是指正月或二月。也许这两个月就有好消息。老先生的话还响在耳边，这不机会就来了？

横仔知机，赶紧撮起酒杯，说："干！刘老板这样看得起，我还能从半斤跳到四两去？！"

"好，那就这样定了，下个星期一，也就是大后天，你就随我到武汉去一趟，来去有十天半月的，你准备一下。"刘老板说完还不忘跟秋莲开了句玩笑，"哈哈，嫂子不会怪我吧？"

"他走了才好，我还少洗两件衣呢！"一旁剥笋的秋莲，抬头笑着说。

"嘿嘿，你瞧，她就盼我走！"横仔也打趣地说。

第四章

1. 上武汉

在船头滩，看姑俚还有一个规矩，吃完饭，姑俚必须随男方走，要到男方家去住一晚，否则就是不同意这婚事。虽然黄沙垴与湖北通山只一山之隔，但风俗差不多。我们吃完饭，又吃了几轮茶，快到三点了，邻居们还在上茶，父亲见时候不早了，就跟刘阿婆说，客走主人安，再不走太阳都要下山了，刘阿婆也催竹花妈，竹花妈连说"好好好"，便赶紧儿进房拿了个挎包递给竹花，见竹花一副不舍得离开爷娘的样子，就说："傻孩子，去吧，明天就回的。"

竹花虽然不是第一次离开父母，也不是第一次离开家，但这是第一次去婆家，意味着过不了多久就要离开父母，嫁入婆家，尽管这一去很快就会回来，但她还是有点不舍得离开父母，眼里也闪出了泪花。

刘阿婆知机，忙挽着竹花走出大门，说："快放炮竹，我们要上车了。"

竹花回头看到父母站在大门槛外目送着她，便说："爸，妈，我走了。"

竹花爸妈挥着手同时说："好，走吧。"

我见两老有些依依不舍，就说："爸，妈，你们放心，我明天就送竹花来。""好……好……"竹花爸妈答。

我刚爬上车，门口坪里就"噼哩啪啦"放起了送客的炮竹。

眯子哥刚好发动车子，看到后视镜里的横仔拿着一个黑提包，急匆匆地跑来，说是要搭我们的便车去船头滩。

竹花在水凼边和吃饭的时候两次跟我说起横仔，让我对横仔这人有了兴致。

原来横仔此时正是要去船头滩，说是与竹厂的刘老板约好明天一早去武汉，他现在的身份是黄沙坳竹厂的采购员。横仔和我就坐在车斗里，靠得很近，他身上还有一股很重的狐狸骚味，骚到能让人窒息。

横仔刚坐稳，车子还没走出半里路，他又急急地拍着车头的铁门，喊眯子哥停车，说是忘了带身份证，要下车，说今天不去了，明天再去。

眯子哥只好停了车。横仔跳下车，双手抱拳，跟眯子哥说了声："对不起，麻烦你了！"

龙马车又开动了。我看着满目青山，望着横仔渐渐消失的背影，觉得横仔这人特有意思。

横仔以前在竹厂跑外销时去过三次武汉，什么归元寺、黄鹤楼、长江大桥等几处景点，他都到过，加上他记性好，不但记得路，还能说些典故，这让刘老板很是佩服。横仔原以为刘老板喝过不少墨水，哪知炉罐桡大的字不识两个，连自己的名字写出来，也跟螃蟹走路似的没个方向，舞脚撒手乱窜，有时他自己也认不出自己写的字，只管挠着头，这是他的习惯动作。刘老板虽然文化是少了点，但头脑灵泛，没人比得过，经商办厂从没亏过钱。听说温州也有好多这样的老板，大字不识几个，但老板大，钱也赚得多，还组什么团去国外买房，连外国人都羡慕，眼妒。刘老板胆子大，什么都敢试，虽没有出过国，能赚到钱就是有本事！横仔想。

这次刘老板要横仔来武汉，主要是到博家坡竹筷厂签订一个合同，还带了一车货来，横仔到竹筷厂仓库下货，刘老板则在厂内转悠。这时他的手机响了，刘老板一看，是老宋的电话，原来老宋的老婆胡姐没工作，在镇上开了家胡姐服装店，这次正好陪胡姐到汉正街来批发服装，得知刘老板在武汉送货，正好可以搭个便车带货回去。

太阳还没当顶，横仔便下完了货。

刘老板说去汉正街，可横仔没去过，货车司机老吴也没去过，不知往哪个方向走，那时还没有导航，只能边走边问路。他们在街上转了一圈，好像又转回了原地，最后不知停在什么地方，横仔看到一个路牌，上面写的是黄鹤楼南路，说明转了一个多小时还没过长江大桥，老吴握方向盘的手都出汗了，这样走下去，也不是个办法，车里的油都要烧干，刘老板担心老宋等急了怪罪下来，不停地挠着头，这是他的老习惯。

横仔见刘老板这样急，便说："要不这样，街上出租车满地跑，我们打个车，请出租车在前头带路，就不会走错了。"

"对呀！"刘老板又挠了一下头，拍了一下腿，大声说："我咋没想到呢？还是你横仔脑子好使！"

横仔一招手，一辆红色出租车"滋"的一声就停在路边，刘老板坐上出租车，在前头带路，横仔则坐老吴的厢式货车跟在红色出租车后面。

　　横仔每次进城，总爱看路标，经过的每一条街，每一条巷，甚至每一块路牌，他都要念叨两句，记在心里。他看到车子出了黄鹤楼南路，上了武珞路，很快又上了长江大桥。记得那年，他第一次走上这座大桥，桥下大大小小的船多得数也数不清，还有巨轮鸣笛通过大桥，好像在向他致敬问好；桥上游人一拨一拨的，摩肩接踵；还有黑不溜秋的外国佬挽着金发女郎扭着南瓜屁股与他擦肩而过。武汉那么大，跟他一毛钱关系都没有，没有他一寸地，没有他一片瓦，而他，只是一匆匆过客，想多看一眼都难，更不知何年何月还有机会重游……想不到，今天又来了。正想着，出租车已过了桥头，两旁高楼大厦抢眼，行道树纷纷后退。前面就是龟山路，路口竖了个路牌，再转一个弯，就看到鹦鹉路的路牌了。不多时，又过了江汉桥，马上就要到汉正街了。

　　带路的红色出租车在前面的路口停了下来。刘老板钻出车门时，手机不小心掉在地上，站在几步远的老宋见是刘老板，忙上前帮捡起来，又拂了拂灰尘，然后递给他，就像招标那天赵子文接他的雨伞时神态一样，横仔心里掠过一丝不易察觉的神色，很快又归于平静。

　　横仔跳下车时，出租车已经开走了。

　　"想不到在武汉这大都市里见到了你这么个大领导！"横仔脑子转，嘴巴也涂了蜜，紧走两步，伸出双手握住老宋的手。

　　"呵呵，想不到你也来了！"老宋有些意外，眼里也闪过一丝不易察觉的不屑，但立马又露出春风笑脸，还掏出一包黄鹤楼，给每人发了一支。

　　横仔"啪"的一声点着打火机，给老宋点上了烟。

　　"老宋，您的货放在哪？"刘老板一边吸着烟一边问。

　　"就在前面不远的电杆旁，随我来。"老宋手一指，然后就在前头带路。

刘老板跟在老宋身后，横仔转身走到货车前，指着前面的电杆，叫没有下车的老吴把车停在那，然后紧走两步追上了老宋和刘老板。

2. 打货

汉正街服装批发市场闻名湘鄂赣，解放前，汉口有货船直达船头滩，现陆路通达，水路早年停了。虽然路途有些远，但船头滩人不畏翻越南皋山、过大冶，坐班车去武汉打货。

只要你留意，船头滩街上大大小小的店铺，那些吃的、喝的、穿的、戴的、用的，多是汉正街来的，只有香烟是江西产的，因为烟草公司有规定，不准店里卖外地烟，卖了外地烟是要罚款的，除非你偷着卖，或者你有亲戚在烟草公司。

老吴把货车停在电杆下，然后打开货车后门，老宋夫妻俩和刘老板正要动手搬货，横仔多知机，忙说："这点东西，何须你们动手？"说完与老吴一个在车上接，一个在车下递，没一会便把大大小小十余个包裹装上了车。

刘老板见装好了包，就对老宋说："咱们吃了饭再走吧。"

老宋看看表，十二点已过，正是吃饭的时间，加上肚子也有些饿了，便说了声"好"。

刘老板四顾一望，见前面巷子里有个大招牌，里面有家"小汉口宾馆"，那几个金红大字掉了些漆，但并未影响到人吃饭的心情。旁边不远处，也有几家炉灶摆在门外的小饭馆、早餐店，老板正在炉前吆喝。早餐店外，有个卖水果的挑子，可能是走累了，刚放下担子叫卖。水果挑子旁边，是个卖凉粉的摊子，围了三四个人，生意特好，那些吃凉粉的，都是进货的人。凉粉摊旁边，是个补鞋摊，一个戴老花镜的大爷，正埋头补鞋，对街上的热闹，一点也不上心。他身后不远处，站着两三个约五十岁的妇人，手里各拿着一块房牌，站在各自的旅馆门口招客，声音有些尖，热情过了头。

横仔跟在老宋和刘老板身后，一行人走进小汉口宾馆。这宾馆虽然处在闹市，门外的花盆树树青绿，地面像刚刚擦过，饭厅干净宽敞，服务员笑脸相迎，十分热情。宾馆里客人似乎不多，而走过的那些小饭馆里，则是人头攒动，生意火爆。

横仔想，这些进货的人多是做小本生意的，要赚个钱不容易，靠针尖上削铁，他们哪有闲工和钱进入这宾馆去消费？虽然宾馆和饭馆只有一字之差，可他们的生活就是因为这一字之差的无奈而必须得去考虑，必须得去面对，必须得去忍受，有时还必须得笑一笑。为省下那几个钱，甚至有人连饭馆也不舍得进，连馒头也不舍得买一个，水也不愿买一瓶。宁愿饿一顿，也要多进一件衣，或者多进一双鞋，那他的包裹就要鼓一些，包裹再鼓囊，再沉重，他们又不舍得在街上雇个脚夫，或者雇辆架子车。在有的人看来，这是几块小钱，可这几块小钱也是他们必须得去计较的，所以大包小包，都得自己送、自己扛，自己上货、自己装车，再苦再累也无怨言。有的进完了货，坐在街边的石墩上歇息等车，这才发觉肚子早已咕咕叫了，忙拿出从家里带来的玉芦粑，有的忘了带水，吃玉芦粑时如电影《上甘岭》里的战士在岩洞里啃饼干一样，哽得眼睛翻白，但又必须强吞下去。生活就这样，当他们看到身边那一个个包裹即将装车，待包裹装好车，再颠簸三四个小时，就可以到家了。一丝从未有过的快感飘过心头。他们唯一的希望就是，早一点窝上车，早一分钟到家，早一刻把货摆上柜台，只有货架上有货，客人进店才不至于失望，明天的日子才有希望。

说实话，胡姐进货有当乡长的老公陪，还有便车坐，上下货也不用自己动手，还有人请她到宾馆吃饭，显然与那些人不一样，不能混为一谈。

刘老板挑了个临街的小包厢，大家一齐落座，老宋和胡姐坐东边靠窗处，刘老板坐南边，横仔和老吴坐进门的左边和右边。没一会，菜就开始上桌了，刘老板知道老宋爱喝酒，就入乡随俗点了两瓶湖北名酒稻花香，那时没有禁酒令，又在武汉这大都市相逢，大家一高兴，就放开了量，除胡姐外，每人倒了一杯，才上三碟菜，一瓶酒就差不多要底朝天了。

老吴虽然开车，但酒量也不赖，车上都放着酒哩。

老宋就更不用说了，没转干时，他在村里当支书，把县长喝趴过，十里八村都晓得，那是老宋最风光、最值得炫耀的事儿。

3. 好贵的酒

横仔与老宋只打过几个照面，谈不上有什么交情，喝酒自然也是礼节性的，只是刘老板一个劲儿劝，好在老宋这两年酒量减了不少，要不然，刘老板和横仔加起来也喝不过老宋，可瘦死的骆驼比马大，不知不觉，他们就把两瓶酒喝干了。刘老板高着嗓门又叫了一瓶，胡姐见又要开酒，便拦住说："不开了，我家老宋也不能再喝了，老吴要开车，安全要紧，下次再喝吧。"

刘老板正在兴头上，没听进去，抢先把酒开了。

横仔听刘老板说老宋曾经喝趴过县长，顿时有了兴致，连叫"筛酒"。

　　刘老板见横仔有些好奇，便笑着说："老宋还喝过一万块钱一杯的酒呢！"

　　"刘老板真会侃，一万块钱一杯的酒怕是有得！"横仔虽然也出过远门，也算有些见识，这一万块钱一杯的酒，还真是没听说过。

　　刘老板心说："你这样的人，自然是没看过！"

　　老宋见横仔不相信，也笑了，说："刘老板说的一点不假，说了也许你不信，我还喝过五万块钱一杯的酒呢！"

　　"哪有这么贵的酒？"横仔睁大眼睛问。

　　"是什么牌子的，这么贵？"老吴开车跑四方，也觉得稀奇。

　　"哈哈，那是我在当村干的时候，到县上去跑项目，就带了些土特产去，局领导中午请我吃饭。当时局长和办公室主任都来陪我，还带了酒，你猜那是什么酒？"老宋故意打住。

　　"这么贵的酒肯定是茅台呗？"横仔说。

　　"没见识，茅台哪有这样贵？肯定是洋酒！"老吴说。

　　"白酒也没有 5 万块钱一杯的，要不就是法国葡萄酒，听说那酒好贵相。"刘老板也猜着说。

　　"你们都猜错了，听我慢慢说。"老宋停了一下，点了一支烟，吸了一口，喷出一圈烟雾，接着说，"那是四特酒，九年陈的四特酒，也不是太好，但也不是太差，好酒也不可能给我喝，我就一个支书，有那四特酒也算够格。酒过三巡，我三杯白酒已下肚，趁与局长喝酒的当儿我又提起项目和钱的事，生怕局长喝酒把正事给忘了。那办公室主任以为我有了八九分的醉意，便又给我倒上了一杯，想把我灌醉，掀'老牛'下坎，好让局长和大家高兴。他说你不是说村里要钱修路吗，把这杯酒喝下，我就给你开一万元支票，他指着挂在椅背上的黑色挎包，说支票就放在包里。我说此话当真？那主任拍着胸说，局长都坐在这里，我还敢当着菩

萨的面说假话，那不是自寻绝路么？这话我信。我想，为了村里1388位村民能早日走上水泥路，我就豁出去了，见我掇起杯把酒一口闷了，他们都鼓起了掌。这主任还真没骗人，喝完就叫在同一桌子上吃饭的办事员当场开了张支票给我。支票随身带，看来他们是经常这样做的。后这个主任又倒酒劝我喝，我想这样喝下去也不是个办法，这样也难喝几杯，于是我似醉非醉地笑着对主任说，现在什么货都兴涨价，喝酒也不能例外。那主任也大方，开口就说一万五，我说一万五不行，要两万，哪知这局长也不心疼，巴掌一拍说，两万就两万。你说这一杯酒两万块，我似乎看到眼前铺满了白花花的银子，施工车辆明天就可以进场，水泥路明天就可以动工，村民们明天就可以站到施工现场看热闹了，你说我能不动心吗？我能不喝吗？我掇起杯又喝下了肚。也就是说，我已喝了五杯白酒，大约喝了一斤的样子，当时酒桌上气氛相当热烈，局长也高兴，那办公室主任在局长面前大献殷勤，总想把酒桌气氛推上高潮，趁势又给我倒满了一杯。这回可是局长先开的口，说喝下这杯又是两万块。我说不行，你局长腰缠万贯，签个字就是十万八万，我喝下这杯酒，你得拨十万。我也狮子大开口。可局长说不行，没有这个规矩，可这规矩又是谁定的呢，我自然不晓得。那办公室主任便折中说，给三万。我说三万不行，最少要五万。想不到局长巴掌一拍，说，五万就五万！我怕局长反悔，当即端起杯把酒喝了。"

"乖乖，局长真是财大气粗！"横仔听得两眼出神。

"要是我在场，醉了也要喝他几杯！"老吴有些激动。

"嘿嘿，你在场，当场就要把你醉趴在桌子下，支票还没开出来，人就送到了医院，家里就要准备后事了！"刘老板见老吴眼睛放光，唾沫星子都飞出来了，便兜头给他泼了一盆凉水。

老吴听了心里很不高兴，也不好回敬，只好嘿嘿笑着，吃起了菜。

"喝酒喝酒。"横仔怕老吴生气，忙打岔说。

刘老板也自知说过了，可说出去的话如泼出去的水，收不回来，便赶紧倒酒。

胡姐见刘老板非要喝，劝也劝不住，柳眉微扬，杏眼一横，伸手端起老宋的酒杯，抢先与刘老板、横仔的酒杯碰了一下，然后一甩长发，笑着说："要喝的话我就先敬你们两个！"刘老板和横仔还没反应过来，胡姐一仰脖就把这杯酒喝下了肚。

刘老板和横仔你看看我，我看看你，赶紧儿站起身，觉得这胡姐也太厉害了，这么轻轻"一碰"，就占了两人的便宜。可胡姐是老宋的女人，这酒不喝又实在说过不去，老宋也不会答应，这不，正笑眯眯地瞧着他们，两人尽管心里有些不情愿，也只得笑着把酒喝了。

横仔知机，关键时刻不敢站错队，他怕刘老板喝醉，忙挺身而出，要为刘老板挡酒，拿起酒瓶给胡姐倒满了酒，举杯要敬胡姐的酒，可胡姐说不能喝了，再喝便要醉。横仔自知没有老宋劝酒的本事，也没有老宋的酒量，掇起的酒杯只好又放下了。

刘老板倒是真有些醉了，横说竖说不同意，说这杯酒非得喝，话特别多，还溅着唾沫星子。

刘老板在老宋家喝过几次酒，胡姐了解其酒量，见他不依不饶的，便杏眼圆睁，说："要喝我就和你喝！"说完又把酒杯擎在刘老板面前。

刘老板也是个爱冲兴的人，不愿在酒桌上输码头，二话不说，掇起杯就喝，一杯酒刚下肚，人就立马站不稳了，口里还连说叫筛酒筛酒，横仔见他已经完全醉了，便赶紧把他扶住，好在饭厅里有张大沙发，横仔和老吴又把他扶到沙发上休息，他们几个吃饭时，刘老板靠在沙发上还在独个儿说着酒话，喷着酒气。

横仔代刘老板结好饭账，就与老吴各挟着刘老板的一只胳膊走出了宾馆。

4. 车翻南皋山

老吴的货车驾驶室有点挤，除司机外只能坐两个人，自然是老宋和胡姐坐了，横仔和刘老板坐车厢。车厢里没有椅子，好在胡姐进的是衣服，全装在编织袋里，鼓鼓的，软软的，可以当凳当床，刘老板一上车就倒在编织袋上呼呼睡着了，横仔也找了个不大不小的包裹垫在屁股下，刚坐好，车子就发动了。

车子开了不到半小时，横仔也要瞌睡了，见刘老板睡得正酣，便也仰在编织袋上睡下，不知走了多久，到了什么地方，突然一股很腥的尿臊味把横仔冲醒了，横仔坐起来环顾一圈，原来是刘老板屙了一大泡尿，胯裆里也洇湿了一大片，把胡姐的衣服也洇湿了，那股尿臊味刺鼻难闻，而刘老板还在梦中，似乎睡得很香，这可如何是好，横仔一时没了主意。

车子约莫又开了百十里的样子，刘老板醒酒了，见自己一身尿臊气，胯裆里也湿了，还把胡姐的一包衣服也洇湿了，这可怎么卖？传出去多耻人！刘老板一急，酒全醒了。

横仔知道刘老板有些尴尬，便说："等下你就说这泡尿是我屙的。"

"你屙的这衣服也不好卖了呀！"

"那怎么办？"

好在刚才上车时，老吴怕他们坐在车厢里闭气闷人，开了半边车后门，横仔看着车外，似乎有了主意。

车子开到一个急弯时，横仔对刘老板说："趁车头里的人不注意，不如把这一包尿湿的衣服丢到车外去，到时就说不知是怎么落掉的。"

刘老板也没想出什么好办法，只得默默点了头。于是，横仔和刘老板在车子进入弯道时，抓起包裹，一齐运力，偷偷地将那包尿湿的衣服丢到了车外，好在车头里的人并未发觉。

也是合该有事，车到南皋山，前轮突然爆胎，货车失控，直往路坎下开去，还打了个滚，侧翻在山沟里。说来也奇怪，车头里老吴和老宋都没事，皮都没破一块，而胡姐坐在车门边，却被甩到了车外，胡姐倒在一处乱石中，一瘫的血，一句话也没说，当场断了气。

都说穷人命大，车子打滚的时候，横仔在车厢里随着包裹一起滚动，并未伤到骨头，只受了点皮外伤，而刘老板却受伤了，头破血流的，昏迷了过去。

老宋爬出车头，看到刚才还和他说着话，活生生的胡姐，一眨眼就瘫在乱石堆中，一动不动，没了声息，老宋的眼泪就像决堤的水一样汹涌而来，只顾蹲在地上痛哭，哭声在山坳里回荡。

5. 她是疯婆子

想当年，老宋刚刚转干，还兼着村支书，老婆丁氏又因急症抢救无效离开人世，丢下一双正在中学读书的女儿。

胡姐闯入他的生活是丁氏死了半年后，但也有人说他们早在两年前就好上了。

　　"好上就好上了，这又关你甚事？"想不到也有人为老宋打抱不平。

　　只是丁氏因他偷偷搭上胡姐，把身体气坏了，最后在县医院病死。据说丁氏断气的时候，口里还在喊老宋，而老宋正陪胡姐在县城女人街逛服装店哩。

　　老宋和胡姐结婚时，胡姐三十岁还差五个月，实际只有二十九。而老宋已四十九，再过一年就五十了，也算老牛吃嫩草吧。那时的胡姐也是有主的。有主的女人只有老宋才敢碰，别人谁有这个胆？何况胡姐只是许配了人家，并没有嫁出去，没有嫁过去，就等于饭没煮熟，谁都可以揭开鼎罐柞，再添一灶柴，把饭煮熟来。老宋刚死了老婆，又没有女人管，他想揭就揭，其他人反对也没用，只要胡姐愿意，谁也管不了。胡姐父母为她找的对象是南昌某市场一个贩鱼的老板，那时老宋的老婆丁氏还没死，毕竟既不光彩，也不道德，两人也只是偷偷来往，胡姐不可能不嫁人，不可能就这样与老宋偷偷过一辈子。当时她是不同意的，最后犟不过父母，只得点了头。就这样订了婚，男方交了钱，女方收了聘礼，乡邻亲戚都来吃了订婚酒。其实那老板也就是市场里一个相貌平平的鱼贩子，只不过那时候作兴喊老板，见人见鬼都喊老板，就差猪圈里的老公猪出了栏外没被人喊老板。胡姐的父母收了一笔不少的聘礼。也是两人有缘，丁氏早早就死了。丁氏一死，胡姐就寻死觅活地要嫁老宋，其父母与老宋年龄相当，便想尽各种办法进行阻挠，俗话说，一个铁要打，一个要打铁，你情我愿的，想阻也难。胡姐是新藤缠老树，吃了秤砣铁了心，不管不顾、生生死死要嫁老宋。父母家人见她这般决心，也是没有办法，就顾不得人家说闲话，只得让步，这才把南昌的婚辞了，把聘礼钱退给了南昌的鱼老板，还赔了好多好话。

　　丁氏刚死半年，老宋与胡姐的事就传了出来。这消息一传出，立即引起了村人的非议。当然，这些人只能在背地里说说而已，也没谁敢告诉丁氏的母亲，也不敢当着老宋的面说不是。他们叹世态炎凉，叹生的荣华死的苦。事实也如此。女人才死不到半年，老宋就要吹吹打打入洞房，吆三喝四吃喜酒，披红挂彩做新郎，谁能接受得了？罈口可以封，人口封不住，老宋官再大，也不可能管得了人说闲话！船头滩乡不大，可山大，大山大岭的，林多好藏鸟，什么鸟都可以叫，谁又管得了？何况这事在情理上也说不过去，他还是一名党员、国家干部呢！

"党员就不能要老婆吗，干部就得守空房吗？党员干部也是人，也有七情六欲。"当然也有人为老宋打抱不平。

老宋要与胡姐结婚，别人反对有么用？那不是桌案上的菩萨操闲心，嘴上涂猪油好管闲事？

当然，首先站出来反对的，是他的一双女儿，她们少小，只能以住校来抗议。

丁氏母亲就不一样了，她是黑着窝乸一样的脸一路骂骂咧咧找上门来兴师问罪的。丁氏母亲有点泼辣，像个疯婆子，一人来到乡政府，一到院子里就开骂，而院里又没个人，老宋家的门也是关的，她也不知道老宋在不在家。丁氏母亲也不管这些，看到那扇往日她进出过的门，心里就有气，口里就骂个不停，好像老宋正靠着墙，杵在那里，像批斗会上的四类分子一般，正接受她的批斗，她嘴里濆出的涎，飞过了院墙，差不多可以呛死人。骂到最伤心的时候，她一会儿又着腰，捯头扯颈地骂；一会儿又跳起来，拍着巴掌骂，像得了神经病的人一样；一会儿又反剪着左手，像电影里的泼妇，走一步骂一步。后又边骂边退，退到原来的位置，用右手指着门壁骂，好像老宋又站到门壁那里去了，骂得最凶的时候，嘴里濆着涎，唾沫星子像冰刀一样割人。丁氏母亲不停地数落着老宋的不是，手也在有节奏地比划着，整个人也跟着机械地动起来，脸上的肌肉一扯一扯，脸色一阴一暗，门壁上的灰尘都吓落了，一只正从墙洞里钻出来的麻雀，"扑腾"一声飞上了屋顶，站在屋脊挑角上鸣叫不停。可能屋顶上的鸟，也在骂老宋没良心，对不起丁氏，老婆才走几个月，阴魂还没出门，就耐不住寂寞，就想荣华快乐，就想结婚抱新娘，真是无情又无义，良心是乌巴墨黑的，狗都不吃，只有鸟雀喜欢。丁氏母亲越骂越有气，越骂越上心，越骂越伤心。骂一句，心里就要痛快三分，脚也机械地前移一步；又骂一句，头也往前舂一下，脚也前移一步；再骂一句，头又往前舂一下，脚也前移一步。就像挖地的人一样，挥一锄，挖一下，往前进一步。而她现在是舂一下，挖一锄，骂一句，恨不得把老宋从屋里骂出来，让老宋无坏可钻，在乡里做不起人。那些干部家属也多是有素质的，他们不会挤到院子里去看热闹，只是打开玻璃窗，站在窗前，看着她骂人的形概，任她骂那些乌七八糟的话，也没谁敢上前去劝，可能劝也没有用，不让她把肚子里的气放掉，这个气球就要爆炸。有的家属是第一次见到这么骂人的，见她这个样子，以为真是个疯子，疯子骂人还真有一套。不过，大家也认为老宋有点操之过急，熬不住也得再过个一年半载呀，过了这个冷静期，也许就不会有这么多人反对了。

骂归骂，说归说。一个愿娶，一个愿嫁，谁也管不了。最终，老宋和胡姐顶着风言冷语，冲破家庭重重阻力，还是到民政局打了结婚证，领了红本本，成了有"营业执照"的合法夫妻。可这结婚不到四年，还没生一男半女的，胡姐就离他而去，而且死得这样惨，怎不叫他伤悲！

老宋两眼茫茫，瘫坐在地，眼前发生的一切，似乎都在梦中。对，是做了个梦，梦里与阎王吵了一架，阎王发了怒，拍着桌子，撕了桌上的勾魂簿，胡姐又从乱石堆上坐起来了，脸上灿开了笑容，旁边一滩鲜红的血，倏地变成一朵玫瑰，跟电影里的慢镜头一样绽放开来，开得五彩缤纷，开得鲜艳夺目。他采了这花，扎成一束，捧在手上，又插一朵在花瓶里，摆在办公室的桌子上，谁进门都能看到，窗外的阳光也能照到，晚上的月辉也能给其温柔。乡干部都眼贱，投来羡慕的眼光，好像在说，这花真香真艳，香过船头滩，艳过辽山满山的映山红；胡姐真白真美，白过白蛇精，美过妲己，比妲己还年轻，比仙女还漂亮！对，传说十五世纪英国王族约克家族和兰开斯特家族为了争夺王位彼此攻杀，这场流血的战争被叫作"玫瑰战争"。当然他不是什么王公贵族，他只想和胡姐在一起。他捧着花单腿跪在胡姐面前，胡姐白里透红的脸上漾着酒窝，柳眉上扬生色，杏眼顾盼流光，她才三十多啊，美艳娇柔……想到丁氏才死不到四年，留下一双少小的女儿，这胡姐又……真的世事无常，活生生的人，转眼阴阳两隔。老宋悲从心来，右手插在头发里，像插着五支雪白的剑，剑尖直抵他的内心，舔着他的血，燎着他的心，青烟袅袅，悲痛万分；他用左手捂着嘴，好似捂着伤口，悲悲戚戚，痛哭出声。不是说男儿有泪不轻弹吗？男人到了伤心处，泪水就是四月雨，滴滴答答滚落，砸在地上起个洼，滴在水里冲起浪，哗哗啦啦流成河。此时，他想起了那首《争什么》的悲情歌，他觉得这首如泣如诉、悲惋恸人、叫人肝肠寸断的歌，就是诗人熊毅专为他创作的，最适合他此时的心境，最适合此时含悲吟唱：

刚看透，
又迷茫，
生生死死争荣光。
为谁争？
为谁忙？

人生不过梦一场。

春花放，

秋月光，

良辰佳景总不长。

多少才俊和佳丽，

多少将相与帝王。

雪雨啼魂泥化骨，

龙碑倒下碎松岗。

且饮尽，杯中酿，

醉时豪气壮，

醒后倍凄凉。

倒不如，

轰轰烈烈爱一场、恨一场，

直到地老与天荒……

6. 停尸村外

　　老吴也算老司机了，开了七八年车，虽然没买过新车，旧车也换过三四台，除了碾过两只鸡鸭，撞死过一头狗，还从未出过其他事。确切地说，这是他第一次翻车，也是第一次出人命事故，而且死的不是别人，是船头滩乡宋副乡长的夫人——胡姐。这可不得了，他感觉天塌下了一半，眼前一片墨黑，四野都是黑洞，看不到一线光，只有呜呜的风，在鬼哭狼嚎，像催命的符咒。老宋哭，老吴也哭，老宋嚎，他也跟着嚎。老吴也不晓得如何是好，心里乱如一团麻，没了一点主意。老宋是死了老婆含悲恸哭，而胡姐与老吴非亲非故，他无法悲从心来，也哭不出一滴泪，喊不出一声悲。说实在的，此时，老吴只有怕，怕坐牢，怕赔钱，怕老宋找他麻烦，所以他的哭有点像黄牛牯乱嚎乱哞，嚎哭声传到对面山窝里又从树林里传回来，在乱石堆上打了七八个滚，然后钻进了横仔的耳朵里。

横仔算是大难不死，出了这么大的事，竟然毫发无损。尽管这样，横仔心里还是"突突突"地跳，胸口有七八只兔子在奔突，耳朵也不停地嗡嗡嗡响。当他爬出车厢，看到刘老板也昏迷了，胡姐仰在地上一动不动，不是地上一摊血，不是旁边一堆乱石，不是石头上有血迹，不是她血淋淋的样子，横仔还以为胡姐是坐车累了，倒在地上睡着了。

此刻，老吴和老宋都在哭。他们只知哭，也没谁报警，好在横仔头脑还算清醒，知道情况不妙，出了人命关天的大事，横仔没有手机，遂找到刘老板的手机，拨打了110报警电话。

横仔心里有个小九九，见刘老板也受了伤，人也昏迷了，心想这也许是老天给他创造一个立功表现的机会，便叫老吴看好现场，照看好老宋，等交警和保险公司来人处理，然后他赶紧背起刘老板上了路坎，他想拦一辆车，可人家不知他是好人还是歹人，一连过了三辆车都没停，横仔有点急，就站到马路中间，这才强行拦住一辆车，把刘老板送到了县人民医院。

快到半夜时分，胡姐的尸体才拖回宋家村，就停放在村外的大栗树下。村里有这样的规矩：凡是遭凶死的都是冤魂野鬼，不能进村，更不能进家，只能在村外搭个草棚操办后事。说遭凶死的人进了家门，就会满门倒运，甚至会给整个村庄带来血腥，带来灾祸，殃及全体村民，这是全村人都不会同意的，也是不会接受的，这是老辈人传下来的风俗，百十年来村里也没有谁破过这个例。去年村里也有一个人采草药摔死在山上，后来也

是在大栗树下办的丧事，好像这棵大栗树，生来就是为死人撑的一把阴阳伞。

胡姐出事的消息一传到村里，老宋家的亲友就聚在屋里打商量，听村里一位年高辈大的总管安排人事，商量按什么规格处理胡姐的后事。这总管是族里一位德高望重的老人，操办过村里多起红白喜事，很有经验。什么事该急，什么事可以缓，什么人该干什么事，他心中都有数，也会因人而异；谁家丧事要办成什么规格，他甚至不用问主家的意见，总管心里早有了谱。他会替主人考虑，该省的省，不能省的，就会做个慷慨，都会有妥妥帖帖的安排，方方面面都会顾及，绝对不会让他人说主家闲话，也不会让主家说总管的闲话，这就是一个总管的本能。总管打完商量，当即派人去通知了胡姐娘家人。

老宋官虽不大，也算宋家村的骄傲。他从村支书的位置上转为国家干部，这在村里没有先例，至今也没有发生过，后又当上了副乡长，是该村唯一一个带"长"拿铁饭碗的人，其他带"长"的要么是生产队队长、要么是妇女队队长、要么是烧灰队队长、要么是积肥队队长、要么是送粮队队长、要么是放牛队队长，没一个正经八百的"长"。老宋本人兄弟姐妹多，他父辈兄弟姐妹也多，绝对是宋家村一个大户人家。村里人听说老宋的老婆胡姐出了交通事故，人已往生（意思是人死了，投胎去了），"一人有事众邻帮"，村里有这习俗，所以家家都派了人来帮忙，有男有女，有老有少，一时间，家里进进出出的人就多了起来。胡姐的尸体还没运回来，屋里人就开始作好了准备：接客的，借桌凳的，烧茶的，切菜的，担水的，磨粉的，做粑的，洗碗的，扫地的，接礼的，请客的，打杂的，采买的，掌铲的（厨师），都已到岗到位，连屋外都站了不少人，都在等待总管安排事情。因胡姐嫁给老宋还不到四年，时间短，又没生育儿女，与宋家人的感情不是很深，所以她的丧事气氛自然与丁氏不一样。丁氏死的时候家里哭的人多，里里外外含悲，没有人敢笑。可胡姐死了则有点不同，不但没有看到有人哭，而且三三两两的人聚在一堆，虽然没有说笑打趣，却也不知他们在说着什么闲天，主家也不去关心，总管也不会骂人，好像这家不是死了人，悲哀的气氛差了好几分。

总管安排人在村外搭好了草棚，也叫灵棚。说是草棚，却没有看到一根草，其实就是立了几根杉木柱子，再搁了几根桁条，用铁码钉牢，就成了棚架子，再在棚顶上铺一床或两床旧地箕，棚就像模像样了，搭个草棚也就是起个挡风遮露的作用。要是遇上雨天，草棚上面就必须加盖地膜或油布，否则就要漏水，漏水的话棚里就无法坐人守灵，总管就要说话，总管一说话，搭棚的人就坐不住了，就会感到很尴尬。胡姐这么年轻就死了，生前不可能置办棺材，谁也不晓得她这么短命，会死得这么早，会死得这么惨。其实胡姐的好日子还没开始，丁氏只生了两个女儿，要是胡姐能在宋家生个儿子，为老宋续上香火，她就是宋家的太婆，就有享不尽的福，可她注定没有这个命，当初生生死死要嫁老宋，命里只有八角米，走遍天下也不满升。跟命斗，一败涂地，人死了，仰在门板上还没副棺材，你说惨不惨？总管只好派人去镇上的棺材店里买棺材，哪知棺材店里生意不好，店老板关了门，去外地打工去了，门上的铁锁都生了锈。总管只好又派人到外村去打听谁家有棺材卖。还好派出去的人打听到有一个老人家有副棺材要卖，价钱也合适，路途也不远，要不了几个运费，总管说行，就算成交了。

这是副油漆棺材，头里有个茶盘大的福字，黑罂罂的，抬来的时候，上面还有一层厚厚的灰尘，看来这棺材搁在楼上都好些年月了，有点难看，让人觉得这棺材太老旧了，要是被胡姐娘家人看到了，闹不好会不高兴，要说闲话，挑出事由来。可棺材店关了门，新做的油漆棺材买不到，好不容易才买到一副，不可能去退货，人家也不会同意，总管赶紧安排人用湿布抹了又抹，这才显出油漆的光泽，只是这光泽有点瘆人，要是这油漆漆在桌子或床架上，就会给人另一番感想。据派去买棺材的人说，这棺材还是邻村一位七十岁的老人在三十年前置办的，他嫌这副棺材不是十二莲花，要不然还买不到油漆棺材哩！没有油漆棺材，那就只能买白木（没有刷油漆的棺材）了。村里人说，如果人死了，连油漆棺材都讨不到一副，那她就白到人间走一遭，到了阴间也是个穷鬼，是要遭罪被人欺负的。又有人说，胡姐还算是有福的人，这么年轻也买到了棺材，而且是油漆棺材，而且刚好是胡姐出生的那年，就有人帮她做好了棺材，说不定那人前世是她儿子或者孙子呢，这样说来也算有孝心（这样说，那卖棺材的人就被人损了）。

草棚搭好了，胡姐娘家人也快来了，棺材也买到了。接下来，总管又安排人把电线牵到了草棚那里，棚前棚内各安了一个一百瓦的大灯泡，雨布也堆放在一旁的栗树下，随时待命，只要天一变脸，马上就有人会把雨布盖在草棚上，只要不发八级大风，把草棚子吹跑，落雪下雨也不怕，一切准备妥当。大栗树下是个荒草坪，生产队时是种油菜种红薯的地，有十床地箕大，被村人荒在这里，成了专供村人办丧事的场所，成了一块邪地，曾有人听过这里有鬼说话，把魂都吓跑了！村里荒地多，谁还在乎这么一块地？就没谁敢在这里种庄稼了。刚一断黑，那里的电灯就亮起来了，远远就能看到亮光，那亮光有些刺眼，一些飞虫看见光，如赶大餐一般从周打围圆纷纷飞来，生生死死围着灯泡，一阵乱扑，灯泡温度高，亮得刺眼，人看多了眼睛也罪过，飞虫却不管不顾，让人想起飞蛾扑火，已有不少飞虫掉在地上。那两个大灯泡照得灯火通明，把往日冷冷清清、鬼能打死人的大栗树下照得人影幢幢。

去通知胡姐娘家的人怕她娘家人过分悲伤，就骗了他们，只说胡姐出了交通事故，现在生死未卜，要他们赶快动身去见一面，也算善意的欺骗吧？听到这噩耗，胡姐娘家人当即租了一辆面包车来，一共来了七八个亲戚。还没进村，就在村外的大栗树下被人拦下了。村人禀明情况，说胡姐的丧事就在此办理。胡姐的妹妹与胡姐感情至深，还不相信胡姐已死，看到大栗下站了很多人，有的在忙着，有的挤在一块聊着什么；两个大灯泡，像三伏天的太阳一样倒悬在栗树的枝丫上，炽烈亮如白昼；树下搭了草棚，摆了一副油漆垩垩的棺材，人说见了棺材就得落泪，事情也就明摆着了，这就不由人不信了。只听胡姐的妹妹"哇"地一声，眼泪就像煮豆浆潽锅一样，汹涌而来，她以为胡姐的尸体已拖回来了，正躺在棺材里，还没盖棺呢！遂跳下车，不由分说地跑过去，也没细看，抱着棺材头便一顿号啕大哭，村人赶紧过去劝，叫她莫哭，并告诉她，说那是一副空棺材，胡姐的尸体，还没有运到，车还在半路上，正往这里赶哩，最起码还要半个多小时才能运到。

胡姐娘家没有停尸村外的陈规旧习。听说胡姐死了不但不能进宋家的屋，而且还不能进村，只能停尸荒郊野外，惨死的胡姐不就变成了冤魂野鬼么？是谁出的馊主意？这太没良心太没有人性了吧，走遍天下也没有这个道理！胡家人认为这是宋家人欺负胡姐死得早，欺负胡姐娘家没人，故意这样做，来人都说这样不合情理，对宋家人这种做法大为不满。宋家人都解释，说这是村里的老规矩，最后总管也出来解释，可越解释越糊涂，越解释越没有用，最后闹起了意见，双方口嘴相斗，眼看一言不和就要动手了，好在运尸车不迟不早就在这时候到了，老宋也到了，双方才停止嘴仗。村人一阵忙乱，摆凳的、搁门板的、放鞭炮的、抬尸下车的、站在门板前接尸的、拿兜单的、点七星灯的，哭的嚎的（多是胡姐娘家人），好在总管在"打商量"时就把人员安排妥当，一切都在忙而有序中进行。

老宋悲伤过度，被人从车里扶下来时已哭不出声了，眼泪也快哭干了，见到胡姐娘家人，他双脚一软不知怎的就跪了下去，"哇"地一声又哭了出来，哭声就像一面嘶哑的破锣。一个大男人哭成这样，可见他与胡姐是恩爱的，夫妻感情是深的，也算有情有义之人。众人担心老宋哭坏了身体，就强行把他劝回家休息，还叫人看着，暂时不许他到大栗树下去。

7. 打醮

乡人说"死者为大，入土为安"。按村里的习俗，人死了先要替其穿好衣服，称"着寿衣"。着寿衣也是有规矩的，必须要亲人动手。如果死者是男性，通常由儿子或女儿来料理，死者为女性，则由女儿、儿媳或者叔婆婶来料理。寿衣是不能用皮毛一类的布料做的，怕来生变成兽类，不能给子孙带来福气。寿衣一般都是用绢棉做成，有"眷恋"和"缅怀"的意思，还要注意颜色搭配，褂、裤、鞋、袜、帽，还有兜单锦被的样式、色彩、图案都要有协调，不能太花，太花了就不严谨，会被认为是对死者的不敬，死者娘家人就会有意见，而且意见会很大，弄不好会让双方尴尬，甚至收不了场。寿鞋则多是布鞋，鞋底都要墨水瓶的盖子盖上墨印，印越多，寿越高，印越少，寿越少。胡姐虚岁34岁，最多只能盖34个印，不能多盖也不能少盖，盖多盖少胡姐娘家人都会说闲话。寿衣的件数也有规矩，忌双喜单，一般是"五领三腰"，即五件上衣，三件裙裤。富贵人家也有"九领七腰"的。

　　胡姐娘家人说胡姐好歹也算乡长夫人，又死得惨，在宋家几年，没享过多少福，一人操持一个店，起早摸黑做生意，赚的钱也没带回娘家，也没见胡姐打个金镯子，没有功劳也有苦劳吧？遂提出要"九领七腰"，总管也点头同意了，并派人到镇上买来了九件套，还有殡葬品双铺双盖四件套、头脚枕、鞋、帽、袜、腰带、绑腿、口铃、盘缠巾、盖脸布、假金银元宝、纸屋、兜单锦被、纸钱，一应都买齐备了，而且这些都是超规格的，胡姐娘家人一一查验看过，也没说什么话。

　　按理，胡姐死了是要有孝布的，没有孝布就不叫办丧事。

　　裁孝布也有规矩，长孝长七尺，宽一尺二至一尺三寸半不等。没有祭祀仪式时，孝子孝女可将孝布直接系于腰间，有祭祀活动就要戴在头上。总管考虑到胡姐没有儿女，孝布不多，担心胡姐娘家人说事，就多买了黑纱，黑纱可以不分亲疏，老少都可以戴，是新时代的产物，这样，胡姐娘家人就没说什么了。

　　都说人活着难。有一口气就要为油盐柴米拼尽最后一口气，不死不休，不死不消停，可两腿一蹬，又什么也不争了，什么也不管了，什么都不要了。可谓光着身子来，又光着身子走。也有人说，人死了也难，得仰在门板上，等人抹澡换衣入殓，经过一阵折腾才能入土为安。村人要"寿终正寝"，得避免在医院里咽最后一口气，要尽量在生命垂危之际抬回家，让他在自家屋里的床上咽气，这样人死了就能顺利归西，就不用到大栗树下去了，到阴曹地府也不用过奈何桥什么的，受那折磨。死人被移到灵床后，要确保头外脚里，如死者上有老人健在则头朝里脚朝外，在儿孙的守护下，在众亲人"娘啊""爸啊""爷啊""婆啊"的哭喊声中度过弥留时刻，这叫"送终"，有儿孙"送终"、临终有人烧纸钱的人是有福的老人，没有亲人"送终"的人，村人说是前世害多了人，做多了过事、恶事，属苦命之人。所以村人多做善事，总是劝人莫做恶事。胡姐没有儿女，又是"遭凶"死的，又不能进村，自然算是苦命之人，而且是苦命之人中最苦命的了。

胡家娘家人见宋家村有这种陋习且村里老少都反对移尸进村入殓，知道众怒难违，便也退了一步，但提了一个条件，说不能让胡姐进村进屋，那就要请道士在大栗树下打醮，为胡姐超度。胡姐娘家人提的要求本来也不过分，也在情理之中，打个醮也要不了太多钱，何况老宋也不差钱，但问题就出在老宋身上，请道士打醮算是搞封建迷信，政府不允许，老宋不能带这个头。又说就是县乡领导不批评，日后老宋也不好开展工作了，还怎么去做人家的工作，这不是给自己过不去？总管是宋家人，自然为老宋着想，故不同意打醮，没有答应。胡家人也不示弱，听了非常恼火，说宋家人没有人性，死绝了良心，坚决反对草草将胡姐下葬，还扬言要把胡姐的尸体抬到乡政府去，闹闹嚷嚷好一阵，村里人都赶来看热闹了，围了一圈又一圈，眼看就要出事了，有人赶紧打了报警电话，当地派出所也派人来了，乡里村里也怕出事，都派来了人。在宋家村，村里人办丧事东家是不理事的，多是请有威望的村人来主事帮助料理丧事，一切都是主事者说了算，主事者就是总管。总管遂和其他成员紧急商议，也同意退一步，答应打一天醮，而胡家人也不同意，不让步，坚决要打三天大醮。最后是老宋点了头，总管才同意请道士打大醮，这才平息了这个"打醮"风波。

去请道士的人还在路上，这边就选定了吉时为胡姐着了"寿衣"，入了殓。

打醮也就是求福禳灾的一种法事，虽有些迷信，毕竟几百年前就有。《红楼梦》里清虚观打醮当天，荣国府几乎是合府而出，车辆纷纷，人马簇簇，就连各房的老嬷嬷奶娘以及家人媳妇都浩浩荡荡地跟了去，还有不少看热闹的也跟了去。可在这支队伍里，少了一个本不该少的人，那就是王夫人。而胡姐打醮开坛，灵堂设在大栗树下，村人都赶来看热闹了，该来的都来了，该到的都到了，在这些人里，也有一个人没有去。你说是谁？那就是老宋。也不是老宋不愿去，也不是他想躲起来，而是老宋悲伤过度，差点昏了过去，胡家派人偷偷来看，见老宋还在打点滴，遂没有起事。

最倒霉败运的是肇事者老吴。出事后，他整日里像个四类分子一般，一副苦瓜相，不敢说话，也不敢开溜，总是蹲在人少的地方，一副可怜兮兮的样子。当村人把胡姐的尸体从车上搬下来时，胡姐的两个兄弟听说他就是肇事司机，冲上前就挥拳要打他，有人抓住了他的衣领，拳头都举得老高了，那架势，就想一拳要他的命，好在村干部在场，慌忙出手挡住，又将他们拖开，否则，老吴就要遭受一顿拳脚之苦。

老吴的货车是买了保险的，但保险公司理赔没有这么快，办丧事要钱，老吴又被总管叫了去。老吴心里明白，这是宋家人逼他要钱，心里虽然不愿意，但他不敢得罪老宋，只好东挪西借，筹了 50000 元交给总管，算是先行赔的安葬费。可赔出去的钱还能要回来吗，老吴不敢想。

胡姐是客死他乡的，魂魄找不到归途，会在异乡受着无穷无尽的苦难，终年得不到香烟的奉祀，没有经文超度，孤魂就会变为饿鬼，悲悲惨惨地轮回于异地，难有投胎转生的希望，只有替她"招魂"，才能够循着道士的咒符归来。这是道士说的，道士说的话不得不信，胡姐娘家人也这样说。

人总是要死的。人死了，魂魄要离体，魂丢了，七魄也散尽了，这就要打醮，村里上年纪的老人也这样说。

打醮是幕阜山一带的乡俗，这乡俗应有千百年的历史了。打醮时道士要搭醮台"招魂"，只不过这台不大，两块大门板大，只要容得道士一人作法就行。

醮台搭好了，就搭在灵堂边。还另外搭了个油布帐篷，里面也设了香案，专供道士打醮作法用。帐篷前立起了大幡，竖了三根大楠竹，竹子上面还有丫，听说做三天大醮才可立竹子，又用小竹挂上了魂帛，道士在帐篷里点起香烛，棚外当中放着的稻草人，披了胡姐生前一件衣袄，人不人鬼不鬼的，袄上贴着一张七八寸长的白纸溜儿，上面写着胡姐的名字和生辰八字。一条长板凳，便是奈何桥，道士穿着黑色道士服，戴着道士帽，一会拿着令牌，一会拿着剑，一会端着一只碗，道骨仙风的样子。道士跳上长板凳作法时，那个道士帽掉到了地上，本来是不能有笑声的，但还是有人没忍住，笑出了声，看热闹的人一齐把眼睛转向了他，那人有点尴尬，赶紧挤出了人群。道士唱到半途，便把碗放在地上，碗里还有半碗水。道士拿着一把约一尺长的短剑，短剑闪着寒光，不知真假，也无人去问真假。道士一会穿鞋，一会打着赤脚，有时右脚穿鞋，左脚打赤脚，有时又左脚穿鞋，右脚打赤脚。道士又端着碗在醮台走步，连走了三圈，口中念念有声，接着又转了五圈，然后嘿嘿两声，双脚一顿，把碗放在地上，碗里的水也没泼一滴，可见这道士还是有些手脚功夫的。道士舞了一阵剑，把地上的碗放到桌子上，然后翻起了筋斗，连翻了五个，像个玩杂技的，那一招一式还有些看点，围观的人越来越多了。开场唱的好不好，事关道士的名声，每个道士都会拿出看家本领。是真唱还是假唱，主家也很在意。

道士口里念的咒语村里的年轻人是听不懂的，无非是凑个热闹，那些上了年纪的老人也只能听个一知半解。道士舞脚撒手到了高潮，一旁的助手则把钟磬铙钹敲得猛烈，可谓声彻四野，连躲在树上的夜鸟也缩在窝里，不敢做唧。

道士开了场，最后双手握剑绕场一圈，这才正经八百地念起了咒语——

"……五灵玄老天尊，吾今结界至中央，寒光剑影镇五方；高穹符戊己，盛德济柔刚；尊身耀眼现光芒，万厌千邪尽伏藏；百万神仙来赴会，三千兵马到玄场。请命黄天魔王把守玄界，急准中央一概天尊禁玄律令。玄灵元老天尊，吾今结界至皇玄；禹步丁罡向此间，凡宇装成青锁阔，尘居摆出玉兰杆；上间化作浮黎土，中央幻成玉京山；五老十华居左右，四方神仙列两班；欲界色界无色界，高功存奏拜天颜。急准神功默佑天尊，禁玄已讫结界将週，吾今托水在手，执剑当权；内秽已净，外祸未除；道众鸣铙，遍行勑水；天有钱星，地有钱灵；阴阳造化，鎔铸成形；谨勑斋官，所有钱财纸马，化作风来；有诸厌秽，仗吾法水；速化清净光明，急如灵通感应天尊。伏以除芬荡秽，须凭东井之黄华；请福延生，必藉北斗之神咒，向来行坛，勑水禁坛功德，已遂週隆。伏愿东华上相，克标久视之名；南极元君，茂注长生之字；俾今信人，合家人等，身中禀元气，顶上灵光至，嚙呢祥，六甲内胡姐，侍从兼符使，万邪不敢当；魍魉皆迴避，身沾此法水。长生得久亲，身沾此法水；长生得久世，青帝护魂，白帝侍魄，赤帝养气，黑帝通血，黄帝中主。万神无越，再请天官解天厄，地官解地厄，水官解水厄，火官解火厄，五帝解五方厄，南辰解本命厄，北斗解一切厄。谨勑天灵，愿保长生；太玄大法，守卫身形；五脏神君，各保安宁。勑水之后，永保长生；急急如律令。长生保命天尊，伏以三尺封城剑，龙光射斗牛，一点洞庭春；明月照蛟龙之影，斩馘人间之妖孽，扫除天下之邪魔，一挥而泣鬼神，再洒而惊风雨，化厌为尘，点浊成清，可以迎上帝之真游，可以集神仙之飚驭。从今扫荡，永叶桢祥……"

　　道士一边念着咒语，隔一会就要用剑尖在碗里蘸水，然后在地上画了一个旁人看不见影儿的符咒，画完符咒又把剑舞得寒光走影，嗖嗖有声，让人背冷心惊。他那身黑色的道衣也猎猎生风，有如阴兵列队过境，让人不寒而栗。村里老少挤在醮台两则看打醮，人头挤着人头，肩膀挨着肩膀，到了深夜，人还没有散，还是锣鼓声声。道士唱一气，就有专人放一封炮竹。放炮竹的人嘴上叼着烟，手里还要拿一根香，走堂的叫放炮竹了，他就赶毛赶急拿起炮竹到醮堂外的地坎边放，有时他见人挤的太近了，妨碍了道士作法，他就把炮竹往人堆前丢，炸得烟尘四起，吓得看热闹的人纷纷往后退，只听到一阵踩踏声和尖叫声，还夹杂着骂人声。

　　"这只打短命的，啥时学会了撩滑臭肚！"

　　"蠢不打乖，以后生崽有得屁股眼！"

　　"真是个花皮癞，大虎屎！"

　　"这只窝刁撬的，茅兜筑的，好事学不到，臭肠烂肚的东西就学到了。"

　　挨了众人的骂，放炮竹的人也只好装憨卖傻，咧着嘴傻傻地笑。

　　打醮放炮竹也有讲究，大户人家放大炮竹，小户人家放那种五寸长的小炮竹，有时店里没小炮竹卖，放炮竹的人也有办法，把大炮竹剪成约五寸长，就变成了小炮竹，能为东家省一点是一点；如果有钱人家也想放小炮竹，闲人就会说他吝啬，屁眼。是放大还是放小，这就得听总管铺排，总管说放大炮竹，就不能放小炮竹，放了小炮竹，就跌了主家的面子；总管说放小炮竹，你就不能放大炮竹，如放了大炮竹，就有故意浪费之嫌，主家也会不高兴的。总管负责任的话，一场喜事下来，要节约千儿八百也不难。

打醮放炮竹也是个苦差事，道士不收工他不能离开，常常是半夜才结束，一般人都不愿干，干这事的大多都是村里半乖蠢的家伙，要不就是村里最可怜最老实的人，也只有他们才听使唤。到了下半夜，炮竹噼呖啪啦响完，东家还要发包香烟，发个红包，搞个"私夜"（夜宵）犒劳道士，这是规矩，只要道士进了门，总管就会替东家准备好。

刘老板也算难得，人还在医院里的病床上，便委派横仔买了个花圈送来，还买了两捆火纸，一封大炮竹，并借机送了 5000 元，说是慰问金。刘老板出院时，胡姐已入土为安了。

还真让横仔猜到了，刘老板为感谢横仔的救命之恩——其实刘老板也没什么大伤，只是当时昏迷过去，在医院调养了几天，也就出院了。当然，横仔能及时把他送到医院，刘老板内心还是很感激他的。可以说，这也是横仔应该做的，换作是别人，也会这样去做，除非是傻子。刘老板把之前做杂工的秋莲安排在竹厂做了库管员，每月工资比以前多了两百多，库管员工作相对轻松，又不用加夜班，也不累人，只要点个数，进货出货也不用她动手，秋莲很满意，工作认真负责，没出一点差错，很得刘老板信任。

横仔救主有功，也因祸得福，被刘老板委以重任，担任了副厂长，专门负责厂里的产品销售。

横仔上任不到半年，跑了十次武汉，去了三趟九江，还去了温州一趟，厂里的货及时销往各地，仓库里几乎没有存货，为了多出产品，刘老板正督促工人加班加点生产。

横仔得空请了两天假回家，哪知前脚刚进门，铁山就板着脸来了，好像横仔欠了他千儿八百块钱似的，而且手上还拿着一把明晃晃的杀猪刀，跟在横仔身后。

铁山拿刀来干什么，是想杀人还是要劫财？

第五章

1. 一举两得

铁山拿着杀猪刀跟在横仔身后走进院门，也许是铁山的脚步声大，被一条迎面跑来的大花狗吓了一跳，一个趔趄险些撞上了院门。铁山骂了一句"这只炙禾秆火的"（村人杀狗去毛通常用稻草来烧，谓之炙禾秆火）。村人都晓得，横仔与铁山没结过仇，也没斗过嘴，更没有利益之争，铁山是不可能拿刀来威胁他的，这一点，大家都有数，横仔心中也有数。他看到铁山气愤愤的样子，就知铁山登门又是有甚事要来求他了，又想他出手帮忙，铁山没事一般也不登门，来了就是有事，或者有求于他。就如上次铁山要参加竹厂招标一样，他来的目的一是想探探横仔的心，二是想稳住横仔，三还想借横仔的力，好让自己中标。铁山肚里几根肥肠，几把心肺，几个心眼，加起来有几盘几钵，横仔早就摸了个一清二楚。不过这回，铁山登门有何贵干，又有什么要事需要他帮忙，横仔心里还真没个数，脑子里翻车一般也没猜到。

"横哥，"铁山前脚还没进门，就喊了一声——横仔是他堂哥，才刚出五服呢！"你说气人啵，赵子文这家伙还想当支书，我看这回他是当到头了。"说完冷笑一声，把杀猪刀往地上一丢，自个儿拖了把竹椅在堂前坐下。

铁山记得，还是那次为招标的事，到了横仔家。不是他不来，而是横仔夫妻进了竹厂，工作忙了，见面的机会就少了。

横仔没做唧，不知铁山"眠床上放铳"是甚意思，只管拿眼看着铁山，想从他脸上找到答案。

"村里要换届了，你晓得吗？"铁山说。

"最近厂里事儿多，比较忙，没去关心这个事。"横仔答。

横仔清楚，每到这个时候，在任的村干部都有些顾虑，担心选举时落选，在村里没脸见人。这次赵子文也一样，县电视台刚播出村委要换届的新闻，他就早早地请了几个人到船头滩酒店喝了一顿酒，又到一些人家去打了招呼，许了些承诺，尽管这事做得十分保密，可没有不透风的墙，还是让铁山这只打铳狗嗅到了。铁山跑回家一说，他那病歪歪的父亲刘高坐在躺椅上立马就弹了起来，好像病也好了一半，手舞足蹈地说："这可是个好机会，不但可以扳倒赵子文，你……你还可以去报名……参选村支书！"

刘高有心计，趁与赵子文还没发生瓜葛，于几年前游说了村里几个党员，为铁山入了党。那时的铁山刚出道，没见人说坏，人也年轻，正好组织上要求村里发展年轻人入党，当时也没有其他人要求入党，最后就选择发展铁山。刘高为什么想铁山当支书呢？因为刘高那年强奸村里的广播员未遂，跌下了楼梯，落了个残疾，被免了职，还开除了党籍。这奇耻大辱是他心中永远的痛。现在自己老了，"与阴间只隔三寸木板"，再想也是痴人做梦，刘高还算有自知之明，不再想自己东山再起的事了。好在儿子

铁山入了党，入了党就有这个希望，刘高后来就把希望全都寄托在铁山身上，村里每次换届，他都想铁山去竞选，可铁山参选过两次村主任，都没选上。

铁山回家说到换届，一说到村里要选村支书，刘高便两眼放光，他知道自己病病歪歪，隔天远离土近，今生都没希望了，但儿子铁山入了党，是组织上的人，有资格参选，况且村里刘姓族人也有几个党员，只要掌握了赵子文的违纪问题，到纪委一反映，支书这把交椅他赵子文就坐不住了，就要下台！现在是换届的敏感时期，只要扳倒了赵子文，铁山当支书就搬掉了一个绊脚石，参选就多了几分把握。刘高一拍大腿，像想起了一件什么大事，连说，"豆豉一船都是臭的，胡椒一粒也是辣的"，这事要成，还少不了要横仔帮忙。铁山来找横仔，就是刘高出的主意。

想起铁山当初放弃投标，把竹厂让给他人，做了次"吃屁"的事，横仔一想起心里就有气，而且这气至今还没醒！可提起赵子文，横仔又无端生出几分怨恨来。想当年，赵子文也想追秋莲，可赵子文要大秋莲十岁，为了达到其不可告人的目的，便散布横仔的不是，使出各种损招，想方设法讨得秋莲她爸的欢喜，以致秋莲他爸至今对他不待见，要不是他下手快，那天晚上在芦茅洲里和秋莲偷吃了禁果，私订了终身，说不定秋莲她爸就要把秋莲嫁给赵子文，那秋莲现在不就是赵子文的人了？害得他到现在还与秋莲她爸关系都是僵的，这口恶气他还没吞下，一直没找到机会，真是"爹开巴掌千条路，路路都有贵人助"。这不是机会送上门来了吗？铁山就是上天派来的，是来为他报仇的……

横仔想借铁山这把刀，杀杀赵子文的锐气，既可帮铁山，又讨了刘高和铁山的欢喜，同时又出了心中的恶气，可谓一举多得。

2. 一潭好水

　　秋莲到竹厂上班去了，离下班还有一个多小时。

　　横仔怕路人听见他和铁山说话，便把头探出院门，左右眦了一遍，没有看到人影，这才"吱呀"一声关上院门。横仔把刘老板那天带来的一瓶四特酒拿出来，又从冰箱里找到两盘冷菜，然后对铁山说，"嫂子不在家，我们就随便喝两盅。"说完便和铁山坐在桌前对饮。大约过了一两个时辰，一瓶酒也喝完了，两人也聊得差不多了，正好秋莲也下了班。秋莲听到屋内唧唧哝哝，看到往日从不关的院门竟然闩上了，感到有些奇怪，就用手在门上拍打，横仔知道是秋莲下班了，就应着："来啦来啦。"然后起身去开门，走了两步又回头对铁山说，"就这样，明天我们照计行事。"

　　"好！"也许是喝了两杯酒，铁山脸色好看多了，横仔起身时，他弯腰拾起地上的杀猪刀，也跟着走出来了。横仔刚抽出门闩，秋莲就风快推开了门，看到站在横仔身后的铁山，尤其是铁山手里那把刀，那刀有七八寸长，两寸多宽，刀嘴有个斜口，带了点弧形，闪着寒光，白得刺眼，让人背脊发麻，秋莲吓了一跳，不知发生了什么事，手紧紧攥着门环，脚也不敢开步，气也不敢出一声，杵在那里不动，眼睛盯住那把刀不放，生怕铁山乱来。铁山手上有刀，横仔手无寸铁，他一乱来，横仔和她就要吃亏，弄不好就要成他的刀下之鬼。秋莲不知横仔是怎样得罪了铁山，居然闹到这个地步，还拿刀上门来威胁，这不是结了杀崽怨仇吗？那知铁山喊了句"嫂子好"，侧个身出了院门，秋莲见横仔和铁山神秘兮兮的样子，赶紧把门关了，插上门闩，心里还是"突突突"地狂跳，魂也吓跑了，手也有些抖，生怕铁山又闯进来。横仔见秋莲怪怪的，猜是被铁山手里的刀吓着了，忙笑着解释说："铁山去帮人杀猪，回来时刚好碰到我，我见他好久没来了，就叫他喝了一盅。"

秋莲听了，这才松了一口气。

> 正月勤紧在一春，
> 唱只山歌劝世人；
> 劝郎早把塘堰作，
> 紧作塘堰要赶春。
>
> 二月勤紧燕子飞，
> 燕子飞飞口含泥；
> 劝郎莫学梁上燕，
> 一只东来一只西，
> 九冬十月受孤凄。
>
> 三月勤紧开白花，
> 家家浸种乱如麻；
> 劝郎多把矛林挖，
> 多挖矛林种庄稼，
> 九冬十月享荣华。
>
> 四月勤紧工夫忙，
> 日里犁田夜扒秧；
> 水进麻绳箍箍紧，
> 急水划船个个忙，
> 哪有闲工去连娘。

五月勤紧时节忙，

迟禾早禾都要耘；

瘦田之中多挑粪，

粪养禾根禾养人，

勤劳不饿苦耕人……

　　铁山把自己想当支书，还要把现任支书赵子文告下台的想法告诉了横仔。横仔对赵子文有成见，正好与铁山沆瀣一气，两人虽然各怀心思，却一拍即合，恰如乡俗说的，一个锅要补，一个要补锅，个中的因由，就是横仔和铁山也说不清道不明。铁山找横仔帮忙，横仔是求之不得，正愁无处下手，想不到机会就来了，还做了个顺手人情。横仔搜肠刮肚为铁山出了许多主意，铁山很感激，心里头也高兴。从横仔家出来，铁山一路哼着山歌，走过黄沙坳的龙潭瀑布，抬头看到一股泉水从横亘在眼前的山岩上俯冲下来，伴着天籁之音，像一条神话传说中的飞龙从天而降，瞬间扑入深潭，溅起的水花密密麻麻，眨眼又化成了绿波，然后从潭口溢出，一路借溪远去，终年不停不歇，洇了两岸的田，喂饱了一路的山塘水库。这一潭好水，是黄沙坳人的骄傲。铁山记得，那时在生产队里劳作时，队长常叫他挑两个水桶到这里来舀泉水，那时白糖金贵，当他把泉水挑到田塅里，队长便从衣袋里摸出一小包糖精，只倒几粒到水桶里，用水勺搅几下，然后就对在田塅里劳作的村民喊："歇气了，大家都来喝糖水啰！"众人听到喊声，便纷纷放下锄头、犁耙，解下牛轭，一窝蜂似地围拢过来，没有参加集体劳动的人还喝不到这糖水呢！

　　铁山斜里看到岩壁上逸出几枝映山红，就多看了几眼。今年开春早，映山红也不闲，早早就开了，而且开得那么娇艳，正切合此刻铁山的心情。

铁山想起那年当乡长的老伍调走，他放了一个大松木桐拦在老伍搬家的车前，还叫父亲刘高坐在那段松木上，不让老伍搬家的车子通过，让老伍颜面尽失，在众乡亲面前抬不起头，丢了脸面。其实这都是横仔帮忙出的主意，要是铁山，即便想个三日三夜，也想不出这样的妙招。铁山独自坐在酒馆里喝酒，等着老伍上门来求他，也是横仔一手安排策划。说来也真是好笑，老伍那么聪明的一个人，又当了那么多年领导，也算有能耐的人，竟然也有失手的时候，好像有人拿了根竹棍儿，像鸭倌赶鸭进圈一样在赶着老伍走。可笑的是，老伍居然蒙在鼓里，每一步都不偏不倚，都按横仔算好的棋路走，不差毫厘。后来，街上那些平日爱狗眼看人低的人，也改变了态度，对他铁山刮目相看了。就那一次，铁山就对横仔佩服得五体投地，连他父亲刘高也对横仔刮目相看——父亲刘高在他心目中，也是无人可及的。当年铁山想承包竹厂，横仔也想承包竹厂，村里还有人也想承包竹厂，他都不会放在眼里，唯有横仔，才是他最大的竞争对手。父亲刘高说，"牛有三尺硬卵，树有三尺硬根"，横仔是"坐地龙"，只有主动上门去找横仔，以亲情去感化他、触动他，让他自愿打消参加投标的念头，这样既不损财又不伤和气，是两全其美的好办法。后来横仔也知机，认自家人，认兄弟情，当即表示放弃，还极力支持他参加投标。那天他和另外三个参加招标的人被叫到赵子文办公室，老宋说分别看了他们的投标方案，也看了他们的资质，知道他们的资质是花钱买的，就说："刘老板办了十几年的厂，在修水有竹厂，他办厂有经验，有销路，懂管理。铁山和另两人虽然都是本乡人，却没有办厂的经历，又没有太多资金投入，也不懂管理，又没有稳定的市场销路，况且这刘老板愿意再加2万元承包费，还愿意为农户架竹筧通水，你们愿意吗？如果你们知难而退，报名费可以退还，否则，报名费是不会退的。"想到加了两万元的承包费，又要为村民架笕通水，铁山第一个表态不包了，另两个本乡人也说不包了，"鼻涕"就这样流到了刘老板嘴里。早知道这样，当初就不该上横仔家要其退出的。铁山想起竹厂招标的事，觉得还欠着横仔一份情，心里有些过意不去。

3. 闹鱼

县交通局要在黄沙坳村修公路，村里要通班车了，这消息千真万确。

黄沙坳原来也是有路的，只不过是条机耕路，宽不到两庹，通不了大车，连班车也不敢进，现在要拓宽两米，加上原两米五，就有四米多宽了，听说弯度大的地方还要拉直，陡坡也要降下来，靠河的地方还要砌石坎，村里就要结束不通班车的历史了。修路虽然是好事，但要占田占地挖山，这征收土地的工作涉及百余户，有本村的，还有外村的，土地是村民的命根子，有人就是想不通。有的说：我家连自行车也没一辆，修不修公路无所谓，要占我的田就没得商量！有的说：我以前去船头滩都是靠铁脚板丈量的，上山路就脚，下山脚就路，修了大路反而走不习惯了；还有的说：把路修好了，什么人都可以来，什么车都有了，山上的树木不就要被砍光了，竹笋也要被挖光，连溪沟里的鱼怕也要遭殃了，山也光了，水也穷了，以后我们还吃什么山靠什么山？村民说这说那的都有，意见难统一，让上门做工作的乡村干部哭笑不得。

修路是县里发了文的，乡里也开了会，村干部还在会上表了态，谁想阻也阻不了。紧接着，村里成立了修路指挥部，村干部们也分了工。支书赵子文是总指挥，难怪他一早就下到了李东组里，与组长李东一道来到农户家落实征田征地的事。赵子文刚走进第二户村民家，乡党办朱秘书就打电话来了，说吴书记找他有事，要他马上到书记办公室去一趟。

"你走了，我一个人也不方便做工作，要不我们下午再来吧。"见赵子文有事要走，李东也想溜。

"没办法，书记说有事召见，不去不行。就按你说的，我们下午再来吧。"赵子文接完电话便发动了摩托车，走时还不忘回头说了句，"吃了中饭你就早些过来。"说完就骑上摩托车走了。

"下午就不要来了。"赵子文的摩托车才骑上那条机耕路，车屁股还看得见冒白烟，铁山便像个幽灵似的出现在李东面前，说了句"破吊桶半天打不着水"的话。

"啥意思？"李东望着不知从哪钻出来的鬼头鬼脑的铁山说。

"你还不晓得？"铁山故作一本正经地反问道。

"我是睁眼瞎，白天在田里忙，累得不行，晚上鸡进埘时便上了床，连昨晚河里闹鱼我都不晓得。"李东摇摇头说。

"河里闹鱼了？"铁山睁大眼睛问。

"是呀，难道你也不晓得？"李东装出一副不相信的样子。

"我还真不晓得！"铁山这些日子只关心赵子文的事，其他事都放到了一边，也没心思去打听，这下听李东说河里闹鱼了，他得赶紧回家去拿个背篓，到河里去捡些鱼。黄沙坳河里的鱼喥酒是一等菜，送礼也好，拿去卖也好，都兜人喜欢。铁山不想错过，就丢下一句话："那你先忙，我去捡几斤鱼，晚上请你到我家喝酒去？"说完飞也似地跑回家去了。

黄沙坳人毒鱼叫闹鱼，但黄沙坳人闹鱼是绝对不用农药的，而是用榨油坊里的下脚料——茶菇。黄沙坳多是大山，山上油茶多，家家户户都有油茶山，每年捡油茶的时候，村里男女老少齐上阵，就跟搞双抢一样忙，山上到处是人。有的农户还要请人帮摘茶籽，茶林少的人家也要摘几十担油茶果，多的一年要榨两千多斤茶油。说到茶油，铁山就想起到榨油坊里榨油的情景。每到榨油季，榨油坊里总少不了李东和铁山的身影。黄沙坳村这家油榨坊是全乡最大的，有三间瓦屋，系土木结构，还是民国时期的建筑，有水车和碾车。碾车安装在室内，室外安装了水轮，水轮架在墙外的水沟上，与碾车仅一墙之隔，设计十分精巧。墙外流水哗哗响，水轮汲水如水牯牛"呃呃"叫。古代科技虽不发达，但古人的头脑极聪明。有了水轮，人也轻松不少，牛也不用受累拉碾车了，全凭水轮带动，碾轮转动时，碾车咿咿呀呀唱响，阳光懒惰地穿过窗棂，送来一束束梦幻般的光影，使碾房平添了几分斑驳的浪漫。

这间榨油坊有台老灶，灶口对着门，笑迎四方客。榨油客进屋，灶里的火"哔哔剥剥"地笑。灶上一管烟囱穿过屋瓦，把一缕烟送上了天。一口直径约两尺的铁锅支在灶台上，氤氲的水汽诉说着百年榨房的繁盛和逸趣，锅里一个笼簟藏不住满心的喜悦冒着水雾，被一个黄褐色的旧包袱罩着，正等待榨匠将碾好的茶籽屑倒入锅中蒸煮。榨匠那双油腻亮光的手，在水汽中如一叶轻盈的小舟，时而隐于波谷，时而跃上浪尖，时而穿云破雾，时而踏歌轻岚，凝噎在一缕水墨的意境里。

李东每次在榨油时得了空闲，总不忘在榨房里唱上几句锄山歌，引来不少赞叹声，连瓦缝也喜眉笑眼，透出柱柱亮光来。

灶后那方如卧龙般硕大的木榨，长有三四度，两人才能合抱，中间凿了个约 2 米长、一尺余高的榨舱放置茶饼，靠木楔奋力挤压茶饼出油。谁也不能否认，榨油也讲究一个"巧"字，而这一切的机缘巧合，并非木榨能主宰，都是听从榨匠的摆布。

铁山曾跟村里一位榨匠开玩笑说："榨口再大，也没有你的胃口大。"

榨匠听了，心里很不高兴，他知道铁山嘴损，又不想惹这只癫狗，就没搭理他。

李东读过些书，每次走近这方木榨，他都要多看几眼。

木榨下面挖了个不大不小的坑，刚好放置一只取油的木桶，木桶有两个巴掌大的"耳"，看那木桶的坐式，应比李东的爷爷年岁大一截，而那个榨匠是本村人，是看着铁山长大的，对铁山了如指掌，说铁山还不如木桶，木桶不惹是生非，知道自己有几斤几两，从没有过非分之想，不像铁山滑稽可笑，常做些出格的事，发些不安分的奇思妙想。

榨油坊里茶菇堆成了山。以前茶菇可以当肥皂用，家家用来洗衣服，甚至洗头也用茶菇，茶菇洗头，不生虱，头发乌黑，溜光水滑。现在茶油好卖，茶菇没人要，村民洗发也用起了飘柔。村民只好把茶菇当柴烧，冬天用来烤火，有时也拿茶菇去河里闹鱼。茶菇闹鱼也很麻烦的，要将茶菇剁碎，放锅里煮沸，然后舀起来倒在水桶里，放在水桶里也不能跑气，要用包袱盖得严严实实，还要趁热挑到河里，一勺一勺地舀起来在水中边搅边倒，这个过程叫洗茶菇，人还要走动，不能光站一个地方，要三点一线，中间和两边的水中都要洗到，如果能找到一个小堰口，那就不用走动，要省事多了。大凡一桶茶菇要倒十多分钟的样子，那是不能急的，要让一波菇水过去，接着又来一波，一波菇水过去，接着又来一波，连续不断几十波菇水，鱼再坚强，也受不了，过了约四五十分钟，河里的鱼就如打癫了的野鸡一样，在河水中乱窜。茶菇闹鱼比农药好，农药闹鱼太毒了，闹一次要绝半年，村民都反对，说那是断子绝孙的事，村民也不敢吃。而茶菇闹的鱼，一点毒性也没有，而且被闹的鱼如果没有被及时抓到，转眼又会活，水照样是清的，不会造成河水污染，只要河里闹鱼，家家户户必倾巢出动，十里长河到处是抓鱼的人，有驮背篓的，有拿鱼篓的，有拿蛇皮袋的，有拿鱼钗的，也有拿刀的，人语声声，笑声朗朗，有人抓到了脚鱼，或者是乌鱼，就高兴地打起呜呼，也有唱山歌的，也有说些风流话的。有小孩看到一条大鱼，乱呱乱叫，在水中乱扑，抓到一条，反而把背篓里的鱼全倾入了河里，惹来一河的笑声，特别有趣，特别热闹。

李东望着铁山飞跑而去的背影，在心里发笑，想不到铁山这么聪明，也这么容易被骗。

没过半小时，铁山就喘着粗气跑来了，看到李东就泼头大骂："你这只剁⋯⋯剁头崽，啥时⋯⋯啥时也⋯⋯也学会了骗⋯⋯骗人？"铁山有点上气不接下气。

"谁晓得你这样心急，我话还没说完，你就跑了，生怕我去抢了你的鱼，这可不能怪我啊。"李东笑着辩解说。

"不怪你难道还得怪我？"铁山气呼呼地说。

"也不怪你，要怪就怪黄沙坳河里鱼太多。要不今晚我们去闹行不，茶菇算我的，闹了鱼我们打牙祭，你说如何？"李东笑着说。

"这还差不多。"铁山也笑了。

"我看你也得了健忘症。"李东故意说。

"啥意思？"铁山不解。

"你来找我，还没说有啥事呢！"李东说。

"哦，我还以为什么大事呢！也没什么事，无事逛逛。"铁山故作轻松，又说，"傅致远的女儿出国了，你听说了吧？"铁山心里有事，一时又不好切入正题，只好无话找话地说。

"你说竹花？"李东说。

"是呀，就是竹花。"铁山答。

"她怎么出国了？"李东说完又补一句，"她不是在外面打工吗？"

　　"我说你堂堂一个黄沙坳村的组长,竹花出国这样的大新闻,上到八十岁的公公,下到手上抱的伢伢,哪个不知、哪个不晓?真不知你这个组长是怎么当的。"铁山总算找到了话题,摇着头说。

　　"那你说竹花出了国,会不会找个"呜哩哇啦"的外国佬做老公?会不会嫌弃那个憨牯?"李东说。

　　"你不知道吗,憨牯那年和竹花订了婚,后来他就考上了省农业大学,是个响当当的大学生,竹花是农民出身,出国也是打工,是个打工仔,永远改变不了身份,说不定憨牯大学毕业了,当上了国家干部,就和竹花门不当户不对了呢,要是我,我也会悔婚。憨牯娶不娶竹花,现在还得打个问号呢!"铁山说。

4. 海峡飞鸿

　　村人都晓得,我和竹花订婚不到三个月,我就考上了省农业大学,整个船头滩乡也就我一个,为了让我安心读书,我和竹花商量好暂时不打结婚证,待我大学毕业了再来办结婚酒,双方父母也同意。竹花见我考上了大学,便想去广东闯荡,但竹花爸反对,说女孩子出去闯什么荡?有伤风化!好在我极力支持,竹花才得以成行。

　　竹花运气不错,一到广东就找到了工作,是东莞一家新办的饰品公司,老板也是个女的,特看好竹花,上班没几个月,就被公司派到台湾去学习,后又派到德国去进修,回来后就成了公司的技术骨干,得到老板的器重。

　　我和竹花天各一方,主要靠书信联系,她知道我在学校接电话不方便,几乎每个礼拜要给我写一封信,当然我也一样。记得竹花到台湾的第一天，当夜就给我写了一封长信，其实她已经给我写过好多信了，这是她第一次飞越台湾海峡，她的心情自然很激动。她在信里说：

亲爱的一男：

　　当我还在读小学的时候，就从课本里无数次读到了台湾的日月潭、阿里山。后来又读过诗人余光中的《乡愁》，那湾浅浅的海峡，也在脑子里留下了深刻的印象。总想有一日，跟着诗人去领略宝岛台湾优美的山水风光和独特的风土人情，去感受两岸人民之间同根同祖、血浓于水的血脉亲情。读高中的时候，我的老师还经常教唱阿里山的民歌，可那时没有机会去看那里的美景。这一次能够被老板派去宝岛台湾，学习之余还能去观光，也算是圆了自己一个梦。要是你能陪在我身边多好！我真希望有那么一天，我们双双畅游日月潭。

　　日月潭有个很美丽动人的故事。相传很久很久以前，那里住着一位勇敢的青年大尖哥和一位美丽的姑娘水社姐，他们相亲相爱，常常在潭边的大树下约会。这个大潭里住着两条恶龙，有一天，太阳走过天空，公龙飞跃起来，一口将太阳吞食下肚。晚上月亮走过天空，母龙也飞跃起来，一口将月亮吞下肚。这对恶龙在潭里游来游去，只图自己快乐好玩，却没想到人间没了太阳和月亮，已分不清白天和黑夜，山上的树木枯萎了，鸟儿也不叫了，成熟的稻穗也枯了，家家户户没了粮食，人和牛羊都快饿死了，山上的野兽也快饿死了，一切生灵都将失去生命……大尖哥和水社姐决心为人间找回太阳和月亮。可他们又不知怎样才能杀死恶龙。大尖哥和水社姐便悄悄地钻进恶龙居住的洞里，从恶龙的谈话中偷听到它们最怕埋在阿里山底下的金斧头和金剪刀。后来大尖哥和

船要过滩

水社姐历尽千难万险，冒着风霜雨雪，跋山涉水，终于来到阿里山下，从那里挖出了金斧头和金剪刀。然后他们又回到潭边，恰好两条恶龙正在潭里把日月当球玩耍，大尖哥跳下潭去，挥起金斧头，把恶龙砍得遍体鳞伤，奄奄一息，水社姐看准机会，用金剪刀剪开了恶龙的肚子，肠子都流出来了。两条恶龙死了，可是太阳和月亮还是沉在潭里。大尖哥摘下公龙的眼珠，一口吞下肚；水社姐摘下母龙的眼珠，也一口吞下肚。他们变成了巨人，站在潭里像两座高山，大尖哥用劲把太阳抛起来，水社姐就拔起潭边的棕榈树向上托着太阳，把太阳顶上了天空。接着水社姐用劲把月亮抛上了天空，大尖哥也用棕榈树把月亮顶上了天空。太阳和月亮又高高地挂在天上，光耀大地，万物复苏。草木活了，树上的鸟儿又歌唱了，田野里稻谷又结穗了，人们欢呼雀跃，奔走相告。而大尖哥和水社姐却变成了两座雄伟的大山，永远矗立在潭边。后来，人们就把这个潭叫作日月潭，把这两座大山叫作大尖山和水社山。每年秋天仍然可以看到人们穿着美丽的服装，拿起竹竿和彩球来到日月潭边玩托球舞，学着大尖哥和水社姐的样子，把彩球抛向天空，然后用竹竿顶着不让它落下来，以此来纪念大尖哥和水社姐这对青年英雄。

你就是大尖哥么？我也想做水社姐。到时我们来个旅游结婚如何，就选择在台湾的日月潭。我们也来玩玩那里的竹竿和彩球，体现一下两岸人民血浓于水的亲情，我盼望那一天，你呢？

爱你的花
即日

5. 找李东去

　　李东知道铁山不是个好人，平时也不喜欢与他打交道。记得老伍调走时，他放了个松木桐拦住了老伍搬家的车子，在全乡闹了个大笑话，让老伍颜面尽失，铁山也因此在全乡出了名，只不过是个臭名，都说他臭肠烂肚要不得，做得实在有点过分，被人戳了脊背。

　　铁山刚才像个幽灵似的出现在他面前，后被他骗走又来了，像蚂蟥一样，看来他是有意要接近他，不知又有甚坏肠子。

　　"你今天和赵子文一块儿征田，他有没跟你说过请酒的事？"铁山问。

　　"请酒？请什么酒？"李东不解地望着他说。

　　"初六日，对，就是初六日晚，赵子文在船头滩餐馆里请了一桌酒，没叫你去喝两盅？"铁山故意这样说。

　　"是赵子文生孙女请客吗？"李东摇摇头说。

　　"生孙女请酒是要送礼金的，他能忘得了你？"铁山说。

　　"那他为啥请酒？"李东说。

　　"看来你也不是赵子文的贴肉褂（贴心人）！"铁山故意说。

　　"甚意思？"李东不解。

　　"甚意思？我看你这组长也要当到头了，一点也不关心村里的大事！"铁山又故意气他。

　　"村里现在的大事就是修路，你没看到我这不正与赵子文一道下组征田征地吗？"李东说。

　　"我说你肿眼憨鼻吧，连村里有啥大事都不晓得！"铁山乜了李东一眼说。

　　"还有啥子大事比修路更重要？"李东翻着白眼问。

"村里要改朝换代了。"铁山故意卖着关子。

"改朝换代？啥子改朝换代？"李东还没听明白。

"改朝换代就是村里要换届了，这不是大事？"铁山说了半天这才绕回来。

"嘿嘿，换届就换届，还要请酒？"李东不知铁山话中有话。

"唉，你真是个猪脑壳，不开窍！现在上面要查他了，你还装个不晓得！"铁山见李东这样不开巧，不得已才说出此话。

"真的不晓得。"李东摇着头说。

"你当了几年组长？"铁山又兜头问一句。

"哈哈，"李东听了笑出了声，说，"你也没了记性？你读书的时候，那时我就当生产队长了。"

"是有些年头了。"铁山故意竖起大拇指说，"都当了二十多年的组长，唉！到头来还是个懵懂牯，难怪你入不了党，成不了组织的人！也难怪，赵子文请那些人喝酒，竟然把你给忘了，这也不能怪他啊，不能怪，绝对不能怪！要怪也只能怪你没有口福。不过你也不赖，福禄寿只缺一个字，也算没白到凡间一游！"铁山阴阳怪气地说了这些酸几几的话，把李东气得噎了半天说不出一句话来，愤愤地把早上量田的簿也给撕了，悻悻离开。

铁山看着李东远去的背影，心里暗笑，弯腰拾起李东撕破的量田簿，掸掉灰尘，然后放入衣袋里，脸上露出一丝诡秘的笑。

"人善被人欺！"李东回家一屁股坐在椅子上生闷气，还自言自语地说，"赵子文也不是人，请张三李四喝酒，唯独瞒着我，这是瞧我不来，不把我当人看！既然你瞧我不来，就莫怪我对不起你了！"

铁山为什么要去找李东？

这也是横仔出的主意。横仔要么不说，说了自然有他的道理。刘高听了也不住地点头，说这主意好。李东虽然人老实，可他家也是村里的旺族，爷爷还当过官，是船头滩方圆百里的大户人家，有大姨太二姨太三姨太四姨太五姨太六姨太七姨太，共七个老婆，死的时候，他家花重金从省城南昌请了个风水先生，帮找了一处风水宝地，并按他指定的日脚时辰，动锄开了墓穴。还说要在某日午时三刻下葬，下葬的时候，必须要有一个戴铁帽的人，同时还要有鲤鱼上树、马骑人这三样灵物出现，少了这三项，就不叫风水。还说这些都能见现，这样葬下去，就叫天人合一，后人就有发旺，就要出大福大贵当大官的人。也许是他祖上做过什么过事，消受不了这么好的风水，不可得这样的福报。风水先生一说完，旁人就打起了冷笑：说世上哪有鲤鱼上树的？只听说过鲤鱼上滩；马骑人也是天方夜谭，不可能的事，骗三岁小孩才差不多，马骑骡子交配倒是听说过！戴铁帽子那是三国时候的事，虽然现在可以想想办法，那也不现实。都说这个风水先生是下乡骗钱骗吃骗喝忽悠人的，没有真本事，也就没谁把他当回事。好在那个风水先生并不生气，也不臭屁，还是认认真真地要求村人按其指定的位置挖墓穴，挖到指定的深度时，村人发现里面果真有个青石板，风水先生早就说过，挖到了青石板，就不能再往下挖了，石板也不可动它。那些帮忙挖墓穴的人见风水先生真有先见，认为石板下藏有珠宝，就起了贪心和好奇心，趁风水先生去喝茶的当儿，都说要将青石板眼起来，看看里面有啥宝贝，他们刚把石板眼开一个坼，里面就"砰"地一声飞出一只凤凰，众人忙松手，想不到里面还有一只凤凰，被石板压伤了翅膀，没有飞出来。众人怕主家怪罪，忙盖上一层薄土，装着什么事也没有发生。这也就是李东家风水不足吧，一处好风水就这样被他们破坏了，也许这就是天意。下葬那天正是八月初一，修水三都街开庙会，一年也就一次，十里八乡的人都去赶集，半夜里就听到路上有脚步声。这些人都想赶个早，到集市上买件称心如意的农具。到了午时，刚好有三人去三都赶集，他们结伴回来，正从葬坟的山边大路上走过，其中一人在集市上买来一口大铁锅，锅口用绳子绑着一根木棍，倒扣在肩上，活像人戴了个铁帽子；另一人买了个木匠用的木马扛在肩上，正和同伴说着赶集时的笑话一路走来，这不就是风水先生说的马骑人吗？还有一人在集市上买了根锄头柄，毛毛糙糙还没剥皮，又在鱼摊上买了条活鲤鱼，用棕叶穿着鱼鳃嘴吊在木柄上扛在肩上，那鲤鱼随着男子走路的姿势不停地晃动着，这不就是鲤鱼上树吗？风水先生说时辰到了，忙叫抬棺下葬，这些帮忙的人看到后，都说奇了，怪了，这才心服口服。后来这李东的爷爷还真当上了少将，父亲也上过军校，可是他后来没读什么书，就老老实实在家种田。都说这就是他家曾祖葬坟的好风水被人破了的结果。李东人虽然老实，可他脾气犟，又一根筋，算是性格有点怪的人。前几年他儿子和媳妇在外打工，他一个大男人要送两个孩子上学，还要服侍瘫痪在床的老婆，很是辛苦，晚上睡眠也不好，有点心力交瘁。那天他在灶前烧火煮粥，灶里的火笑得正欢，炉罐里煮沸的粥冒着泡泡"叽叽呱呱"响，两个孙子饿了，在他身旁吵吵闹闹哭哭啼啼，吵得李东心烦意乱，李东制止不住，又不敢打孙子，心里烦躁，只觉血往上冲，头脑发热，一时气起，顺手拿起灶前的铁火钳，对着铁炉罐一阵猛戳，把铁炉罐戳了个洞，口里还恨恨地说："让你去叽，让你去呱！"一炉罐粥就这样漏光了，白费了大米和柴火。好在他还算清醒，不敢拿孩子动手，要不就要出大事。事后被他老婆骂了个狗血淋头，也被村人当成笑料。有人说他犟，有人说他蠢，就这一回，他那不管不顾的犟脾气和蠢脾气就在村里传开了，也没有人敢惹他，就是惹了他你也占不到便宜。铁山找他的目的，就是想激起他的火气，让赵子文去碰钉，碰了这个钉，赵子文就有好戏看了。还有一点最重要，就是李东有兄弟五个，在村里也有些势力，只要他一家子不投赵子文的选票，铁山就会多一份把握，横仔这一招，不算借刀杀人，也有几分恶毒。

赵子文急急忙忙赶到乡政府，一口气爬到三楼最顶头的办公室，见门是关着的，就轻轻敲了两下，也没有反应。赵子文以为吴书记下楼了，正要下到一楼办公室去问，旁边第三间办公室——乡纪委曾书记听到敲门声，便探出头对他说："吴书记有急事赶到县上开会去了，你到我办公室来吧。"

赵子文以为吴书记找他有新工作新任务要安排，就笑着说："有啥工作，你曾书记吩咐一句就行，我照办就是，保证完成任务。"

要是以往，赵子文脚才踏进门，曾书记就会热情地叫"坐坐坐"，然后起身在橱柜里拿出纸杯，他知道赵子文喜欢喝菊花茶，便要放上一朵黄沙坳产的杭菊，泡上一杯菊花茶端给他，末了还要说几句暖心话。可今日，曾书记坐在那把藤椅上，没有起身泡茶，脸上的表情也有些严肃，好像第一次和他打交道，正上下打量着眼前这个"陌生人"，跟不认识他似的。曾书记的右手搁在桌上，手指轻弹着桌面，眉头皱着，好像还没有找到什么话题，许久不说一句话，倒让赵子文感到不安起来，不知发生了什么事。

曾书记的办公桌上有一部红色电话机，半新不旧的，旁边还堆着一叠文件，那叠文件有四五寸厚，叠得也算齐整，文件上面斜放了个软皮日记本，日记本上夹着一支圆珠笔，是黑色的。偌大的办公室，只有顶头的吊扇在慢悠悠地转，打破了室内的沉闷。

赵子文沉不住气，先开了口："曾书记呀，你往日说话那么爽快，这才几天，比县长看人还瘆人。"

"啊嗬，你还知道瘆人？"曾书记似乎找到了话题。

"杀头我也不怕，就怕你这样拿眼看人。"赵子文脸上也看不到光，低头掸了掸裤腿上的灰尘。

"我说嘛，你杀头都不怕的人，所以才那么大胆。"曾书记看着赵子文，有意提高了嗓门。

"我那里胆大啦，天天在路上跑征田征地的事，从早忙到晚，这风还不知从哪吹来，这雨也不知从何方下，有话你就直说吧。"赵子文见曾书记说话藏藏掖掖，显出一脸的无辜，正有一肚子的苦水无处诉。

"上次乡里开换届动员会你来参加了吗？"曾书记突然换了话题。

"来了呀！这么重要的会议乡里肯定会通知我参加。"赵子文答道。

曾书记又问："乡里发的关于换届的文件你看了没有？"

"看了。"赵子文又补充说，"不但看了，而且村里还专门开了党员组长会，传达了乡党委的文件以及县纪委关于换届选举工作的规定。这安排挺好的，没有什么问题呀！"

"文件没有问题，是不是人有问题呢？"曾书记说。

"人也没有什么问题呀！"赵子文不知曾书记话中有话。

"别人没问题，那你有没有问题？"曾书记问话步步紧逼，不愧是县纪委下来锻炼的。

"我有什么问题呢，我有问题的话，纪委不就'请'我去了！？"赵子文好像嗅到了什么，赶紧辩解。

"你知道我这里是什么地方？"曾书记故意问。

"这不是你的办公室吗？"赵子文一时没反应过来。

"我办公室是什么办公室？"曾书记又问。

"乡纪委呀。"赵子文睁大眼睛答。

"这不就对了吗。"曾书记说。

"你要查我？"赵子文这才明白过来。

"不是我要查你，是有人举报了你！"曾书记说。

"举报我了？我又没干违纪违法的事！"赵子文双手一摊，

显得有点冤。

"你看看吧,"曾书记脸色一沉,把县纪委转办的一封举报信往桌上一拍,说:"人家都实名举报了。"

赵子文忙起身拿起桌上的举报信,横仔的名字第一个跳出来,还有他在酒店里请人吃饭的情况,时间地点一清二楚,没漏一个人。

"这……这……"赵子文想解释又结结巴巴,当即瘫坐在椅上。

6. 雨下得没完没了

横仔去老宋家走了一趟。

横仔与老宋本没有什么交情,是刘老板带他到武汉送货,在一块吃了顿饭,喝了几杯酒,又同坐一车从武汉回来,就是那次翻车,胡姐命丧南皋山,横仔就常在人前说他与老宋和刘老板是同过生死考验的朋友,老宋何等聪明,知道横仔说这话的意思就是要在人前赚个面子长个脸,老宋也不捅破这层窗户纸,总是笑眯眯的,让人感觉横仔和他真是患难之交,也让横仔在人前尝到了甜头。横仔也算知机,每次出差回来,总要带些土特产或者当地的名烟名酒送给老宋。这次也不例外,横仔给老宋买了一条湖北黄鹤楼的名烟,老宋很热情地接待了他。横仔也没隐瞒举报支书赵子文的事。其实横仔就是想去探探消息,想从老宋那里探到吴书记对此事的态度,吴书记是乡里一把手,他的态度相当重要,可以一锤定音,决定赵子文的去留,还有铁山能否当支书的问题。

横仔从老宋家回来,坐在堂前的椅子上抽着烟,想着老宋刚才拐弯抹角说的话，横仔算是听明白了，都说朝廷不会错选官，可老宋就是个大奸臣，一不想得罪横仔，二又想保赵子文，三还想在这场博弈中获得什么好处，横仔这回算是看透了老宋。不过横仔走南闯北，奇奇怪怪的人都见过，觉得这事不说穿的好，毕竟人家是乡里的副乡长，捅破了大家都尴尬。关键还是要乡里吴书记点头，他是一把手，老宋只不过是个副乡长，乡里的事他做不了主，也不敢做主，自然是书记说了算。可吴书记还没回来，要是明天回来了，吴书记又会怎么说？

横仔见外面的雨下得没完没了，没有半点想停的意思，就像赵子文不愿放弃当支书一样，还想闹些动静。横仔坐不住了，摁灭烟头，想出门到村部去看看动静。他想赵子文是不会坐以待毙的，打死他也不会，一定会招集亲信，或许此时他们正在村里商议对策哩，万一整出个什么鬼事来，那他一番心血不就白费了？这回既然摸了他赵子文的老虎屁股，就要打他赵子文的后脑勺，打蛇打七寸嘛，不摁倒这老虎，那老虎就不是跳起来咬人而是要扑过来张口吃人了。再是告不倒赵子文，也会兜村民耻笑，秋莲的父亲又有话要说了，刘老板也会另眼看他，以后在村里也说不上话，在厂里也莫想抬头了。横仔想到这些，屁股就坐不住了，便想去村里看个动静，右脚刚迈过门槛，看到屋外还在下雨，细细密密，如丝如线，好像天地间有千头万绪的事总也理不清楚明白。横仔踅回屋里拿伞，秋莲问他找什么，他说找雨伞，秋莲说碗橱顶上有把雨伞。

横仔这才想起，当初竹厂招标时，也是下雨天，他是打了伞出门的，回来时顺手放在碗橱顶上，后来好像没动过这把雨伞。这把雨伞被晾在橱顶，不知有多少时日，蒙了一层灰，好在还能用。横仔拿在手上，就着门外屋檐下的雨水淋了淋，然后撑开雨伞，出了院门，走进了雨地里。

7. 横仔当被告

这几天竹厂更换新机器，又要安装新变压器，厂里停电停工，横仔得了闲空，也合该赵子文倒霉，否则横仔还真抽不出时间来告他的状。

男人间的事，秋莲是不过问的。

秋莲只晓得铁山想当支书，铁山他爹也想铁山当支书，横仔也想铁山当支书。只要铁山当了支书，往后村里大小事，铁山肯定会听横仔的，这也是好事，横仔不就可以垂帘听政了？横仔和铁山各打着算盘，但秋莲不晓得横仔帮铁山有其他目的，女人头发长，见识短，只晓得跕着屙尿，坐着喂奶，哪知他是要报复赵子文哩。秋莲看到横仔打伞出了屋门，心里有些担心，忙喊住横仔，说："赵子文当了两届，你把他告下来，又轮不到你，乡里会按你的意思让铁山接任吗？"

横仔听不得秋莲左一句赵子文，右一句赵子文，心里窝着火，但他忍住了，他必须忍住，不能因这事让秋莲察觉。秋莲说的话，他也想过，早就想过，晚上睡觉也想过，在厂里上班也想过，所以才打了伞出门，他要到村部去看看动静，坐在家里等是没有用的，他要主动出击，掌握主动权。

横仔家离村部不是很远，只要走过两个山弯，上了那段河堤，再过一座踏水桥，就可以看到村委会的办公楼了。

第一个弯，过去有个老屋场，曾经驻扎过红军一个排，当年那个排长，带兵打过辽田，留下了"三打辽田"的故事，县志也有记载，村里老少都能说上一段。

横仔最欣赏那个排长披着狗皮，趁月色朦胧之际，神不知鬼不觉地潜入敌区。那些守夜的哨兵见是一条夜里寻食的狗，正慢悠悠地向他走来，就放松了警惕。哪知走近时，排长一跃而起，哨兵还没反应过来，已成了刀下鬼。排长用同样的方法一连干掉三个哨兵，打了暗号，他的那些兵就全部摸了进去，夺了哨卡。后来他们几个换上哨兵的服装，又摸到辽田保安团司令部，把正抱着三姨太在床上作乐的副团长从床上提了出来，吓得这个副团长双腿如筛糠一般，裤也尿湿了，取得了一打辽田的胜利。

横仔最喜欢听这个故事，也非常佩服排长的勇猛，小时候还和玩伴在这老屋场里扮过排长打白匪、活捉保安团长的游戏。

第二个弯是秋莲娘家，也是去村部的必经之地。这个弯有四五户人，清一色的土巴墙，杉皮当瓦，屋后是山荡，长满了竹子，郁郁葱葱，青翠一片；房前有条踏凳宽的小路，小路两边都是菜园，都扎着清一色的竹篱笆，倒像是一家扎的，其实是屋场里几家人扎的。东边篱笆边有一棵两人高的枣树，紧挨着的另一棵也是枣树，只是稍微矮半尺，再往里有两棵两人高的枇杷树和梨树，梨树边还有一棵一人高的疤柑树，疤柑树是早年栽的，树围比蓝花碗还粗；北面的篱笆边也是一棵两人高的枣树，紧挨着的另一棵也是枣树，与对面菜地里的矮枣树一样，在大枣树下躲荫，再往里瞧，同样也是两棵两人高的枇杷树和梨树，梨树边不到两米，是两块菜地，地里也长着一棵半人高的疤柑树，树上的栃疤黑黑的，像牛眼睛一样翻着眼，注视着眼前的一切。这些果树想必是两家约好同时栽的，你有我有，伢崽们就不用偷也不用眼贱了。小路像一根脐带，从屋门口弯出来，从篱笆间穿过，直达山嘴外一口池塘的洗衣埠。池塘里有荷，夏天的荷花开得特别美。横仔小时候在这池塘里摘过莲蓬，在塘坎上脱过裤子，与玩伴比过小鸡鸡，还捏着小鸡鸡打过尿仗哩，打完尿仗跳入池塘洗澡时，溅起的水花有一人多高。长大了，在塘坎上钓过鱼，秋莲趁她娘出工去了，给他送过茶，坐在一旁看他穿蚯蚓，帮他从钩上取鱼。

日头晒上了身，两个影子叠在一起，日头不走她不走，风也吹不开。横仔还摘过荷叶当草帽，摘过荷花送秋莲，那情景，就像在昨天。

只是秋莲的父亲对横仔没有好感，说横仔不诚实，又生张翻花嘴，见人说人话，见鬼说鬼话，做人太损，满肚子歪肠，满脑子臭水。在生产队里耘禾，他打田边耘，田中间不去脚步，耘禾圈也不光顾一下，队长验收时没下到田中央去检查，被他骗了工分，还在会上表扬了他，说他做事快，腿脚灵泛，是个好劳力。队长夸他不到半个月，田中间长出了稗草，稗草盖过了禾苗，便露了马脚，被村民当成笑谈。老队长被他忽悠了，很是生气，觉得脸上无光，在村民面前抬不起头，逢场就说他做人不诚，做事不实，说他花刁鬼绰，是个专扳"门结方"（害人）的家伙，一传十十传百，全村人都晓得了。

还有放禾水的时候，横仔不愿多走几步路，也懒得到渠道里去引水，偷偷用锄棍在别人的田埂上戳几个暗洞，为了不让人看出破绽，他还用烂草将那几个洞眼遮住，不用心去查看，谁也发觉不了。禾水就这样汩汩地流到他田里来了。待人家发现禾田里的水平白无故地干了，便沿着田埂一路查看，才发现田埂上有几个可疑的漏洞，人家也不是傻瓜，便怀疑是他做了手脚，遂找他理论，他不敢承认，杀头也不敢承认，还一口咬定是黄鳝打的洞，黄鳝要打洞，它不会通知你，也不会告诉我，想什么时候打就什么时候打，这能怪我横仔吗？横仔见那人还是猜疑，便对天发誓，说如果是他做的，就要遭天打五雷劈，生崽没屁眼。那人见他这样嘴硬，又敢赌咒，也没捉到，也没谁可以作证，只是怀疑而已，也不敢明说是他偷禾水，更不敢骂他或者打他，只得悻悻作罢。

横仔跟别人借过一千块钱去做生意，那时一千块钱不是小数目，他出具了借条，那人也没看仔细，只看到条子上的借款金额没问题，借款人也没问题，借条也是横仔本人写的，名字也是横仔本人当面签的，按理这是没有什么问题的，也不可能会出问题，遂把借条当宝贝一样收好，放在钱上面，夹在书本里，又把书放在箱子里，还上了锁。过了一年半载，横仔也没还钱，那人催讨无果，被迫到法院起诉，法院受理了这起民间借贷纠纷的案子，主办法官依程序发出了开庭传票，定好了开庭时间。开庭那天，原告在庭上呈上借条，要法官判决横仔立即还钱。横仔答辩时要法官将借条看仔细来，说没有跟原告借钱，法官也仔细地看了原告提供的借条，说这借条有问题啊，上面是这样写的：今借到横仔现金人民币一千元。借款人横仔。某年某月某日。

法官把条子递给原告，原告把借条看了一遍又一遍，眼睛都要跳出来了，手中的条子也快捏出水了，他也觉得有问题，便傻了眼，差点晕了过去。这不是横仔自己跟自己借钱么？原告辩解说这是横仔出具借据时故意卖了笔头。法庭调解不了，只好劝原告撤诉。走出法庭大院，横仔又对那人说，只要你不到法院告我，人不死债不烂，等我发财了就会还你。气得那人大骂横仔缺德，不安好心，是个无情无义的坏家伙，生崽会没屁股眼的。

横仔与秋莲订婚，说好每个亲戚有箸两斤的肉，横仔到屠户家剁肉时，叫屠户每箸肉少二两，拿回家后每箸肉扎了个稻草结，那个稻草结有点粗，有点扎眼。有人拿回家后特意借了杆手秤称了，结果那个稻草结刚好是二两。秋莲的父亲生了气，说他花刁，是个鬼精，没一点好心眼，这种刻薄的事情也做得出来，让他在众亲戚面前做不起人，还说秋莲跟着他没有好日子过，以后要吃苦头，遂要秋莲退婚，嫁给赵子文，说赵子文人实在，又在村里当团支部书记，比横仔肯定有出息。可秋莲喜欢横仔，早就上了横仔的床，肚子也大了，秋莲爹没法子，说秋莲娘没管好，把秋莲娘骂出了眼泪，也把横仔骂了个一文不值，连迎娶的仪式都没办，倒让横仔占了大便宜，白白捡了个媳妇，省了一笔"见面笑"不说，还省下了婚礼的酒饭钱。

8. 偷吃禁果

　　横仔心里有事，不知不觉走过了那两个弯，前面就是一段河堤。堤外是芦茅洲，芦茅洲像一片蓝色的海，不少于千亩，河风裹着草浪吹过，芦茅洲里的蟋蟀也尖着嗓子不停地叫，间或还有一只两只鸟相和。脚下的河堤是 20 世纪 70 年代末建的，那时穷，全国各地都一样，政府咬紧牙关，到处修渠筑坝，建水库修山塘，引水、防洪两手抓，水利设施至今惠及后人。这道河堤长有一千多米，一面砌了石，石是从辽山上放炮炸的，用拖拉机运来的。辽山是石山，有的是奇形怪石，石头取之不尽，不炸白不炸。横仔也去炸过石、搬过石，还坐过拖拉机去辽山运石来修堤。秋莲也参加了修堤队，还偷偷爱上了横仔。中秋那天，月亮浑圆清亮，照出了人影，照得茅洲里梦境一般。修堤指挥部为犒劳修堤民工，早早地在河洲里的工棚门口挂起了银幕，架上电影放映机，四乡八村的人得知消息，都赶来这里看电影，比三都八月初一赶集的人还多。横仔记得当时放的电影是《地雷战》，这个片子他看过几次了，还想看。影片中温柔多情的女孩文惠妮让同门兄弟赵小栋和邢登科两人陷入了斩不断理还乱的感情纠葛中，虽然为情所困，为情所累，但他们在国家大义面前能抛弃儿女私情，一致联手抗击敌人。在生与死的考验关头，聪明伶俐的文惠妮决意踩响地雷，用自己的生命去挽救乡亲和心中的爱人。还有马宁抛弃荣华富贵，和小栋并肩作战，锄奸杀敌，屡建奇功。最打动秋莲的是剧中人物海琼，海琼痴情执着，默默忍受小栋的落花有意。这些人物都共同经历了牺牲，经历了生与死的考验，爱情也在生与死中得到了升华。横仔看得热血沸腾，慨叹生不逢时，在电影放映员换带子的时候，横仔做出了一个大胆的举动：趁月色蒙胧，拉着秋莲的手挤出了人群。

　　横仔拉住秋莲的手，一股电流倏地传遍周身，燃到了秋莲的心间，秋莲不觉一阵脸红心跳，耳根发热。好在电影又放了，观众又目不转睛地盯着银幕，也没有谁猜到横仔此时有甚行动，人家也不会关心。也许在放电影之前，横仔就想过，要趁放电影之机，把秋莲拉出场外，在月光下的芦茅洲里，向她表白心迹。秋莲怕被熟人瞧见，几乎把头埋进了衣领，就这样让横仔拉着走出人群，牵手走进了芦茅洲。

　　其实这个芦茅洲原本是没有名字的——这也不奇怪，黄沙坳穷山恶水，甚至早年村里还有人不知道自己姓甚名谁呢！他们逃难而来，就像大水冲来的树苗，能有块土壤让他们立足，谁又在乎有名没名呢？难怪村里有人叫二狗、懒汉、癞头、狗屎、牛头、黑狗、羊仔、狗伢、憨猪之类的贱名。芦茅洲也是个贱名。其实这芦茅洲早前是片田野，原本是丰饶之地，也不知是哪朝哪代，被洪水猛兽侵犯，变成了面目狰狞的乱石滩，经过无数春夏秋冬，才长出一片深深的芦茅，叫的人多了，才有了"芦茅洲"这个地名。

　　横仔小时放学经过芦茅洲，与同学在这里捉迷藏、拾油石刻章、拾石头打水漂、割芦花杆换作业本、在草坪上打滚、玩拜堂成亲游戏，什么好玩的游戏都做。还到河里翻虾结、摸螃蟹，有时玩得开心，嬉闹过了头，一路哭着回家，没少挨父母骂。

　　横仔和秋莲穿过数十个芦茅苑，在一处空阔的地方停住了。这就是横仔少年时玩过的草坪，秋莲也来玩过，其实那草坪就是一个厚厚的小沙丘，沙丘还是原来的模样，只有几床地箕那么大，爬满了青青的马拌筋草，像谁铺了一床绿色的地毯，踩在脚下松软绵绵。远处的电影还在继续，不时传来枪声、喊杀声，还有地雷的炮炸声，影片已放到最精彩最惊心动魄时。到了草坪，横仔已按捺不住浑身的燥热，抱住秋莲就吻，秋莲有点怕，想拒绝，但经不住横仔的激吻，顿感周身软绵无力，横仔又趁势将秋莲抱起放在草坪上，秋莲活脱得像朵云，又像朵刚刚出水的莲，横仔控制不住了，身子很快压了上去，就像一寮瀑布云罩住了辽山，月亮倾泻出轻柔的光，滑过芦茅丛，轻抚着草地，像谁在演奏一首皎洁的月光曲。那年秋莲刚好十八岁，十八岁的姑俚正值怀春妙龄，对爱情充满了好奇和憧憬，既梦想爱情早日到来，又怕爱情猛然来临无法抵抗。秋莲就是这样，当横仔的手触及她的乳房，嘴唇对着她的嘴唇，那个带着温情带着汗味的男人打开她的心门，在她身上蠕动，她闻着他极富男人的气息，抚摸着他宽厚的胸膛，她的心就醉了，身子也酥软了，像小绵羊找到了温馨的家，有了温暖的窠。十八年了，她就像一罈烈酒被打开，她需要这种力度，需要这种泌人的体温，需要这种温厚的切入，需要一份深入骨髓的躁动，需要这种刻骨铭心的爱。就像此时月中嫦娥，播洒着清辉，任吴刚长年累月伐桂，捧出桂花酒。秋莲渴望爱，渴望成为一个真正的女人，哪怕这个过程来得快，来得猛，来得热烈，来得突然，来得撕心裂肺，她也心甘情愿，无怨无悔。

一阵云雨后，那边电影也正好收场。

看电影的人都散了，灯光也熄了，河洲里又回到了夜的怀抱，一片寂静，只有星星调皮地眨着眼，注视着人间的这一切。远处，几点萤光划过，更显夜的神秘与多情。月光似乎还沉浸在刚才那似水柔情的一刻，天地间仍是梦幻一般。

如此美好的夜晚，横仔和秋莲在这片寂静的河洲里，收获了爱情，如亚当与夏娃一样，第一次偷吃了人间禁果。

横仔站在河堤上扫了一眼这个偌大的芦茅洲，看到那片芦茅长得极是旺盛，人也钻不进了，不觉触景生情。二十多年过去了，这个芦茅洲，后来还真没有停步认真看过，是不是太粗心，是不是太无情？想必那片草丘早已没入了芦茅丛，青青的马拌筋草还好吗？

9. 谁下芦茅洲

雨停了。

横仔收拢雨伞，远远看到踏水桥上走来一个人，这人不是别人，正是支书赵子文。

真是冤家路窄！

赵子文此时来干什么，是碰巧还是有意？

横仔不想看到他，更不想与他擦肩而过，便想找个地方避开他，可眼前又没一条岔路，没一处树林，唯有堤下那个芦茅洲。"还是下芦茅洲吧！"横仔心说，遂走下堤岸，进入芦茅洲。那一棵棵芦茅恰好高过他的头，似一片密密的林子，成了一道天然的屏障，不用刻意躲，就看不到赵子文，等赵子文走过了，再上堤，这样就能和他错过，双方也就不存在有尴尬了。刚走下堤坎，横仔又停住了，觉得有些不妥，心说：我一没强奸，二没做贼，三没抢劫，四不欠他赵子文的钱，干吗要心虚，凭啥要怕他赵子文，做甚要躲？要躲也是你赵子文躲，要让也是你赵子文让，要下芦茅洲也该你赵子文下！于是，横仔又从芦茅洲里走上了河堤，还故意挺了挺胸，整了整上衣，掸了掸身上的灰尘，脚步好像比刚才更稳了，更有力了，他想整出一种气势，要用气势压倒赵子文。

其实，赵子文在黄沙坳村当支书都快十年了，他最看不起的人，就是横仔。横仔德行不好，在村民眼里是只破油罐，是个烂仔，除了铁山父子，村里没几人搭理他，更没有人说他好。村邻有困难，有伤有病，有红白喜事，横仔从不去关心帮忙，即便去了，也是"骗鸡打扑"了个假愿。当年老伍调走，他替铁山出了个馊主意，做了回"掀老牛下坎"的烂事，唆使铁山把松木桐拦在路中央，还叫他患了半身不遂的老父亲刘高坐在松木桐上，让老伍搬家的车子过不去，出不了宿舍大院，这可是乡里人常说的"猪尿泡打不死人臊死人"的事，最让人难堪，比捆人一掌还要过分，还要可恶，还要可恨。老伍因此颜面尽失，威风扫地，在众乡亲面前大跌眼镜。虽然这事是铁山所为，但幕后军师就是横仔，黄沙坳老老少少谁人不知谁人不晓？都说横仔这家伙要不得，尽做些断子绝孙、生崽没屁眼的缺德事。去年，横仔心怀不满到乡里告了刘老板的状，还当着刘老板的面说，谁打破他的饭碗，就要拾起那破碗掷过去，打瞎他的狗眼，没想到这刘老板也是个孬种，害怕横仔告状，竟然还聘用横仔当外销员，让横仔又春风得意了。这次村里要修公路通班车，听说还要并村修水库，如果项目通过评审，黄沙坳村就要接收一批水库移民，眼下又逢村委会换届，村里工作一茬接一茬，件件都关乎民生，任务重，村干部们压力山大。横仔唯恐天下不乱，又要搬事生非，事事刁难村委，处处与自己作对，还在乡里挨了批评。千怪万怪，就怪自己一时糊涂。横仔正巴不得上屋发人瘟，这下抓到了把柄，自然盯住不放，当一件大事来办。以前换届选举多是走过场的，这次可不一样了，上级抓得严，管得紧，措施硬，乡领导在大会小会上也挑明了，谁在这节骨眼上出了问题，县里要查，乡里也不会网开一面。扪心自问，在村里工作这么多年，我赵子文没动过贪的念头，虽没有功劳，苦劳应当是有的。可现在，被"一盆狗血泼在白衬衫上"，再怎样洗也洗不干净了！想到这，赵子文停住了脚步，恨不得往自己脸上捆一掌，自己都是老党员了，孙子都读书了，眼看再过几年就要退下来了，就因一餐饭而晚节不保，给组织抹了黑，可后悔药买不到，开了膛的猪救不活！刚才，老宋把他喊到办公室，狠狠地训了他一顿。赵子文晓得老宋发火也是为他好，把他当贴肉褂，可他也想不出好办法，只好把求助的目光投向老宋，希望老宋能帮他一把，给他拿个主意。

老宋为官多年，比赵子文经验丰富，看问题透彻明了。他说横仔是村里的刁民，又在外面跑过四方，这人不能得罪，得罪了就适得其反，该给甜头时就不能装憨，要舍得，大丈夫当舍不舍，当忍不忍，这盘棋就要输。老宋说到了点子上，他就是之前没把横仔放在眼里，树了个对头，才如此被动。现在最要紧的，就是放下成见，亲自去横仔家"灭火"，与横仔当面释疑解怨，都是乡里乡亲的，你横仔总不可能冷若冰霜吧。再是老宋也答应要通过刘老板做横仔的工作，横仔在刘老板那里打工，他老婆秋莲也在厂里上班，刘老板的话肯定管用。还有县纪委那里，老宋也说会出面说情，以后还真得好好感谢他。只要横仔不再告状，纪委不再过问，乡里吴书记应当也不会追究。尽管赵子文心里一万个不愿意上横仔家的门，可事到如今，已上了过山车——不，是骑上了老虎背，由不得人了，而且时间紧，拖不得。赵子文思来想去，觉得老宋说的"得低头时且低头"有些道理，哪怕讨个没趣，碰一鼻子灰，也要矮下身段，去横仔家走一趟。

10. 送货回来

黄沙坳竹厂新购了多台先进的机器设备，用电负荷增加了，变压器也换了新的，厂里又忙起来了。横仔早上送了一车货到大洞竹编厂，过南皋山也没停车歇息，验完货就回了竹厂，才刚下车，厂办公室小汪就喊他，说刘老板找他有事。

横仔一早与司机老吴出门送货，大洞的路不好走，坑坑洼洼，百十里路程，一路颠簸，开了好几个小时，来回坐了一天的车。横仔有点腰酸背胀，本打算早点回家休息，听说刘老板找他有事，横仔手上的黑提包也没顾得放下——对，这黑提包是他早年在村委竹厂出差时，用公款在广州一家百货公司买的，是货真价实的真皮，用了多年还没褪色，也没脱线，款式也不落后，横仔很喜欢，只要出远门，都会带着。

刘老板的办公室设在厂部二楼东头。

横仔推门进去，刘老板正在打电话，挑了挑嘴，示意他在沙发上坐。刘老板的办公室比乡里吴书记的办公室宽大气派，又向阳通风，采光好。正中坐东朝西摆了一张比床板还大的老板桌，桌上摆了一尊一尺来高的招财神兽金蟾。传说金蟾原本是一只怪兽，有吐钱的本事，被神仙降服后为了给自己赎罪，就天天给人吐钱。据说摆放金蟾也是有讲究的，不能乱摆，否则就会走背运，有适得其反的效果。现在市场上卖的金蟾有两种，一种是嘴巴含有钱币的，另一种是嘴巴不含钱币的，很多老板都注意金蟾的摆放方向，怕得罪财神爷，说含有钱币的要嘴巴朝内向着老板，意为向老板吐财，没有含钱币的金蟾嘴巴要朝外放，意即吸纳四方之财。刘老板就是跑四方的，本来就是要赚四方之财，故买的这尊金蟾也是没含钱币的，摆放也自然是朝外的。

刘老板虽然没读过什么书，也不识什么字，但他的办公室却是非常的讲究，可谓有文化味儿。为了摆好桌子，刘老板还请了懂风水的先生来看过，桌子怎么朝向，背景大小，配什么画，都经过了一番考虑。他坐的地方后面做了个大背景，是一幅大气恢弘的长城山水画，雄壮的长城蜿蜒万里，无论是气势还是立意，都能让人眼前一亮。站在这幅国画前，就能让人感到万里晴空，祖国山河壮丽，心情愉悦，思绪万里。也能让人感受到老板是个有品味，事业财运都亨通的人。尽管这个办公室处在黄沙坳这个山旮旯里，因了这些摆设，就能显得刘老板非同一般，是个有成就、有文化、有远见卓识的人。

　　除了背景和老板桌外，还有一排沙发也是刘老板精心挑选的，是送货到武汉时在家具市场买来的品牌沙发，就摆在老板桌前不到三米处。横仔不知刘老板有何吩咐，就在沙发上坐下，看到窗外飘来一朵乌云，像要下雨了，横仔记得有两个星期没下雨了，他家也种了几块小菜地，秋莲下班就去浇水，盼了几天都没盼来雨，看来这场雨来得及时，能解菜地的渴，真是一场及时雨。

　　刘老板接完电话，又叫横仔靠前坐，老板桌前还有一把小转椅，以往都没这样喊过，不知刘老板有什么重要吩咐，横仔遂起身坐到桌前的小转椅上。

　　"今天去大洞送货验收出差错没有？"刘老板一边给横仔倒茶一边问。

　　"没有，我们的货出厂时都按你的要求经过了质检，每次都顺利，这个你放心。"以前送货回来，刘老板从不过问此事的，是不是对方来了电话，发现了这批货有什么问题？不可能呀，不可能呀，这批货他是看过了的，绝对不会出问题，不但没有问题，而且对方的收货员每次要偷偷地递包高档烟给他。当然这事他不会说给刘老板听。横仔猜刘老板找他可能并不是货上的事，也不是烟上的事。

　　"一共是送了几扎篾青，几扎篾黄，几扎篾丝，几捆竹片？"刘老板又有意无意地问。

　　"120扎篾青，88扎篾黄，60扎篾丝，138捆竹片。"这些货都是横仔点货后上车的，出货单副页还在他黑提包里哩，所以他还记得清楚。

　　"对方验货员有没有一扎扎打开来查看质量？"刘老板问。

　　"没有，他们也很放心。"横仔答。

　　"货出厂还是要把关，出了问题就迟了。"刘老板见横仔有点疲乏，就不转弯抹角了，说，"今天找你是有个事要和你说说，既不是工作上的事，也不是厂里的事，但多多少少又与厂里有点牵扯，有点关联。"

"既不是工作上的事，又不是厂里的事，那就是私事了，是不是我有什么让你为难的事，让你操心了？"横仔摸着后脑勺，显得很诚恳的样子。

"这事不是让我为难，说出来怕是要让你为难。"刘老板把茶递给横仔，横仔双手接住茶杯。

"我有什么为难的，你尽管说。"横仔笑了笑，呷了口茶，又放下茶杯。

"我说了，你能听我吗？"刘老板好像有些担心。

"别人不敢说，但你说的话我还能不听？"横仔也知机，赶紧儿表明心迹。

"好，我要的就是你这句话。"刘老板脸上露出了笑容。

"你说吧。"横仔说。

"你告村里赵子文的事，有人找了我，要我当说客，劝你放弃告状，你也不必问这人是谁，他说你在我厂里上班，又是副厂长，想要在厂里干下去，肯定是会听我的，也会给我这个面子，所以要我出面调解。我说没有什么把握，他又非要我找你，本来我是不想介入其中的，你也知道，我是出门求财的，丢下家里的老婆孩子不管，还有老娘老爷的，只身到黄沙坳来投资办厂，无非就是想赚个小钱，回家孝敬爷娘，让老婆孩子不受艰难，过个安稳的日子，所以我不想得罪任何一个人，也不想参与当地权力之争，可现在有人要我帮忙，说是帮忙，其实就是命令，这个你比我懂。我不找你吧，又担心人家不高兴，到时给我小鞋穿，真是左右为难。好在我们相处这么久了，也知根知底了，都成了朋友，所以找你来商量，我这绝对不是命令，你看看，是否能给我个面子，把此事先放一放，不再告了，放了赵子文一马，这样的话，我在领导那里也好交差。"刘老板说完也端起茶杯，呷了一口茶。

"你说的是……是……这事啊，肯定是乡领导出面找你，让你为难了。"横仔想不到乡里的领导竟然还使出了这一损招——请刘老板出面来做他的工作，意思就是要逼他就范。这一招，可谓打蛇打到了七寸上，如果横仔不给刘老板这个面子，刘老板在领导那里也确实交不了差，这样的话，就把横仔和刘老板放到了对立面，弄不好还真要撕破脸，最后的结果就是刘老板辞退横仔夫妻俩。横仔在心里骂道：这是哪个领导想出的歪点子，不得好死！

"是哪位领导我也不便说，也不能说，说出来了我还能在这里呆么？你是个聪明人，又跑过四方，见多识广，这个你比我清楚，也请理解我。作为朋友，作为兄弟，在这里，我也要说你个不字，做甚要去做这些傻不拉叽的事？且不说你做这些事对厂里无益，就是对你个人也没有什么好处，说得不好听的话，你这样做，人家会在背地里骂你'打铳狗'，他人打猎，你在那里'吠吠吠'的，有意思吗？还是为你自己考虑考虑吧，别到时让我为难。"刘老板一番话，看似好心好意，其实已把丑话都说前头了，横仔也听清楚了，心里也明白了。

"嘿嘿，这……你的话，我回去好好考虑一下，明天给你答复，我今天坐车一路颠簸，现在头都晕的。"横仔一时不好回答，就起了身。

"好吧，你回去好好考虑，权衡一下利弊，早点回话，也好让我交差。"刘老板知道横仔有些为难，也知道横仔告状已骑上了老虎背，要下来也难了。可这事也不是小事，事关竹厂以后的发展，领导要是不高兴，这厂还能办下去么？领导隔三差五找麻烦，他就得卷着被子走人。刘老板肯定不想要这样的结果，也不希望有这样的结果。当初用横仔，也是出于无奈，晓得横仔是个刁民，不给点好处收服不了他，正好当时厂里也需要一个外销员，一举两得的事，没想到他"江山易改本性难移"，到了竹厂也还是一个不稳定的因素，这种人就是个炸弹，碰不得，走到哪都是个危险分子！请神容易送神难，这回正好可以借此机会将其辞掉，包括秋莲一并辞掉，这回你横仔也怪不得我，要怪你就怪乡领导，要怪你就怪自己吧！

11. 原来如此

横仔走出竹厂，想回家和秋莲商量一下，又觉得跟秋莲说没有啥用，说了也是白说，倒不如不说。秋莲没有主见，听了这事，肯定没有好言语，闹不好还要吵一架，还是不说的好。女人嘛，都这样，要不咋会蹲着屙尿呢！横仔走到黄沙坳的龙潭，远远听到一阵风。这是龙潭的瀑布掀起的风，吹在身上凉沁沁的。横仔索性在岸边一个岩石上坐下，望着那一挂瀑布，想着心里的烦心事。记得读小学五年级时，老师带他们到这里春游，他回去写了篇作文，描述那一挂瀑布气势磅礴勇往直前，不怕浑身碎骨，像电影中冲锋在前的将士，有气贯长虹气吞山河之势。老师说他写得好，把瀑布写活了，写出了别人没有写出的神韵，还在班上表扬了他。可如今，这挂瀑并没那般美好。那股水流从山上一路小跑而来，以为前头光明一片，没想到到了岩头，前面龙潭风起，万丈深渊，后面似有千军万马追逼，显然没了退路，唯有纵身一跃，不管生死，最后化作了一阵水雾，成了一汪龙潭碧水。横仔本没有心思看风景，只是瀑布声响如雷，让他若有所思。他想到岳父、想到赵子文、想到铁山、想到老宋，又想到了刘老板。他好像看到这些人都像怪兽一样在龙潭里兴风作浪，个个面目狰狞，而刘老板和老宋还在一旁拍着掌叫好，秋莲也在叫好，吴书记也在叫好，只有铁山黑着脸，好像与谁结了仇，不知是谁在岸边拾起一个石头抛向龙潭，吓得赵子文慌忙潜入深潭，半天不敢吭气，不敢露脸。横仔对着龙潭嘿嘿冷笑三声，也拾起一块小石头丢入潭中，潭深水静，只有四五朵水花溅开，并没有水浪涌动。横仔索然无味，正要起身回家，一阵脚步声打破了沉寂。横仔回头一看，又是铁山。

"横哥，你下班了？"铁山老远就看到了他。

"下班了。你这是去哪？"横仔问。

"我刚去你家来，秋莲嫂说你没有回家，我正想去厂里找你，没想到在这里遇到了你。"铁山还没说完就走近了。

"甚事这样急，还要到厂里去找我？"横仔问道。

"听说赵子文今天一大早去了县里，他去县里能有啥事？肯定是去县里找人呗，也许会有人出面帮他，我爸叫我来找你商量对策，以免措手不及。"铁山说完就递了一支烟过来。

"这火也能救？怕是有点难吧！"横仔点着烟，吸了一口，吐出一个烟圈，他看到这个烟圈正好对着瀑布，那股水就在烟圈里奋不顾身往下冲，发出轰然的响声。

"这告状的事，没人找你麻烦吧？"铁山有些担心，怕横仔半路打退堂鼓，没有横仔助其一臂之力，他都不晓得怎么去应对。

"刚刚刘老板就把我找了去，看来这事有些不简单了。"横仔说。

"关刘老板屁事，他一外地人，凭啥要斜插一扛？"铁山气呼呼地说，眼里冒出了火。

"有领导找了他，要他做我的工作，劝我不要告赵子文的状。"横仔说。

"是哪个领导得了赵子文的好处，还这样向着他？"铁山问。

"刘老板没说是谁，他也不可能那么傻，肯定不会说。"横仔说。

"那会是谁？"铁山问。

"我猜这人十有八九就是老宋！"横仔肯定地说。

"怎么是他？"铁山说。

"除了他，不可能有第二人！"横仔刚才在刘老板办公室时就这样想，只是没挑明。

"管他是谁，谁出头我就跟谁过不去！"铁山说完又补了一句："老宋本就是个贪官，肯定得了赵子文不少好处。"

"你怎么晓得他是贪官？"横仔问道。

"听说他从村干部升任乡干部时，送了领导不少钱物呢！"铁山答道。

"道听途说的都是没根没据的东西，不能当真。"横仔道。

"我是听老宋一个堂弟说的，不会有假。"铁山说。

"他堂弟说的？你怎么认识他堂弟？"横仔问。

"还是我贩木头的时候，他堂弟与我合伙做过一趟生意，在一次酒桌上，他喝酒时不小心说出来的。他说老宋转干也有他的功劳。"铁山答道。

"那是他胡说，说醉话。他堂弟又不是李如民，一个木头贩子，有什么能耐帮到老宋的忙？"横仔不信。

"他说是他给老宋出了个主意，这事才办成。"铁山说。

"出了个主意？那是个什么好主意，说来听听。"横仔说。

"他说他看过一个古代的故事……"铁山还没说完，就被横仔打断了。

"故事只能是故事，你也当真？"横仔最不喜欢听人讲故事。

"我还没说完呢，就被你打断了。"铁山说。

"好，那你就接着说。"横仔道。

"他说他少时看过一个故事，叫《白居易怒打行贿人》，这故事发生在唐朝贞元年间，也就是著名诗人白居易考中进士后，被皇上派往陕西周至县当县令，是个大官。他刚上任没几天，这周至县城西的赵乡绅和李财主就为争夺一块田跑到县衙打起了官司。为了能打赢官司，鬼迷心窍的赵乡绅差人到集市上买了一条大鲤鱼，剖开鱼肚，在鱼肚中塞满银子送到县衙。而李财主也别出心裁地买了个大西瓜，掏出瓜瓤，塞满银子送给了白居易。收到两份'重礼'后，这白居易也不推迟也不言谢，立即吩咐手下满街贴出告示，通知明天公开审案，让百姓看审案。"铁山讲故事还学会了添油加醋。

"白居易是贞元十六年中的进士，历任左拾遗、东宫赞善大夫、江州司马、杭州、苏州刺史、太傅等职，是一位伟大的现实主义诗人，是历史上一个名人。看来这白居易也不是个什么好官，对送礼来者不拒。"横仔气道。

"第二天，县衙内外挤满了看热闹的人。白居易像往常一样升堂，问道：'你们哪个先讲？'赵乡绅自认为向县太爷送了礼，便抢着说：'大人，我的理（鲤）长，我先讲。'那李财主也认为送了重礼，县太爷也收了，就有恃无恐，在堂上不甘示弱地说：'我的理（瓜）大，该我先讲。'白居易听了不高兴，沉下脸说：'什么理长理大？成何体统！'赵乡绅以为县太爷忘了自己送的礼，连忙说：'大人息怒，小人是个愚（鱼）民啊！'白居易微微一笑说：'本官耳聪目明，用不着你们旁敲侧击，更不喜欢有人暗通关节。来人，把贿赂之物取来示众。'堂上的衙役忙取来鲤鱼和西瓜，当众抖出银子，听审者一片哗然。白居易厉声喝道：'大胆刁民，公然贿赂本官，给我各打四十大板！'众百姓看了都竖起大拇指啧啧称赞。"铁山一口气把这故事说完。

"哈哈，刚才还误解了白居易，原来还是个好官。"横仔说。

"这故事好听吗？"铁山问。

"好听有什么用？这故事与老宋也牵扯不上关系呀？"横仔说。

"我说你横哥聪明一世糊涂一时啊！老宋听了他堂弟讲的这个故事后，受到了很大的启发，当即就开了窍，回家后便如发炮制，也想学古人送礼。他买了一条大鲤鱼来剖开，然后把两扎钱用塑料袋包好，放在鱼肚里，送给了某位领导，没出多久，他转干的事就搞定了。"铁山说道。

"原来如此！鱼肚里藏钱行贿，真是别出心裁，我还是头一回听说！"横仔也感到新奇。

"哈哈，大家都说你横哥跑四方，见识广，看来也只看过广州的茅厕和席梦思，徒有虚名。"铁山也笑了。

"你我都是一只懵懂虫，活在这世上也就是凑个人头数，你以为老宋送了条鱼就有好大的奔头？"横仔听了有些不悦。

"那是，不过我认为，这刘老板也不识趣，他不应该出来赶这趟浑水！要不，我去找他，给他敲下警钟，免得他找你麻烦。"铁山晓得横仔有些左右为难，刘老板也假心假意地劝了，算是做到仁至义尽。如果听了刘老板的，前功尽弃，赵子文也不可能感激他，仇怨埋下了就要结果；如果不听刘老板的，刘老板肯定为了自己的利益，正好可以借机辞退横仔夫妻俩，而且横仔还找不出任何理由抱怨，更不能去责怪刘老板，在这个问题上，刘老板完全可以推个一干二净。

"你现在还不宜出面。"横仔考虑了一下说。

"那就先到我家去喝两杯，我们好好谋划一下。"铁山担心横仔打退堂鼓，就想邀横仔到家后好让父亲刘高给他打打气，铁山当支书的事现在还八字没一撇，得指望着他哩。

第六章

1. 报到

时间过得真快，转眼到黄沙坳看姑俚就过去四年多了。

这四年，我作为一名优秀退伍兵，通过自学考试，被省农业大学录取，在省城读了四年大学，毕业不到半年，考取了乡镇公务员，又回到了船头滩，当了一名乡干部。竹花在我读大学期间，只身到广东闯荡，在广东东莞一家私企从一名普通员工做起，因工作突出，被公司送到德国培训，学成回来，便成了公司的高级管理人员。

这四年，是有些漫长，父母想抱孙子，催我们早日结婚，可我和竹花天各一方，只能通过电话或书信倾吐衷肠。这次也是被父母催急了，我们才商量好，同意在八一建军节期间举办婚礼。

离八一建军节还有几个月，父亲就请泥匠把我的婚房刷白了，里里外外粉刷一新。母亲养了一头肥猪，足有两百多斤，计划娶亲时宰杀，设宴招待亲朋。

　　清明后的第一个星期一，我拿着县里开的介绍信到乡政府报到，乡党办朱秘书把我带到乡党委吴书记办公室，说这就是新来报到的乡干部曹一男。正坐在桌前写着什么的吴书记看到我，忙停下笔招呼我坐。

　　吴书记在船头滩工作有六七年了，从乡长干到书记，再干一二年，应该也要进城了。

　　"组织上已跟我介绍过了，你非常不错。"吴书记快五十了，国字脸，刀眉，左眉心有颗大黑痣，看上去有点不怒自威，头发有点稀，可能是当领导的操劳过度，熬夜太多的表现，两鬓还有几根白发，但人很精神，一脸笑容，很随和。

　　"书记过奖了，我初出茅庐，虽然在农村长大，却没有任何工作经验，好多事都得从头学，还要书记您多多传帮带。"朱秘书把我带到吴书记办公室后就离开了，我在书记办公桌旁靠墙的一张红漆木沙发上坐下。

　　我环顾了一眼这个办公室，吴书记后背是个大书橱，橱窗里除了摆放了县志、乡志外，还有多本国家领导人的著作。一本明清老县志已翻开，平放在办公桌上，还没有收起来，说明吴书记正在查阅县志资料，做着笔记。书橱旁边的地上还叠放着数十块石材小样品，可能就是当地的大理石产品，随时准备拿来展示给客人看的。现在招商引资任务重，压力大，可见吴书记的良苦用心。办公桌右侧一隅，有个上了漆的木雕花架，架上摆了一盆当地的野兰花，散发着山野清幽的气息，靠窗处摆放了一张玻璃双层茶几，配有四条小木凳，透过窗户的玻璃，可以看到兀立的辽山。

　　县志载辽山是艾县一座名山，山上怪石林立，风景秀丽，山顶有个草坪。唐朝时，这里和水泊梁山一样，聚集过许多英雄好汉，他们在山上建寨、占山为王，铲恶除妖，扶困济贫，经常闹得朝廷不安，山虽小，名气可不小。

小时候，常听爷爷讲述辽山的故事，可以说，我就是听辽山故事长大的。

现在辽山成了大理石开采场，整天炮声轰轰，把林也毁了，把山上的鸟也吓跑了。成了当地村民一处伤心之地。

2. 骗子

"听说你在部队入了党，还是优秀士兵，读大学期间又是学生会主席，现在又成为了我们船头滩乡政府的一员，我希望你把军人的好作风带来，把部队的优良传统发扬光大，把学校博学、慎思、明辨、笃行的校风当作你人生的格言。乡政府是最基层的组织，是个大熔炉，和群众走得近，最能锻炼人。"吴书记看着我，眼里充满了期望。

"吴书记放心，我一定从头做起，从我做起，以身作则，以一个党员的名义，去做好每一件事，向老同志学习，把群众当亲人，时刻把群众冷暖记心上，把廉洁自律放心上，绝不辜负领导期望。"在吴书记面前，我算是新兵蛋子，吴书记是老兵，又是我眼里的英雄，我恭恭敬敬地给他敬了个军礼。

"好，还有军人风度！"吴书记收起桌子上的笔记本，说，"你的工作安排，等过两天乡党委开会研究好分了工再说。我现在正好有事要下村，你就随我到村里去转一趟，先熟悉一下各村的情况，接触一下乡村干部，以便日后好开展工作。"

"好的。"我说完就随吴书记一道下了楼。

吴书记上过战场，在部队当过副营长，是个有故事的人。

吴书记在一次战斗中，带领一个侦察排，绕过雷场，悄悄通过了敌军的前哨阵地，在一个小山坳上发现一处敌军指挥所，他们通过电台，向部队报告了方位坐标，随后，炮弹呼啸而来，这个指挥所就炸上了天。侦察排立了大功，吴书记也从副连长升为副营长，后来，吴书记转业，被分配在县政府某机关，后又调到船头滩乡当了乡长。有人说，凭吴书记在部队立的功，到县里当个局长是没问题的，可吴书记不愿找组织，也不找关系，总是说服从组织安排，好在他也是农家子弟出身，很快理清了工作头绪，摸清了工作思路，还与村民交上了朋友，与乡村干部打成了一片。由于他是军人出身，办事雷厉风行，又没有官架子，上任不到半年，全乡十六个村的情况就摸得一清二楚。春季造林现场会、春耕机械化现场会、全县打鼓歌汇演、油茶生产现场会等县里几个大型现场会都在船头滩召开，吴书记当乡长三年不到就被县委提拔重用，当上了船头滩乡党委一把手。

吴书记今天要去的村是镇郊的曹家村。曹家村是吴书记的挂点村，也是生我养我的地方，那里一草一木对我来说，既熟悉又亲切，村里的每一个人，也都是有故事的。

我们的车刚停在离村部不远处的一棵樟树下。这棵枝繁叶茂的樟树树龄在六百年以上，树冠达半亩多，树蔸要八人才能合抱，早年被雷电击中起火，烧了个大窟窿，树洞里可以摆一张桌子，一家人可以围桌吃饭。记得那年生产队一场暴雨掀翻了牛栏，负责放牛的人只好把牛关到树洞里，后来这树洞就成了天然的牛栏。我刚走下车，就见眯子哥骑着一辆旧摩托车过来了。眯子哥过去开龙马车在村里算是有收入的好人户，没想到因一场车祸，一夜间便成了村里的贫困户。

当然，这也怨不得别人，要怪也只能怪眯子哥自己。

眯子哥开车多年，他的龙马车后来又换成了解放牌大货车，不再做送客的事了，而是为村民运砖瓦、运沙石、拖竹木，到县里运化肥、种子，还为缫丝厂、砖瓦厂运过煤炭。总之，哪里有钱赚，他的身影就出现在那里。由于他开车技术过关，人缘又不错，天天有人请，生意特别好。古话说"人要背时盐罐生蛆"。前年底的一天，他在路上遇到一个人拦车，说是要到船头滩集镇上买瓷砖，问眯子哥愿不愿意帮他拉一车货，眯子哥问在哪里装货又送到哪儿？那人答就在船头滩拖货，再把货送到东林下曹自己建的新房门口就行。眯子哥听了后就笑嘻嘻地说："我不抢不偷，专干帮人拉货的勾当！"那人见眯子哥风趣爽快，就坐上了他的车。眯子哥按他的要求把车停在一家瓷砖店门口，那人下车进店去买瓷砖，与老板讨价还价，老板提出不赊账要现金，那人也说不赊不赊，全部付现金，而且瓷砖要质量最好的，最好的肯定价钱是最贵的，利润肯定也就最高。老板见是现金买货，脸上笑成了"八月绽"（幕阜山中的一种野果），眼睛眯成了一条缝，又是敬烟又是倒茶，以为碰到了大财神。那人叫老板赶紧装货，他要去邮政局取钱，顺便买些其他东西，老板觉得这人爽快，就赶紧儿帮他装车。没一会，只见那人一路骂骂咧咧走来，老板觉得奇怪，就问他出了啥事？那人答道："我去邮局取钱，他们说我的银行卡是外地的，要身份证，没身份证不取给我，可我身份证没带来，你说气人啵？我想明天再来，可你的货都快全部装上车了，这可咋办？"

眯子哥也担心这货黄了送不成，就打圆场说："等会儿把货送到你家里能当时拿到钱吗？能拿得到的话到时你就把老板的钱给我带来，老板应当也会同意。"

老板见瓷砖也装得差不多了，不同意就白忙活了，眯子哥也是熟司机，反正眯子哥要送货上他家里去的，不就一两个小时的事么，叫眯子哥带来也放心，就勉强同意了。

那人又对眯子哥说："我还要买点东西放车上带回去，现在没取到钱，要不你好事做到底，借一千块钱给我买东西，这东西又必须得买，等会到了我家连同运费一并给你。"

眯子哥也是个愿意帮助别人的人，见那人说得诚恳，等会儿又要一块儿送货到他家，人也跑不了，不就一个顺手人情么？眯子哥当即掏出钱包，可钱包里只有五百元现金，那人就说叫老板也借五百，老板见眯子哥说的有道理，而且眯子哥也借了五百，那人又答应等会儿连瓷砖款一并让眯子哥带来，老板也就放心并爽快地同意了。

那人拿了钱说："你们把余下的货全部装好，我去买好东西马上就过来。"

"好的，那你快些去快些来。"眯子哥说完就催老板快点上货。

期间老板又做了一笔生意，帮别人拿了一些货，眯子哥怕他耽搁太久了，就催老板，老板只好赶紧装货，不到半小时，老板就把货装好了。

老板在店门口摆放了一把竹摇椅，眯子哥一屁股坐在摇椅上抽起了烟，他吐着烟圈，跷着二郎腿，想着今天的运气真好，出门就捞到一单生意，想到水菊昨晚那般柔情，心里如蜜一般，舌头也不自觉地在嘴巴里搅了两下，吞下一口唾液。又看到街上走过两个穿裙子的少女，白白的腿，黑黑的发，红红的衣，眯子哥半眯着眼眦着少女的屁股，心里一高兴，就哼唱起了山歌：

> 细细崽俚细细耕，
> 细细田垄细细耘
> ……

老板做完两单小生意，问眯子哥那人来了没有，眯子哥说还没呢。

眯子哥抽完一支烟。又抽完一支烟。接着又抽完一支烟。眯子哥看看天，太阳都当顶了，瞧瞧街两头，还不见那人的影子。眯子哥觉得有点不对劲，就问老板有没有那人的手机号码，老板说不认识此人，也没有他电话。老板也觉得有些奇怪，心里起了疑，但又不敢往坏里想。眯子哥又抽了一支烟，都快吃中饭了，还是不见那人的踪影。眯子哥有些坐不住了，便到街上几家建材店问了个遍，都说没见到此人。老板也到邮局去问了，邮局的人说，只要没忘记银行卡密码，持卡人可以直接在取款机上取钱，也可以到窗口上取钱，只要取款金额不超过五万，就不需要什么身份证。

　　"啊！骗子，我们上当了，这是个大骗子！"老板从邮局出来就到乡派出所报了案，派出所派了两个民警过来调查，问眯子哥是怎样认识那人的，眯子哥说不认识他。老板不相信。民警也不相信。民警说你不认识他怎么帮他运货呢？眯子哥就把在路上遇到那人拦车的情况前前后后一字不漏地说了一遍。民警听老板说那人有到邮局去取钱的过程，认为有戏了，便带着眯子哥到邮局去查看监控录像，看了一个多小时的录像，那人从头到尾没进邮局的门，他说去邮局取钱都是骗人的，纯粹是个骗局。想不到一开始就不愿赊货的店老板，裤脚卷得那么早，人那么精明，结果也还是被骗了。眯子哥和瓷砖店老板瞎折腾了半天，两人分别被骗走五百元，两人你怨我、我怪你，互相埋怨，险些还要挥拳头。最后在民警的劝说下，只好自认倒霉。街邻听说这事，都感到稀奇好笑，说现在的骗子也太滑了，太厉害了，连司机和老板都敢骗，就差警察不敢骗了！最糟糕最气人最伤心的，是他们两人被人骗了，最后连骗子住哪儿也不晓得，骗子姓甚名谁也不晓得，这不是天大的笑话吗？街邻笑过后就骂他们两人是两头吃饱了溨的大憨猪！

3. 一把手

　　眯子哥帮人运瓷砖被骗没过一个月，也就是前年冬的一天，他到山背煤矿去帮窑厂拉煤，黑黑皮肤白白牙齿的眯子哥跟煤矿的人混熟了，煤场里的煤堆成了山，那个开铲车铲煤的师傅和他比较熟，最喜欢跟他开玩笑，玩笑开多了，感情也就深了，眯子哥每次去拖煤，他都要多铲半斗煤给他，所以他拉的煤比别人足量，每次车斗里都要堆成了尖，比别人多出许多。窑厂老板见了，都喜眉笑眼，夸他做事要得，非请他拉煤不可，忙得他起早贪黑，有时一天要跑两趟甚至三趟煤矿，通常到晚上十点多才到家，尽管累得腰酸背痛，但心里乐呵着。

　　那天他装好煤，从山背煤矿出来，转过一个山弯，太阳已经下山了，前面一个急弯，眯子哥刚好按响喇叭，一辆后座上载着两个人的摩托车跟赶鬼似地飞快驶来，还占了眯子哥的道，眼看就要撞上他的车了，眯子哥嘴里骂着，急打方向盘避让，不料右边的路坎因前些天下大雨浸软了路肩，加上他的车子又超重了，眯子哥攥紧方向盘也不顶用，轮子还是上了路边松软的土坎，湿软的路肩受不了重压，即时软塌下去，只听眯子哥喊了一声"不得了"，他的车就侧了，翻下了坎，好在那个山坎不陡，只一人多高，就打了个滚，瘫在那里动弹不得了。那辆摩托车本来是可以通过的，可司机被翻车的响声吓晕了，摩托车竟然失控撞向了山壁又掉转头栽到路坎下撞在煤车上，好在是撞在煤堆上，三人成了煤黑子，虽然都不同程度受伤，好在捡了条命。摩托车司机伤得最严重，断了一条腿、一只手，另一人断了三根肋骨，还有一人伤了屁股丫。在此次事故中，眯子哥的右手也截了肢，成了残废人，永远不能开车了。这还不打紧，关键是他这几天忙得晕头转向，没到保险公司去续保，错过了车子的保险期，也就是说他的车子等于没有买保险，一切赔偿责任只能由他自己来承担了，这么大的事故，他能承担得了吗？好在世上好人多，煤矿老板出来说情，对方也看到眯子哥人诚实，又受了重伤，就没有向交警部门报案，双方达成了私了协议，所有治疗费用全部由眯子哥承担，要不然，眯子哥可能还要判刑坐牢。眯子哥先后花了四十多万元，没有人帮他出半个铜板，为了凑足这笔钱，眯子哥把货车也卖了，新建的房子也卖了，只好租住到了供销社的老仓库，才算把此事了结。

都说眯子哥不晓得事，就因为没有续保，瞬间回到了从前——成了村里的残疾困难户，还被人送了个绰号——一把手。村里老老少少都喊他"一把手"，喊多了，有人就把他的真名也给忘了，到店里赊货，老板记账就写"一把手"某月某日赊了什么货欠了多少钱，眯子哥也不计较。去年，眯子哥的老婆水菊又丢下一双正在读书的儿女出去打工了，也不寄钱回家，也不打电话给眯子哥，也不管孩子，像离了婚似的，家也不要了，孩子也不要了。眯子哥的日子过得好艰难，死的心都有了。

4. 离婚

眯子哥虽然只有一只手了，但他把摩托车把上的各项功能全部装置到了左把手上，他用左手控制油门和刹车，甚至两手齐全的人还没有他的车技高超。真是一个名副其实的"一把手"。隔一丈多远的距离，我就喊了一声眯子哥。

眯子哥穿着一身邋邋遢遢的旧工作服，上面还印有"第三机务段"的字，也不知这工作服是他从哪捡来的，也许是爱心人士送给他的。一头乱发蓬松，像个栗球，让人想起刺猬。眼角还粘着一粒眼屎，比米粒还大，特别显眼，不知是眯子哥没有发现，还是懒得去搭理，因有吴书记等人在场，我也不好提醒他。记得眯子哥以前不是这样的，出车前总要在镜子上照一照，头发也要梳一梳，有时还要用吹风机吹一吹，用手按来又按，身上的衣服没有灰尘也要用手掸一掸，这几乎是他养成的习惯。现在竟这样邋遢了，生活能改变一个人的意志和习惯，真让人慨叹。我发现眯子哥的神态也有些不大对劲，眼神也有些呆滞，看到吴书记和我，他停住了车，还没拔出锁匙，那辆做破响的摩托车就自动熄火了。

我问眯子哥去哪，他说去上段里，上段里是他丈母娘家。记得以前，眯子哥喜欢开玩笑，见了谁都很开心，都要开两句玩笑，现在他笑不起来，眼睛里没有光，像一潭死水，风也漾不动，人也瘦了一圈，眼睛变成了一个陷坑，就像一辆车陷在里面爬不起来了，脸也变了模样，能看到骨头架子，只是包了一张皮而已，胡子也不知有多久没打理了，乱里拉碴的，看起来像个猴子精，岁月真是一把杀人不见血的刀啊！

听说他老婆水菊在外打工变了心，跟一个比她大二十多岁的有妇男人混在一起，那男人忒张狂，还打过电话给眯子哥，差点把眯子哥活活给气死了。眯子哥的儿子读小学五年级了，女儿也读二年级了，她也不寄钱回家，也不买衣服给孩子，更不打个电话给眯子哥和孩子，连过年也不回家了，即便回家乡，也是住在上段里娘家，也不下来看看孩子，好像孩子不是她生的，这个家也跟她没有一点关系了。最气人的是，上个月10号，一辆警车突然停在眯子哥租住的旧仓库门口，有人还以为是眯子哥穷得不耐烦了，偷了别人家的东西，抑或是水菊走了，他耐不住寂寞，到三都按摩店戏了"鸡",被警察抓了,或被人举报,惹出了事端。那警车才刚停稳,司机还没熄火,门还没开,好事的人就纷纷跑去看热闹。眯子哥气得浑身发抖,话也说不出来,要不是看到一双儿女,眯子哥真想偷偷跑到母潭河去跳河了却此生。

那辆警车的警灯还在闪烁,人们看到车身上有"法院"两个字,车门打开后走出两个拿着文件袋的法官,原来是水菊向法院起诉了,法官特意上门来送达开庭传票,并告诉眯子哥,说水菊要和眯子哥离婚,法庭排好了开庭日期。村里人都说水菊没良心,家也不要了,孩子也不管,要不得,良心都被野狗吃了。大家都同情起了眯子哥。可同情对他来说又不能当油当盐,又不能帮他洗衣做饭,又不能有个女人陪他过夜,有个屌用?想当初,水菊搭了他一回便车,就和他好上了,那时他开车能赚到钱,水菊跟着他穿红着绿,又是描眉又是涂脂的,虽然爱打扮,可也没发现她做过出格的事,夫妻很恩爱,又生了一双儿女,都说眯子哥有艳福,找了全村最漂亮的女人,羡煞了村里的男人。

眯子哥不同意离婚,也不想离婚,离了婚孩子怎么办,前娘后母的,没人疼爱,对孩子的成长,不知伤害有多大!法院开庭时,水菊还从广东汕头带来了律师,眯子哥没钱请律师,也不想请律师,他把儿子和女儿都带到了法院,他想通过孩子来挽回这个家,好让水菊回心转意,那知儿子和女儿也伤了心,看到水菊也不叫娘,两眼怯生生的,老是躲着她,总是一左一右站在眯子哥身后,好像都不是她生的,没有经过她的十月怀胎,没吃过她一口奶,没吃过她送的一口饭,没喝过她喂的一口水,这又让水菊伤透了心,更加坚定了离婚的决心。

法院通过开庭审理,认为水菊要求离婚的理由不充分,证据不充足,不能证明夫妻感情确已破裂,加之眯子哥又坚决不同意离婚,法院遂当庭判决不准离婚。水菊听到宣判结果,感到很不满意，在法院里哭哭啼啼，哭毕就要爬二楼的栏杆往下跳，也不知她是真跳还是假跳，好在法官眼疾手快，一把抓住了水菊的衣服，否则还要闹出人命事故。

法庭庭长是个老法官，办过不少离婚案，经验很丰富，为稳妥起见，便安排司机用警车把水菊送回了上段里娘家，并叮嘱村干部要做好水菊的心里疏导工作，不能再出问题。还一再告知水菊，这次判决不准离婚，是因为双方分歧太大，所以调离不成功，又因为是第一次起诉，对方也坚决不同意离婚，法院也不好判决离婚，如果本次判决后，你们两人还是不能在一起共同生活，确实无法和好，而你又坚决要求离婚，我国婚姻法与民事诉讼法有个规定："判决不准离婚和调解和好的离婚案件，没有新情况、新理由，原告在六个月内又起诉的，不予受理。"也就是说，如果你还是坚决要离婚，只要过了半年又可以向法院起诉，不是还有机会吗？

眯子哥看过《封神演义》，觉得书里那首"青竹蛇儿口，黄蜂尾上针。二者皆不毒，最毒妇人心"的打油诗，就像是作者专为水菊写的。水菊在法院要跳楼，无非就是要挟法官，想达到离婚的目的，以便早日与眯子哥脱离关系，再去跟他人过好日子。女人要变心，真是比天变脸还快，比山雨还要难防。不是说一夜夫妻百日恩么？不是说夫妻本是同林鸟么，难道大难来了真要各自飞？

眯子哥想到水菊如此绝情，也感到生活无光了，他也觉得和水菊的婚姻快完了，这日子也快完了，想到跟在身后的两个未成年的孩子，眼泪如涌泉一般喷出来，巴嗒巴嗒地掉在地上，掉在草尖上，那眼泪都是苦涩的，落在草上也抖不落。从法庭到家仅两公里多路，他走了一个多小时，这一个多小时，比一年还长，最后也不知是怎样走回家的。

5. 他是杀人犯

　　曹家村支书是细叔，去年刚上任。他带着吴书记和我看了村里新修的两条水堰，还有没完工的村小学，又到了村里的敬老院，看望了院里的十多个老人，还顺路在树发叔家坐了一会儿。树发叔过去是村里的老会计，办事踏实，现在又担任了村老协主席，组建了秧歌队、茶戏班，正发挥着余热哩。

　　当吴书记问起眯子哥的事，树发叔叹了一口气，把眯子哥的情况向吴书记作了汇报，末了说现在村里最困难的就是"一把手"，一个残疾人，拖儿带女不说，老婆又跟了别人，还要闹离婚，这日子过得实在有些憋人。

　　细叔也说眯子哥家情况特殊，至今住在供销社的旧仓库里，且那仓库雨天还漏雨，住在里面担惊受怕，乡民政所刚给了他家一笔困难补助金，村里也把他列为重点困难户进行结对帮扶，目前正在向上级申请建房扶贫款，争取让他早日搬出旧仓库，住上新居。听了村里的安排，吴书记感到很满意，要村干部多关心，必要时，村里要派人上门去做水菊娘家的工作，争取让两人和好，眼下两个孩子读书的事，吴书记说以后就由他来想办法解决。

　　在曹家村转悠了两个多小时，这是我第一次作为乡干部下村，也是第一次随领导下村。吴书记有军人的作风，办事雷厉风行，工作那么忙，总能放下身段，走进村民家中嘘寒问暖，拉拉家常，不但认真听，而且用心记，谁家有什么诉求，有什么困难急于要解决，吴书记有个民情日记本，走到哪儿都带着，能当场落实的，就现场拍板，一时难以解决的，吴书记也会想办法，尽量给村民满意的答复。一路走来，让我感受很深，也收获满满。回来的路上，我们看到两辆警车闪着警灯呼啸着从身边疾驰而过，不知哪里发生了案情。

刚到乡政府大院，乡党办朱秘书就从办公室跑出来告诉吴书记，说上段村发生了一起杀人案，我听了心里一紧——莫非，是眯子哥，是眯子哥想不开，杀了人？刚才看到他神色不大对头，可谁也没有想到他会去杀人啊！不可能，不可能，眯子哥是不可能干出这种傻事的，我在心里安慰自己。

"村支书报告了情况没有？"吴书记打开车门就问朱秘书。

"县公安局刑警大队都来了，凶手是谁，伤者有无生命危险，上段村的支书还没说完就把电话挂了，可能那边情况紧急，随后电话打过去就没人接了，十有八九是支书在骑车赶往现场的路上，听不到电话，详细情况不清楚。"朱秘书怕吴书记责怪，就多解释了几句。

"走，到现场去！"吴书记说完就和我——还有朱秘书，赶紧上了车，司机也知道情况紧急，迅速调转车头，驶出乡政府大院，直奔上段村。我们坐在车里谁也没说一句话，谁也不会想到凶手是眯子哥，但我猜十有八九是眯子哥。这两年，他出了交通事故，花了四十多万元，车也卖了，房也卖了，现在是家徒四壁，还欠了一屁股债，老婆又跟了别人，丢下一双儿女，还生生死死要闹离婚，真是"屋漏更遭连夜雨，行船又遇打头风"。这样一来，他对生活失去了信心，对水菊产生了怨恨，不就什么事都干得出来了么？而且，眯子嫂水菊就是上段村上段里的，这不是巧合，除了他，还有谁会去干这种傻事？

我也很后悔，在心里责怪自己，刚才见到眯子哥，为什么不多跟他唠嗑两句，为什么不问问情况关心一下呢？也许这样，眯子哥就会放弃杀人的念头——可谁又晓得他去上段里是要去杀人呢？不可能呀，又没看到他拿着刀，他也没有说要去杀人，脸上也没写"杀人"两字，他要做这种事不可能会说出来，也不可能会提前告诉我，就是神仙也猜不到呀！但愿这事与眯子哥无关，他家是遭不起风浪了，不能再出任何事了。

车还没到上段村口，朱秘书就联系上了上段村的支书，支书在电话里报告说，刑警已将杀人者控制，伤者是个女的，救护车已将她送到县人民医院抢救去了，她身上被杀了三刀，有一刀杀在致命的地方，流了一地血，救活的可能性不大。我在旁边问那女的叫什么名字，他说叫水菊——我"啊"了一声，这不就是眯子嫂么，这不就是眯子哥杀了人么？我担心的事情终于发生了。死者，眯子嫂，凶手，眯子哥，我喃喃地念叨着，好似经历了一次强烈地震，心里很是难受，有一种说不出的滋味。

从上段村回来，夕阳已经西下，天边还有一抹灿烂的云霞，远山如黛，几声归雁戚戚，从我头顶飞过。

我惦记着眯子哥两个孩子，无心去食堂吃饭，就跟吴书记说要回趟家，吴书记也很体贴人，还开玩笑地说："去吧，也要去跟你爸妈报个到。"

刚出乡政府大院的门，就碰上一个人，此人不是别人，正是我到竹花家看姑俚时，竹花跟我说的横仔。都到了下班的时候了，不知这会他来乡政府找谁，因为和横仔不是很熟，两人分别点了点头，就算是打了招呼。

我在政府旁边的同学家借了辆摩托车，先回到家里跟母亲说了眯子哥杀人的事，我叫母亲多煮些饭，多炒两个小孩子爱吃的菜，晚上把眯子哥两个孩子接过来，母亲也是个心地善良的人，说两个孩子现在的境况怪可怜的，还催我快些儿去接。

眯子哥杀了人，自有法律判处，人也被警察带到县公安局了。眯子嫂水菊还在县人民医院抢救室抢救，不知能否醒过来，要是死了，眯子哥肯定是要偿命的，即便可以抢救过来，两人也不可能再好了，他们的婚姻算是走到了头。法院还要判眯子哥的刑，不坐十年八载，不把牢底坐穿，这回怕是出不了牢笼。他这个家算是完了，彻底完了。可怜了他们两个孩子，这么小就得不到爹娘的爱抚，成了无依无靠的孤儿，多可怜，多无辜。我一边走一边想着。

眯子哥住的房子原是乡供销社曹家分店的化肥仓库，父亲以前干过搬运工，在那仓库里卸过化肥，我也随父亲去仓库里买过化肥。仓库是砖瓦结构的，应是七八十年代建的，是拆陈家祠堂的砖建的，别看那是间小平房，又矮瓜瓜的，可那扇钉了铁横担的木门挺结实，有屠凳板厚，约有一两百斤重，开门会吱吱呀呀叫三声，响过一个屋场，像阎王殿的门，那么森严；关门也要吱吱呀呀叫三声，吵邻闹舍的，吵过几间屋，满屋场都能听到。可能是那时怕人偷化肥吧，供销社故意做了这么扇厚重的门，给我的印象很深。

我家离仓库只有半里路程，过两个屋场便是，中间隔着几块田，站到高处喊话都能听到，走路也只要几分钟。当我走到眯子哥住的仓库门口时，隔着一块田的距离，就看到一辆黑色小车停在那里，像是我刚才坐的那台桑塔纳小车——难道是吴书记来了？

当我走到仓库门口，见吴书记一手牵着眯子哥的儿子，一手拉着眯子哥的女儿正走出仓库大门。

我喊了声吴书记。吴书记看到是我，有些诧异，说："你怎么也来了？"

"嘿嘿，你不也来了！"我说。

"我是下午刚承诺的，肯定要来。"吴书记说。

"我特地回家叫我娘煮了兄妹俩的饭，准备把他们接到我家去，没想到你先来了。"我说完就快步走近前。

"先来后来不都一样嘛。"吴书记说完把我拉到一边，轻轻地说，"两个孩子暂时还不晓得他妈在医院里抢救，也不晓得他爸杀了人，现在能瞒就瞒一下，不要影响了他们的学习。你来得正好，原定后天开乡党政联席会的，因乡长要去党校学习，就改在今晚召开，你有这个好心，孩子要不然还是先到你家去，让你母亲帮忙照看一晚，明天我再来想办法安排。"

"你工作忙，乡里又有那么多事，就先让他们在我家住一段时间再说吧，不要紧的，眯子哥跟我家是亲戚，我妈跟孩子熟络，也会照看好他们的，你就放心吧。"我赶紧说。

"好，这样我放心，那就辛苦你妈了，有事我们回头再说。"吴书记说完就上了车，回乡政府去了。

我蹲下身子拉着两个孩子的手说："你爸去找你妈了，到了好远好远的地方，可能要过好几天才能回家，你爸临走时跟我说，要我接你们到我家去住几天，我家炒了你们最爱吃的土豆丝，还有西红柿炒蛋，喜欢吗？"

"喜欢。"两人异口同声地说。

6. 直言

横仔这两天跑了几趟乡政府，想面见吴书记，碰巧吴书记都下村了。下午四点二十分，他又来到乡政府，听说吴书记赶到上段村去了，上段里发生了杀人案，凶手是曹家村的"一把手"——眯子哥。眯子哥带着一把三角刀，跑到上段里丈母娘家，要水菊跟他回家，水菊不愿意，眯子哥就再三追问，水菊还是不搭理他，眯子哥见水菊决意要离婚，家也不要了，孩子也不管了，没有半点回旋余地，心就凉了一截，恶从胆边起，遂趁水菊不注意，从腰里抽出一把三角刀，口里愤愤地说："居然你这样绝情，就莫怪我无义，你想过好日子，就让你到阴曹地府去享福吧！"说完就举刀捅向水菊的胸口，水菊还没反应过来，又接连被捅了几刀，等水菊的父母发现，水菊已倒在血泊中，眯子哥眼睛都杀红了。屋场里的人听见救命声，都纷纷赶过来，眯子哥这才住手，把刀掷在地上，口里还在愤愤地说："离吧，你去离吧！"待人们反应过来，眯子哥已走出了大门。

"救命啊！"

"杀人啦！"

"'一把手'杀人啦！"

"快来人呀！"

慌乱中，有人打了110报警，也有人拨通了120，叫了救护车，支书接到电话赶过来，刚到屋场口，正好碰到满手是血的眯子哥，并及时将他拦住，眯子哥也没反抗，口里还在愤愤地说"我要杀了她，我要杀了她！"

横仔来到乡政府大院，正碰上吴书记从上段里回来，横仔赶紧说有话要跟领导反映。吴书记说："我现在有点事要赶到曹家村去，一会就过来，如果你有事找我，可先到办公室等一会。"

"好，我在办公室等你。"

横仔看到吴书记坐车出了门，这才来到乡政府办公室，朱秘书让他在接待室稍等，给他倒了一杯水。横仔一人坐在接待室的沙发上抽烟，看到墙壁上挂满了奖牌，有"征兵工作先进单位""财税工作先进单位""社会治安综合治理先进单位""精神文明建设先进单位""招商引资先进单位""防汛抗灾先进单位""尊师重教先进单位""综合考评奖""作风建设先进单位""落实大项目奖"等牌匾，横仔对这些牌匾没有兴趣，只是简单地扫了一眼，他在想着自己的事，想着等会见了吴书记，如何将吴书记的军，要他早日下决断，撤了赵子文的职，把铁山推出来当支书。如果吴书记硬是要保赵子文，就连吴书记一并告到县里。横仔抽到第二支烟时，吴书记就来了，并在书记办公室接待了他。

横仔以前也找过吴书记，也知道吴书记很硬气，比老宋正直——不过这次，赵子文在换届选举中拉帮结派，公款吃请，影响不好，违反了县纪委的规定，听说乡里都挨了批评，你吴书记想保赵子文也难了，弄不好还会弄巧成拙，如果你吴书记知趣，同意把支书让给铁山，我横仔就此把休，否则，就要一竿子插到底，让你吴书记也下不了台。

横仔原以为吴书记对他到县纪委告赵子文的状会很感冒的，没想到吴书记非但不怪罪于他，相反还说他监督有功，要聘任他和另两名热心人士为船头滩乡首批党风廉政建设监督员，让全乡党员干部作风建设上台阶，还说党风廉政建设监督员是否真正履职，年终还要对这些监督员进行考评，认真履职的，乡党委政府要进行表彰，给予一定的物质奖励。

不过横仔也不是灶膛里煨粑煨大的。他细一想，吴书记这一招，使的是缓兵之计，不就是先掇个杌子给他坐坐，目的是想稳住他，待时机成就了，便一脚将杌子踢开，踢得远远的。这步棋曹操用得最多，也最阴险。横仔眯缝着眼装出一副不屑的神色瞧着吴书记，心说："你吴书记厉害，我横仔也不是省油的灯，想糊弄我，没门，咱们还是走着瞧！"

其实横仔想错了，错就错在他多看了两遍《三国演义》，老把问题想得太复杂，凡事总认为人与人之间就是尔虞我诈、勾心斗角，没有和风细雨，没有丽日晴天。

这次村两委换届选举工作，暴露出了一些基层干部的作风问题，这些问题看似不大，其实是关系到整个村级班子能否具有战斗力的问题，能否选出群众信得过的好干部，事关村民的切身利益，也关乎国家基层政权的稳定，吴书记作为船头滩乡党委一把手，能不重视么，所以吴书记是真心想感谢他。

吴书记起身倒了一杯菊花茶递给横仔，说："你在竹厂干得不错，深得刘老板信任，黄沙坳村是你生养的地方，现在村两委换届在即，群众也关心，你来得正好，正是时候，我也想听听你的意见。"

横仔正想提起村里换届的事，没想到吴书记倒先说了。横仔想，你吴书记知道我的来意，我就把赵子文干的那些事，一股脑儿全倒出来，看你吴书记怎样处理。

"既然吴书记这样坦诚，我横仔今天也就不藏藏掖掖了，说得对的你就点个头，说错了，我是村野之口，草莽之人，没受过教育，你就批评点化我。"横仔熟读《三国演义》，词也用上了。

"哈哈，都说你跑四方，见识广，原来你还这么谦虚。有话尽管说，我洗耳恭听。"吴书记呷了一口茶，翻开了桌上的民情日记本。

"那我就直言了。先说赵——支书，他有三个问题不适宜再当村支书了。一是生活作风不好，前些年偷了人家老婆，人家老公本分可怜，不敢将他咋的，赵子文请人恩威并施，将事情捂住，这事村里三岁伢都晓得，支书有作风问题，影响不好吧？二是在本次换届中，他违反了县纪委的规定，打招呼拉票，搞许诺，请人吃饭，拉帮结派，问题极其严重吧？三是经济有问题，他私人请客，把饭账记在村里头，也不知他此前做过多少次，就凭这一点，他就大胆妄为，就该撤他的职、法办。如果纪委立案查办，他绝对不止这些违法违纪行为，我希望乡纪委要重视，派人进行查处，能不能还老百姓一个公理和清楚明白，就看你吴书记是怎么想的了！"横仔的语气看似平淡，却句句逼向吴书记，横仔看到吴书记在认真记着，眼角露出了一丝不易察觉的光。

"你说的这些问题很好，我们肯定会调查，如果情况属实，肯定会秉公处理。"吴书记放下手中的笔又接着说，"请你相信组织，县纪委也不是吃闲饭的，乡党委政府也不是个摆设，赵子文同志的问题，我们也有所掌握，会依法依规处理，而且很快就会有结果。黄沙坳村是个革命老区，有那么多先辈为革命献出了宝贵生命，烈士们的鲜血不能白流，我们要对得起这些先烈。虽然黄沙坳落后又偏僻，是个贫困村，不是有句话说'门口一苑瓜，霸天霸地霸黄沙，霸到江西不结籽，霸到湖广不开花'吗？尽管黄沙坳这么穷艰，这么落后，但我们有信心，让群众过上好日子。但要改变贫穷落后的面貌，带领村民走上致富的道路，就得有一个好带头人，要有一个好班子。你是在那里出生，又是在那里长大，在黄沙坳生活了几十年，算是土生土长的黄沙坳人，又是村里的'长褂先生'，村里的情况你最了解，也最有发言权。你说赵子文不适宜再当了，那谁能担此重任，做村里的带头人，这关系黄沙坳村每个村民的切身利益，也关乎黄沙坳村未来的发展。既然你今天来了，我也想听听你的意见。"吴书记说完又呷了一口茶。

　　"黄沙坳是个文化底蕴深厚的地方，人嘛，倒是有。"横仔故意打住，拿眼看着吴书记。

　　"那你说说看，谁最合适，但说无妨。"吴书记说。

　　"好，那我就实话实说了。我认为铁山比较合适，铁山有文化，上过高中，又做过老板，有经济头脑，还写得一手好字，交往能力强，到县上去要项目跑钱有门道，最起码要比赵子文强。"横仔本想说铁山有胆有识，怕吴书记想起铁山放松木桐拦老伍车的丑事，话到嘴边就吞了回去。

　　"好，非常感谢你对我们工作的支持，你的意见我们会认真考虑，欢迎你继续对我乡党员干部进行监督，晚上我还要开会，就不能陪你多聊了，有什么事欢迎下次再来找我，随时都欢迎！"
吴书记说完合上日记本，起身送横仔出了门。

7. 老冲呀老冲

横仔从吴书记办公室出来，街上路灯也亮了。远山影影绰绰，
一弯月亮悬在辽山顶上，把天空擦拭得如一面蓝莹莹的镜子，没
有星星作伴，街上也没有华灯闪烁。横仔站在乡政府门外，看到
东边街冷冷清清，西边街上也没一个行人，这才想起自己还没吃
晚饭，肚子也有些饿了，想起镇东有家小酒店，他也是这家小店
的常客。刚走到老冲批发部门口，正好被老冲看到。老冲现在发
了福，生意越做越大，而且摇身一变，成了船头滩乡个体私营企
业协会会长。船头滩毕竟只有这么大，一篙便能撑到岊，再一篙，
又能撑回老地方。老冲与横仔打过几次交道，也算有些交情。老
冲见横仔这么晚了还在街上走，以为他是竹厂有事出差才回来，
肯定没吃晚饭，忙喊他到家里吃饭。

横仔听到老冲喊他，也不推辞，就进了屋。

老冲这两年赚了钱，买了供销社闲置的老饭店做店面，场地
宽大，东边摆货，西边住家，非常适合老冲一家做生意。老冲叫
老婆炒了两个素菜，又在隔壁餐馆里叫了两个荤菜，拿出一瓶四
特酒，两人边喝边聊。

横仔心里有事，想早些回家与铁山碰头，喝了一杯下肚就不
想喝了，把酒杯按住不让老冲浇酒。老冲脾气犟，喝酒豪爽，不
喜欢拖泥带水，见横仔喝酒不撇脱，就说："咱们兄弟都有一个
月没在一块儿喝酒了，今儿不喝个痛快你就莫想走！"

横仔见老冲这样说，也就只好把酒杯亮出来，让老冲滗了酒，两人又喝了两杯。老冲好像有些醉意了，盯着横仔说：“你今天不是出差吧？”

“你说呢？”横仔不想说他告了赵子文的状，以及刚才又去找了吴书记的事，就反问老冲。

“老兄往日出差有个特点，总爱拿个黑提包，今天什么都没带，不像出远门的样子。”老冲摇了摇头说。

“那你说我是去干吗来？”横仔故意问。

“我猜嘛，你是去温汤搓背来，被温泉水泡软了，喝酒也心不在焉的。哈哈，往日可不是这表现！”老冲笑眯眯地说，好像横仔真去泡温泉了似的。

“唉，我都两天没洗澡了，现在酒足饭饱，还真想去洗个澡。”横仔说完就要起身告辞。

“别别别急嘛，我还有话要说呢。”老冲抓着他的手不让走，又给他滗了一杯酒。

其实老冲晓得横仔告状的事，他是听赵子文说的。横仔不晓得赵子文与老冲是老庚，早年就有好关系。这些年来，黄沙坳村里买货都是在老冲店里消费的，另外还帮介绍过不少生意呢，老冲心里有数。赵子文晓得老冲跟横仔也是朋友，就求老冲出面帮忙说情，要横仔不再告状了，老冲感恩赵子文往日的关照，当即拍了胸脯，没想到横仔正好上了街，给了老冲一个机会，老冲想借酒摸下底细，可横仔竹篙挑水两头长——就是不上手。

老冲有些急了，就不再兜圈子了，说：“老兄，听说你和赵子文搞僵了，真有这回事？”

“你怎么晓得的？”横仔问。

“这么大的事，连县纪委都晓得了，还不走漏点儿风声？”老冲故意装成局外人。

"赵子文不是东西，总是狗眼看人低，他在村里干了那么多年，咱们也是朋友，没见我说过他什么坏话吧，可他越来越刻薄，我不告他谁告他？这次我是非要把他的笋衣剥下来，抠出里面的虫子，看他这棵笋还能长多长！"横仔端起酒杯自个儿抿了一口，搛了一箸菜。

"你和他有隔阂，这事也怪我。"老冲端起酒杯碰了下横仔的杯，也只管自个儿喝了一口，也搛了一箸菜送入口中。

"怎么能怪你呢？"横仔停住了筷子，搛菜的手还举在半空，不解地望着老冲说。

"要是我早些晓得，早点为你们化解一下，不就好了！"老冲答道。

"我和他的事，不是一天两天的事，现在是谁也没这耐性，解得了这个疙瘩。"横仔说。

"莫这样说，人生几十年光景，眨眼就过去了。胡大海那么厉害，都当过将军，要不是村人修了一座将军庙，谁又还记得他？《神歌》里唱'只有黄沙坳那片古松林，才能永远'是多么现实。你和他都是一个村的，抬头不见低头见，不要结怨结仇嘛。老兄听我一句劝，如果赵子文有对不住你的地方，你相信吗，我可以叫他跟你赔不是，把这事了了，以后大家还是朋友多好。"老冲生意越做越精，现在又当了会长，面子也大了，说话也硬气多了，确实也做过几次和事佬，人家也给足了他面子。老冲也想做个解铃人，摆平了这事，一可在吴书记那里讨个好，二又可以在赵子文那里还个人情，三又可让横仔长面子有台阶下，所以他听了横仔说"谁也解不了这个疙瘩"也没生气，要是往日，要是其他人这样说，也许老冲就有想法，或者有话要说了。

横仔见老冲有意劝他，心说：你老冲晓得什么，不就卖点货么？当了个会长就想做乔阁老，你也不瞧瞧我横仔是谁！横仔心

里这样想，可他口里还是说："难得你老兄一片真情实意，让我回去睡一觉，睡醒了也许这火气就消了。"

老冲真是个老冲，听了横仔这话心里很慰贴，就以为横仔答应不告状了，待横仔出了门，还没走出几丈远，就急急地给赵子文打了个电话，赵子文听说横仔被老冲摆平了，连说好好好，还说要好好感谢他，老冲一高兴，就哼起了京剧《智取威虎山》中的唱段：

……

党给我智慧给我胆，

千难万险只等闲，

为剿匪先把土匪扮，

似尖刀插进威虎山，

誓把座山雕，埋葬在山涧，

壮志撼山岳，雄心震深渊，

待等到与战友会师百鸡宴，

捣匪巢定叫它地覆天翻……

8. 照计行事

铁山这两天也没得闲，组里有什么事，他都站出来说话，好像已经当选了支书似的。

而支书赵子文却恰恰相反，有些像霜打的茄子，走路也像"黄脚鸡"一样没了精神。想起那天在河堤上与横仔相遇，他堆着笑脸，主动与横仔打招呼，向横仔示好，可横仔像瞎了眼，竟当没看到他似的，洋气得很，眼睛瞅着前方，昂首挺胸从他身旁走过，眼角都不睬他一下，好像他根本不存在。他喊了一声，横仔也装着没听到，弄得他无地自容，好不尴尬。当时地上没有圻，要是有个圻缝，他都想钻进去。这口恶气，比咳嗽还难受。他后悔不该听老宋的话，千不该万不该去找横仔，让自己的人格跌到了秤砣下。这其实是个馊主意，当时也没仔细考虑，认为老宋是一片好心，结果倒成了上门的婊子，不值钱。吃饭时，妻子扬秀见他一碗饭扒了不到一半就说饱了，像家里丢了金少了银似的，进厕所竟然走进了猪圈，叫他拿个饭勺，竟拿了个脸盆，六神不安的样子，扬秀担心他这样下去垮了身体，就劝他说："支书当不当不重要，身体是第一，你到村里都十几年了，当支书也快十年了，皇帝也要轮流当哩，你也该歇一歇了，干吗放不下？村里的事多，淘气得罪人，前头走，后面戳，家人也跟着你受白眼，你就让人家铁山去尝尝滋味吧。"

"你晓得个屁！"赵子文黑着脸说，"女人就是头发长见识短，人家把粪瓢扣到你家门口来了，就差没把粪浇到你头上，你还说这种泄气话。人活一张脸，树靠一张皮。这口恶气你吞得下我吞不了，就是我不当这个支书，我也不能让他铁山当支书。铁山是个什么货色你不清楚？如果让他当一年，黄沙坳就要倒退十年，我是个老党员，我有义务要站出来说话！"

扬秀见老公听不进去，也没办法，只好由着他。

恰巧老冲打了个电话来，说横仔告状的事已摆平，赵子文放下电话就来了精神，肚子也觉得饿了，遂要扬秀煮两个荷包蛋给他吃，扬秀心里虽不悦，可也没有办法，只好进了厨房。

横仔从老冲家出来，也没回家，径直来到铁山家。

听说横仔来了，进了房准备上床睡觉的刘高也拄着棍出来了。那根手杖还是横仔送他的呢！是横仔去年到山里采购毛竹，发现竹林里有根怪竹，有点仙风道骨的样子，很喜欢，就请人砍了来，再请竹厂里一位蔑师刻了一个寿星，上了光油，做成手杖送给刘高，刘高特别喜欢，除了吃饭睡觉，手杖不离手。

前面说过，黄沙坳人喜欢喝茶，横仔来了，自然也是要上茶的。横仔刚落座，铁山老婆就送上了一杯菊花茶。铁山又叫女人准备菜，说要和横哥喝两杯。

横仔揭开杯盖，茶汤散出热气，一阵清香立即钻入鼻腔，跑五脏进六俯，还没喝一口，就有神清气畅之感。横仔赶紧呷了一口茶，复又盖上杯盖，说："我今天下午去见了吴书记。"

"他怎么说？"刘高赶紧接嘴问。

"我从他的话音里听出来了，赵子文肯定当不成了，非得滚蛋下台。"横仔看了一眼铁山接着说，"吴书记还问我村里有谁可以担当此任，我就说除了铁山没有别人，最起码铁山比赵子文强，到上级去跑项目要钱也比他多几条路，多几个熟人，又有经济头脑，做事又有魄力，也有号召力，村里还真没人能胜过他，吴书记把我说的话全记在本上。现在最要紧的，是铁山这里不能出问题。"横仔又呷了一口茶，把杯子放在茶桌上，把去见吴书记的情况和他心里担忧的事都说出来了。

"是啊，扳倒赵子文容易，要扶人上去难。我代理过大队长，晓得一些程序，支书得经全体党员投票选举，先选出三五人为支部委员，然后召开支委会，再由支部委员投票，支部书记的票必须过半，程序就是这样。现在我们的着重点是要在选票上动脑筋，有选票才是硬道理，有选票才有戏唱，没有选票就是半夜吃仙鱼——做美梦，还要兜人耻笑！"刘高不愧是当过大队长的，虽然年近古稀，又患了半身不遂，但头脑精明，思路清晰，说话在理。

"有不用投票选举的办法吗？"铁山心里有点虚，担心票数过不了半，就说了句让刘高不高兴的话。

"肯定有的。"横仔说。

"不用投票选举的办法不是没有，但你肯定没有这个资格。"刘高看了铁山一眼，不满地说。

"人家可以，为什么铁山不行？"横仔不是党员，也没当过村干部，又没有看过党章规定，对选举一窍不通，自然心里也没有数。

"什么情况下乡党委可以直接任命村支书？"铁山又问他父亲。

"我说你们平时不学习，有事来了都翻白眼了吧？"刘高接着说，"只有乡党委才可以直接任命村支书。如果党委都不能任命村支书了，那不乱了套，翻了天？但乡党委要任命村支书，肯定得有个前提，这前提嘛，一是村里没有人愿意干，二是没有合适人选，三是有可能选出的人与党委政府不能保持一致，四是选举有可能会出现其他情况，有这其中一种情况出现，乡党委就会慎重考虑，可能会直接任命乡干部或某人来村里兼任支书，如果乡里有意让铁山当支书，就会让铁山去参选，而不是任命，所以我说铁山肯定不够这个资格。"刘高在心里早想过这个问题，甚至铁山参选能拿到几张票，有什么人会投他票，有什么人不会投他的票，刘高也逐一进行了分析。

"那我们今晚就筛一筛，看哪个会投铁山的票，哪个不会投铁山的票。"横仔见铁山老婆端菜上了桌，摆好了碗筷，就把板凳移近了饭桌。

"我摸了一下底，村里现在有三十六名党员，有八人外出了，二十六个党员在家，有两个老党员病了，说话、行动都有问题，实际能参加投票选举的党员只有二十四人。"铁山也是有心计的人，早就把全村的党员情况摸了个一清二楚。

"我们从一组先筛，一个组一个组来，有把握的我们要稳住，

没有把握的，我们也要争取过来，对那些不愿投你票的，我们就要想办法去做工作，去争取，一定要让他改变主意，向我们靠近，为我们所用。我们多争取一个，对方就要减少一票。此事绝对不能掉以轻心。"横仔现在是不得不从幕后跳到台前，就像是他自己要当这个支书似的，生怕出点纰漏。

刘高有病不能喝酒，就用茶代酒。铁山把他姨妹在外打工带给他的一瓶好酒也拿出来了，三人边喝边说，话题就一个：铁山当支书。围绕这个主题，他们想了好多，想了几套方案，也想到了要动用各种关系，包括铁山两个在县上当了局领导的亲戚，认为也要他们出面找吴书记打个招呼，这样就稳妥。横仔也说要到县上去找人，他也有他的路子，能上双保险最好。墙壁上的时钟已指向了十二点半，三人商量到半夜，还没有睡意，最后还是横仔说："刘高叔年岁大了，还是早点休息，明天我们按计划各自行动，铁山眼下要注意的是切不可太张扬，遇事要稳，要稳打稳胜。"

"好，都听你的！"铁山说。

9. 乡办来电

第二天早上，赵子文接到乡办朱秘书电话，说乡领导有事找他，赵子文吃了早饭便骑上那辆摩托车，来到了船头滩街上，他没有先去乡政府，而是在老冲批发部那停了车，他想问清楚老冲昨晚与横仔谈话的情况，以便心中有数，等下见了乡领导，也好有话回复。

老冲批发部靠近邮政所，过去是黄金地段，又是客车停靠站，与原供销社的百货公司门市部相距也不远。现在供销社走了下坡路,饭店也早关了门,昔日红红火火的百货店、商场,也早成了私营店。供销社的门店都卖光了,只保留一间办公室,一块牌子挂在那里守着,早已失去了往日的辉煌。计划时代,供销社是很吃香的,买糖要糖票,买烟要烟票,买布要布票,乡干部想调到供销社当售货员,还要主管副县长签字同意,没有相当的人脉关系那是想也白想。而供销社的员工要想调到乡政府去,只要乡里书记点个头就行。现在是供销社主任都没人愿当了,真是三十年河东四十年河西!老冲店里的货码成了堆,比过去供销社茓货还多,只有柜台前后可以落脚。为招揽客人,还在店门口支了个遮阳棚,货物摆到了店门口。老冲的老婆正在为客人搬啤酒,忙得不亦乐乎,见赵子文要找老冲,就说老冲一早到湖北汉正街打货去了,要到晚上才回来,随手拿了一瓶橘子水递给赵子文。

赵子文没有见到老冲,只好来到乡政府,乡办朱秘书说:"你到二楼,宋副乡长在办公室等你。"

老宋找我为什么不亲自打电话给我?赵子文一边上楼一边想,难道是纪委的处理意见下来了?即便纪委的处理结果下来了,那也是乡纪委曾书记宣布的呀,老宋只不过是驻村领导,不可能管那么宽,也有可能是他想多了。赵子文想着想着就到了二楼,走进了老宋的办公室。

"坐吧。"老宋抬头看了一眼赵子文,又侧头看了看窗外的天,不冷不热地说。

"朱秘书说你找我?"赵子文在老宋对面坐下,急着问。

"嗯,是有点事要找你谈谈心。"老宋移动了一下椅子,双手交叉搁在桌上,慢吞吞地说。

与老宋打了多年交道,赵子文也会察言观色了。见老宋的面颜没有往日光鲜,说话像没油没盐的菜,清汤寡水的,似有什么

难事不好开口。

"老赵啊，我和你相识有几年了？"老宋突然问。

"你调到船头滩来第一年就包黄沙坳，吃住在村里，天天见面。"赵子文答道。

"时间也过得真快，眨眼就几年了。"老宋感叹道。

"我在村里都有十三年了，当支书也快十年了，头发都白了，岁月催人老啊！"赵子文也心有感触。

"村里为你买社保没有？"老宋问。

"买了，再交五年就可以领退休金了。"赵子文答道。

"是啊，你是村里的老支书，全乡十六个村，你资格最老，还多次得过表彰。"老宋说。

"那是过去，不值一提。"赵子文谦虚地答道。

"这么些年来，你对我工作也蛮支持，我从内心里感谢你。"老宋说。

"老宋客气了，有话尽管说。"赵子文晓得老宋该说的还没说，在绕着圈圈哩。

"不是客气，我其实对你是看好的，不管以后我调到哪个乡去工作，进城是不可能的，也不管你是否继任村支书，我想我们之间的感情是好的，是永远的，也不会因职务变动而改变，你说是吗？"老宋说。

"那是肯定的。"赵子文答道。

"你今年有五十几了？"老宋又问。

"刚满五十五。"赵子文答道。

"唉，眼看你再过几年就要退休了，可以享清福了，在村里你也算是老党员，又是支书，还经常给村里的党员上党课，讲党的纪律，为什么你就不遵守党的纪律呢？你也晓得，这次村两委换届，文件也发了，大会小会开了多次，你自己也参加了，也传达了，也组织了村里的党员学习了文件，心知肚明的事，你为什么就把握不住，非要走这一步呢？"老宋叹息一声，绕了半日才说上正题。

"唉！现在想起来，我也很后悔，当时是头脑发热，我知道错了，愿意作深刻检讨，请你转告吴书记。"赵子文内心确实很后悔，可后悔药没得卖，想悔也迟了。

"现在你这事儿影响大，全县都通报了，县纪委也盯住不放，昨晚乡党政联席会也讨论了你的问题，决定先停职，等待县里的处理意见，暂派新来的干部曹一男去代理黄沙坳村的支书，我也是受乡党委政府的委托，当面向你宣布这一决定。"老宋说完起了身，说是有事要去县城，就像下了逐客令。

10. 背水一战

赵子文不知自己是怎样走回家的。

妻子扬秀叫他去放秧水也没听到，独个儿坐在堂前的木椅上发呆，想着自己在村里干了这么多年，到头落个这样的下场，实在不值得。这些年修堤造坝，筑路挖塘，不知流了多少汗，误了家里多少事；还有早年村里收上缴款，他裂着面到村民家里去撮谷牵猪，为这事，被人骂过祖宗，也被人恨过，被人咒过，得罪了不少人。对，横仔不就是因为收上缴款得罪的吗？铁山不也就是因村里要他老婆去结扎得罪的吗？无论什么事情，你乡里一声令下，我们村干部就冲在前头。我这么一点小事，犯了点小错，你们就这么盯着不放，非要停我的职！赵子文越想越结，越想越气，咳了三口痰，那痰里还有血丝。

都说好事不出门，坏事传千里。赵子文被停职的事，很快就传到了铁山和横仔耳里，铁山叫老婆杀了一只鸭，打了电话给横仔，约横仔中午来喝酒。

横仔正和秋莲在家吵嘴，接了电话就过来了。

昨晚横仔给刘老板回了话，说告状的事，怕是不好撤回了，县纪委也不会听他的。刘老板听了很不高兴，在电话里头说了一句："你不听我劝，后果你自己负责。"横仔还想解释，刘老板已把电话挂了。

秋莲不晓得情况，第二天一早还去厂里上班哩，厂办主任告诉她，说她和横仔都被厂里辞退了。秋莲遂去找刘老板，刘老板避而不见。秋莲回家与横仔大吵了一架，横仔也没想到刘老板会这么不讲情义，下手这么狠这么快，也不打声招呼，说辞退就辞退，一点余地都没留给他，让他猝不及防。

秋莲关起门来哭，她不想被人听见，兜人耻笑。以往她和横仔吵架，她也是关着门的，从不让人看到听到，怕被父亲晓得，父亲对横仔一直没有好感，不愿和横仔来往。她结婚都这么多年了，儿子都二十岁了，父亲还从未进过她的家门，也不准母亲来。她也想争口气给父亲看，活个人样出来给娘家人看，这两年她夫妻俩进了厂，日子刚有起色，正想着再过几个月，把家里粉刷一新，待栏里一头猪长个膘肥体壮，请铁山来帮忙宰了，恭恭敬敬地把父亲和母亲接到家里来喝汤，只要父亲同意来喝汤，只要进了她的家门，那她也就可以回娘家了，父亲也就会认横仔这个女婿了。没想到横仔这只遭天杀的，见不得一天好，说变相就变相，非要去掺和铁山的事，这下得罪了赵子文不说，还惹急了刘老板。真让父亲说中了，横仔就是有劣根，心术不正，永远都改不了，狗还能改得了吃屎么？横仔就是村里一坨臭狗屎，走到哪都兜人嫌！本来在厂里实实在在做，可以"乖乖媳妇讨个饱"，只要刘老板的厂不倒，是不会轻易将他们夫妻辞退的。

刘老板的竹厂这两年在山上砍竹过多，周边几个乡调不到竹了，买竹都要到县外去采购，厂里增加了运输成本，加上竹价上涨，工人工资也涨了，生意便没有之前好了，厂里正想裁员——那老宋就找上门来，要刘老板做横仔的工作，不许他告状，要他立即停下来。刘老板在办公室一边喝茶一边思量，先是不想得罪人，不愿走这一步；可细一想，又觉得这个说客对他来说，也是个机会，如果横仔明智，便算帮了赵子文的忙，在老宋那里也有交待；如果横仔不知机，正好借此机会辞退他夫妻。这一来，反而为厂里节约了一笔不少的支出。刘老板口里劝说横仔不要告状，其实是假心假意的，心里巴不得横仔继续告，这样他就有了辞退的借口。刘老板该说的也说了，该劝的也劝了，好话说了一箩筐，算是做到了仁至义尽了。横仔听不进去，这不正中刘老板的意？你横仔要告状，也怪不得刘老板了，要怨也只能怨你横仔自己，怨不得任何人。

老宋为什么要找刘老板，吴书记知道吗？

横仔虽然告的是赵子文，如果赵子文有问题，县里要问责，乡领导难脱干系，你说吴书记的脸往哪搁？这事大着哩，也关系着领导的前途。如果能让刘老板说服横仔，那就是大功一件，吴书记还会亏待他？

老宋认为这是个机会，是个难得的机会，也不想错过这个机会，便自作主张，以乡里的名义郑重其事地找了刘老板。

刘老板多知机，虽是外地人，到黄沙坳来投资，也是老宋一手帮忙，他的话，刘老板敢不听？横仔再有本事，刘老板也不敢用，何况辞退横仔对他有利。横仔为了自己的切身利益，按理应当会停止告状，除非横仔不想好了，非要折腾。还有一点，也必须要说，那就是假如刘老板说服了横仔，也等于是老宋帮了赵子文一把，

赵子文能不感恩戴德？

可刘老板和老宋都没想到，横仔告状已下了决心，到了不管不顾的地步，连他自己和老婆的工作也不要了，算是舍得一身剐，非要把皇帝拉下马了。

横仔也万万没想到，刘老板当真将他辞退了，而且下手这么快，没有半点回旋的余地。早知这样，横仔也有可能会选择放弃。现在一切都晚了，乡里停了赵子文的职，再找刘老板也没用了，刘老板也不可能收回成命。刘老板是个奸商，这出戏，最得利的就是他。

刘高听说横仔和秋莲都被刘老板辞退了，秋莲闭门不出，还和横仔吵了一架，这都是为了铁山当支书，致使他们夫妻失了业，刘高叫铁山打电话给横仔，请横仔来家里喝酒，消气解闷。

铁山老婆晓得赵子文下台了，刘高和铁山高兴，就特意多炒了几个下酒菜。

横仔和秋莲在家里大吵了一架，秋莲赌气不愿搞饭给横仔吃，也不给他洗衣服，横仔在家里不受待见坐冷板凳，接到铁山的电话立马就过来了。

横仔没了往日的精神头，有些闷闷不乐的。铁山劝了一阵，刘高也安慰他，横仔喝了一杯酒下肚，脸上才勉强挤出一点笑。

"这次赵子文下台，横哥的功劳最大！"铁山举杯敬了横仔一杯酒。

"现在还不是论功行赏的时候，走了赵子文，来了个曹一男，黄沙坳还是别人的天。对，这代支书曹一男以前没听说过，是何方神圣？"刘高说。

"听说是竹花的未婚夫，以前我们只晓得他的乳名叫憨牯，前天我去乡政府还在门口碰到了他呢！"横仔说。

"不是说憨牯读大学去了吗？怎么回来当支书了呢？"刘

高说。

"憨牯当过兵，转业就和竹花订了婚，后又通过自学考试上了大学，刚考上公务员，分到船头滩乡里才几天呢。"铁山说。

"嘿嘿，刚从学校出来，不就是一个小毛孩么，能当得了黄沙坳的支书？"刘高轻蔑地说。

"是个代理支书。"铁山忙补充道。

"憨牯这崽俚不一般，你们还记得吗，当年他和竹花订婚的那天，周高松耙田时唱山歌把牛唱疯了，不是憨牯上前烧了一把稻草，不是他挺身而出，差点就要出大事。听说憨牯在部队入了党，还评过优秀士兵，转业回家后，通过自学又考上了省农业大学，在大学里还当上了学生会主席，团团转转七里八村还没听说有这般出息的崽俚。虽然他只是暂时代理村支书，可我们也不能轻视，要早早想好对策啊，总不能让他永远'代'下去。"横仔想到好不容易赶走了赵子文，现在又来了个曹一男，心里平添了一股怨气，牙缝进风也碍事。

"唉，我昨天就说了吧，乡里就是如来佛，你孙猴子一个筋斗是翻不出如来佛手掌心的。现在乡里派憨牯来代理支书，名正言顺，谁也反对不了，这'代理'可长可短，十天半月也行，一年半载也可，乡里吴书记这一招高，厉害、厉害啊！"刘高叹了口气说。

"那这事可比赵子文的事辣手多了？"铁山也展起了愁眉。

"怕什么，《三国演义》里说：兵来将挡，水来土掩。村里的事千头万绪，都是打断骨头连着筋的，不是本村人，更难理本村事，我们都是大活人，不可能让尿憋死，到时没事也要给他整个事出来，看他憨牯还敢不敢'代理'。"横仔说完端起了酒杯。

"喝酒喝酒，这事还是要从长计议。"铁山忙说。

"你懂个屁，还从长计议，"刘高扫了铁山一眼，接着说，"我

敢肯定，乡里这两天就要来黄沙坳开会了。"

"开会？开什么会？"铁山问。

"宣布憨牯代理支书的事。这也是个好机会，我们先给他来个下马威，要让他识趣点，早日知难而退。"刘高说。

"妙！姜还是老的辣！你过的桥硬是比我们走的路长，你吃的谷米硬是要比我们翻的泥多，还是刘高叔厉害！"横仔也觉得刘高的话有道理，忙竖起大拇指。

"当然，这些事你铁山不能出面，也不能介入，如果让乡里知道是你在里面作威作法，那乡里就永远不会同意你当这个支书了，这事要成，还得仰仗你横哥出面。"刘高比铁山想得多，看得远，如果不是年岁大，能说不能行了，在黄沙坳村当个支书定是绰绰有余的。

"好，反正我现在是无业游民，那就一不做二不休，只要你铁山当上了支书，坐上了支书这把交椅，我也就没白忙活，我们也就没白做回亲戚。"横仔算是骑上了老虎背，也只有背水一战了。

第七章

1. 点将

听上段村的支书说，眯子嫂水菊没有生命危险，被医生抢救过来了，她胸前那一刀离心脏就差几毫米，要是再过去一点点，就没救了。眯子嫂保住了命，眯子哥自然也不用抵命了，我听了松了一口气。他们两个孩子还在我家，我晚上都回家住，陪孩子玩，教他们做作业，两个孩子的学业没有受到太多影响。

早上去乡政府上班，我顺便把两个小孩带到学校，看到他们进了校门，阳光照在学校的墙壁上，一排树影齐刷刷站着，像连队上操的战士昂首挺胸。我刚走到乡政府，朱秘书就喊我，说吴书记找我有事，要我直接去他办公室。

吴书记见我来了，忙示意我坐下，说："黄沙坳村支书赵子文在村两委换届中搞不正之风，被县里点了名，昨晚乡里研究决定，对赵子文作出停职处理。黄沙坳村虽不大，但靠近湖北，地理位置特殊，风俗民情也不一样，尤其是村里有些人，思想守旧，

宗族派性强，人际关系错综复杂，问题突出，矛盾重生，谁也不服谁，在全乡来说就算这个村的工作难开展。尽管是这样一个村，也不可一日无"头"啊！乡里虽然有十多个干部，可之前都分了工。再是没有合适的人去，也解不了村里的结，带不出好班子。如果没有一个好班子，又怎能带领村民脱贫致富奔小康？我思来想去，觉得你去还是比较合适。虽然你刚入职，缺少村级实战工作经验，但你有别人没有的优势。一是你在农村长大，对农村比较熟悉；二嘛，你又是黄沙坳的女婿，有一种特殊关系，这也便于开展工作；三是你在部队锻炼过，见过风见过浪，政治素质过硬，党性原则强；四又在大学当过学生会主席，有朝气，有活力，组织能力也强。让你到村里去锻炼一下，对你以后的工作和发展也很有帮助。不怕烈火，只有烈火才能炼出真金。乡党政联席会已经决定派你去担任代理支书，虽然会上通过了，但我还是想征求一下你本人的意见，看你有什么想法，敢不敢挑这个担？"吴书记一口气说了这么多，说完用一种信任和期待的眼光看着我。

"黄沙坳村虽然偏僻落后，问题也多，但我是党员，又是一个退伍军人，既然乡党委政府决定了，我就不能挑肥拣瘦，一切听从组织安排！请吴书记放心，我一定把心沉下去，搞好班子团结，努力工作，争取早日让村民脱贫致富，决不辜负领导对我的期望！"我也是初生牛犊不怕虎，在部队、在学校，也遇过各种问题挫折，从没退缩过，当即在吴书记面前作了表态。

"好，我要的就是你这句话！"吴书记很高兴，接着又语重心长地说："你去了黄沙坳，先要摸清村里的情况，多与老村干部和村民交流，多与党员组长谈心，搞好团结，这次停了赵子文的职，他一时想不通也在情理之中，你要多与他沟通，他是老党员，只要你对他动之以情，晓之以理，我想他一定会想通的，也一定会支持你的。还有那个横仔，就是竹厂的副厂长，都说他鬼点子多，喜欢告状，现在又被竹厂辞退了，你要用心去感化他；再是当过大队长的刘高，别看他走路不便，身体不佳，却常给村干部出难题，给铁山做军师，让村里工作无法开展；他儿子铁山，思想不纯正，还想参选村干部，是个有问题的党员，你也要花点心思，让其步入正轨。我想黄沙坳的穷根易拔，可能最难处理的就是人的问题，只要人心齐，工作就好开展，乡党委政府相信你，我相信你！"吴书记说完，就把朱秘书叫过来，要他给黄沙坳村的马主任打电话，说叫他马上通知全村党员组长下午两点到村部开会，吴书记要亲自送我到村里去上班，还要在会上宣布乡里两个决定，一是赵子文的停职决定，二是任命我为黄沙坳村代理支书的决定。

2. 第一个反对的人

吴书记要我去黄沙坳任代理村支书，第一个反对的，居然是竹花她爸傅致远。

我从吴书记办公室出来，先给竹花打了电话，把乡里要我到黄沙坳任代理支书的事告诉了她。

竹花在电话里说："好啊，黄沙坳的女婿当上了黄沙坳村的支书，颠覆了黄沙坳的历史，成了我的父母官，那以后我就得喊你曹代理支书了！"竹花在电话那头笑个不停，不知是高兴还是担忧。

没过多久，她又打了个电话过来，说："曹代理支书，我刚给我爸打了个电话，告诉了他你要到黄沙坳任代理支书的事，你猜老爸怎么说？"

"怎么说无关紧要，关键是他老人家欢不欢迎我？"

"还真让你猜对了。他说你去我家里他随时欢迎，但到村里去当什么代理支书，他坚决反对。还说你堂堂一个大学生，又是乡干部，怎么这么没出息，人家做梦都想跳农门，而你跳来跳去，又跳到村里去了，这不是乡俗说的'水打烂柴蔸，冲去又漂来'么？再是，你去了还只是个'代理'，还不算正式的支书，这多没意思？他说你要是去了黄沙坳，当了这个什么代理支书，将来会碰个头破血流，会'上街磨面回头没了麦子'，要我劝你千万别去。"

"那你怎么想？"

"你猜我怎么想？"

"我又不能变成蛔虫钻到你肚子里，也没有孙猴子的七十二变，你说我怎么猜得到？"

"我叫你不去……"

"乡党委的决定，我能说不去就不去？"

"看你急的，我还没说完呢，就被你打断了。"

"呵呵，那你说，我洗耳恭听。"

"我跟爸说我叫你不去也没用，领导信任你，要你去村里，你也答应了，这事肯定改变不了。我说村里也是个锻炼人的地方，不是有好多明星什么的到村里去当村主任助理吗，那些人是去体验农村生活，搞创作，而你却不同，是去带领村民脱贫致富，干的是大事。你是我的未婚夫，我是你未来的媳妇，我不支持你谁支持你？我爸的工作我来做，你就放心去吧。我过些天就要回家了，到时候我这个领导可要考察考察你哟！"

"好，有你支持，我就放心了，到时欢迎领导前来我黄沙坳村检查指导工作！"

3. 被草烟呛出了眼泪

　　听说竹花的未婚夫要来黄沙坳任代理支书，正在地里锄草的竹花的姑父周敬财觉得这是个事，而且应当是个不好的消息，遂丢下手中的锄头，也顾不上洗把手，也不回家换下裹了泥的鞋，就急急地奔竹花家来了。他不知这消息是真是假，想来找竹花爸傅致远求证。

　　黄沙坳村藏在幕阜山的皱褶里，在 1 ：6000000 比例的中国地图上，找不到芝麻大一个点。村子小，人口不到两千，村里人大多都是早年从湖南、湖北、安徽搬迁过来的，有的是逃荒来的，有的是搞副业来的，有的是投亲靠友来的，也有上门招赘的，所以杂姓比较多，也是船头滩乡人口最少的一个村。尽管黄沙坳村偏僻，与外界接触少，但村里工作不好做，是全乡最出名的"癞头村"。

　　周敬财是竹花爸傅致远的妹夫，竹花是周敬财的侄女，村里人说，"除了栎柴无好火，过了郎舅无好亲"。周敬财与傅致远都是同一个年代出生的，年龄也相仿，从穿开裆裤一直玩到穿囵裆裤，再到各自成家立业生儿育女，也没吵过嘴、红过脸，亲如兄弟。两家相隔也不过几个屋场，用手拢着嘴一喊，对方就能听到，连夜里走路都不用手电，几个水沟几个石蹬，都藏在心里，没谁走错过，更没人跌过跤。谁家要是有个伤风感冒，都会上门问寒问暖，帮上一把。

　　周敬财是看着竹花一天天长大的，他没有女儿，夫妻俩都把竹花当女儿看，有好吃好喝的，总不会忘了竹花，哪怕竹花下地了，也要先舀一碗放在橱里存着等她来吃，竹花有什么头痛脑胀的，他也总是忙前跑后。这会听说竹花的未婚夫憨牯要来村里当支书，心里就急。憨牯来村里没个图头，只有苦头吃，他不想憨牯来钻这个荆棘窝。赵子文在村里当了那么多年支书，工作也开展不起来，这些年没一点变化，还是黄豆年年黄，绿豆年年绿。你憨牯是外村人，又是个毛头崽俚，虽然读了几年书，当了几年兵，支书不算官，却也管两千多人吃喝拉撒，没个人帮衬，你能行吗？况且你的指甲还嫩了点，指甲嫩了，就剥不了这个鸡蛋，弄不好，还要伤及指甲肉，十指连心呀，伤了指甲，全身都会有痛感。什么叫骑虎难下，什么叫逼上梁山？到那时，想退就由不得你憨牯了。周敬财一边走一边想，手上的草帽摇个不停，好像到了热天似的。

竹花爸傅致远正坐在大门墩上抽草烟，好像也心事重重的。

昨天他看到门口两棵桃树——其实他天天都在看，桃树是先开花后长叶的植物，都由季节说了算，现在气温升高了，花苞终于熬过了潜伏期，只要温度进一步升高，就要开花长叶了。远处的田垄，种了大片肥田草（紫云英），风一吹，满垄花浪打着呜呼像水浪滚过，牵出一声清亮的牛哞，惹来无数的蜻蜓飞舞追逐。蜻蜓飞舞是要放晴了，傅致远是村里最会观天象的人，能看天、看云、看山、看动物识天气，会说很多天气谚语。

竹花爸傅致远坐在门墩上，吧嗒吧嗒地抽着烟，他吐出一圈圈烟雾，那烟雾对着山脚的垄田里跑，他透过烟雾看到周高松在靠山脚的垄田里犁田，他大声吆喝着牛，牛犟着脚哞叫着在前头走，他在后面一手扶犁，一手挥着牛鞭，牛鞭甩得啪啪响，水牛走得起劲，犁铧掀翻一块块土坷垃，一列列齐齐整整，像接受他的检阅。周高松一高兴，便唱起了山歌：

和风细雨呃，
挨山来——

雨洒林内啊,

百花哟啊开,

百花呃,

就要呃,

雨来洒呃,

雨来洒,

雨不洒来呃,

花不开哟!

党的恩情啰,

深似啰海,

呃喔呼呼……

　　都说周高松是个唱山歌的天才歌手,隔着一垅田,歌声也粗犷醉人。傅致远坐在门墩上正为憨犊的事发愁。刚才竹花打电话来,说憨犊要到黄沙坳来任代理支书。好刀须经麻石磨,好汉要在沙场练。憨犊是个有知识、有理想、有作为的年轻人,有困难就有动力,我们都要支持他,如果连我们都不支持,那别人怎么看,不正遂了某些人的意?竹花说的虽有些道理,但道理也得审时度势是不?黄沙坳村是不大,像一口大锅倒扣在幕阜山中,可村小也是一片天,人口数得清,山上树木数不清,山上的鸟也多得数不清,人际关系更像古树一样,绿荫如盖,盘根错节,并不是竹花想的那般美好。不是曾经也有干部来包过村吗?三天不到,就夹着被子灰溜溜地走了。你说这……这……这憨犊跳了农门,当了乡干部,从糠箩跳进了米箩,哪有从米箩又往糠箩里跳的?这不是往骡口袋里钻,自讨苦吃,没出息吗?可女儿竹花口口声声说要支持、要支持,唉,我看你们这些年轻人是不撞南墙不回头哟!傅致远无法说服女儿竹花,只得坐到大门墩上抽着闷烟,独个儿生着闷气。刚抽完三口烟，正要低头磕烟灰，就见妹夫周敬财风急火燎地走来了。他手上拿着一顶旧草帽，边走边扇，绾着的裤管一上一下，也没顾上理整齐，脚穿一双旧解放鞋，鞋上粘了好多泥，估计是刚从地里下来，人还没近前，风就把一股重重的汗气和泥土味送了过来。

"大哥，听说憨牯要来黄沙坳当支书了，你晓得吗？"离他两三丈远，还隔着一个地坪沟，周敬财就急着问。

"唉，我也是刚晓得。"傅致远在门墩上磕落烟屎，又往烟斗里填了一撮烟丝，叹了一口气答道。

"是真的吗？"周敬财还有点不相信，说话时已走近了傅致远。

"不会有假。"傅致远肯定地答道。

"你是听谁说的？"周敬财又关切地问道。

"竹花打电话告诉我的。"傅致远答道。

"唉，刚刚人家说，我还不相信呢，这可假不了了！"周敬财说。

"我也希望是假的！可这都是真的，乡里马上要来宣布了！"傅致远说。

"你也老糊涂了是吧？黄沙坳这地方，你又不是不晓得。"周敬财话还没说完，就一屁股坐在右门墩上，好像门墩是个出气筒，谁都可以坐，谁都可以欺负，谁都可以发泄，就像大人欺负小孩一样。此时的门墩也感觉到了这种压抑的气氛，似乎也受了惊吓，像乌龟一样缩成一团，不敢做唧，不敢伸头，不敢张望。

"我说了，不管用。"傅致远吸完一口烟，又在门墩上敲了敲烟斗，一坨烟屎还不甘被磕落，在地上气呼呼地冒着烟，不愿断气似的。

"你是跟竹花说的还是跟憨牯说的？"周敬财一手扇着草帽，

又低头拍了拍裤上的泥巴，他不相信傅致远说话不管用，遂盯着他追问。

"是竹花先打电话跟我说的，我要她劝憨牯不要来，我说来了就不会有好果子吃，弄不好就要夹着尾巴做人，灰溜溜走人，害得我们一大家人在村里也做不起人。"傅致远说完又把烟斗连磕了几下，好像烟斗里还有烟屎没磕出来。

"竹花怎么看？"其实眼下正是春上，天气并不怎么热，但周敬财感到身上有些热，一边扇动草帽，又问了一句。

"她说要支持憨牯。"傅致远眯着烟斗填上一撮烟丝，然后点着吸了一口，吐出一口烟雾，那烟像受了谁的威逼，窝了一肚子气，还喋喋不休，缠着不愿离去。

"憨牯不晓得黄沙坳的事还情有可原，可这竹花，也真不懂事！到时憨牯在黄沙坳出了洋相，下不了台，你我都要蚀面子，做不起人呀！"周敬财真有些急了。

"唉，他们不听劝，有啥办法，把我都气青了，心里疼着呢！"傅致远也唉了一声。

"这是明知山有虎，偏向虎山行。到时撞个头破血流，就有他们悔的！"周敬财也生了气。

"可竹花对憨牯蛮有信心，还要我跟你说，要全力支持他。"傅致远又无奈地说。

"憨牯要撞南墙，难道还要我们陪伴吗？"周敬财反问着说。

"不是说女大爷难管吗？竹花还在电话里说，当初她要出外打工，我也是极力反对，现在不也好好的吗，还出了国，成了公司高管。女儿长大了，有什么办法，我想来想去，年轻人有年轻人的世界，我们就做好自己的事，不给他添麻烦，不给他拖后腿，就算是支持他了。"傅致远说完猛吸几口烟，他口里这样说，心里还是气鼓鼓的。

"那你是同意了？"周敬财问道。

"我能同意吗？可不同意又咋办？"傅致远无可奈何地答道。

"听说今天下午憨牯就来上任，乡里吴书记还亲自送他来呢。"周敬财说。

"我担心憨牯一上任就要碰到'猪尿泡'，弄个满身臊臭。"傅致远不无忧虑地说。

"是呀，赵子文被停了职，横仔又是根搅屎棍，铁山一心想当村支书。这憨牯一来，就成了他们三人的绊脚石、死对头，这不是送肉上砧板么？这工作要开展，难啊！"周敬财摇了摇头说。

"何止这些问题，听说黄沙坳还要并村修水库，要修公路通班车，又有高山移民，还要建新村，件件都是牵扯各户利益的事，弄不好就要得罪人，就要被人咒骂，都是吃力不讨好的事。"傅致远说。

"憨牯真是个憨牯！非要掏这个马蜂窝，这是自找苦吃，有他难堪的一天，不被马蜂蛰个憨面肿颈也不会死心！"周敬财气忿忿地说。

"竹花说，也不是憨牯非要来，这是乡党委的决定。"傅致远解释说。

"乡党委也应该征求一下憨牯的意见呀！"周敬财气呼呼地说。

"听说吴书记找憨牯谈了话，他年轻气盛，虽然当过兵，读了大学，但刚到乡里上班，还是个新兵。他吃的谷米少，见的世面不多，领导说了话，他还敢说个不字？肯定就是服从组织呗，哪有你我考虑周全。"傅致远说。

"不过这事你得跟憨牯说清楚，以免他日后怪我们没有提前点拨他，后悔药买不到，药店里也没有卖，到时翻了筋斗，伤了筋骨，要救就难了，现在打退堂鼓还为时不晚，就不会有人说他的不字。"周敬财说。

"乡党委政府开了会，做了决定，憨牯表了态，那是九头牛也拉不回来了，何况竹花还支持哩！"傅致远摇了摇头说。

"憨牯要这样不听劝告，那以后是好是歹，就只能听天由命了。"周敬财见傅致远也劝不了憨牯和竹花，就戴上草帽，反剪着双手，失望地走了。

"唉……"傅致远吸完一口烟，吐出一圈烟雾，看着周敬财远去的背影，也叹了一口气。

傅致远一晃眼，好像那门墩变成了憨牯。他气不打一处来，在门墩上连敲几下烟斗，也没磕落烟屎，最后猛磕一下才把烟屎敲掉。敲掉烟屎又填上一窝烟猛吸几口，没想到他太吸快了，被烟呛了，眼泪都呛出来了。

田垄里，周高松还在吆喝着牛，风又送来一阵山歌声——

我们山歌牛毛多呃

哟嗬哟嗬嘿哪

黄牛身上摸一摸呀

呵啰嘿嘿啰

吓走一个两个三个四个五个六个七个八个九个十个老歌手啰

哟嗬哟嗬呃

十个九个八个七个六个五个四个三个两个一个山窝窝呃

再也不敢来相和呃

歌太呀多呀

哟嗬哟嗬嘿哪

吓走十个九个八个七个六个五个四个三个两个一个老歌

手呀

　　哟嗬哟嗬呃

　　一个两个三个四个五个六个七个八个九个十个山窝窝呃

　　再也不敢来相和呃

　　歌太呀多呀

　　哟嗬哟嗬嘿哪

　　呜呼呼——

4. 宣布会

　　黄沙坳村委会距竹花家不远，是村里最集中、最热闹的地方，也算是村里的政治经济文化中心吧。村委会的房子是八十年代建的，为两层砖瓦结构，有个小院子，院里靠墙角处有一堆破桌、旧椅，好像是最近堆放的，可能是村里刚换了新的办公桌椅，还没来得及处理吧。院里虽然扫干净了些，但墙角处有几棵野草没拔掉，有些打眼，两扇简陋的小铁门锈迹斑斑，都不敢用手去摸。院墙外是村街，街上不是一般的冷清，可能一年到头也没个热闹。右边有两间厨屋，是村委的食堂，食堂平时也是不开伙的，村里为了节约开支不请炊事员，有县乡干部下村来了多是到支书或村主任家用餐，按人头计账，有时也到村民家中吃客饭。这间厨屋不大，不到一丈高，与附近村民家盖杉皮的厨屋不同的是，村委的厨屋全是盖的瓦片，我扫了一眼瓦脊，上面有个两尺来高的烟囱，烟囱是青砖砌的，已被烟熏黑了，我想象着炊烟从这里袅袅升起，似乎听到了儿时母亲喊吃饭的声音……村委院子左边紧邻村民的房屋，用石灰在墙上刷了个宣传栏，内容是计划生育的。

院外围墙上，用石灰水刷写的"一胎合法，多胎罚款""谁放火、谁坐牢""保护耕地，造福子孙"等标语，还没有褪色，应当是去年或更早的时候刷的，依然显眼。

安排两点开会，我和吴书记，还有老宋，一点半就到了村部。

村委会主任老马叔也提前到了村里。以前管村委主任叫村长，叫惯了，还有不少人改不了口，有喊主任也有叫村长的，反正都是一回事。老马叔听到喇叭响，站在村委院门外迎接我们。我是第一次走进村部，看到这栋有点破旧的老屋，感到肩上的担子又重了几分。

黄沙坳村僻静，一声鸟叫，全村人都能听到，交通也不好，就一条机耕道，很少有汽车进来，这会听到喇叭声，住在附近的村民都赶来瞧热闹了，一眨眼，村委院内外站满了人，有老的，有少的，有男的，有女的，还有抱着孩的。

"大叔大爷大婶们好！"我一下车就双手抱拳给村民们打招呼。

"欢迎……曹……支书！"铁山也早来了，他当着众人的面，把"代理"两字强吞了回去。

"谢谢。"我伸手和铁山握手，手伸出去了，铁山却装着没看到，我正打算怎样伸出去又怎样把手收回来的时候，他又把手伸了过来，说是他的手有点脏，我知道他是故意的，想在众村民面前让我难堪，这样的事他也想得出做得到，铁山这人还真不是人，可我并没介意，还是笑了笑说："以后请多帮助。"

走进村委院内，吴书记笑着与村民打了声招呼，又扫了一眼墙上过时的宣传栏，眼看再过不到半小时就要开会了，吴书记突然接到县委办电话，临时要赶到县委去开会，而且是一个很重要的会，必须去，而且马上就要动身。本来他是要亲自在会上宣布乡党委的决定的。乡党委书记到村里宣布支书任职，这在黄沙坳建村以来还是第一次，在船头滩乡好像也没有先例，吴书记这样决定，自有他的道理。吴书记要去县里开会，村里开会的事只好安排老宋代劳了。

过去，黄沙坳村一年到头难开几次会。说实话，村里也开不起会，来开会的人，村里要发误工工资，这是惯例。这会要开多了，对村里是一笔不少的负担，所以能少开就少开，能不开就尽量不开。这些党员组长临时接到开会通知，也都不知道开什么会，也不知村里又有什么重要工作要安排，一些党员组长好奇，便聚在一起互相打听，得知支书要换人，便神神秘秘地议论起来，有的还走到院外去交头接耳起来，好像在商量着什么。

开会时间到了。

老马叔喊了声"开会"，党员组长陆续走进一楼的会议室。

我也是第一次走进这间会议室。这会议室与村民家的厅堂一般大，里面摆了五排长靠椅，中间三排，靠墙各一排，空出两个过道，一排有七把椅子，一把椅子可以坐两人，椅子也是普通的木椅，刷了黄色油漆，都是新的。会场前面插了几面旗，距墙两米的样子并列了三张桌子，算是主席台。两旁墙上各贴了几张伟人像。

"人差不多都到齐了。"老马叔坐定后，睃了台下一眼，然后对老宋说。

老宋也仔细地朝台下看了一圈，除赵子文告病没来，其他党员组长一个不少都来了，然后又看了我一眼，说："那就开始吧。"

我点了点头。

看到坐在老宋旁边的我，台下的党员组长便嗡嗡地议论起来，声音有点乱。

"大家肃静，马上开会，下面请老宋给我们讲话，大家鼓掌欢迎！"老马叔带头鼓起了掌。

"大家好，今天的会议，乡党委吴书记很重视，也亲自来了黄沙坳，本来这个会他是要亲自参加的，因为县政府临时召开一个很重要的会议，点名要吴书记去参加，吴书记刚刚又赶到县上开会去了。他委托我来宣布乡党委两个决定。"老宋干咳了一声，继续说，"第一个决定，是赵子文同志在换届选举中，搞不正之风，违反了县纪委的相关规定，经乡党政联席会研究，决定对其作出停职处理，这是第一个决定。还有一个决定，想必大家都有数了，就是……"

"赵子文请了一桌饭就被停职，也太严重了吧？那你们乡干部在他家吃饭给过钱吗？"老宋的话还没说完，就被一个叫不上名的人站起来打断了。

"笑话，乡干部到你家吃饭是看得你起，还要给钱？！"另一人也站起来阴阳怪气地说。

"乡干部就可白吃白喝，这不是'鸡婆可以上灶，鸡崽就不能上灶'么，明显就是欺负咱老百姓！"又一人愤愤地说。

"老百姓好欺负，那些白吃白喝的乡干部也要处理，你们说是不是？"第一个站起来说话的人，又在煽动大家。

老宋皱了皱眉头，看清了那人就是之前两次在赵子文家陪他喝酒的那个，一时想不起名儿了，老宋晓得这是赵子文在背后使坏，想捣乱会场，出出气，这家伙也不是人，竟然连我在他家吃了两顿饭也要拿在这来说事，这不是让我难堪吗？为了你的事，我还出面找刘老板给横仔施压，现在刘老板也和横仔闹翻了，刘老板一气之下把横仔辞退了，还有他老婆秋莲，也一并回了家，这不都是为了你吗？县里要处理你，我也没有通天大法，不能怪我呀！赵子文呀赵子文，你真不是人！

好在老宋也不是糯米粑搓大的，手往桌子上一拍，就站了起来，说："这是乡党委决定召开的一个会，你们在这里起哄，难道还想扰乱会场？！"停了一下，老宋又换了一种口气，"我只是一个副乡长，你们有问题会后再到乡政府找书记反映去！"老宋发了火，这几个人也就不做啊了。

老宋正要继续宣读文件，那个带头起哄的人突然又站起来，说："走，我这组长不当了，你吓不到我！"说完那人就起身走出了会场，留下一个背影。

开会的人都把目光投向门外那个背影，随即会场又嗡嗡声一片。

"我也辞职，不干了！"又有一人跟着离开会场，好像他们都提前商量好了似的。

会场里又一阵骚动。

"大家肃静、肃静，继续开会。"老马叔也没喊他们两人回来，晓得喊也没用，喊了还要翘尾巴，便赶紧打圆场。

老宋也不理睬他们，接着读他的文件，读完文件后，他深情地说："黄沙坳是个贫困村，乡党委派曹一男同志来担任代理支书，是经过慎重考虑的，曹一男同志是退伍军人，年轻有为，在部队锤炼了三年，还在火热的军营里入了党，多次被评为优秀士兵，转业后坚持自学，又考入省农业大学，是校学生会主席，有朝气，有活力，政治觉悟高，组织能力强，工作踏实，是个百里挑一的好青年，希望在他的带领下，黄沙坳村的群众能早日过上好日子，村里经济更上一个新台阶！"老宋说了这么多，台下稀稀落落有几个人鼓了掌。

"下面欢迎曹支书讲话。"老马叔说完又带头鼓掌欢迎。

老马叔的话音一落，台下又有人议论起来，虽有几个人也鼓了掌，可那掌声没有劲道，跟三天没吃饭似的饿得慌，打着趔趄，与我在大学学生会上发言的热闹情景截然相反。我没有准备讲稿，此刻也无须讲稿，就站起来说：

"各位大多都是长辈，在座的可能还有我未婚妻竹花的亲戚，"我清了清嗓子，接着说："我曹一男到黄沙坳来，不是来当支书的，是来向大家学习、拜大家为师、为村民服务的。我不为名不为利，愿意和在座的各位党员组长以心换心，在工作中团结一心，多为村民办实事，努力去克服各种困难，争取为村里多做事，做实事，多上项目，做好项目，早日为村民修好致富路。我相信，有在座党员组长的共同努力，各种矛盾、各种困难，都会迎刃而解。我也希望大家对我进行监督，同时也希望在座的党员组长也能够自觉接受群众监督，只要风清气正，只要五指聚拳，我们就有希望，黄沙坳的明天，就会更加美好！谢谢大家！"

宣布会一结束，老宋说有事要回乡里。

按常理，老宋还应在村里牵头开个短会，让我和村两委一班人见个面，互相介绍认识一下，以便日后开展工作，但老宋没有这样去做，他的脸色跟来时不一样，有些不高兴，可能是因刚才开会的小插曲，影响了他的心情，巴不得早一点离开，所以开完会就说有急事要回乡里。

5. 来了一群讨债的

我刚把老宋送出村委院门，就来了六七个人，有男有女，说是村里欠了他们的钱，有的说是货款，有的说是工程款，有的说是村里的借款，这个一句，那个一声，话语尖酸刻薄难听，听得耳膜都要生茧，他们围着我，不让我走，也开不了脚。

"我今天才到任，村里情况不熟，等我摸清了情况再回复你们好吗？"在学校里是不可能有这种事的，在部队里更是没有，

我还是头一次碰到这样的事，也只有耐心给他们解释。

"那不行，谁晓得你啥时能摸清情况！"

"既然你来村里当了一把手，就是我们的父母官，是父母官，就要对我们有个交待呀！没有金刚钻，你揽这瓷器活？"

"村里借我的钱都三年了，你不能新官不理旧事！"

"我是帮村委装修办公室的，今天不给钱，我就把村部的大门给锁上，你们村干部就不要在里面办公了！"

"刚才你们开会坐的桌椅都是在我处新买来的，钱还没付呢，你当支书的就垫付吧！"

"你不是划船手，就莫捻竹篙头！"

"今天你走到哪我们跟到哪，你煮饭，我就去揭炉罐盖，盛饭吃。一句话，不付钱，我们就不走！"

还有一个五十来岁的阿姨，三句话没说，就带着哭腔说："我老公帮村里架电矸线路的工资，都赊欠两年了，现在我老公在医院里急着等钱动手术，都说你曹支书年轻有为，本事大，路子宽，你就做做好事，发发慈悲，救救我老公吧，我给你下跪了。"说完扑通一声跪在地上，还抹出了两滴眼泪。

我赶紧低下身子去扶她，叫她别这样，不要哭，哪知这位阿姨情绪特别激动，越劝越哭，还一屁股坐在地上，用手抹着眼泪，哭得好伤心的样子。

村里看热闹的人越聚越多，围了一圈又一圈，哭声笑声还有议论声混杂在一起，像破竹一样，噼啪有声，声声刺耳。

还有三五个看热闹的，竟然爬到村委二楼过道的上面去了。他们靠着木栏杆，一只脚搭在栏杆格子上，手则搭在栏杆的横方上，也不怕危险，居高临下，一边交头接耳，一边指指点点，也不知他们说些什么，现场情势对我十分不利。

"都给我散开！"想不到铁山这时站出来，冲这伙人吼了一声，"你们这些人也太过分了，曹支书今天才过来，支书办公室的门还没进，门是向东向西也不晓得，你们这样箍桶般围着他，问他讨钱，不是说讨债也有'三讨三不讨'吗？你们也不看看，今天是个什么日子，你们晓得吗？"他转了一圈，故意伸着手指挨个问，众人都摇着头，答不上来。

"今天是曹支书上任的第一天，你们就来围攻他，妨碍他工作，再不散开、再不散开我就报警了！"铁山故意把声音提高几个分贝，没想到这几个人被他一吓，都不做唧了。"

"好，你说得有道理，我们今天就不问他讨钱了，明天来，我们明天来总可以吧。"

谢天谢地，总算解了围。

看热闹的人都散了，党员组长也走了，就剩我和老马叔站在院子里。老马叔看到我表情严峻，眼神芒芒，就说："当村干部，'香的臭的都要卤得，臭的要吃得三盆，香的也要卤得三钵'，这些事，以后多的见，不要放心上。"

"没事。"我笑了笑说。我和老马叔没打过交道，好在临行时吴书记跟我说，老马这人实在，没有歪心，以后村里的事你就多跟他商量商量。

"没事就好。"老马叔也笑了笑说。

"这些人迟不来早不来，我一到他们就来了，好像是冲着我来的，而且他们就像提前商量好了似的，你不觉得奇怪吗？"我望着那些远去的背影，若有所思地说。

"走，先到你办公室坐坐。"老马叔没有正面回答我，说完转身上了楼。

"好。"我也就跟着上了楼。

二楼西头是村主任办公室，中间是接待室，东头是支书办公室。我看到支书办公室里，也就一张桌，一把藤椅，一张红漆木

沙发，简陋得不能再简陋了，唯一有点色彩的就是墙上钉着六块泡沫板做的制度。办公室虽然简陋，但前后有对开的窗子，光线极好，推开后面的玻璃窗，能看到黄沙坳的田塅，还有远处的太阳山，推开前面的玻璃窗，能看到村委的院子，院外的村街，还有云雾缭绕的蒲扇岩。办公室也是刚扫过，应是老马叔打扫的。

"这些办公桌椅都是新买的？"我绕着桌子走了一圈，然后在藤椅上坐下，不知怎的，我坐在这藤椅上，感到浑身不自在，如芒刺在身，又似有大石压在身上。

"是呀，刚买来不到一个月，都是老赵经手赊来的。"老马叔苦笑了一下，就在那张靠墙摆的红漆木沙发上坐下。

"村里的办公桌椅全换了吗？"我问道。

"都换了，原来的桌凳不是缺腿就是被老鼠咬坏了，乡领导也说过要我们换，村里没钱只好先买了，嘿嘿，都是赊的。"老马叔两手一摊，无奈地说。

"老马叔，先不说这个了，你把村里的工作和目前存在的问题给我介绍一下。"刚才发生的一切，促使我急于想了解村里的情况，然后好与老马叔商量如何开展工作。

"是呀，我也正想跟你汇报，你既然来了，好多事就需要你出面处理，刚才那些讨债的，还不是大事。目前村里要做的工作很多，而眼下最要紧的，是村里道路拓宽的事，县交通局都派人测量好了，眼看就要动工了，那个征田的工作原来是老赵负责的，进展也缓慢，现在他停职了，征田的工作也跟着停了，如果我们不能如期把修路的田地征好，县交通局就不好拨款，工程也许就要泡汤，到时村民就真有意见了。"

"修路不是好事吗，为什么进展那么缓慢？"

"修路是好事呀，村民们也晓得是好事，可要占他们的田，动他们的地，就不乐意了，工作不好做啊。"

· 216 ·

"不是有征地款补偿他们吗？"

"是有征地补偿款，可补偿的标准还没有谈下来呢！"

"涉及征田的农户有多少？"

"本村就有三十八户。"

"涉及到几个村民小组？"

"一、四、七、九共四个村民小组。"

"那些组长解决不了本组的征田工作吗？"

"别提了，好多村民都不愿当组长，说组长工资低，又得罪人，有些还是村干部上门去劝了几次才勉强同意当的。"

"组长工资是多少钱？"

"工资也是少了点，一年才三百元。"

"村里有多少党员？"

"三十六名党员。"

"那些党员会帮村里做些工作吗？"

"平时也没什么任务分给他们，一年就开两三个会，还要给他们发开会的误工工资。"

"以前村党支部是否定期召集党员过组织生活的？"

"如果乡党委不安排，村里好像是没有开展过，即便搞也是应付上面检查，走走形式而已。"

"村里的低保是通过民主评议的吗？"

"以前都是村委定的，也有个别是村民自己到县里和乡里去办。"

"还有这样的事？"

"所以群众意见比较大。"

"我仔细分析了一下，这问题那问题，关键还是人的思想问题。过去没有充分调动党员组长的工作积极性，也是造成村里各项工作被动的原因之一，再是像低保这些关乎民生的大事，如果村里不能一碗水端平，不能做到大公无私，群众就会很失望。群众不满意，有抵触情绪，所以工作就开展不起来。我想，我们还是从'人'入手，再着手'事'。从人入手又得先从党员组长着手，只有党员组长思想转过了弯，才能去影响和转变村民的思想。我认为有必要搞个主题党日活动，明天就组织党员参加，要让群众时时处处感到党员就在身边，党员就是他们的主心骨。"

"这活动好，党员们肯定会支持。"

"我想，下一步，还要对低保进行摸底，并将摸底情况张榜公布，接受群众监督，谁吃低保，不是我们说了算，而是由群众评议说了算。"

"这个低保牵扯的人太多，关系相当复杂，如果处理不好，就不利于团结稳定，你要考虑清楚。"

"我会考虑清楚的，只要村民支持，我就不怕。"

"有你这句话我就放心，我也给你亮个底，在低保问题上，我没有插过手，家里也没人吃低保，不会让你为难，我支持你。"

"好，有你支持，我就有信心。我今天还想去赵叔家走一趟，他不是说有病吗，我去看望一下，顺便也向他请教一二。"

"你这想法不错，要我陪你去吗？"

"陪就不用了，你还是忙你的吧，我到了赵叔家后，还要去看看竹花她爸，晚上就在那里住。"

"行，那我去安排党员组长明天参加主题党日的事。"

"好！"

6. 赵叔住在村东头

我走出村部，正好四点五十二分，太阳离山顶还有一丈多高，天上云逐云，万马奔腾，好似前方有一场恶战，它们是速急赶去驰援的。

村街上有几个人看到我往赵叔家走去，又聚在一堆交头接耳起来，不知他们说些什么，我回头望了一眼，他们就闪进了屋。

赵叔住在村东头，门口是一片田，一条田塍小路从山边斜插到他家的小院，屋后是竹林，屋头有四五棵百年老松树，院外还有一个小菜园，菜园边是猪栏，屋顶上盖着杉皮，怕风吹走杉皮，上面压着片石，杉皮上起了绿苔，长着几棵狗尾草，摇头晃脑地望着路旁一排竹篱笆，几根枯蒿似的干瓜藤，还缠在篱笆上，懒惰惰地数着过往，看朝阳喷薄，看云卷云舒，似有《庄子·骈拇》里"蒿目黄尘忧世事"之大才。我走过那十几米的篱笆，才看见一个不大的院子，院子的围墙是土筑的，围墙盖的是杉皮，起了个尖顶，有一种乡村田园的特色。赵叔正和一个人坐在院子里说着话，那人背对着我，只肯给我一个背影，好像晓得我要来似的。我好像认得这背影，应当在那里见过，又一时想不起来。我喊了一声"赵叔"，赵叔和那人看到是我过来了，有些尴尬，愣了一会才回过神来，赵叔忙起身让座，随后又喊爱人泡茶。

前面也说过，黄沙坳人喜欢喝茶，家里来了客人是必须上茶的，而且要上几次茶，假如你贪嘴，到了吃饭的时候，就会被茶水灌饱，饭也吃不下了。很多人闹过这样的笑话。茶是黄沙坳人的见面礼。即使来了不待见的人，只要你进了这扇门，踏过了那道门槛，谁家都会上茶，这就是黄沙坳的人淳朴。

"赵叔，听说你身体欠佳，我开完会就特意过来看看你，顺便也向你讨教一些工作上的事。"我尽量说得谦卑一点，以便赵叔能接纳我，支持我，共同把村里的工作做好。赵叔也有五十多岁，与我父亲年龄相当，喊他叔比较合适。

"后生可畏，你喊我老赵就行了！"赵叔毕竟在村里干了这么多年，也有些文化，说话不亢不卑。

"赵子文，我有事先走了，不陪。"看清了，陪赵叔说话的人就是刚才在会上带头起哄的人，见我来了便起身要走，也不理我，也不睐一眼，在他的心目中，我成了空气。

"这么巧，既然来了，何不说个话，也好交个朋友。"我释出善意，笑着说。

"你是国家干部，我是翻泥土的乡巴佬，岂敢高攀？"这人说话阴阳怪气，让人听了好不舒服，说完他就起身走了，头也没回。

"这……"望着他远去的背影，赵叔装着无可奈何的样子苦笑了一下。

"没关系，我是来拜访你的。"我也笑了笑，就把刚才那人坐的小竹椅移了一下，靠近赵叔坐下。

"喝茶喝茶！"很快，赵婶就泡了一杯菊花茶掇出来。我记得第一次到黄沙坳，在竹花家看姑俚时，山叔喝着茶夸我结了门好亲，还说黄沙坳人仁义，可见"茶"是一个温暖的字，带着黄沙坳人的温度，包含着人间烟火。我忙起身接茶，说多谢。

"你也不用客气，就因为我工作不力，请人吃了一桌饭，现在被乡党委停了职，这也没关系，'太监割卵一身轻'，不当这个村支书，我明天也能照样过日子，你就帮我给吴书记传个话，说我赵某人感谢他还来不及呢！"

我晓得，赵叔对乡里的处理意见一时难以接受，对我来黄沙坳担任代理支书也有想法，甚至认为是我抢了他的位子，他这样想是完全错误的。他口口声声"感谢"吴书记，其实所有的不满都是冲着我来的，我想他也别无他法，唯一的办法也只有把所有的怨气发泄到我身上。

听得出，赵叔口里说得那么轻松，其实他心里是挺纠结挺在意的，就是放不下这回事。这也可以理解，赵叔在村里工作十多年，当了几年副职，当支书也快十年了，没有功劳也有苦劳，现在突然被乡党委停了职，受了处分，有想法就说明他对个人的名誉很珍惜，很看重，这是好事，也是做人的本色。如果一个人连这最起码的做人本色都不要了，那他就是个混蛋，就无可救药了！我看着杯里湃着的这几瓣菊花在慢慢打着旋，散发出淡淡的幽香，便呷了一口，岔开话题，说："赵叔是哪年入的党？"

"我入党的时候，你还穿破裆裤呢！"赵叔的气一时难消，把头歪到了一边。

"是呀，你是老党员，过的桥比我走的路长，吃的盐巴比我吃的饭还多，在你面前，我只能算小字辈，所以还要请你多多指教。"我放下茶杯，移拢椅子，诚恳地说。

"不敢。"赵叔望着他家墙壁上一簇绿意盈盈的爬墙草，有点爱搭不理的样子。

"黄沙坳是革命老区，村里有不少人是烈士后代，你是村里的老支书，想想那些烈士们，他们抛头颅，洒热血，不惜牺牲，为的是什么？他们又贪图到了什么？还不是为了早日建立新中国，让天下穷人过上好日子！"我想起赵叔家早先也出过革命烈士，就有感而发地说。

"烈士都睡地下了，你给我上课也没用，我不懂这些大道理。"热脸碰上了冷屁股，赵叔还是没有好脸色。

"赵叔谦虚了，其实这道理你比我懂，但我希望赵叔能放下思想包袱，多多帮助我，不要让某些人看不起我们党员，说我们不团结，明天我提议搞个主题党日活动，全体党员都参加，我希望赵叔也能参加，并在村里烈士纪念塔前给我们讲讲革命人不怕牺牲，英勇杀敌的故事，你说好吗？"赵叔总算回头瞥了我一眼，脸上也有了些细微的变化。

"你小子想法不错，这个活动，我没有理由拒绝。好吧，明天的活动我参加，以后你当你的支书，我做我的百姓，咱们井水不犯河水。"赵叔刚说完，站在一旁的赵婶就白了他一眼。

"那不行，赵婶泡的茶这么香，我还想来赵叔家多喝两盅呢！"我笑了笑，故意这么说。

"你别听我家老赵瞎说，想喝茶，欢迎啊，婶子天天给你泡。"赵婶一边解下围裙一边笑着说。

7. 等着看好戏

老宋在村党员组长会上宣布我的任职决定时，横仔正和那几个围着我讨钱的人在家里开黑会。

那个五十来岁、在我面前哭哭啼啼下跪的阿姨，也就是横仔的远房亲戚。横仔像教小学生一样再而三地对她说："等会你在村里见到曹支书，不，是曹一男。"他停了一会又说，"你就喊他的乳名，他乳名叫憨牯，憨头憨脑的憨，水牛牯的牯。你见到他时可以不问长不问短，开口就问他要钱，不要怕，尽管泼辣些，该喷涎时就喷他涎，该哭的时候你就莫忍，只管当着众人哭；想骂就骂出声，不要怕，他不敢把你怎样的。如果你哭不出来，就想想你老公，想想你老公他当年是怎样打你的，对你是怎样的苛刻。你记得吗，你一点不顺着他，他就不给你饭吃，不给你水喝，不准你上床睡，变着法子毒打你，打得你鼻青脸肿，打得你皮开肉绽，打得你嚎天鬼叫，还不准你回娘家说一声。你想去医院，他不许，你想碗粉皮汤喝，他不给，还天天要你去出工，把你折磨得骨瘦如柴，人不人鬼不鬼的。只要你想起这些伤心事，只要你想起你老公这些恶行，你就会恶心，你就会痛心，你就死的心都有了，还有什么可怕的？哭不出来那是你还未想起伤心事，还未到伤心时。只要你心里有恨，心里有怨，心里有痛，还愁哭不出来？只要你放声大哭，哭得山崩地裂，哭得抽筋动骨，哭得泪如雨下，我们就会站出来，为你说话。你流一滴泪，就等于捆了他憨牯一巴掌，他曹一男就要多一分压力；你多喊一声天，就等于擂了他憨牯一拳，他曹一男就要多一分难堪；你再哭声娭毑娘，就等于在他憨牯胸口杀了一刀，他曹一男就要早一天滚蛋回家！"

铁山把那几个围着我要钱的人吼散后，就急急地赶回了家，正好横仔也到了，铁山把开会和债主围着我要钱的情况手舞足蹈地告诉了他们。刘高听了笑得好开心，眼睛眯成了一条缝，说话时额头上的皱纹也跳起了欢快的舞。

横仔心里有事，当然笑不起来。可听铁山一番绘声绘色的演说，他心里又舒坦了一些。

刘高说："现在好了，赵子文被停了职，比死了娘还难过，这回他面子蚀得大，脸没处搁了。可以肯定，赵子文是不会甘心的，蛇斩了，头还活着，会有一股毒气，还能跳起来咬人。他不敢把气撒在乡领导头上，只会把这怨气泼到曹一男身上，曹一男现在就是大山沟里冲来的烂木头——谁都可以擂一锤，戳一下！我猜得到，不出两天，他赵子文就会给曹一男生出一些不大不小的麻烦来。赵子文一出手，曹一男就难过日子了。这两人不和，对我们来说就是好事，不但有好戏看了，而且还可以隔三差五地给他们浇点油，点个火。不过，我们也要防着点，不能像孙猴子那样借来一把扇，也不问真假，就对着火焰山一阵狂煽。不但没把火焰山的火煽熄，反而越煽越旺，把猴屁股的毛都烧掉了，要不是孙猴子跑得快，否则就成了烤全猴。所以我们也得防着他们什么时候来个联手，要提前给他们打个预防针，最好是让他们两人相互发难，早日决裂，不得安宁，只有这样，我们才能稳操胜券。"

横仔听了也不住地点头，说："现在有赵子文倒插一杠，我们又在这里帮他们搔搔痒，隔三差五戳一下，他曹一男就是有三头六臂，也要晕头转向，工作开展不起来，到时乡里怪罪下来，夹着被子走人的事，又要在他身上重演了。"横仔说完，眼里也露出了一丝得意的神色。

"你们没看到啊！"铁山还沉浸在刚才的情景中，还是按捺不住内心的高兴，像个说书人，打着手势，喷着唾沫星子说，"当时那几个讨债的人围着曹一男，就像曹操剿黄巾，箍铁桶似的，里三层外三层，围得水泄不通，不得脱身，眼见曹一男同志的脸由红变绿，由绿变紫，又由紫变黑，再由黑变白，真的被他们逼成了一个大'憨牯'！嘿嘿，假若是我，恨不得地上有个坼，有个坼缝我就要钻进去。你们不晓得啊，那情景比电影还精彩！当时曹一男心里不知有多难受，不知有多后悔，不知有多难堪！这都是横哥的'杰作'，横哥真是料事如神！"铁山说完还不忘伸了伸大拇指。

"这还不算什么，关键是这最后一招，"刘高也眉飞色舞起来，那高兴劲，胜过猛张飞打了一场胜仗，他用手里的拐棍敲了敲地面，像个唱花鼓的把拐棍举起来，再慢慢落下去，连续敲击着屋柱子的磉墩，活灵活现地说："关键是你站出来大吼一声，如张飞在长坂坡上大喝一声，把曹操身边的部将夏侯杰吓得肝胆俱裂，落马而亡。而你这一吼，是解了他曹一男的围，是在他最无助的时候，最无望的时候，拉了他一把，拉一把就等于救了他，帮了他天大的忙，这比杀头猪孝敬他，还要值。你不知他当时心里是多么地感激你，而且那么多村民看在眼里，那么多党员组长看在眼里，老马也看在眼里，谁有这能耐，谁有这魄力？这一着，叫一箭三雕，高，实在是高！"刘高也对横仔竖起了大拇指。

"还一箭三雕？"铁山睁大眼睛说。

"对，一箭三雕！一是上任第一天，灭了曹一男的锐气，杀了他的威风，让村民看到了他的窘相，知晓了我们的底数；二是你解了他的围，等于帮了他的忙，曹一男也会感恩，乡里吴书记也会念你的好，过了乡里一关，这不就为你当支书铺好了路、打好了基础吗？三是如果他曹一男不知感恩回报，装憨不懂我们的意图，或者要为难你，跟我们过不去，到时我们也可拿这来说事，让他曹一男里外不是人！"

"说什么事？"铁山不解。

"到时他不就成了众村民眼里一个忘恩负义的人了吗？"刘高得意地说。

"曹一男成了忘恩负义的人，那他这个'代理'支书就"代"不下去了。"横仔也接嘴说。

"那是。哎，听说曹一男散会后就去会赵子文了，你们晓得吗？"别看刘高没出门，也没有到现场，可他信息灵通，难怪有人送了他一个"情报局长"的绰号。

"是有这回事，他这是'单刀赴会'，又有好戏看了。"横仔眯缝着眼，露出了诡秘的笑。

"横哥又有什么妙招？"铁山赶紧儿问。

"《三国演义》里的鲁肃你知道吗？"横仔问铁山，铁山摇了摇头。

刘高也摇了摇头，说："这鲁肃是何方神圣，我也不晓得。"

"曹操晓得吗？"横仔问。

"曹操谁不晓得？"刘高答。

"曹操听说过，但鲁肃不晓得。"铁山说。

"曹操就是三国里的人物，鲁肃也是三国里的人物。鲁肃为了维护孙权和刘备联盟，不给曹操任何可乘之机，决定单刀赴会与关羽商谈。双方经过会谈，孙权与刘备平分了荆州，'割湘水为界，于是罢军'，孙刘联盟因此继续维持。可他们没想到，这次"单刀赴会"的故事，经戏剧家、小说家们再创作，关羽倒成了英雄，鲁肃反而成了众矢之的、是鼠目寸光、骨软胆怯的侏儒。这是鲁肃和关羽都没想到的！"横仔得意地说。

"这与曹一男会赵子文搭不上号呀？"铁山不解。

"有你横哥作军师，我们就等着好戏看吧。"刘高说。

8. 谁是老奸贼

岳父傅致远得知村委开会有人故意捣乱，后又有一伙讨债的人逼我要钱，把我里三层外三层围得水泄不通，像箍铁桶一样，不得脱身。岳父听了气得胡须也翘起来了，可他又不便到现场去，只有抄着手在门口坪里走来走去，其间还连打了三个电话，都是打给竹花的，说什么，今天这些人还只是使些雕虫小技，只想给我一个下马威，如果还不识相，过些时日就要演'大戏'，上大"菜"（闹大事），到那时，想打退堂鼓都难。

姑父周敬财也急急地找到岳父，说："我说了吧，憨牯来当这个支书是自寻烦恼，自找苦吃，自我作贱。刚才被人逼成了'一坨芎'，不得脱身，多丢人现眼，惹来那么多人看戏法！要不是铁山出面，帮了他一把，还不知会闹到什么地步。我听人家一说，肺都气炸了！"

"唉，古话说得好，不听老人言，吃亏在眼前！憨牯自以为读了几年书，认得几个字，可字能当饭吃、能当水喝？当了两年兵，就不知天有多高地有多厚，也不晓得河里水深水浅，总把我们的话当耳旁风，这样下去，竹花跟着他也要吃苦头！"岳父一屁股又坐在门墩上，抽着闷烟，唉声叹气的。

"你不能由着他，要么，听我们的，要么，就叫竹花，和他一刀……两断！"姑父一字一顿地说。

"断？那有什么用，关键是竹花和他一条心，要不然，我们不也到村部看热闹去了！"岳父一脸的无奈。

"听说憨牯独个儿还去了赵子文家。"姑父说。

"到他家去干啥？"岳父问。

"干啥？这我哪晓得。"姑父周敬财说。

"我猜，他是为了当这个支书，不失上门负荆请罪，真是一点骨气都没有！"岳父越想越气。

"什么叫负荆请罪？"姑父周敬财不知《史记·廉颇蔺相如列传》里的蔺相如因为"完璧归赵"与渑池会盟有功而被封为上卿，位在廉颇之上。廉颇对此很不服气，扬言要当面羞辱他。蔺相如晓得后，总是回避、容让，不与廉颇发生冲突。他人以为蔺相如畏惧廉颇，然而他却说秦国不敢侵略赵国，是因为有我和廉将军。我对廉将军容忍、退让，是把国家的危难放在前面，把个人的私仇放在后面，这话被廉颇听到，就有了廉颇"负荆请罪"的故事。

"你说憨牯这不是送肉上砧板，让赵子文'斩食锦'么？比负荆请罪还要气人！"岳父坐在门墩上，有气无处撒，死劲地磕着烟斗，好像这个烟斗就是他女婿憨牯，多磕一次，心里的气就醒一分。

"那憨牯到村委开会，有没有到咱家来过？"姑父周敬财问。

"没有，他不来最好，眼不见心不烦，来了我也没有好脸色！"

岳父想吸口烟，没想到烟斗空空，还没填烟丝哩，只好愤愤地说。

"竹花不是最听你的吗？"姑父周敬财说。

"唉，我老了，现在他们也长硬了骨头，羽翼丰满了，我说的话他们听不进了，没用！"岳父叹了口气，烟斗在门墩上磕得震震地响。

"乡里的吴书记也不是人，刚到村里就走了，他要是不走，就能震得住那些家伙，那些人就不敢在会上撒野闹事。"姑父周敬财又把气撒到了乡里吴书记头上。

"官有十条道，九条人不知。听说这吴书记还在部队当过营长，上过战场立过功呢！不是划船手，会拿这个竹篙头？"岳父虽然是扶犁打耙的好手，可在黄沙坳也算是有见识的人。

"那老宋也不是人，明知憨牯来上任会有人起哄闹事的，可他开完会就借故溜走了，比曹操那个老奸贼还要奸雄，还要奸猾三分！他们就这样忍心让憨牯这样一个刚走出校门的人来应对，真亏这些人想得到，做得出！这些人也是和横仔铁山一路货，没一个好东西。这不是故意让憨牯下不了台么，这整人的手段也太厉害、太毒辣了！"姑父周敬财觉得这里面有文章。

9. 张屠户

太阳快下山了，我才从赵叔家出来，正要去岳父家，电话就响了，是竹花打来的。竹花在电话里说，岳父又跟她啰啰嗦嗦说了一大堆，说今天村里开会时有人捣乱，故意生事，目的就是要给我一个下马威，让我难堪，逼我知难而退。还说村里有几帮人，都是唯恐天下不乱的，如果我硬要蹚这趟浑水，这些人就都是我的挡路石，动不得，搬不得，移不得，稍不注意，就会牵一发而动全身。要是工作上有一点闪失，他们就会小题大作，让我陷入被动。我说问题没有那么严重，个别人有想法，也在情理之中，有些矛盾，也是农村常见的，只要方法对路，用心去疏理，要解这个结也不难。竹花见我没有畏难情绪，就在电话那头笑了，说："我爸说这趟浑水不好蹚，要我劝你早打退堂鼓，看来我是没辙了，说实在的，我也不想说服你！不过，你要想在黄沙坳有所作为，首要的还是我爸这一关，可想而知，他老人家都不支持你，还会有谁支持你？所以我爸的工作最难做，而且你又必须得做，要是你能做通我爸的思想工作，让他转而支持你，那你就是真有能耐，我也一定全力支持你！"

太阳已隐去，远处一线青山逶迤成暗色，原先的鲜艳色彩好像被人为抽空，天空变得很轻，远景一片空濛。几缕炊烟从村舍升起，飘飘袅袅，好似被一声牛哞拉长，我闻到了炊烟里的饭菜香，这是一种古典的中国传统乡村味道。我走过赵叔门口那片田间小路，此时路上也没人，说话也方便，我一边走一边对着手机说："你放心，老爸的工作我一定做好，他老人家都不支持，那不闹笑话了么？那我还怎么在村里开展工作？我今晚就要去和他老人家敞开心扉谈，他不可能把我这个女婿赶出门，只要他不把我拒之门外，不赶我出门，我就不怕。我有这个信心。"

"赶你出门那是不可能的。"

"只要不赶我走，我就有信心做通他的思想工作。"

"好，那我就等你的好消息啰？"

"放心，一定有好消息告诉你！"

竹花有些担心，挂了电话后，又打了个电话给她妈，说我今晚要回去吃饭的。岳母听了，便在厨房里忙活起来，还吩咐岳父去张屠户家砍肉，说我都半年没来了，岳父本就有气，口里应着就是没动身。岳母在菜园里摘好了菜，又在水井边洗好，菜也切好了，灶里也烧着了火，火欢欢地舔着锅氕，村人说火笑是有客人要来，要不，火就不会笑。但我不是客。岳母在厨房忙了一气，把桌凳都擦了一遍，就等岳父砍肉回来炒菜，可左等右等不见人影，岳母只好出门张望，见岳父仍坐在门墩上闷头抽着他的旱烟，心里就有了气。几个碎步走过去，就把他的烟斗夺在手上，气愤愤地说："憨牯是你女婿，女婿是半子，他又不是三岁小孩，要干什么事，对与错，有他亲生父亲操心，何况竹花还没嫁过门去，就是嫁过去了，过了家门，也轮不着你这老东西来操这份心！憨牯都半年没来了，他现在还是个客，是个客你晓得吗？你这样待他，到时亲家那边还要说我们的不是，邻里也要看我们的笑话。你都这岁数了，吃了这么多谷米，怎就这般不明事理哩！我灶火都烧着了，赶紧儿剁肉去！"岳母不由分说，上来就将岳父数落一顿，岳父犟不过岳母，只得悻悻地来到村里张屠户家剁肉。

张屠户此时正拿着屠刀要收摊，见岳父来了，把屠刀往屠凳上一放，一脚踏在凳条上，笑嘻嘻地跟岳父开起了玩笑："哟嗬！老傅来剁肉，一定是家里来了贵客吧？"

"贵客？没有客就不剁肉了？那村里人一天没来客，你就一天不卖肉了？"岳父被岳母嘈了一顿，肚子里的气正没处撒，见张屠户一句无心话又戳了他的痛，就不香不臭地回了他一句。

"啊啊，我想起来了，"张屠户那油光光的右手在大腿上一拍，说："对对对，我想起来了，今天是你的乘龙快婿来了，那你不剁肉还真说不过去，还应当叫你老婆冬姑杀只母鸡炖钵酽汤，要不然，你女儿竹花回来了也会不高兴的！"

"这年头有肉吃就不错了，还杀鸡？"岳父故意反问他。

"那这就是你不对了，堂堂姑爷来了，你一只鸡都不舍得杀，那不成了黄沙坳的屁眼鬼，到时十里八村的人都要说你的不是！

要是我，有个女儿，有个女婿，一头整猪都舍得。"张屠户口里说着，手里就递了一支烟过来。

　　"要不谁叫你张老板呢！"岳父一边回敬他的话，一边摆手示意："我不抽这个烟的，你又不是不晓得。"岳父说完就低头看起了屠凳上的肉，想找个头绪剁箸好肉。

　　"对对，瞧我这记性，你是喜欢抽旱烟图过瘾的。"张屠户放下了脚，拿起了屠刀，说："你看吧，今天你喜欢那个头绪我就剁那里，半点不含糊。"

第八章

1. 夜进黄沙坳

老冲到武汉汉正街打货回来，已是傍晚时分，他一下车就听老婆说赵子文被乡里停了职。老冲听了这话，货也顾不得下了，骑上摩托车，就往赵子文家赶。

老冲这么急，是有他的理由的。

铁山想当黄沙坳的支书，横仔绞尽脑汁"借篙打枣"告了赵子文的状，把赵子文告下来了，停了职，这看似帮了铁山，为铁山当支书扫清了一个障碍，可横仔和铁山万万没想到，道高一尺魔高一丈，乡里半路使出了一个杀手锏——任命曹一男当了黄沙坳的村支书，虽然只是个"代理"书记，也不啻给了他们当头一棒，可见乡党委政府决策英明，吴书记领导有方。

老冲与赵子文是老庚，关系又铁，当年他开批发部时，手头没钱，还找赵子文借过钱，赵子文没打半句支吾，订合同时又到场帮他说了好话。原来的老板是赵子文的朋友，也卖了个面子，一家伙又减了转让金一千元，那时一千元要胜过现在一万元，老冲能忘么？不能！如果这事都忘了，那他老冲就不是人，就是个忘恩负义的家伙！所以老冲听说赵子文被乡里停了职，本想打个电话安慰安慰赵子文，又觉得这样不妥，电话里也不知说什么好，那样的话，赵子文心里也不舒服，双方都会尴尬，还不如亲自上门去走一趟好，慰问一下，不是说难中见真情，难中见朋友吗？这样也能看出我老冲做人的真情！我老冲做到这个份上，也算够朋友了。

老冲赶到赵子文家时，正好碰上赵子文和两个组长在一块喝酒，也就是下午开会时那两个起哄的组长，老冲也认得，打过交道。见老冲来了，他们都站起来让座，老冲还没坐下来，赵婶就递了一杯茶过来，还拿来了酒杯和碗筷。

"是什么风把你吹来了？"赵子文端了把椅子放在上位让老冲坐，老冲也不推辞，屁股刚挨椅，赵子文就给他滗满了酒。

"谁叫咱俩是老庚呢？我去汉正街打货才刚到家，货还没下完，就听说你的事，我就赶紧儿骑车过来了。"老冲一边喝茶一边说。

"难得兄弟有这份感情，你去湖北汉正街进货那么远，一路奔波辛苦，货都不下，回来就先上我家来了，真是我难得的至交、朋友兄弟啊！这份感情我将铭记在心！今天没有好菜，就喝杯淡酒聊表心意。"赵子文说完就和老冲碰了一下杯，然后举杯一饮而尽。

"应该的应该的，老庚太客气了！好，这杯我干！"老冲也端起杯，干了。

老冲来了，自然是要加菜的。赵婶又炒了个青椒石膏鱼，还有油焖山虾豆腐，这两个菜，都是黄沙坳的特色菜，石膏鱼是黄沙坳的特产，只有黄沙坳河里才有，纯粹的清水鱼，石头缝里长大的，这种鱼长不过十五公分，肉嫩刺少，味道鲜美，一口一条，嗍酒是上好的菜。老宋每次到黄沙坳村，都点名要吃石膏鱼，村里也有无石膏鱼不成席的说法。还有那个山虾，那可不是大河里的虾，也不是小溪里的虾，更不是山沟沟里的虾，而是生长在野地里的一种野菜——只有黄沙坳的山坡上才有，挖出来把泥拍掉，有点像大虾，吃起来味道像山姜，有补肾壮阳之功效，男女都受用，被村人誉为壮阳菜，可鲜炒，可炖汤，家家四季备有干菜，客来必上。

老冲一杯酒下肚，又掇了一条石膏鱼送入口中，还没放下筷子，那两个组长几乎同时端起了杯要和老冲喝酒，这也说明老冲面子大。

一个叫正发的把杯先放下了，谦让地说："你们先喝。"

老冲就和另一个叫德午的组长先喝了，喝完又不忘掇了箸山虾放在碗里吃着。他有好久没吃山虾了，记得以前他在黄沙坳搞副业时，有时带少了米，就到山上去挖山虾，像煮红薯一样，一煮就一锅，就这样充饥。也许是山虾真是个好东西，搞副业那样辛苦，也不觉累，劲头还足，还能苦中作乐，可惜那些日子不再有了，要是还能像以前那样可以去山上搞一次副业，也是人生一种难得的享受。现在山上的野生山虾几乎被挖光了，山虾成了珍稀野菜，想放开胃口吃那么一顿还真不容易。记得也是那个时候，他从湖北通山过来搞副业，就在黄沙坳认得赵子文，两人是同龄，就攀了老庚，喝了老庚酒，后他又在船头滩招亲成了家，现在儿子都快成家了，女儿也要高中毕业了。他上门招亲写招赘书的当天，赵子文作为他的好朋友应邀参加了，还在招赘书上签了在场人的名字，至今保存在抽屉里。

赵子文又为老冲氹了酒，老冲掇起杯要跟正发喝，正发说这杯我先敬，老冲说你敬我敬不都一样吗？那行，咱们同时喝。老冲就和正发互相碰了杯。

老冲放下杯攘着一箸菜停在嘴边问赵子文："老庚现在有什么打算？"

"跟干部打交道没一点情分，就像某日那个民警，中午在你家吃酒，晚上竟然就到你家来捉赌罚款，赵子文干了快十年支书，老宋一句话就把人给打发了，说免就免，你说这些人不都是'狗嘴上长毛，翻眼不认人'的吗？"赵子文刚唉了一声，德午就插了话，还把空酒杯端在手上转了三圈。

"给这些人卖命，到头都难讨个好结果。那时赵子文为了完成乡里下达的公购粮征收、计划生育任务，带着村干部挨家挨户做工作，到村民家撮谷牵猪的事都做过，也被人骂过、怨过、咒过，乡里派过一只狗来安慰过一句吗？过年捎过一句暖心话给你吗？他们下村摸起筷子就吃，垫了床就睡，不洗个碗，不叠个被，哇起事来唾沫可以淹死人，他们那么金贵，我们就那么贱贱！现在想来都后悔，那时真蠢，真不是人，竟然干出那种断子绝孙的事，到现在还有人记着这个事，要是再来次运动，我们这些当过组长的都要被算旧账，你说你赵子文值吗？不值！他们用你时就是支书，不用你时就是憨猪，一脚就可以把你踢开，一句话就可以把你甩掉，这就是当村组干部的宿命！"正发当了好几年组长，可以说是赵子文的贴肉褂了，心里也窝了一肚火。

"不说这些，不说这些，我们喝酒，喝酒。"赵子文不想去议论这些无益的事，端起酒杯，要跟大家喝，德午和正发心里不痛快，老冲也有同感，都说喝，四人端起酒杯，又闷头闷脑地喝了一杯。

"这次乡里免我的职，就是横仔……不说了！"赵子文端起酒杯，自个儿喝了一口。

"横仔这家伙真不是人，那天晚上在我家喝酒，答应得好好的，回去就翻了眼，以前不晓得，没看穿，原来他是只翻眼狗，真不是东西！"老冲听了也生气，想什么时候碰到横仔，非要骂他个狗血淋头。

"横仔为什么要告你的状？你也没屙屎在他饭蒸里呀？"正发不解。

"你是什么时候得罪了他吧？"德午也想不通。

"我又没和他吵过架，也没有和他争过什么利，不可能有过节呀？"赵子文放下酒杯，一脸的无奈。

"那他为什么要告你呀！"老冲也想不明白。

"横仔和铁山是亲戚，铁山想当支书，他肯定得帮铁山。"赵子文也想不到，横仔告状还另有想法。

"按理说横仔也不会那么傻，他在竹厂那里当了副厂长，夫妻俩拿着工资，多好的日子，再过几年就要发财了，现在被刘老板辞退了，辞退是说得好听，那是刘老板照顾他的面子，不想让他太难堪，实际上就是被刘老板开除，一脚踢开了！横仔不可能为了铁山，做这样的蠢事，这得不偿失呀！？"德午也找不到根蒂，看着赵子文说。

"那是！横仔这样不计后果地舍命帮铁山，肯定是另有图谋！"正发也仔细地分析了一下说。

"嘿嘿，我想横仔也不会想有这样的结果，他是骑上了老虎背，想下来难呀！事情发展到这一步，肯定是乡领导给刘老板施了压，刘老板也是挥泪斩马谡，不得已而为之！横仔再傻也不会傻到逼刘老板开除他——这不是跟自己过不去么？"老冲拿着筷子一边撷菜一边说。

"老冲是镇上个体私营企业协会的会长，分析问题比我们强，肯定是这么回事，我想此刻横仔被开除——虽是自作自受，却比死了爷娘还难受！哎！只是船头滩街上那么多家药铺，就没有人进点后悔药来卖，横仔现在是想后悔也迟了！哈哈……"德午笑着也搛了一条石膏鱼，还没送入口中就接了嘴说。

"我看这事不能就这么算了，乡里既然派人来代理支书了，我们也要给他上碗黄沙坳的辣椒汤，不辣出眼泪就不晓得黄沙坳的辣椒为何物！"正发是今天下午开会时第一个站出来说话的，赵子文当支书时提拔正发当了组长，正发和德午就是赵子文当支书时的左右膀，是两员武将，很多时候，赵子文唱文戏，正发和德午则唱武戏，一唱一和，一些党员组长也奈何不得，连村主任马叔也要让三分，这次赵子文被停职，也是他两人没想到的。

"我认为乡里派人来代理村支书，也只是一个权宜之计，否则，乡里就不会说'代理'了！你们要想清楚，乡里现在是停你的职，又不是说撤你的职，也不是免你的职，停职就是暂时的，还可东山再起。"老冲当了会长，看问题又比正发和德午高三分。

"要想东山再起，必须要他曹一男早日滚蛋！"德午说。

"支书的交椅还没坐热，怎么就会走人呢？"赵子文也觉得不可能。

"这有什么难的，村里的工作说轻松也轻松，说难也就真是难。不是修路要征田征地了吗？我们都不配合，他曹一男不就一退伍兵吗，他又没上过战场，能有什么能耐？他无法按时完成任务，征不了田，征不了地，县交通局的修路款就拨不下来，没有钱，这条路就动不了工，修不成路，他曹一男就无法给村民交待！就这一项，就够他这个退伍兵呛的，还怕他当过什么学生会主席，是个大学生？当过兵也要让他焦头烂额。"正发是村委委员，知道工作的重点和要害。

"修路是大事，也是眼下村两委工作的重中之重，这条路是黄沙坳人的出行大路，村民盼了多年，这次好不容易在赵子文任上立了项，如果在曹一男任上泡了汤，那他曹一男就是黄沙坳人

的千古罪人，不用我们说，乡里也会对他问责，那样的话，他就只好自己夹着被子灰溜溜走人了。"德午接嘴说完，有些得意。

"你们说的这个代理支书叫啥？"老冲听了半天才反应过来，觉得这个名字有点熟，就是想不起是谁。

"叫曹一男！"赵子文答道。

"你认识？"正发问。

"曹一男？"老冲又问一句。

"对，是叫曹一男！"德午也说。

"哪里人？"老冲问。

"就是船头滩曹家村曹树南的儿子。"赵子文说。

"是树南的儿子？我认识，我只知道他小名叫憨牯，那年来黄沙坳看姑俚，还在我店里买了货。这孩子非常不错的，那时候为了考大学，晚上看书总是看到深更半夜，蚊子叮在身上也不晓得驱赶，那么入迷，曹家村人教育孩子都拿这例子来说事勉励孩子，后来他去当了兵，在部队里表现也非常好，能在部队里入党，那可是百里挑一的，很不容易，可他不但入了党，还被评为优秀士兵。对，他还在部队里考了军校……"老冲还没说完，就被人打断了。

"考了军校为啥不去读？"正发问道。

"没考上，就差十分没考上。后来就退伍了，退伍后他仍不泄气，坚持复习看书，最终考上了省农业大学，省农业大学算是一本的，一本你们知道吗？他在学校里还当上了学生会主席，毕业不到半年就考上了公务员，分到了船头滩乡政府，这憨牯不一般呀！"老冲说完似乎有些兴奋。

"我看也不过如此，今天他在村部被一伙要债的逼成了'憨牯'，那样子多可怜，祖宗八代的脸都被他丢光了，要是我，地上崩了圻缝都想钻进去！参过军，读了一本，又考上了国家干部，有出息还来这山窝窝里当村官？哈哈，而且是个代理支书！'代理'你们晓得吗？这不成了我们说的老鼠钻牛角——越钻越缩么？"德午轻蔑地看了老冲一眼，然后对大家说。

"莫把年轻人看偏了。今天是曹一男上班第一天，还没断黑前，他就上了我家门。"赵子文一边说一边拿起酒壶浧酒。

"他是来找你要支部公章的吧？"正发一边搛菜一边问。

"不是。"赵子文回答道。

"这时候上门，肯定没有好心，不就是黄鼠狼给鸡拜年么？"德午的德性也不好，当了多年的组长，还是管不住自己那把嘴。

"那也不至于，他来找我，还是有诚意的，说明天要搞一个主题党日活动。"赵子文边说边端起酒杯，"不说这些，来，我们四人共同喝一杯！"

"好！"

"喝！"

"干！"

"你答应参加没有？"老冲放下酒杯问道。

"我答应了。说实话，开始我是不想参加的，后来仔细一想，如果我不去，到时某些人还要笑话我，以为我心里虚，被停职了，就不敢抛头露面了，我偏不中他们的计！我又没做贼，又没贪污受贿，怕什么？！"赵子文把酒杯往桌上一顿，筷子也被他碰落了，一旁的赵婶又白了他一眼。

"好！咱们走着瞧，看他曹一男明天会玩出什么新花样。"德午也愤愤地说。

2. 高松叔出山

走到三港口，正是几年前眯子哥开龙马车送我来看姑俚停车的地方，远远地，我又看到了岳父家门头上那"板筑遗风"四个字。

岳父是村里的老木匠，带过好几个徒弟，可他只有竹花一个独生女，没有儿子传承木匠的手艺，常因此唉声叹气。

岳父虽有老旧思想，但岳母通情达理善解人意，与村里的叔婆婶们关系很融洽。

刘阿婆上门说媒时，岳父提出要竹花在家招郎，说傅家不能断香火，不愿做上门女婿的就免谈。刘阿婆都出了门，后是岳母喊回来的。岳母虽是女流之辈，但读过初中毕业，也算开明通理。她对岳父说："古言道，'好崽不上门，好女不招亲'，把女儿放家里招亲，就说明我们有私心，就要委屈女儿，我们又没有崽，以后老了要靠竹花，竹花不能找个中意的郎，就会痛苦一辈子，那不是害了竹花吗？我们老了还有什么依靠？还有什么幸福可言？"就这一通话，让岳父点了头，同意我和竹花订婚。

岳母在生产队当过妇女队长，还有一手办大厨的手艺，谁家有红白喜事要帮忙，都要请她去当大厨，尽管当大厨很辛苦，岳母从不收人家工钱，东家为了表示感谢，凡是帮忙的，一般都是要发个红包，不过大厨的红包那是要翻倍的。

我跨过大门槛，就见岳父坐在厅堂里和一个人在说话。那人背对着我，我没有认出来。我喊了声"爸"，岳父"嗯"了一声，算是应了。那人回头看到是我，一脸的惊喜，忙起了身说："这不是你姑爷憨牯——呵呵，现在要叫曹支书了！"说话的不是别人，正是当年看姑俚时帮姑父周敬财耙田的周高松。

"高松叔好！"几年过去了，高松叔一点也不显老，精神头还是和原来一样，比岳父显得更年轻，这大概与他爱唱山歌也有关吧？我这样想。

"好、好！是你当年救了我这条老命，要不然，我的骨头都可以打鼓了！"高松叔握着我的手连说了几声好。

"我哪有那能耐？叔佬过誉了！"我笑了笑说。

"呵呵，你看你女婿这么谦虚，真是个百里挑一的好崽俚！"高松叔笑眯眯地对着岳父说。

"高松叔过奖了！"我抱着拳说。

"你俩先聊一下，我去厨房端菜，老周莫走，就在我家吃饭。"岳父说完就起了身。

"你们聊，还是我去端菜。"我忙拦住岳父，又对高松叔笑了笑，就往厨房走去。

去厨房有个廊道，我在廊道里就听见岳母在厨房炒菜的声音，我隔着门喊了声"妈"。

岳母甜甜地"哎"了声，一边铲菜一边回头对我说："菜都快炒好了，就等你来。"

我看到灶台上摆了五六个菜，有腊猪脚、冬笋炒腊肉、香菇排骨，还有豆角干，山姜炒青椒等，都是嚯酒的好菜。我说："妈，我又不是客，炒这么多菜干嘛？"

"哎，半年没来了吧，都快成贵客了，哈哈！"岳母铲完菜也笑了，手在围裙上不停地抹着。

"我来端菜。"我说。

"你忙了一天，歇着吧，叫你爸来端。"岳母说。

"爸与高松叔在聊天哩。"我说。

"这老不死的，倒清闲了。"岳母说。

我把菜端到饭厅里的饭桌上，放好碗筷，就喊岳父和高松叔吃饭。

村邻多随便，高松叔也不作礼，叫吃饭就上了桌。

也许是我来了，也许岳父在高松叔家也喝过酒，岳父筛了一壶谷烧酒端出来，我赶忙接过酒壶，给他们溌好酒。

"老傅今天搞了这么多好菜给曹支书接风，被我赶上了，也算我有口福，来，这杯我先敬曹……"高松叔接了酒就举杯，还没说完就被岳父打断了。

"唉！酒就莫敬了，他这个支书不好当，说白了是自找苦吃！"看来岳父对我当支书还是有想法，心里有一万个不同意。

"哪能这样说呢？好歹他也是乡党委任命的，人家铁山想当还当不了哩！喝，我先敬！"高松叔还是执意要和我喝，而且他一仰脖就把杯里的酒干了。

"你年大辈大，应当是我先敬你的酒才对！"我有些被动，只好也端起杯把酒干了。

"就凭你当年那一把'火'，我敬你十杯也不为多！"高松叔抹着嘴笑着说。

"都过去几年了，还说那个事干吗？吃菜吃菜！"岳父带头搛了一箸菜送入口中。

看来要想岳父接受我这个支书一时半会有点难，我想岔开话题，就从高松叔爱唱山歌入手。高松叔是黄沙坳村人公认的山歌王，比竹花姑父唱得更好，现在省里出台了政策，要求各地挖掘非遗文化，我在报上也看到了新闻报道。黄沙坳的锄山鼓享誉县内外，老老少少都会唱，在县文化馆工作的傅甘霖老师，就多次来黄沙坳采访过高松叔，还采访过岳父和姑父，还搜集了不少山歌印成小册子传唱，如果把这些人组织起来，成立一个山歌队，村民肯定会拥护，定能得到县文化部门的大力支持，我觉得这个主意可行。

"高松叔啊，你的山歌唱得那么好，没有机会上舞台一展歌喉，真的埋没了人才，是我们黄沙坳村一大憾事！"我一边说一边给岳父和高松叔溜酒。

"人才？你还不晓得吧，村里跟我一样会打鼓唱山歌的不下十人，会和歌的人就更多了！这也算人才？那不糟蹋了人？"高松叔哈哈大笑。

"是呀，村里会唱山歌的人太多了，古话说'山歌不卖钱'，也没见谁把山歌兑过一盅酒，都是穷乐！"岳父对非遗文化的作用和挖掘意义缺乏了解，自然没有兴趣。

"我爸说得对，以前是没见谁唱山歌卖过钱兑过酒，是什么原因呢？我认为就是没有组织好，没有专业老师指导，歌词多是下流粗野的，没有创新，不能形成一个文化品牌，就等于一个人没有名字，名字都没有，谁能知道你？所以黄沙坳的山歌出不了乡出不了县，登不了舞台就不值钱。"我把乡文化站王站长给我讲的一番大道理又说了一遍。

"呵呵，这么说来也对，我还没想过要把山歌唱出去呢！"高松叔笑着说。

"山歌都唱了几百年，几百年都没有唱出去，这会要唱出去，怕是有点难！"岳父也觉得不现实。

"唱不出去也可锻炼身体呀！"刚上桌的岳母接了嘴，看来岳母还是支持我的。

"如果村里成立山歌队，请县文化馆的专业老师来辅导，那就不一样了。你看陕北民歌唱响了全国，兴国山歌也唱到了北京，要是我们有了山歌队，练上一年半载，肯定能唱到县里或者市里的舞台上去，到时村里不就出名了？"我见岳父脸上有了些微妙的变化，高松叔也听得入了神，岳母也笑眯眯的，便接着说，"我们村的山歌有两百多年历史了，在县上也是一个文化品牌，来之前，我到乡文化站拜访了王站长，他也说到了我们村的山歌，只要我们成立山歌队，他同意送十面鼓、十套演出服装支持我们。"

"好呀！有文化站支持组建山歌队就不难！"岳母也是和歌手，一边说一边撼了一块腊猪脚给我，又舀了一勺汤送到我碗里，"快吃，多吃两坨！"然后又对高松叔说："你也吃啊，莫要我撼。"

"好，我自己来，不用你撼。"高松叔也撼了一坨腊猪脚边吃边说，"村里成立山歌队是好事，我打心眼里支持！现在年轻人不愿学也不愿唱了，上面再不重视就要失传了。"

岳父也是爱唱山歌的，听说文化站送鼓又送衣，也有了精神，可他又担心地说："谁肯来为这个头啊，这不吃力不讨好么？"

"远在天边近在眼前！"岳母笑嘻嘻地说。

岳父和高松叔听了你望我、我望你，一时没回过神。想不到岳母和我心有灵犀一点通。

"对！高松叔是村里的山歌王，这个队长非你莫属！"我拍着掌说。

"我老了，唱腔都走音了，嗓子也不行，还是找年轻的吧。"高松叔推辞着。

"年轻人对山歌没有感情，他们连唱都不会唱，怎么传承？"岳父也不同意找年轻人。

"你就不要推了，我晓得你对山歌那个感情深哪！你要是把山歌队带好带出名声来了，就是为村里办了一件大好事，也没白来人世一趟。"岳母也觉得组建山歌队是个好事，就一个劲地劝着高松叔。

"现在各地都在建新村，建新村也离不开文化传承，咱村里的山歌如果能进一步挖掘发扬光大，是可以申报国家非物质文化遗产的，如果能成功，那就是一件功德无量的好事，高松叔你就莫推辞了，村里会大力支持你的！"我说。

高松叔推辞不过，想了又想才说："好吧，就凭你在村里当支书，就凭你当年那把'火'，我就豁出去了！但我有个条件。"

"要钱还是要物？"看来高松叔也是有准备的人，我只好试探地问。

"也不要钱也不要物。"高松叔诡秘一笑说。

"既不要钱又不要物，哪你要什么？"我松了一口气，又不解起来。

"我要个人！"高松叔说完朝岳父一努嘴。

"哈哈，你这老周也滑头……"岳母立马笑出了声。

"都看我干吗？"岳父觉得奇怪，搛着一箸菜也忘了送嘴里。

"嘿嘿，我要你来当我的副司令！"高松叔说完大笑，我也笑了。

"别别别，别打我主意！"岳父忙放下筷子，一口回绝。

"你老傅不支持你女婿，那我老周也不干！"高松叔使出了绝招。

"我歌没你歌唱得好。"岳父还在推辞。

"我也不是专科毕业，那你刚才为什么要赶我鸭子上架？"高松叔的话步步紧逼，足见其嘴上功夫了得。

"唉，你这可是逼我上梁山！"岳父说不过高松叔，只得甘拜下风。

"好，我爸来助一臂之力更好！"我拍着掌说，"我好久没听山歌了，要不请高松叔唱首山歌助个酒兴如何？"我笑着对岳父和岳母说。

"好，好！"岳父和岳母异口同声地说。

"好吧，盛情难却，那我今天就献丑了。"高松叔放下筷子，做了个习惯性动作：双手抱拳，然后清了清嗓子，张口就唱了起来：

想妹想的好心焦，

砍起柴来掉了刀，

吃起饭来跌了碗，

走起路来光摔跤，

不成相思也成痨

……

3. 这个活动好

为了把主题党日活动搞得有声有色，老马叔也是花了不少心思，还写了几条标语，他的毛笔字虽上不得大雅之堂，倒也洒脱大方，贴出去了村民都说好。

老马叔把"发挥基层党组织的战斗堡垒作用，发挥党员的先锋模作用"的标语贴在村部外墙，把"党员带头学习、带头争创佳绩、带头服务群众、带头遵纪守法、带头弘扬正气"的标语贴在小学的围墙上，把"建堡垒、争先进、比奉献、强素质"的标语贴在三港口的岔路口，大凡进村的、去学校的、到村部的，都可以看到。

黄沙坳村原有正式党员三十六名，外出和病事假的有十二人，实际能参加这次活动的党员包括我才有二十五人。

我和老马叔商量好，凡是来参加活动的党员先在村部集中，全体党员面对党旗重温一次入党誓词，再到村烈士塔祭拜烈士，然后到村街打扫卫生，清理三港口古桥的杂草，填补村道的坑坑洼洼，到中午结束，各自回家吃饭。

早上八点不到，党员们就陆续来了。我原以为有人会缺席的，没想到他们都来了，而且没一个请假的，这是我没有想到的。当然，这些人中，有本来是不想来参加活动的，但看到昨天宣布会上我的窘相，还有我被催债的人逼出的狼狈相，心想又会有一出好戏唱，又有热闹可瞧，便早早地来了，想等着看好戏。不过，我也有心理准备，昨天的会议太短，没能和党员进一步交流，是一种遗憾；今天一同参加活动，就能近距离接触，就能听到他们的心声，就能感受到他们的关切，所以我也愿意接受全村党员对我的严峻考验。

八点半到了，党员齐聚村部会议室，院外也赶来了三三两两看热闹的群众。按预定程序，老马叔要带领大家学习《党章》，老马叔拿出事先准备好的《党章》，翻到第七章，清了清嗓子，说："今天我们学习第七章党的纪律，第三十九条规定，党的纪律是党的各级组织和全体党员必须遵守的行为规则，是维护党的团结统一、完成党的任务的保证……"

接下来的议程是宣誓。宣誓是一个很严肃的活动，没有谁敢吊儿郎当，只是大多数党员已有多年没有重温入党誓词了，举着的手有高有低，衣着也不齐整，队形也不规整。我站在前排领誓，党员们纷纷跟着我宣誓：

> 我志愿加入中国共产党，拥护党的纲领，遵守党的章程，履行党员义务，执行党的决定，严守党的纪律，保守党的秘密，对党忠诚，积极工作，为共产主义奋斗终身，随时准备为党和人民牺牲一切，永不叛党。

宣誓完毕后，党员们又议论纷纷，似乎还沉静在刚才的铮铮誓言中，大家有说有笑，之前的颓唐不见了，好像眼里也有了光，人人有了精气神。

按照预定的程序，我带领全体党员来到村烈士墓，先把烈士墓的杂草及周边的垃圾全部清理掉，有锄头的用锄头，有刀的用刀，有铲的用铲，也没谁监督，党员们都很自觉，个个干得起劲，没见一人偷闲的。我把坟沟里的乱石一一搬开，又用柴刀砍掉一丛茅草。墓旁边五米处，就是烈士塔，这座烈士塔是花岗岩建的，有一丈多高。我也是第一次来到这烈士塔前，不禁用手去触摸这座塔身，这些花岗岩，因岁月的侵蚀，已没了往日的光泽，上面蒙了尘，像一个世纪老人在这里打坐。我的手有一种浸凉的感觉，如同触及了一部厚重的历史，一种责任感压上了肩头。当我看到那些党员组长个个干得挥汗如雨，没有一人叫苦叫累，又感到这座塔无比的高大，心里无比的崇敬。我来到墓碑旁，蹲下身，把墓碑擦了又擦，这墓碑有些年头了，上面的字也不是那么清晰了，平日里大家都忙于生计，也没几人仔细瞧过，看到墓碑上这么多烈士被敌人所害，有的还是少年，有的连名字都没留下，党员们又激动地议论开来，心情非常沉重，大家都觉得这些烈士太壮烈太伟大了，村里组织这个活动很及时，很有意义。把卫生扫干净后，我们就在烈士墓前举行祭拜活动，并向烈士行了鞠躬礼，敬献了花圈。祭拜活动结束，我见大家情绪高涨，兴奋异常，便提出请赵叔给大家讲讲革命故事。我的话音一落，党员们就鼓起了掌，赵叔面对这么多党员，又不好推辞，只得走到烈士墓前的石阶上，开始讲革命先烈的故事……

4. 不敢偷懒

赵叔讲完故事，全体党员还沉浸在革命先烈的大无畏气概中，脸上写满了感动。一位年轻的新党员说，今天面对党旗重温了入党誓词，拜祭了革命烈士，听了红色故事，接受了一次深刻的党性教育，进一步增强了党性观念，我们要继承革命传统，牢记光荣使命，争先进位讲奉献，做一名合格的共产党员。

接下来的活动是打扫村街的卫生。

村街的卫生应当有些时日没有打扫了。过去，队长一喊，全队社员放下手头的活，都扛着锄头拿着铁铲和扫把，或挑着箢箕，推着翻斗车上街，这样的情景只在记忆中出现过，且已随着早年的集体解散而土崩瓦解。不像现在，除非你出钱请人，要不然，公共事务大家都躲得远远的。这也不能怪村民没有集体观念，也不是村民们的思想落后，而是没人去组织，没人去带头，是党员组长没有起到先锋模范带头作用。

老马叔举着"党员先锋队"的队旗走在前头，我们一路打扫。有拿锄头起屋沟污泥的，有用斗车送垃圾的，有用扫把扫地的，有用洋铲铲土的，大家都干劲十足，没有一人叫苦叫累。我见赵叔额头大汗直流，衣也湿了，就叫他歇一会，赵叔说好久没这样劳动了，出点汗对身体有好处。铁山表现也非常不错，他推了辆斗车，连送了十多趟垃圾，正用毛巾擦着汗哩。村街多年没有统一打扫过，垃圾实在太多，街邻看到村里的党员都在打扫卫生、清理垃圾，个个忙得满头是汗、不亦乐乎，于是家家烧茶送水。你泡萝卜干茶，我泡芝麻茶；你泡菊花茶，我泡米爆茶；你泡川芎茶，我泡高山太阳红茶，家家比拼着端茶送水。队旗插到哪，那里就一片洁净亮堂，那里就有欢声笑语。送茶的一家比一家好，一家比一家热情，就像当年给红军送茶一样，这情景，让党员们感到心里热热乎乎。

铁山参加这次活动，本来是想看赵子文唱一出精彩大戏的，末了他还要在暗里使把劲，让曹一男在众党员面前难堪，再出一次洋相，这都是必须的，而且是必会出现的。没想到赵子文讲完故事后，这家伙就像变了个人似的，还和曹一男说上了话，好像他们两人很快达成了默契，一切隔膜已烟消云散。难道，是曹一男许了赵子文什么好处？要不然，赵子文是不会这么快就俯首称臣的。铁山每送一车垃圾，都要瞥一眼赵子文。铁山从来没有这样关心过任何一个人，对赵子文的一举一动，哪怕一个眼神，他也要时刻留意，不想放过。只要赵子文一起事，他这里就会立即呼应——尽管他与赵子文并非一条心，也不是一路人，但为了让曹一男能在众人面前难堪，或者早日走人，夹着被子滚蛋，还是必须得在暗里劲往一处使。铁山见赵子文忙了半天没一点动静，对他的关切没一点心灵感应，像个冷血动物，压根儿就没有半点那个意思，还一副恭顺服从、屈卑驯服的样子。铁山感到好恶心，狠狠地吐了一口痰。可他又不好起事，也没有任何理由找茬，而且那些党员，都没有主心骨，开始还稀稀拉拉，像一群打了败仗的残兵游勇，一个个萎靡不振的样子，可听了个革命故事，就个个有了劲，做起事来就拼命，干了半天也没一句怨言，手上起了血泡，也不包扎，也不叫痛，也不叫一声苦，个个满头是汗，害得他在那么多党员面前也不敢偷懒，还要装成先进的样子，连送了十多车垃圾，手都发胀骨头都要散架了，要不是街邻送了茶，他多喝了两碗，多歇了一会，就要累得够呛！这没节气骨头的赵子文，这该死的曹一男，你们都别想过好日子！

　　赵子文虽然对乡党委对他的停职处理决定有想法，但他毕竟有十多年的党龄，还是有些党性原则的。刚才面对党旗重温了入党誓词，又到村烈士塔拜祭了革命烈士，尤其是自己第一次给全村党员讲红色革命故事，虽然是讲给大家听的，但他自己的灵魂也受到了一次"震风凌雨"的涤荡，想到自己一时糊涂，为了一己私利，竟然对曹支书产生抵触情绪，这哪是一个共产党员的所为？尤其是在停职问题上错误的情绪和做法，这哪是一个共产党员该做的事？赵子文为自己的错误行为感到很羞惭，觉得自己是老了，思想退化了，跟不上形势了，是该退下来让年轻人上了。看得出，这退伍军人曹一男，年轻有为，做事沉稳，上班第一天就做了这么一件有意义的事，不但团结了全村党员，而且还得到了民心。以前村民看到村里的党员干部都歪着头不待见，今天那么多人烧茶送水，这就是有力的证据！为什么我在村里这么多年就没有想到呢？就没有这样去做呢？赵子文在自责中看到那些党员在活动中个个都有感受，个个都表现不错，还有一种"我是党员我自豪"的荣誉感，心里就更加笃定了。

人多力量大。二十多人参加活动，加上村街也不大，不到两个小时就把垃圾清理完了，接着我们又到村小学的路上除草填路。以前这条路坑坑洼洼，雨天，学生上学泥湿路滑，晴天又被风刮得尘土飞扬，学校和家长多次向村里提了意见，村里只是想到要修水泥路，可修水泥路又没钱，不知何年何月才可解决，是个遥遥无期的事。我认为先把坑坑洼洼填一下，把路旁的茅草除掉，争取早日在上级立项后再硬化，我相信学校和家长也能理解支持。到中午十二点活动结束，没有一个党员请假或借故离开的。岳父昨晚就提醒我，说这次活动会有人给我出难题，或者要让活动中途夭折，大家会不欢而散。还说什么有人会出歪点子，要让我在全村党员面前再陷入难堪的境地。看来岳父的估计是错误的，我之前的担心也是多余的。

第二天，高松叔邀请了一伙山歌爱好者到他家开会，主要是讨论成立山歌队的问题，高松叔要求我参加，这会我是肯定要参加的，而且要在会上把山歌作为非物质文化遗产的作用、保护以及如何挖掘和利用作个全面透彻的分析，让大家觉得山歌是黄沙坳人的宝贵文化遗产，组建山歌队很有必要，另外还要给大家鼓劲，让大家树立信心，积极参与，不但要把山歌传承下去，而且

还要发扬光大。

来参加讨论会的山歌爱好者有二十多人，有老有少，有男有女，年龄大的有七十多岁，小的也有十多岁。大家都围坐在高松叔院门口，高松叔烧了一瓦罐苦茶放在桌上，桌子上放了一堆茶碗，高松叔的爱人忙着筛茶。高松叔说人都到齐了，要我起个头。我就把成立山歌队的必要性和挖掘、传承、保护山歌、申报国家非物质文化遗产的重要性，深入浅出地给大家讲解了，大家都听得非常认真。另外我还特地从文化站借来一本书，大道理村民一时难上心，也许小道理易接受，于是我从科学的角度给大家介绍了书上说唱山歌的七大好处。我照本宣科读完，接着又举例说："大家都晓得高松叔爱唱山歌吧，他今年都六十多了，你看他不就五十岁的样子吗？唱山歌益寿康健的例子就在我们身边，大家还犹豫什么？想报名的就请快快到高松叔处报名。"

"好，我报名参加山歌队。"

"我也报名！"

我的话音一落，就有几个人要报名，看来我的介绍还是有些鼓动性。我因要到乡政府去开会，就先行离开了，高松叔继续和大家讨论成立山歌队的事宜。

5. 泡温泉

一次偶然的机会，横仔和老冲、铁山、刘老板等人相约到上汤泡温泉。

上汤是艾县有名的温泉之乡，这里的温泉水为地壳深处地下水在地热作用活动下而形成。泉水温度在 30 ~ 45 摄氏度之间，最高温度 68 摄氏度，温泉水质为重碳酸钠型。含有硫磺、锂恬、铁、锌、钴、钼、镍等矿物质和微量元素。具有杀菌疗疮、解除疲倦等功效，同时具有对人体皮肤润滑、增强弹性和提高人体抗御能力的效能，吸引了全国各地的人来疗养、休闲度假，一些经营者因利益驱使，还招来不少妙龄女郎为客人洗澡擦背，听说有的还提供性服务，收取高额服务费。

早年的上汤温泉，有男女同浴的习俗，还因此上过《人民日报》（海外版），现在是新时代了，分了男女汤池。

横仔一行五人分别进了澡堂。横仔走进东边最里头的一间澡堂，他关上门，环顾一眼澡堂，里面有个池子，池子约两米长，宽约一米二的样子，深不过一米，池子是水泥抹的，池壁贴了花白的瓷砖，池底是贴的那种防滑的瓷砖，池壁上还安了两个水管头，管口不大，比矿泉水瓶盖大一圈，一个是进热水的，另一个是放冷水用来调和热水的，两根水管都有一个红色的开关，圆型的，可以随意调节水量。下池的地方有两级台阶，也贴了防滑瓷片，池边靠墙处，摆了一条约一尺宽的踏凳，方便洗澡者脱衣穿鞋放衣物。踏凳对面墙上有个不大的玻璃窗，关得严严实实，窗子是有窗帘的，是赭黄色的窗帘，看不到外面的人。老板还在靠窗处安放了一张双人床，床下有两双拖鞋，摆放整齐。床是席梦思的，距池子不过两三尺远，目的不言而喻。

横仔刚脱光衣服下到池中，就有人顺利地打开了沐房的门——进来一个穿连衣裙的"小姐"，原来老板为那些小姐都配了锁匙。横仔赶紧用毛巾遮住自己的私处，没想到那小姐笑出了声，说你又不是闺男，装什么正经，还怕见了光，露了脸？那小姐一脸的嗔笑，娇艳无比，横仔还没反应过来，她就把上裙子脱了，横仔还没开口，她又把最后一条三角裤也脱了，赤身裸体地站在池岸上，像一朵出水的芙蓉。横仔正想入非非之时，沐房的门突

然被人一脚踢开，横仔正要骂娘，看到进来的是两个警察，当时就吓傻了。一名警察进来就举着相机，对着他们不停地拍照，另一警察则对着他们训话，吓得那"小姐"缩在床角一动也不敢动，横仔也像四类分子一样靠墙杵在那里，还有那两条腿，也极不争气，不听使唤地抖了起来。

横仔一行五人在上汤泡温泉，也都进了"小姐"，但其他人都把"小姐"赶出去了，就横仔一人要了"小姐"。也该横仔倒霉，正碰上"扫黄队"的人进了上汤，又被他们从床上逮了个正着，刘老板、老冲、铁山等人都出面保横仔，请求警察罚款了事，警察一口回绝，说这是全县"扫黄"工作开展以来发现的第一起嫖娼案，肯定要作为典型案子处理，并当场决定对横仔处予治安拘留十五天、罚款500元的行政处罚，还要在县电视台亮相，并在船头滩乡进行通报。

横仔当日就被送到了县拘留所。秋莲接到派出所通知，要她给横仔送被送衣，每天还要交伙食费10元，气得秋莲在家哭了半天。秋莲想到自己当初一心一意要嫁横仔，本以为他会珍惜这份感情，没想到横仔是个不争气的猫骨头（猫头鹰），过不得光天白日的好日子，除了缩在枝头，半夜喊两句，就没一点本事。这会又做出嫖娼这种有辱家门的事，让秋莲在村里难做人，也抬不起头，见了乡亲也没面子，更不敢看到娘家人。秋莲想起横仔的种种不是，想起与横仔一路走过的坎坷，想起与横仔一道经受过的苦和累，心里就感到气逼难受，越想越气，越想越伤心，一时泪眼婆娑。她害怕别人听到，就关起门来哭，哭得好伤悲，也不吃饭，也不喝水，哭到断黑时，眼泪也快哭干了，当她看到窗台上有一瓶杀虫剂的农药，眼睛一亮，这是年前她在一个农药贩子手里买来拌豆种的，之前种豆拌了半瓶，还剩半瓶搁在那。她拂了一下凌乱的头发，迈着如铅一般的脚，一步一步挪到窗前。

窗外已漆黑一片，也看不到星光，星星早已躲起来了，也听不到狗吠，狗也可能进了窝，多么安静，多么难得的夜！看来，这半瓶农药，就能让她得到解脱，就能让她好好睡一觉，永远永远也不要醒来。这世界，除了儿子在外打工，就没有人可以让她牵挂的了，儿子不争气，出外许久也不打个电话回来，好像他也没有家，心里也没有娘。虽然父母都在，相隔不过两里地，可她有十多年没回娘家了，曾经去过一回，还是母亲瞒着父亲喊她去喝了一回汤，后被父亲晓得了，母亲挨了父亲一顿骂，后来就再也没去了。秋莲晓得，父亲这样绝决，也是为了她好啊！悔当初没有听父亲的话，嫁了这个不争气的东西，害得她有家不能归，有父不能认，有母不能喊。可怜的儿哟！娘走了，今夜就走了，再也看不到你了，以后也没人给你洗衣做饭，有病有痛也没人关心你了，你不要怨娘狠心，娘也是没有办法，被你爸这千刀万剐的害得惨！好在娘的苦日子算是熬到了头，马上就要解脱了，你就好好保重自己，将来结了婚，成了家，生了儿子，要记得到娘坟前去烧炷香，哪怕上一铲土，作一个揖，也算娘没白给你一副骨头，娘也就知足了，能眯眼了。

秋莲哭得泪眼婆娑，哭毕又唱起了歌，那是村里人唱的一首最悲伤的歌：

　　　　一九到二九，好汉难出手，

　　　　三九二十七，檐上冰挂臂，

　　　　四九三十六，铜车难转轴，

　　　　五九四十五，黄狗钻灶洞，

　　　　六九五十四，乌范生嫩刺，

　　　　七九六十三，脱衣用担担，

　　　　八九七十二，双脚泥里呱，

九九八十一，穷人难中出……

秋莲不再哭了，唱完就拿起那半瓶杀虫剂一口喝下，那杀虫剂一点也不苦，比黄沙坳的菊花茶好喝，比蜂蜜还甜，她还想再喝一瓶……她笑了，笑得很灿烂，她的身子有些软了，眼睛也模模糊糊，她要睡了，想好好睡一觉……待她醒来，已是第二天早晨了。

都说冤鬼千年在，苦命之人想死也难。秋莲喝下半瓶杀虫剂，没想到这杀虫剂却是假的，害得她在医院里又是洗胃又是打点滴，被医生折腾了几个小时，比死了还难受。

秋莲没死成，还得感谢一个人，那就是铁山。

横仔被送去县里拘留的当天，铁山断黑去找秋莲商量给横仔送被送钱的事，见她家的门是关的，灯是亮的，敲门也没人应，还闻到一股农药味。铁山想，这乌漆墨黑的谁还会去打农药？即便去打农药也不会倒闩门呀？闩了门说明屋里有人，有人就会听得到他的喊声，而且喊声这么大，就是睡着了也会吵醒，除非睡死了！秋莲在家，不可能听不到，难道秋莲不愿理他？这不可能，秋莲也不可能生他的气，秋莲的为人他还是清楚的。铁山贩过木头，是个走四方的男人，也见过大事，心想莫不是秋莲因横仔被拘留的事想不开——想不开也不能喝农药呀！他不敢多想了，就找了根柴棍撬门，可门闩紧了，撬不开，又喊了几声，也没人应。铁山断定秋莲出事了，遂一脚把门踢开，这才看到秋莲口吐白沫倒在地上。好在铁山有力气，及时把她送到了医院，要不就真要出大事。

6. 感谢假农药

听说秋莲喝农药被送到了船头滩卫生院抢救，秋莲的父亲和母亲当夜就赶到了医院。女儿是父母的心头肉啊！当初不待见秋莲也是对横仔的一种惩罚，是没有办法的办法，也是想秋莲过上好日子。可秋莲不听，父母也只好横下一条心来表示反对。可你过得再不好，也不能走绝路呀！不是说蝼蚁尚且贪生，为人怎能不惜命呢？你这样想，就真的不要爷娘了？就不管儿子了？秋莲的母亲晓得女儿心里有太多的委屈，有太多的苦水无处倾诉，遂拥着秋莲哭个不止，这是她母女俩自秋莲结婚后二十多年来第一次相互靠的这么近，第一次这么拥抱着，第一次这么心贴着心，手握着手，两人的眼泪跟湧泉一般，滴在手上，汇成一条河。她想起生秋莲时的艰难，那时没钱上医院，只得在家里的架子床上生产，接生婆也是村里的，就靠一把消了毒的剪子加一盆热水，好比命中一场劫难，生下的孩子也是苦水泡大，长大了也是苦根子，没享过清福。想到秋莲这般苦命，秋莲的父亲站在一旁心如刀割，像个做错了事的孩子，自责和悔恨的泪模糊了双眼。想到横仔这样不争气，这样不做人，这样不顾家，这样不知羞耻，心里又冒起一股无名之火，恨不得要揍他一顿，方出心头之恨。这也说明当初的反对，对他的不待见，是完全正确的。俗话说：江山易改，秉性难移！秋莲跟着横仔不会有好结果，不会有出头之日，永远也享不到福。看到秋莲脱离了危险，她们母女破涕为笑，紧紧地拥抱在一起，秋莲的父亲心里又宽慰了许多。

铁山也在现场，看到这一幕也深受感动。说这得感谢那个药贩子，要不是他卖的是假农药，莫说是医生，就是华佗再世，也没有回天之力，秋莲就真要出大事。秋莲的父亲也有同感，说下次看到那个卖假药的贩子来了，请铁山一定要告诉他，一定要好好感谢那个药贩子。秋莲的母亲也说，还必须买封千字头的炮竹迎接他，定要把家里那只大骟鸡杀了、办桌大酒大饭款待他。秋莲的父亲又接嘴说，还要买瓶好酒送他。铁山也开玩笑说，最好是到广告店里做面锦旗，一路放鞭炮，请上村里的腰鼓队，一路吹吹打打把锦旗送到他家去，这样就有好多人来瞧热闹，瞧热闹的人多了，就可以让他传个远名，就可以百世留芳，就可以彪炳千秋。铁山说得神神气气，手舞足蹈的，把秋莲也逗乐了，把秋莲的爸妈也逗乐了，都笑出了眼泪。秋莲觉得这一天，是她人生中过得最幸福最快乐的一天，可这一天以这样的方式出现，未免太让人太伤怀、太让人感慨了。

秋莲住了一天院，打了几瓶点滴，花了两百多元医药费，医生说已无大碍，可以出院了。出院了就要回家，回到那个让她伤心的家，那个她不想去的家，可她不想去又没地方去。

"家，我的家在哪？"想到家，秋莲脸上起了愁云。

没想到她父母也不同意她再回横仔那个家，非要接她回娘家，秋莲的父亲还特地在商店里买了挂鞭炮在家门口迎接，鞭炮噼里啪啦震天响，黄沙坳的人都听到了。原先村里人只晓得他家女儿秋莲喝了农药，正在医院抢救。这炮竹响了，难道，人没救回来？没救回来也应当拖到横仔家去呀！拖到娘家来，这不坏了村里的规矩吗？有好事的人，早早跑来瞧热闹。这一看，才晓得是他家高高兴兴放炮竹迎接女儿秋莲出院回娘家。秋莲一路眼泪簌簌的，心里甜甜的，只知道傻傻地对大家笑。看到秋莲娘紧紧挽着女儿，像寻到了失散多年的孩子一样开心走来，并笑着与村邻点头打招呼，两人骨肉相亲的样子，让在场人都感动了，有几个看热闹的老妈子眼睛潮红，泪潸潸的。

第九章

1. 岳父下厨

借我刀，

割青蒿，

借我马，

上宁州，

宁州街上一树桃，

打发孙郎上树摇，

摇一下，

落一个，

摇两下，

落一双，

大姐出来捡个恰，

细姐出来捡个尝，

大姐落了铜铰刀，

细姐落了绣花针，

谁捡到，

把还我，

腰里解带结同心！

时钟已过了上午十一点，岳母上街买东西还没有回来。岳父知道我中午要来吃饭的，便哼着山歌去菜园里撇菜。其实岳父是从不进厨房搞饭的，也很少去菜园撇过菜。岳父撇菜时，眼睛总不停地往三港口张望。三港口那座老桥，上次发山洪被水冲垮了，村委派人砍了几根杉树架了座简易的木桥，以方便村民通行。

岳父看到那桥上有几个人影出现，他猜应是岳母采买东西回来了，遂就赶紧儿把菜摘回家，然后把煮饭的鼎罐洗净架上灶台，接着又蹲到灶前烧火，他也想在岳母面前好好表现一回。岳父也有好久没有在灶前烧过火了，一手搭在灶台边上，像个烧窑汉似的蹴在灶前埋头烧火，也许是土灶对他生分了，灶膛有些不待见，要不然的话，为何送了柴火总是点不着火呢？一阵手忙脚乱后，等他把灶火烧旺，脸也被烟灰弄得跟花猫似的，嘴上还留下了吹火筒的吻印，很是难看。刚进门的岳母见了，还没笑出声，就看到鼎罐冒起了烟，岳父也还没发觉，仍然只顾往灶膛里添柴。岳母情知不妙，遂赶紧走到灶旁揭开鼎罐栝，一股青烟腾地一声冲过了头顶，岳母见岳父煮饭不打水，把鼎罐都烧红了，舀也烧破了，就将岳父大骂了一通，骂完后又忍不住扑哧一声笑了。岳父看到自己好心办了坏事，只好装憨卖傻嘿嘿地咧着嘴笑，像个做错了事的孩子。岳母想到往日从不进灶房的岳父今天竟然要亲自下厨，这不是太阳打西边出来了吗？这也说明岳父对我到黄沙坳当支书已不再持反对意见了，否则，他是不可能进灶房烧火煮饭给我吃的。岳母看到岳父脸上脏兮兮的样子，真是又气又好笑，便赶紧拿了条毛巾帮岳父把脸擦干净。

岳父的态度为何改变这么快？这也是我没想到的。这得感谢赵叔！通过那天举办的主题党日活动，原本一肚怨气的赵叔一夜间就像换了一个人似的，第二天他专程来到村部，与我聊了一个多小时。赵叔还主动作了自我批评，说他不是个合格党员，没有正确对待组织的处理，把名利看得过于太重，对组织的关心和帮助置若罔闻，作为一名老党员，出现这样的情况，是极其错误的，也是极不应该的，对不起组织几十年的培养，不起那些烈士，更对不起我。赵叔说他在讲那些烈士的英勇事迹时，心灵受到了极大的震动，灵魂也得到洗涤，尤其是那些烈士们为了革命事业，不计个人得失，不怕艰难困苦，不怕流血牺牲，对党忠贞不二的精神，实在是太感人了，太让人振奋了！赵叔联想到自己的所作所为，心里感到非常的羞愧，非常的后悔，并请求组织给他处分，他会虚心接受。他还说一定要支持我的工作，包括正发和德午，他都会做好工作，叫我不要有半点顾虑。

这真是想不到的事情，举办一次主题党日活动就解开了赵叔的心结。说真的，这是我没有料到的，赵叔这人有个性，明事理，胸怀开阔，不愧是个老党员！有了赵叔的支持，有了德午和正发的支持，村里的工作自然就好做多了。

修路的事，原来村里是开会分了工的，赵叔说我新来乍到，情况不熟，又主动请战，说要按原分工继续抓好落实，我知道这是赵叔给自己压担子，让我腾出更多时间到县上去跑项目、跑资金，他也希望在我的带领下，黄沙坳有个大变样。赵叔这样想，我越觉得肩头的担子更重，如果不能为村里办几件事，不能为群众办几件实实在在的事，我就对不起赵叔，对不起黄沙坳的村民，更对不起组织对我的信任。我在心里暗暗下了决心，一定要想办法，找路子，争取早日带领村民脱贫致富。

还有一个可喜的变化，通过这次主题党日活动，让不少党员增强了党性意识，端正了思想。正如一位村民说，什么事有党员带头，就没有办不成的事，就没有什么办不了的事。之前村里出现修路征田难，原因是有人在暗里鼓动，群众受到了蒙蔽，所以村里工作难开展，现在党员带头，群众没话说了，也晓得修路是好事，没有一人有抵触情绪，大家都非常支持。赵叔仅用五天时间，就把村里征田修路的工作搞定了。

2. 开工仪式

修路开工那天，村里组织人员在三港口用杉树支起一个台架子，又从村民家借来门板，像过年唱大戏一样搭了个结结实实的舞台。还从山上砍来数支毛竹，糊上红纸，扎了个彩门，彩门上挂上了"热烈祝贺黄沙坳公路拓宽胜利开工"的横幅，路两旁也插上了彩旗，到处彩旗招展，会场人来人往，个个喜笑颜开，村里老老少少都赶来看热闹了。乡里吴书记刚调到县上当了交通局局长，乡里新来的李书记也上任了，这次还邀请了吴书记前来参加开工仪式，所以这个仪式搞得有些隆重，邀请了镇上的腰鼓队、村里的山歌队、村小学的文艺队上台表演节目。主持仪式的是乡政府老宋，站在主席台上的除了我外，还有吴书记——对，应当叫吴局长了，还有李书记、修路老板、乡办朱秘书等人。

到了上午九时，会场里里外外已站满了人，男男女女老老少少有说有笑的，脸上都挂着喜气。主持人老宋看了看表，转头问了声身边的李书记，然后说："各位乡亲，同志们！今天，是个大喜的日子。多年来，黄沙坳村的村民一直受交通制约，困于泥沪、弯曲、坑洼不平、尘土飞扬的村路，村人出行、农产品购销非常困难，给村民生产、生活带来很大不便，特别是不通班车，让黄沙坳成了全县 183 个村中最落后、最闭塞的村。乡里和村里也因经济条件有限一直无力为村民修路，是吴局长还在我们乡里担任乡党委书记的时候，经他多方奔走，才在交通局把这条路立上了项。现在他又调到县交通局当局长去了，有了吴局长的支持，我们期盼已久的黄沙坳公路今天就要开工了，这是值得全村人民庆贺的大事！我们要感谢党中央的好政策，感谢县委、县政府，感谢县交通局的大力支持，下面请吴局长致辞！"

老宋的话音一落，台下就响起了雷鸣般的掌声。吴局长向前两步站到话筒前，清了清嗓子说："今天是一个值得记忆的日子，我们满怀无限的喜悦，在这里共同庆祝黄沙坳村公路拓宽胜利开工。黄沙坳的通村公路建设，是一项民心工程、德政工程。近年来，乡党委、政府积极响应县委、县政府关于大力推进社会主义新农村公路建设的号召，带领全乡人民奋勇争先，修路架桥，改水改厕，全面掀起了建设社会主义新农村的高潮，并取得了一定的成绩。特别是在黄沙坳村的通村水泥路工程启动后，乡党委政府多次汇报，争取项目；相关职能部门通力协作，鼎力相助；村两委干部多方奔走，才有了今天的顺利开工。让我感到高兴的是，听说村里还有老板带头捐了资，还有在外工作的人员也慷慨解囊。最感人的是，修路占了村民的田地，很多村民自愿拿出来，村干部只用几天时间就征好了修路的田，没有一户村民因征田征地引发矛盾！这也就说明我们黄沙坳村民觉悟高，没有你们的支持，今天就不可能如期开工。现在村里修了路，又要建新村，好事接踵而来，所以我要感谢你们，感谢你们的大力支持！我衷心希望黄沙坳的村民能在乡党委李书记的领导下，在村支书曹一男同志的带领下，早日过上好日子，走上康庄道！谢谢大家！"

吴局长一番热情洋溢的讲话，又让台下响起了雷鸣般的掌声。

这次开工仪式，村里除了横仔被拘留还没放回家外，家家户户买了鞭炮，有的还买了浏阳产的烟花送来。铁山看到村民买了鞭炮走他家门口经过，气得在家里背着手走来走去，围着屋柱子转了一圈又一圈，恍惚看到那屋柱子变成了人，像是憨牯杵在他面前，他气狠狠地上前踢一脚，没想到这一脚踢出去，没有踢到人，而是踢在屋柱子上，痛得他龇牙咧嘴抱着脚在地上又转了两圈。他大骂那些买鞭炮的人，骂毕又反剪着手，在屋里转了起来。刘高见他走了一圈又一圈，一副毫无办法的样子，就叹了口气，用拐杖指着开会的方向说："人家都买了鞭炮、烟花到会场去放，你不买烟花也就算了，这五块钱的鞭炮是非买不可的！今天吴局长也来了，乡里李书记也来了，还有那么多嘉宾，这么热闹的场面，全村人都参与了，没有你的鬼影，那还像话？你还是个党员，如果你不参加，连鞭炮也不买一封，那就是自我画地为牢与众为敌，全村人都要责备你，领导也不会对你有好印象。这五块钱不花不行，就权当是给曹一男买了花圈寿纸！而且你要把鞭炮当着吴局长和李书记的面放，让他们看到，你是放了鞭炮的，你是支持村里工作的，也是支持乡里领导的，日后谁敢说你铁山一个不字？"铁山觉得父亲刘高说得在理，就赶紧儿在小店里买了封鞭炮，虽有些不情愿，也只好把鞭炮送到会场，不过他送鞭炮来时，会场上已人头攒动，领导们正礼让着依次上台，三港口彩旗飘扬，比过年还要热闹三分。有几队准备演出的人员各挤在一堆，作着上台前的准备。腰鼓队则站成两排，在路口敲着鼓欢迎每一位来宾；十多名小学生穿着校服，脸上扑着粉，围在一堆，听老师交待演出事宜。村里山歌队也有十多人参加演出，他们是第一次上台，不免有些兴奋，有些紧张。

铁山挤到台前，想在领导面前露个脸，只见离会场较近的村民把家里大小不一的茶罐都掇到了会场，有不少客人正端着茶碗喝茶，聊着各种新鲜事，个个笑脸盈盈。铁山眼睛贼转，台上台下都瞄了一圈，他看到了吴局长，看到了李书记，还有乡党办朱秘书，也看到了曹一男，他偷偷地呸了一声，吐了一口唾液，还用脚踩了一下，好像这样可以发泄心中的不满。

到过船头滩的人，都晓得黄沙坳的茶文化非常浓厚，屋场里来了客，家家要送茶，也不需要什么理由，就这么简单，就这么约定俗成，这就是黄沙坳人的风俗。即便有不待见的人进错了门，那茶也是不能少的，足见黄沙坳人淳朴与豁达。何况修路是村里人的喜事和大事，所以今天送茶的人特别多，好像这不是村里举行修路开工仪式，而是村里举办一场品茶会，各种茶争相登台，比我到竹花家看姑俚时的茶还要多。各家女主人也打扮一新，漂漂亮亮的，头发梳的溜光水滑，脸上洋溢着喜气。舞台两边各摆了一溜茶罐，有菊花茶、米爆茶、芝麻茶、苕茶、薯坨茶、太阳红茶、桂花茶、萝卜干茶等。每个茶罐旁都站着一个女人，手里拿着竹茶吊，热情地喊客人喝茶，茶罐旁堆了一叠茶碗。在场的男主人也是很在意的，不时要偷眼看一看，如果他家的茶罐旁围了一圈人，赚了人气，说明他家女人的茶烧得好，有兴旺的意思，男人就开心。这些地地道道的送茶女，虽没有刻意去打扮，她们的热情，她们的笑脸，她们筛茶的优雅姿势，却也成了会场一道难得的风景。修路的老板和开挖机的师傅们从来没见过这么动人的场面，也没见过这么热情的村民，纷纷表示要把好修路质量关，把路修实修好，尽快通班车，让黄沙坳人能早日坐上班车，去逛县城，过上幸福生活。主持人老宋宣布仪式开始时，村民们用手中的纸烟头、打火机点燃了鞭炮，一时间烟花鞭炮齐鸣，噼呖啪啦震天响，五颜六色的烟花冲上半天，人人仰着头看，纷纷议论着，脸上露着喜气。新来的李书记看到村民对修路这么支持，心里格外高兴。

文艺节目开始了。最先上场的是乡上的腰鼓队，队员都是年轻的妇女，个个化了妆，神采飞扬。只见她们挥舞着手中的鼓槌，舞步快捷如梭，锵锵的鼓声如春雷阵阵，舒卷的彩绸似玉带飘飞。这些队员们在台上表演得激情四射，声震大地，台下观众欢呼叫好，群情振奋。

山歌队是第一次上台，看到乡上的腰鼓队表演得这么好，不免有些紧张，走场时乱了方寸，队形有些不齐，高松叔赶紧儿把鼓点敲得激激昂昂，如春天的马蹄声"嗒嗒嗒"响，把台下所有的目光都吸引到他身上来了。他这一招还真管用。只见他右肩斜挂着山鼓，左手大拇指频频点着鼓面，右手的鼓槌飞快地击打着鼓面，一阵滚鼓过后，他就拉开了嗓子唱起来：

    呃，

    早晨啦太阳呃，

    一啦点呐红，

    快呀上呀工呀，

    早晨啦太阳一啦点呐红呐，

    清啦早喂起来哟，

    把哟工呀上哟，

    上工呀好比哟，

    打哟冲呀锋呀。

    呃，

    早喂起呀三朝哟，

    当呀一呀工呃，

    早喂起呀三朝啊，

    当呀一呀工呃，

咚嘀咚嘀咚的……

高松叔的嗓子非常好，歌声高亢嘹亮，有穿云裂帛的奔放，如天籁之音，带着一股浓重的赣北乡土气息，听得人心旷神怡、如痴如醉。

众歌手在台上挥着银锄，赶紧和歌："哟嗬哟嗬嘿啦……"

高松叔从背起山鼓的那一瞬间，就觉得要唱好山歌不容易，要想唱与打同步，就必须做到脑想到位、鼓打到位、歌唱到位，还要脚跟到位，步调一致，这是一般的鼓匠很难做到的。但高松叔坚信"只要功夫深，铁杵磨成针"，一遇空闲，就以洗衣板、凳子、饭桌、踏板等见啥都当鼓来敲，并喜欢随着鼓点轻轻地哼唱，不断琢磨，慢慢地悟出了其中的奥妙，掌握了打鼓起号、正歌和谢彩三个部分的唱法和要领。无论那种劳动场景，无论人多人少，他都能把控节奏，做到动作与表情和谐，甩得开、唱得拢。难怪现场的吴局长和李书记也把巴掌拍得那么响，我也为山歌队第一次的成功演出而感到非常高兴。

3. 谁想害横仔

三港口的桥被洪水冲毁，给村里的出行带来了极大的不便，车子也进不了，东西也运不出去，是村里急于要解决的问题。我专程去县交通局找了吴局长，他说三港口的老桥垮掉了，也是很可惜，说尽量想办法筹措资金，帮村里把桥建起来。吴局长是说一不二的人，听说他在交通局任上的工作很出色，县领导又要提拔重用他，要调他到县纪委当一把手，有了他的支持，修桥就有希望。我又去找了团县委，团县委是我村的驻村帮扶单位，团县委书记经不住我的软磨硬缠，同意拨款两万元，有了团县委的两万元做启动资金，余款有县交通局分步解决，我回村立马开了村两委会，大家一致同意马上动工，争取早日把桥修好，方便村民出行。得知村里要修三港口桥，有的村民送来了杉树，也有村民找到村里说要献义务工的，有了大家的支持，修桥如期开工，进展顺利，大桥竣工的那天，村民笑逐颜开，家家买来了炮竹，炮竹放得震天响。村小学一位老师还为三港口桥写了一篇重修碑记：

三港口，地处赣鄂古道咽喉要冲，毗两省联三县五乡镇，四方商贾必经之道，黄沙坳河，收幕阜三支流于一身，浩浩荡荡，直奔修江，古之交通，舟筏木桥，每逢洪泛，两岸乡民望河兴叹。人命事故，不计其数，生产生活，多有受阻，建一大桥，众梦所盼。民国五年，村里贤能，竭尽全力，遂建一石拱桥，宽一点五米，长二十有三，解了燃眉。

时至今日，山洪肆虐，毁我老桥，村官领导，急民所急，乘新农建东风，拟重建三港口大桥，蒙县交通局，县团委，乡党委政府大力支持，乡民贤达鼎力相助。

新桥全长二十五米，宽三点五米，东西走向，钢混结构，于二〇〇一年春动工，现已竣工，总造价六万五千有余，团县委拨款两万，县交通局拨款四万，乡贤村民乐捐款五千，献工无数，加班加点紧张施工，现已顺利通车，规模造价均创全乡村级桥梁之最。

如今大桥静卧黄沙坳河上，镶嵌秀美山水间，人们信步桥上，如在画中游，仰望苍穹，心胸旷达，俯瞰河川，长虹卧波，驱车桥上，若奔原野，若驰水上，亦真亦幻，十分惬意，它见证了一代村官殷殷报国愿，纵有丹青妙手，也难描其切切福民心。

此桥乃连心桥，可谓寓政府之仁，聚干群之策，凝贤达之爱，父老之力，遂乡民之愿。

饮水思源，倡导者、资助者、言赞者，其懿德善举，令世人景仰，故敬录芳名于后，勒石以铭其功、彰其德、以昭来者。

是为记。

邑子：××恭撰

公元二〇〇一年某月某日敬立

横仔在拘留所关了十五天，走出拘留所大门时，眼睛有些发花，他用手揉了揉，看到铁山骑了辆摩托车来接他，就问秋莲来了没有，见铁山摇了摇头，便骂秋莲不是人，没有一点夫妻情义。铁山见他胡子巴渣的，头发乱得像个鸟窝，遂带他去理发店剃了头，这才有了点精神。

横仔嫖娼被拘留半个月，这期间他不知道拘留所外发生了什么事，更不知道秋莲一气之下喝了半瓶农药被送到医院抢救的事，要不是铁山在回家的路上告诉他，他还蒙在鼓里。听说秋莲喝的是假农药，没有受到太大的伤害，心里一块石头才落了地。又听铁山说秋莲出院后回了娘家，心里又"唉"了一声。他知道岳父当初对他不待见，也不认了秋莲这个女儿，这次让秋莲回了娘家，也就是说，岳父是认了女儿不认女婿了，意味着他这个家要散了，秋莲也对他死了心，不想跟他过日子了，有了要离婚的念头，要不然，她是不可能不等他回家、也不跟他说一声就回娘家的。

横仔到家时已断黑，虚掩的门吱呀一声被他推开，他家那条大白狗也不见了，可能也随秋莲去了岳父家，屋里冷冷清清，好似家里几年没人开过门。

铁山早上去拘留所接横仔时，刘高就跟儿媳妇说，横仔家里没人搞饭，炒几个菜，买瓶酒，晚上为横仔接风洗尘。

横仔过来时，菜都上了桌。尽管在拘留所里吃不饱饭，菜也没有什么油水，可横仔没有胃口，怎么也吃不下去。在拘留所里呆了十五天，他天天都在想一个问题：派出所民警是怎样晓得他到上汤去泡澡的，那个小姐又是谁叫去的？横仔作了种种猜测。他怀疑刘老板，又觉得不可能，他和他是一同走进那两个澡堂的，应当没有时间没有机会告发，再是他两人也没有深仇大恨，刘老板又是做东，不可能这么毫无理由地去害他。

还有老冲，他是船头滩乡个体私营经济协会会长，与横仔也算朋友，那天喝酒还是横仔打电话叫他去的，喝酒时罚了他一杯酒，也是为了助个酒兴，好让大家高兴，老冲不可能这么没肚量，罚杯酒这样的小事也记恨在心；再是他也进了澡堂洗澡，是不可能告发他的，打死也不相信！

那会是谁呢？横仔挠着头，总也想不明白。

一块喝酒又一块同去泡澡的还有铁山。铁山是自己的贴肉褂，是个放心户，可以怀疑一千一万，也不可能怀疑到铁山头上去，这是鬼打屁——谁也不信的事。

老吴？更不可能，借他一百个胆，也不敢！

横仔想到一个人，只有这个人最有可能，那就是老宋！老宋现在和他翻掰了，巴不得"上屋死猪、发人瘟"，对他已恨之入骨了。可老宋那天连照面也没打一个，根本不晓得他们在酒店喝酒又到上汤去泡了澡，更不可能晓得他在洗澡时找了"小姐"，除非他有神机妙算！老宋有那能耐还赖在乡里，干个什么副乡长，在领导跟前屁癫屁癫的？这也不可能呀！横仔又摇了摇头。

那会是谁报的警呢？吃饭时，刘高也在想这个问题。

其实横仔出事当天，刘高得知消息后就在思考这个问题了，还自言自语地说，有几个疑点：一是横仔活该倒霉，偶然碰到了警察，不过这样偶然的事，不是没有，但概率不高！二是有人告发，想到派出所领举报费，这种可能性有，但还是经不起推敲，信者寥。三是有人蓄意害他，想整横仔，这最有可能。

那究竟又是谁，是谁这么缺德要害他，要致他于死地而后快？

赵子文？老宋？刘老板？除了这三人，不会有另外一个，也不可能有另外。

刘高父子和横仔都达成了共识，认为除了这三人应当不会再有其他人了。那么这三个人中谁又最想害他而后快呢？刘高三人一边吃饭喝酒，像撕菜一样对此进行层层撕剥，就想在饭桌把这人揪出来，当成一盘咽酒菜。

横仔告赵子文的事全村人都晓得，县上和乡里也有案底，两人不和是明摆的事儿。刘高对赵子文的脾气性格了如指掌，觉得这也不可能，但赵子文有这心没这个胆。再是铁山说那天从早到晚没有见过他，赵子文不晓得喝酒的事，也不晓得他们去了上汤泡澡，这没影没襟的怎么能是他呢？铁山也认为不可能是他，刘高也不相信是他，横仔也觉得赵子文消息没有那么灵通，关系也不及老宋，公安也不会听他呼唤，他报案的可能性微乎其微。铁山不住地点头。横仔也说刘高分析得在理。

除了赵子文，还有一个想害横仔——欲除之而后快的，那就是老宋。横仔和老宋的关系原来还算不错，最起码也是相安无事，自横仔夫妇被刘老板辞退后，横仔得知是老宋在背后给刘老板施压，迫使刘老板作出那个决定后，两人就撕破了脸。横仔特地到县纪委实名告了他一状，县纪委下来调查了，老宋退了财物不说，还受了处分，县里乡里都传开了，老宋的面子没处搁，心里能痛快吗？不可能！但是，老宋那天根本不知他们五人在一块喝酒，也不知他们酒后又跑到上汤去泡了温泉，这屎盆也不好往老宋头上扣。铁山把头摇得拨浪鼓样，横仔也说不可能，刘高思来想去，也没能说服自己。

还有一个人是可以怀疑的，那就是刘老板。有可能是刘老板为了巴结领导，做了老宋的枪把子，才做出这种害人的事来。可铁山说，刘老板那天不但非常热情，而且从头到尾没离开他们一步，铁山也不相信刘老板是告发者，横仔也说刘老板那天是无意间遇到他的，这事不提前作周密安排，做好圈套让人钻，怕是不会有这么巧吧？再是去上汤泡澡也是老冲开玩笑时说的，属临时起意，刘老板并没有提出来，他也不可能跟老冲合伙来害他，这不合情理，老冲也不可能会参与其中。而且买单是刘老板在酒桌上说的，大家都清楚，他自己买单还去害人，这不此地无银三百两了？！

刘高有病不能喝酒，一瓶酒被横仔和铁山两人喝干了。也许是横仔被拘留多日，身体有些虚弱，喝下两杯酒就有些醉意了，但酒醉心里醒，他气恨恨地用手指连连敲着桌沿说："害我的人除了老宋，没有别人！既然老宋使出了阴招，我也就要接招，你说是吧？而且我也不能太客气了，太客气了反而就不义！他是个穿皮鞋的人，我是一个挑粪的脚夫，难道打赤脚的还怕他穿鞋的？我在市里告不了他，就到省里去告，总有一天要告倒他，不把他告回老家种地誓不罢休！"

4. 建新村

村里修路进度很快，路基已全线拓宽，路面已请压路机压过多遍了，也差不多压实了。该砌的石坎也已完工，拌水泥的料场也选好了，老板正在紧锣密鼓地备沙石水泥，准备过两天就要浇路面水泥了。

乡里临时开了个会，李书记在会上传达了县里昨天召开的关于在曹家村筑坝修水库建电站的专题工作协调会，县里要在我放篙捉鱼的竹篷附近——两山一峡处修筑大坝，早前听说过，但一直没有动静，这回县乡都开了会，说明很快就要实施了。按李书记在会上介绍，设计规划都做出来了，曹家村将一分为二，有六个村民小组不在水淹区，不用迁移；有四个组在坝内，成了水淹区，我家及相邻三个自然村都要迁移。

建新村是县里出台的新政策，整个船头滩就一个点，乡里也成立了相应的办公室，简称新村办。按乡里新村办安排，黄沙坳的新村点定在坑背，坑背是三个小自然村组成，分上坑、东坑、中坑。赵叔家是上坑。村里要成立新村建设理事会，经大家选举，赵叔又当上了新村理事会的会长。

姑父周敬财是个老泥工，拌和好的灰泥他习惯要用砖刀在泥桶里刮几下，这样的灰泥既柔韧又有黏性。他刮了一刀灰泥抹在墙上，左手闲熟地放上砖块，然后眯缝着眼目测了一下砌了半日的墙体，分毫不歪，那泥路一条线儿，齐齐整整。姑父的眉角翘起来了，露出了一丝笑意。

姑父并不是对自己砌的墙这么满意，而是这新村建设近来得到了村民的支持，要不是赵叔这理事会长不分昼夜地工作，把一个又一个矛盾及时化解，这新村建设的进度怕是要拖村里的后腿了。

就在两个星期前，由三个老队组成的只有四十五户村民的坑背自然村，在赵叔的组织带领下，有二十五户村民代表来到了邻乡一个新村点参观。

赵叔是老支书，年龄虽不算大，毕竟走过四方，对搞新农村建设，他是一万个支持，在选新村理事会长的时候，赵叔票最多，他支书都当过，还在乎一个理事会长？最后，他在村民信任和期待的目光中，在妻子——赵婶的埋怨声中，"走马上任"了。

当然，赵婶埋怨也是有道理的。

理事会长是个谁也不想当的"官"，一没工资，二没补助，还要贴电话费，义务为大家做事不说，还要得罪人、淘闲气，你说这差事谁愿做？

虽说理事会长不是个什么官官，可也不是谁想当就当得了的，没一定的公心、能力、威望，村民还不会选他呢！

新官上任三把火，赵叔当理事会长也不例外。

当然这第一把火他烧的不是火，而是带领村民代表到邻乡一个新村点去参观，让大家亲眼看看人家的新村是怎么建的，好在哪，新在哪。只有听了人家的介绍，眼见为实，才能让村民们切实感受到新村建设的好处，也只有村民们动了心，才能得到大家的支持，只要有了大家的支持，这建新村才有希望。

赵叔以前来过邻乡这个叫戴家的自然村。那时这里的房子有些乱，七零八落的。村前一条左拐右弯的水沟散发着臭气，地上垃圾成堆，晒坪和路上随处可见鸡屎牛粪狗屎，至今还在他脑子里没有抹掉。

还没进戴家村口，老远就看到那一排排房屋全刷了外墙白漆，掩映在绿树丛中，一条宽敞的水泥路直通各农户，两边是新修的排水沟，村民家家用的是水冲卫生厕，沼气池，太阳能，屋场里还摆放了垃圾回收桶，地上看不到一点垃圾，在村庄的中央，还建了一个小广场，健身器材一字排开，还有篮球架，台球桌，几个学生模样的孩子正在打台球。旁边有一个花圃，月季花开的红红火火，数十只蜂蝶在花丛中飞来飞去。这哪是村庄，分明是城市的小区，参观者看到这么漂亮的新村，个个心情激动，兴奋异常，都说没有白来，并希望早日把新村建起来。

赵叔参观回来后就召集新村理事会成员开会，研究下步工作。

按乡上的要求，第一步先要拆除危旧房，做好规划，第二步就是改水改厕。而这两步的工作最不好做，弄不好就要得罪人，伤及个别人的利益。

汪德英是理事会成员，那天参观她也去了，建新村她也同意，可她家有栋半旧的瓦房，还有两间危旧房闲置在那里，她不想拆，这房一旦拆了，便成了一块空地，以后她儿子想建房就难了，赵叔做她工作，她想不通，不愿拆房。

姑父周敬财家在村庄的最顶头，过去没有通车的路，只有一条人行泥巴小路，按村里的规划，他家的房子也要拆建，其实他早想把旧房拆掉新建一栋住房，可汪德英的牛栏断了姑父家的出路，材料运不进来，这次建新村，理事会总要考虑到他家的出路吧。

还有计划建广场的地方，要占五六家的菜地。

最难做工作的是李东，那天邀他去参观新村，他不愿去，说是有误工工资就去，他还是个组长哩，可能还是生赵叔的气，因为他之前听铁山说赵叔请其他党员组长喝酒没叫他，心里的气还堵着，就故意这样说。他那一分地就在广场正中央。

铁山本来在村人面前说话是有作用的，可他太自私了，遇事总想占便宜，不能吃半点亏，还自以为他家有才有人有钱，常在村人面前作乓（大话吓人），村人不想当面顶他，心眼里却瞧不起他：有本事你到县里去显摆，何必在村人面前洋气！每当他说得起劲的时候，人们便陆续散去，留下他一个人，铁山只好讨个没趣。这次选理事会成员，他连名都没一个。铁山想：我要钱有钱，要人有人，村里有几人能与我比？我倒要瞧瞧，没有我参与，看你这新村如何建，单凭广场西头那块地，我就要让你赵子文焦头烂额。

5. 开弓没有回头箭

新村规划图出来了，喷在一张大画布上，村干部将它钉在村委会的外墙上，赵叔正在帮忙的时候，那里就围了一大群人。这是一张效果图，一排排的房屋，错落有致，一排排的树，点缀在房前屋后，村民出门就是水泥路，中心地带是个广场，四周是花圃，有石桌石凳，东头摆的是健身器材，西头有个长廊，数十盏景观灯依次点缀其中。看到这么美的图，村民们指手画脚，议论纷纷，有说好的，也有说不该伤他菜地的，还有说谁谁占了便宜，谁谁吃了亏，唧唧喳喳，到了晌午人们才陆续散去。

开弓没有回头箭。赵叔自被选上理事会长，有两晚没睡安稳，心里想的都是建新村的事。

那天开理事成员会，两个副会长、四个理事会成员都分了工，一人负责六户，他和两个副理事会长各负责七户，其中难度最大的一户是铁山。赵叔说他是会长由他来负责。可两天过去了，还没见动静，这也不能怪他们，铁山的工作他都还没做通，现在大家都在拿眼看他，如果铁山的工作做不下来，其他人的工作做了也是白做，看来赵叔是骑上了老虎背，想下都难了。

赵叔是个老党员，记得入党的那年冬，村里正修水堰，当时一处堤岸被水冲垮了，河里结了一层薄冰，他第一个跳入冰冷刺骨的河水中，钉下两根木桩，才把决口堵住……

想到这，赵叔心里好似开了窍。

于是，他找到德午和正发两个副会长，说新村到现在还没有动静，主要是我们自己还没有想通，没有起带头作用。我们还是要发扬过去的老传统，身为理事会长就要带头干，不但要干给村民看，而且还要干出个样子来，本来我的猪栏可以晚一步拆的，但我是会长，我要带头，我决定先把我的猪栏拆了，腾出路来，以便货车进出运东西。

按规划，家家户户的猪栏都要拆掉统一建到屋场外一个偏地方，考虑到要先拆危旧房，那天开会大家都说猪栏可以晚一步拆，当然先拆是最好的了，可谁又愿先拆呢？德午和正发见赵叔思想境界如此高，也深受感动，当即表示他们的猪栏也要带头拆。

赵叔说到做到，回家就把猪栏拆了，赵婶当时还不在家，去镇上为孙女买奶粉去了。村里人喜欢瞧热闹，赵叔拆猪栏时，有几个村民放下手头的活，不是过来看热闹，也不是过来帮忙，而是过来看虚实的，见赵叔说到做到，先从自己开刀，心里暗暗佩服，但也有人打着冷笑，说走着瞧吧。不管怎样，赵叔是认定了。

拆了猪栏，赵叔想的第一件事就是要如何去做好铁山的工作。只要把铁山的思想工作做通了，这新村就等于建好了一半。

赵叔准备上铁山家，刚出门就下起了雨，四月的雨，尤其是傍晚的雨，那叫关门雨，是要下些时日的，落在身上凉浸浸的。赵叔没打伞，只好紧跑两步，他没有直接到铁山家，而是进了铁山隔壁的方东毛家。

方东毛和铁山两家过去因在山上做松木发生过矛盾，这疙瘩都十多年了，没人解开过，虽说两家就隔一堵墙，可从不往来。方东毛有个独生女，在家招了个上门女婿，又生了个孙女，好在这女婿有孝心，对长辈不错，一家人和和睦睦的。

方东毛在菜地里干活刚被一阵小雨赶回家，正打算去洗脚换鞋，见赵叔来了，忙叫老婆去泡茶，一边端凳给他坐。

方东毛的记性特别好，他还记得，那年月食品站正吃香的时候，卖肉要凭票，他生闺女时老婆缺奶，他跑去找赵叔，那时食品站卖肉要票，赵叔给了他四两肉的票，这事他不可能不记得，所以他对赵叔一直是心存感激的。那天选理事会长，他的巴掌拍

得最响，手掌都拍红了。

他想，建新村是好事，大多数人都会同意，但要得到大家的支持不容易，赵叔年尊辈长，又当过支书，办事也公道，算是有能力的，换作他人来当这个会长，恐怕难以担当。

"赵子文，请喝茶。"方东毛的妻子一直没改口，还是叫他支书。

"嗬，还这么客气。"赵叔起身双手接茶，这茶是地道的家乡茶，有芝麻、冬豆、花生、炒香米、菊花、姜末等，赵叔对着杯口吹了吹，喝了一口茶，便与方东毛寒暄起来，接着就扯到了新村上。

赵叔不再转弯抹角了，说："老方啊，那天选会长，你也是极力支持，现在我是骑上了老虎背，不做也不行了，我们是老关系，熟人不说外话，所以我先拆了自己的猪栏，再来找你做工作，要你再支持，也带头把猪栏拆了。"

"拆！我看到了，你都带了头，我不拆也说不过去！"想不到方东毛满口答应。

"还有建广场要占用你的一块菜地，不知你有啥要求，有要求你就尽管说。"赵叔补充道。

"你知道，那块地离我家最近，地又肥，"方东毛移拢凳子说，"我一家人吃菜全靠那块地种的，以前人家要和我调换耕种我都没同意，现在要用来建广场，还真有点不舍得。"

"那是。"赵叔还没听懂他的意思，还以为他不同意呢。

"现在我想通了，这建新村是为子孙后代造福，又是你当会长，我当然要拿出来。"

"好！"赵叔喜出望外，"想不到你老弟这么爽快，我代表理事会感谢你！"

有了方东毛的支持，赵叔信心更足了。

从方东毛家出来，赵叔径直来到铁山家。

铁山不在家。刘高正戴着老花镜埋头看书，是一本皱巴巴的通书，见赵叔进来了，便把通书随手放在桌上，起身，让座，说："嘿，是什么风把你赵子文赵大人吹来了？"还故意拖长了音，像半夜的猫头鹰，叫得有点怪。

"呵呵，无事不登三宝殿，过来跟老哥商量个事。"赵叔谦和地答道，又说，"老哥看通书，择吉日，有何喜事？"

"喜事谈不上，我那老三的儿子考上了。"刘高笑眯着眼说。

"嗬！咱这村的风水都发到你家来了，将来村里人都要傍你的福、沾你的光啊！"赵叔见刘高正高兴，就不失时机地恭维了他两句。

"哈哈，你赵子文真会说话，你说吧，今天过来找我，是不是新村的事？"想不到刘高来了个痛快，直接点出了正题。

"是呀，正是新村的事，想来找你和铁山商量一下。"赵叔也不含糊，说："我都快六十了，我记得你比我大几岁，按理说六十不管凡间事，建新村可以让年轻人来操心，你也晓得，年轻人都外出打工了，留下来的也没几个，你说这新村建起来，出门是水泥路，家家门前树绿花红，还有健身场所，文化活动室，垃圾有专人处理，不像现在到处龌龊成堆，出门便是黄泥地，尤其你的女儿在外工作，开车回村时，车子都进不了屋场，要停在三港口的柏树下，多不便利！"

"是呀，去年我大囡开车回来，不知哪个短命鬼把她的车划了一下。"说起这事，刘高火不打一处来。

"如果新村建好了，车子可以开到你家门口，你说多好！你女儿女婿都会高兴。"赵叔不愧是当村干部出身的，说话尽说到点子上。

"高兴个屁！"想不到刘高突然拉毛了脸，"我从十三岁就种地，你建新村做广场，要我那块地，我在那块地里种了几十年庄稼，虽说我女儿在外工作，但我一家要生活，要吃饭，总不能跟老葫芦一样挂到墙壁上去，要我那块地，就是要我的命啊，你就是把我爷爸子从坟里刨出来我也不会同意的！"想不到刘高一激动，把话都说绝了。

"你老哥莫激动，我又不是来和你吵嘴的，我还没提地的事呢，看你就急成这个样子了，那要是硬要占用你那块地，你不要和我拼命了？！"赵叔见他把话说绝了，没有半点回旋余地，也有点生气，便接着说："村里四十五户人家，你算是大户，两个女儿都在外工作，都有小车，新村建起来，你最得益，出门就是广场，健身器材就摆在你家大门口，你不支持谁支持？方东毛家自行车都没一辆，他的地也愿意拿出来，你的觉悟就这样低，你过去也干过革命，当过大队长，曾经也是组织的人，也管过人，处理过村里的大小事，虽然现在退了，但眼睛不能眦着脚趾头，要想远些，为大家想一想。"赵叔也有点激动了。

"你是会长，觉悟比我高，当然要为大家想一想。"刘高说。

"方东毛不也什么都不是吗？"赵叔说。

"方东毛愿意关我屁事，我刘高的地，自然要我刘高同意。"刘高说话的声音更大了。

"要不这样，"赵子文见一时和刘高谈不拢，便说："你等铁山来了再商量一下，反正建新村也不是一时三刻就能建起来的，最好和你女儿打个电话，看她们是不是同意，我们都老了，离天远隔土近，如果你儿女都同意，我想你就没必要反对，你说是啵？"赵叔说完就出门，一刻也不停留，倒让刘高愣住了。

6. 感谢冬妮

雨停了。

赵叔经过正发家门口，正在吃晚饭的正发忙招呼他进屋，赵叔问："你老婆咋不在？"

"她到我女儿家去了。"正发边说边拿来一个酒杯，招呼赵叔坐下喝两杯。

赵叔心里也正闷，"好，喝杯就喝杯！"

赵叔当支书时，在全乡各村支书的酒量排名中是数一数二的，正发晓得他酒量大，拿了个大玻璃杯，倒了满满一杯，足有二两多。

"你想一杯就把我闷倒是吧？"赵叔开玩笑说。

"嘿嘿，没有什么菜，老婆走了，我也懒得去炒了——不过，你看我这缸酒，都三年了，是三年的陈谷烧，放了枸杞、沙参、杜仲、冰糖、还放入了一条土花蛇，一般人来我还不舍得给他喝，你是会长，我是副会长，两个小芝麻官比大小，不过你要比我大那么一丁点儿，我不巴结你巴结谁？嘻嘻，可惜国家不发工资！"正发读了些书，说话风趣幽默，把赵叔都逗乐了。

"油嘴滑舌！啥时学会了一把婊子嘴？喝！"赵叔端起杯，两人碰了一下。

"喝！这酒喝下去，什么事都开心，也没有办不成的事，"正发放下酒杯，夹了一粒花生米送入口中，一边嚼一边问，"你找方东毛了？"

"嗯，找了。"赵叔也夹了一粒花生米，刚送到嘴边就掉了，好在他眼快伸手接住又送入口中。"方东毛这人不错，爽快，半点支糊都没有，不像刘高，鬼魅鬼魅的。"

"刘高是一把棕，扯不清，又不讲道理，说他怪吧，又比谁都精，还要钱不要脸，睡在棺材里都想伸出手来要钱，他的事，我看最好去找他大女儿冬妮，她说话管用。"

"我也是这样想，听说冬妮有事去山东了，要过十天半月才回来，时间不等人呀！"

"那就给冬妮打个电话，也许能行。"

"刘高不会说的，我又没有冬妮的电话。"

"嘿嘿，我在半年前就掐定你要当会长，也晓得你要冬妮的电话，你瞧，我都抄在这本子上。"正发说完真的掏出一个电话本来，翻了四五页才找到冬妮的号码。

"真会神侃，啥时她告诉了你这个电话？"赵叔看了看，说，"这电话能打通吗。"

"你放心，这电话我上个月都打了，那天我老婆到县中医院做检查，冬妮是县中医院的副院长，我在医院生疏，只好硬着头皮去找了她一次，没想到冬妮还挺热情的，哪像刘高没一点人情世故。"

"刘高的事莫提了，我给冬妮打电话。"赵叔说完就把电话拨了出去，"嘟嘟"，电话真拨通了，赵叔喜出望外，"喂，是冬妮院长吗？我是黄沙坳赵子文呀！"

"啊，是赵叔，那你直呼我冬妮好了，好久不见，你老可好？"

"好好，在家闲着哪。"

"不知你老这会打电话给我，有什么事需要我帮忙吗？"

"是这样的，村里三个老队准备建新村。"

"三个老队都要建吗？好事呀！"

"是呀，是好事！尤其是你们在外工作的，巴不得家乡建的美，建得好，你们在外面脸上也光彩。"

"那是。"

"现在村里规划图出来了，村里也成立了新村理事会，开始拆房了，不但要把水泥路修到各家各户门口，还要建广场，挖沼气池，装自来水，安太阳能，栽树种花，架路灯，买健身器材，好多都是国家投资的，这可是打灯笼也碰不到的好事哟！"

"赵叔，这真的是好事，就辛苦你们了！是不是需要我们在外面的人都来捐点款？"

"不是不是，是这样的，新村建广场，要占用四五家人的菜地，你家也有一块地，其他几家人都说好了，都同意拿出来，就你爹的工作我们做不通，我想你出面做下你爹的思想工作，也许你做工作，你爹会同意。"

"呵，是这回事，建新村是大好事，应该支持，那我等会给他打个电话。你也晓得，我爹他以前穷艰，至今不舍得吃，不舍得穿，把一分钱当两分钱用，家里的旧铜烂铁都不舍得卖掉，你要拿他的地修广场，他肯定不同意的，不过这事我来做他的工作，我爹可能会同意，你就等我的消息吧。"

"好，我等你消息，好的好的，那就这样，好，再见，再见！"

赵叔心里高兴，放下电话，端起酒杯与正发又干了一杯，两人喝了半缸酒，正发起身又要去倒酒。

"不喝了，再喝就醉了，等会我还要接冬妮的电话，我先回去了。"

赵叔说完就出门，嘴里还唱起了山歌：

山歌不唱使人呆，
清水不挑长青苔。
撇开青苔挑担水，
撇开撇开又拢来，
好比情哥难撇开……

7. 新村事儿多

第二天，赵叔起了个早，他先来到德午家，想不到德午和他老婆春香起得更早，正在拆猪栏的瓦片。

"赵支书，你看我家男人积极不，当了个芥菜籽大的官，就把我的猪栏拆了，他要是当上了村主任，还不把我给卖了！"春香对赵叔很尊敬，且一直喊他支书，赵叔也晓得春香伶牙俐嘴，做事麻利，难怪村人都说德午有福气，讨了个好老婆，既通情达理又会过日子。

"那你是要当心呀，"赵叔笑着说，"德午现在长了翅膀，说不准那天被人拐走了，你可别哭鼻子。"

"我才不呢！有人侍候他，我才省心呢。"春香笑着说，手里不停地递着瓦。

"赵支书，你说我这奔五的人了，连婆娘也要嫌弃咱了，"德午也打趣着说，"你说这日子还有法过吗？我看还是像忠水一样跟人私奔的好。"德午一边从梯上下来一边对春香说，"你一个人先忙一下，我和赵子文有点事要办。"

赵叔过来正是要和他商量忠水家的事。

那天开会说好忠水家归德午负责，可忠水和一个女人跑了，家也不管，丢下一双儿女，他婆娘四芳都哭红了眼，村民们都同情她。赵子文打算和德午同去四芳家安慰一下，新村的事也要和她说一下，争取得到她的支持。

四芳正埋头在家门口洗衣，见赵叔和德午一早过来，便起身搬来一条长板凳，招呼两人坐。

赵叔还没开口，四芳眼眶就红了，一颗眼泪硬是没忍住，滴落在洗衣盆里，砸出一个小水洼，就不见了。

赵叔见状忙说："四芳啊，我晓得你这段时间忠水走了，你拖儿带女的受了苦，忠水要变相，但你要挺住，有困难还有我们，你放心。"

德午也接着说："新村的事我和赵子文商量了一下，现在猪栏已开始拆了，你也不敢上屋，猪栏就让我们来帮你拆，广场你也有一块地，如果人家都同意拿出来，有补没补，反正别人有你也有，谁也不会亏待你，看你还有什么要求，都是乡里乡亲的，你尽管说。"

四芳从盆里捞起一件衣拧干，放入一旁的竹篮里，然后用手拭了一下红肿的眼，说："我一个妇道人家，老公又不争气，难得你们替我着想，现在三个老队要建新村，我不能出力，但我也是要支持的，正好我的猪栏现在没养猪，你说什么时候拆就什么时候拆，我没意见。"

"好，那我们下午就来帮你拆。"德午说。

"你忠水这两天打过电话回家没？"赵叔见四芳一个女人在家确实辛苦，一双儿女读书，还有忠水的老娘，她一个弱女人，能有多大的能量，他想把忠水劝回家，这个家还是需要他的。

"他还打电话回家？我打电话过去他都不接，"四芳一边搓衣一边说："这个家他就别想再进了！"

"他要再进这个家我就跟他拼了这条老命！"正说着，忠水娘拄着木棍也气呼呼地从屋里走出来说，"要不是我这好媳妇，我都要上吊了，家门不幸，不幸啊！"

"你老就莫生气，别把身体气坏了，忠水的事我们来做工作。"赵叔起身扶老人在长凳上坐下，转身对四芳说，"你把忠水的电话告诉我，我要说他，我想他会回来的，毕竟你们有一双听话的儿女。"

"是啊，他也是一时鬼迷心窍，一个大男人竟然跟着一个女人跑了，我看他把手上的钱用完了，就会回来的。"德午一边起身一边说："你们放心，忠水也不蠢，都四十岁的人了，只要犯错能改过来，还是要原谅他。"

"还原谅他？他要有脸再进这个门，我都要羞死了，他来我就走！"赵叔晓得四芳嘴里虽这样说，但心里还是想忠水早日回来的，女人是地，男人是天，这个家没有忠水撑持，确实有点难。

四芳不愿告诉电话，赵叔就问忠水娘，忠水娘把嘴对大门上一挑，赵叔便走近那扇木大门，门上用黑柴炭写了一个手机号码，赵叔将号码输入手机，并没有拨通，先存了起来，打算避开四芳回家再打。

赵叔和德午刚从四芳家出来，迎面碰到正发，正发说是去找杨云。杨云虽然住在中坑，但他不是中坑人，户口在另外一个组。杨云全家有六口人，生产责任制分田那年，他家只有三口人，分了三亩田，后来他儿子结婚，媳妇的户口也迁过来了，还生了两个孙女，至今有三个人口未分到田地，杨云对此意见很大，常与村组干部理论，可队里当初定了三十年不变，谁有这个指甲剥得了这个鸡蛋？赵叔当支书时就被他吵烦了，组长也被他吵得没人愿当了，至今还空着职。杨云是个勤俭人，不打麻将扑克，连电视都不看的，天麻麻亮就出工到了地里，鸡不进窝不回家，他家三亩责任田被他侍弄得看不到一棵草，另外还帮种了吴为东四亩责任田，吴为东外出打工几年，他的田地都是杨云种的，要不，就要抛荒了。吴为东虽在外打工，每年还可领到一笔数目不少的国家种粮补助款。杨云对此也有意见，说他不种田怎么能领种田补助呢，像他这样真正种田的人又领不到，上头也不了解一下民情，就这样胡乱发钱。有人反问他国家粮食直补政策好不好，他说好，但要按出售粮食的多少来发才合理，有时乡村干部都说不过他，只好打个恍走了。这次做新村，他又提出，要先调整责任田，要不，新村就别做了，杨云铁了心。

赵叔和德午、正发三人来到杨云家，杨云老婆秀连说他到河边锄薯去了。

河边不远，就在杨云屋侧靠东头的破牛栏旁，那牛栏是杨云家的，也是要拆的。转过屋侧头，他们三人便看到杨云戴着草帽，肩上搭条白汗巾，正在锄薯草，那薯苗还只有一尺来长，地里长出了不少狗尾草，杨云一边锄地一边将薯苗牵直，远远看去一行行的，非常整齐。杨云弯腰拾起地里一个小石头丢掉，抬眼便看到赵叔三人朝他走来，他知道赵叔三人是来找他的，便停下了手中的活，他也喜欢抽旱烟，便掏出一杆竹烟兜，撮了烟丝填满，点燃，猛吸一口，刚好吐出第一圈烟雾的时候，赵叔三人便走近了前。

"你的薯苗比我家的长势好啊。"赵叔隔三五步远就说。

"我放了牛粪，栽得要早一些。"杨云又吸了一口烟，把草帽取下放在地坎上，并在地坎上坐了下来。

"我们三人来找你商量新村的事，要你支持哦。"德午说。

"做新村是好事，不过，我要求调整责任田的事，理事会也要重视，我一个种田人，没有田种也不是个办法，我家一没开店，二没办厂，三没人当干部拿工资，要生活呀，你说是不？"杨云比赵叔年龄要小几岁，所以说话也客气些，要是乡干部来了，他可是巷子里扛毛竹，直来直去的，管你受得了受不了，都要说出来。

"我也知道，你还有三个人未分到责任田，按理也是可以分的，但不是现在，还要过几年。"赵叔蹲在杨云面前说。

"你队里那年重新分责任田，当时开会你也在场，定好是三十年不变，大家都签了字的。"德午补充说。

"我没签字。"

"虽然这个会议记录还没找出来，但当时每家每户都参加了

会，这是个不争的事实。"正发也补充说。

"不管你签字没签字，我们暂且不论，你一家人要吃饭、要田种，也是个事，不能说你要求不合理、不合法，可问题是当初大家定好了三十年不变，现在也不是你一家要进田，还有其他人也有和你一样的情况，难道他们不想进田吗，都想！可想归想，凡事要讲个规矩，没有规矩不成方圆，没有规矩那不乱了套，强者为先了？"赵叔边说边递了支纸烟给杨云，杨云将纸烟夹在耳朵上。

"我就是太老实了，要强势点，早进上田了。"杨云磕了磕竹烟苑。

"话也不能这样说，你队里汪成华调皮不？他儿子还是国家老师呢，按理他也可以要进田，你说他提起过没？当然，你家要进田的人多，要等这么多年才能进田，确实也是个事，但你不能因进田的事来抵触建新村，建新村是国家一件利民好事，家家户户都得益，你是讲道理的人，我想你会明白的。"赵叔对杨云还是有信心的。

德午见杨云吸着烟不吱声了，便又接着说："四芳家那样困难也支持建新村，今天下午就拆猪栏，新村早开工、早建成、大家可以早得益。"

"新村的水泥路修到你家门口来，不走泥巴路了，最起码伢崽去上学也放心。"正发也接着说。

杨云在锄头上敲落竹烟斗上的烟屎，收起烟袋，叹了口气，说："好吧，调田的事我就不与新村摊一块来说了，但调田的事，队上总要给我个说法。"

"要不这样，现在你组里也没个组长，我跟村里曹一男支书反映一下，请村里派人来队上开个社员会，选个组长出来，把调田的事和大家说一下，到时你也要在会上提出来，看大家意见如何，如果大家都同意调田，那当然好，如果不同意，会上肯定也得有个说法，你住在中坑，新村的事呢，你也一定要支持，早点把你的牛栏和猪栏拆了，统一建到东头去，这样卫生，能有个好环境。"赵叔见做通了杨云的思想工作，松了口气，心里非常高兴，便起了身，"那我们就不耽搁你做事了，有空我们再细聊。"

"好，过日再聊。"杨云起身，又弯腰拿起草帽和锄头，继续锄他的薯苗。

赵叔三人刚从河边走过来，还没转过杨云的屋角头，他的手机响了，他掏出手机一看，是个陌生号码，自从当了会长，他的电话比原来当支书还多。

"喂，你是……"

"我是冬妮呀，赵叔。"

"哦，是冬妮院长是吧，我还差点没听出来哟！"

"赵叔，你昨天给我打电话说建新村的事，我和我爹说了，你也晓得，我家原来的穷艰……"

"啊，是呐……"赵叔还没猜出她要说的意思，只好先啊啊着。

"我兄妹几个，那时我爹为了送我兄妹几人读书，他到处借钱，背加五的竹柤息，有时为了借一百元学费，他要走到深更半夜，给人家说不少好话，到了过年，人家杀猪闹腾着，我爹他为了还债，只好把栏里半大的猪苗都抵债了，我娘在一旁暗暗伤心流泪，要不是我大学毕业参加工作帮还了些债，他就是像犁一样把头钻到土里去也一辈子还不清债务。"

"是啊，那时你爹确实是吃了不少的苦，你兄妹几个也受了不少艰难，现在好了，你也参加了工作，你爹也可以歇息了，可他……"

"我爹做惯了，闲不住的，前几年没得病时我接他到城里住了半个月，他坐也不是站也不是，说一日不到田地里去劳作，全

身骨头胀痛，还闹出了病来，到医院检查也不见好，结果一回家，他就扛着锄头下了田，药也没吃就好了，后来又得了半身不遂，他这命苦啊。"

"是啊，在乡下住惯了的人，尤其是上了年岁的老人，到城里去就是住不惯，在乡下，可以走东家串西家，想坐就坐，想找谁聊就找谁聊，可在城里就不一样了，同一层楼，当门对户都不相往来，还关着大铁门，来人都要防，好像人人都是贼，个个都是坏人！"说起城里，赵子文也有同感，他女儿就在县城买了房，去住过几次，总觉不舒服。

"你也晓得，我爹他疼财，这也是他以前受穷艰的影响，我每月都要给他寄钱的，他一分都不舍得用，不存银行，拿去放利息，今年把两千元借给了一个赌博鬼，要不是我出面，他连本金都要不到，他二老虽然和我哥铁山住在一块，也分灶吃饭，一个月难剁一次肉，不舍得吃，不舍得买件好衣，天天青菜萝卜，鸡生的蛋也不舍得吃，要带给我们的孩子吃。"

"是啊，上疼下感天恸地，你爹是一个不错的父亲，没有你爹，也就没有你们的今天，好在你们兄妹也努力，能争气，对你爹娘也不错，我作为你们的叔辈，也感到高兴呀！"

"赵叔啊，我和你说这些的意思，不是向你诉苦告穷艰，是想跟你解释一下，叫你莫生我爹的气，我爹是个本分人，虽然过去也当过大队长，做过群众工作，可他不晓得三环六转，前面眉毛一根拔不得，只要他想通了，后脑勺的头发被人扯光了都行。"

"啊，是啊，他有时候是有点转不过弯来，年岁大了，这也正常。"

"不过，我说话他还是愿意听的，我爹没手机，我昨晚打电话给我哥铁山，一直打不通，是他的手机没了电，到今早才打通，我说做新村是好事，要他和我爹支持村里的工作，他问我，是谁打了电话给我，我就打了个谎，说是听乡里的朋友说的，我说做新村要支持，我有一个朋友老家做新村，还回去捐了款呢，新村建得好，有机会带朋友回去玩，人家看了也会高兴，我以前开车回家，路不好不说，车也没地方停，落脚就是烂泥巴，孩子们听说要进黄沙坳就皱眉，都不愿去了，经我这样一说，我爹就不吱声了，我哥也想通了。我想还是要烦劳你费神费力多走几步路，再到我家去走一趟，我这些天请不到假，否则我会回家走一趟。具体情况只好请你和我爹说，他会同意的。"

"好啊，那真要感谢你，这新村建好了少不了你的功劳！"

赵叔挂上电话，就对德午和正发说：:"你俩先去找下李兵，我去趟刘高家，把刘高的事说好，我们马上就请挖机进场，先把广场整出来。"

德午和正发来到李兵家，李兵到地里扯薯草去了。

李兵是个困难户，有三间危房，也需要拆除，可他又缺资金，把房屋拆了，连住的地方都没了，建个一层的普通新房，也少不了几万，如今工资、材料涨得快，而粮食、农产品虽说也有点涨幅，可那是婆婆的小脚——赶不上车！正发算了一笔账，种一亩稻，需要种子一公斤，每公斤120元，化肥150元，请农机耕田、收割160元，农药等20元，请工200元，风调雨顺的话，平均一亩稻按400公斤，现行价每百公斤240元计算，也就960元，除去成本650元，种一亩稻也就能赚个300元左右，种10亩稻也只能赚个几千元，你说要建个房得种多少亩田？李兵一家五口，没一个打工的，种几亩田仅够一家人填饱肚子，养猪成本也高，一头仔猪要500元，除去饲料等800元，宰杀后也就卖个1800元左右，赚不了几个钱，还不能发猪瘟，因此，李兵家是黄豆年年黄、绿豆年年绿，有时遇到亲戚朋友乔迁、婚嫁等喜事请客随礼还要借钱。

前不久，当地有位县报记者到村里来了解农民负担的事，发现原本是农闲季节，村子里的人却是忙得不亦乐乎，细一打听，原来人们都在为随礼奔波。

一村民说："我每天都做豆腐卖，挣些零用钱，可这几年，做豆腐挣的钱还不够我随礼的。"

农村这几年变化大，喜事也多，不是乔迁就是婚嫁，正发当时对记者说："咱们就从结婚说起吧，结婚前，要'看亲''认亲''订亲'，要举办结婚仪式；之后是生孩子，要办出生酒、办满月酒，周岁酒，考上大学要办酒，参军要办酒，建了新房要办酒，上了年岁要办寿庆酒，这酒那酒的，连死了人也要办酒，你说靠土里刨食，靠几亩瘦田，真是招架不过来呀。"

还有一个不是笑话的笑话，外村一位村民买了十几只野猫回家饲养，对外说养殖场开业，于是大宴宾朋，办了三十多桌酒席。

针对这种现象，新村理事会成立的当天，村民就讨论了随礼的事，都说要刹这股歪风。本来，礼尚往来是情理之中的事情，可如今的"礼"超越了"情"，加重了多数农民的负担，毒化了社会风气，影响了农村社会经济秩序，成了一种社会公害，助长了社会不正之风。要想刹住这股"歪风"，要以建设社会主义新农村为契机，大力倡导文明的婚丧嫁娶风气，教育和引导农民逐渐养成良好的民风民俗，要在村里大力弘扬和营造勤俭节约、反对铺张浪费的良好风气，要制定相应的规章制度，如村规民约等，制止这种陋习蔓延。如今村里成立了新村理事会，就是要刹这股歪风。

赵叔是第一个带头响应的，他前不久得了个孙女，本来是可以请一下亲戚朋友，名正言顺地摆几桌酒，喜庆热闹一下，可他就放一挂鞭炮了事，他的亲家母还生了气，说赵叔嫌其女儿生的是女孩，是重男轻女，说得赵叔哭笑不得。

8. 胡老板

想妹想得好心焦，

砍起柴来掉了刀，

吃起饭来跌了碗，

走起路来光摔跤，

不成相思也成痨……

高松叔教了十多个徒弟，每天晚上都有人到他家来学唱山歌，非常热闹。我也去看了几次，还能唱上两句。

县委组织部举办了一期新任村支书培训班，培训班设在县委党校。报到的当晚，我接到竹花一个电话，说现在外面招工难，工人工资高，她结识了一个姓胡的女老板，两人成了好朋友，胡老板得知船头滩好招工，工资又比外面低，虽然偏僻了点，但只要能通车，能招到女工，表示愿意到黄沙坳来投资办厂。我听到这个消息，立马要竹花与那个胡老板联系，邀请她来黄沙坳考察，竹花故意装着不高兴的样子说："没见你说想我早些回家，一听说女老板就这么激动，这不是逼我吃醋么？"说完又吃吃地笑了起来。

"我每天给你打电话，就差没定时给你请安了。不过这个胡老板来了，你是要当心点，免得摔到醋坛里，淹得汗涔涔泪潜潜，鼻涕泡当成电灯泡，那样子就惨了。"我也故意这样说。

"你才鼻涕泡电灯泡呢！听说有电影明星用醋洗澡用牛奶洗脸，可以美肤美颜，我早就想在醋坛里洗个澡，到时你得给我站好岗，要确保本小姐人身安全！"竹花在电话里甜甜地笑着说。

"大小姐请放心，小的保证完成任务！"我也滑稽地来了个立正，还行了个标准的军礼，虽然竹花看不到，也在电话那头笑得差点噎了过去。要是手机能视屏多好。

　　竹花还真有两下子。第二天，她就坐那个胡老板的小车从广东动身来了。我立马给老马叔打了个电话，叫他在村里提前作好迎接准备。我听了一天课，按规定是不得请假的，好在县里正大力开展招商引资工作，乡里也有任务，我把广东胡老板要来考察的情况向李书记作了汇报，经乡里李书记出面报组织部吴部长同意才为我请到假。傍晚时分，胡老板一行在预定时间到达艾县。县里在年初召开了全县招商引资工作会，现在会议也过去几个月了，乡里还没有进资一分钱，没有招到一个老板，等于这项工作没破白。李书记正着急着，听说有广东老板愿意到黄沙坳来投资办厂，而且投资额达五百万元之多，如果能洽谈成功，这可是乡里一个最大的投资项目，县政府分给乡里全年的招商引资任务是一千万元，如果能说服这个广东老板扩大投资，或者再虚报投资五百万元，那么就是一千万元了，乡里今年的招商引资任务不就完成了么，而且完成了任务县委政府还有重奖，完不成任务的就要在大会上作检讨，所以各乡书记乡长都会把招商引资工作摆在第一位，不惜花费一切人力财力物力想方设法去完成招商引资任务。李书记也不例外，何况他还是乡里招商引资工作第一责任人呢！李书记正为此愁眉不展，得知竹花带了个广东老板来了，把李书记乐得连说好好好，还专程从船头滩赶到了县城，并以乡政府的名义在艾县宾馆一号楼设宴为胡老板接风。

　　艾县宾馆坐落在县城风景秀丽的樟树岭半山腰，一号楼是贵宾楼，里面非常豪华，通常是上级来人会宴下塌的地方，李书记以这么高的规格来接待，也是想给胡老板留个好印象，希望她能一次考察成功，并达成投资意向。

　　胡老板虽是女人，却也是个走四方的人，早就听竹花说其未婚夫曹一男在黄沙坳任村支书，今日一见，果真长得英俊潇洒，说话得体有分寸，是个有为的青年，她为竹花能找到这么优秀的男朋友高兴。又见乡里李书记亲自为其设宴接风，可见这些人非常热情，都是诚心实意招商。胡老板坐的位置还可以透过落地玻璃窗俯瞰县城全景，选择这样一个美丽的地方，确能让人消除旅途疲劳，令人赏心悦目心旷神怡，足见李书记等人之诚意。

　　胡老板吃厌了大鱼大肉、山珍海味，没想到来到艾县，却尝到了她不曾吃过的菜品，当然这些菜也是李书记亲自点的。

　　第一道菜掇上来了，胡老板见是一钵汤不像汤、糊不像糊的东西，上面撒了几点葱花，那些散布期间如星星点点的食材有红的、绿的、白的、黑的、紫的、黄的，可谓五颜六色，既不冒热气，也无太多看相，不知是什么菜，不免问了一句。竹花说这菜叫什锦，是艾县一道名菜，在艾县，无论谁家过节办喜事招待客人，第一道菜上的就是什锦。竹花还讲了个笑话，说大跃进时期，黄沙坳的胡铁匠生了一堆孩子，有一天，胡铁匠跟孩子们说，你们放学后每人砍一挑柴，晚上叫你娘煮什锦给你们吃，孩子们听说有什锦吃，个个乐得蹦蹦跳跳，早早把柴砍回了家。做什锦要豆腐、绿豆、胡萝卜、猪血、鲜肉、腊猪肠、干香菇、黑木耳、冬笋、虾米、碎花生、葱花等各种食材，有了这些食材才能做出色彩鲜丽，香醇味厚的什锦。可那时穷，哪有这些食材？胡铁匠开了口，妻子没法子，只好把萝卜剁成细末，再用薯粉煮稠成一锅汤水当什锦。灶膛里火光橙红，锅里冒着腾腾的热气，叽叽呱呱地响，咕嘟咕嘟地冒着泡，孩子们等不及了，围着灶台要吃，做娘的就赶紧把一锅"萝卜糊"舀到脸盆里掇到桌子上，孩子们一看，这哪是什锦，而是一盆照得见人的萝卜糊，都搁着碗不吃了，说胡铁匠说话不算数，骗人，害得做娘的偷偷抹了一把眼泪。这事后被村人当成笑料，成为那个时期一段很伤感又抹不掉的话题。

竹花说完为胡老板舀了两勺，看到碗里那五彩斑斓的什锦，胡老板舀起小半匙送入口中，顿觉柔嫩滑爽，喉口香甜，舌面生津，连说："果真味香醇厚，别有风味！"

胡老板吃完碗里的什锦，见传菜生又上了一盘色黄脆酥的像大虾一样的食材，又有些好奇地问："这又是什么菜？"

我神秘地笑着说："这道菜可有些来历，与唐朝的沈太师有关呢！"

"难道是唐朝沈太师发明的菜？"胡老板听了眼睛放光，很感兴趣。

"虽然不是他发明的，可没有沈太师，也许就没有这道菜。"李书记也补充道。

"太有意思了，可以说来听听吗？"胡老板笑着问李书记。

"曹支书就住在辽山脚下，知道'炸虾须'的来历，叫他给你说说这个故事。"李书记接嘴说。

"好！我们船头滩有座辽山，也是艾县一座名山，唐时的曹和在辽山立寨，杀富济贫，深得民心。但朝廷不满，遂派沈太师率领大军将辽山寨破了。沈太师破了辽山寨后，又要斩草除根灭'曹'，当地曹姓人为了保命，只得把'曹'上一横去掉，改为曾姓。因沈太师生得红脸虾背，当地人讽送其绰号'沈虾'，为咒其早死，便将面粉加水调成面泥，加入韭菜、鸡蛋，放入油锅炸成形状如虾的食物，那韭菜在油锅里微卷如虾须，后来这一食物就叫'炸虾须'，有暗咒'沈太师入油锅'之意。可见沈太师破辽山寨，并非民所愿。'炸虾须'的故事我从小就听过，已耳熟能详了。"

"想不到艾县虽小，文化底蕴却如此深厚！这'炸虾须'确实鲜香扑鼻，味美如酥，因了这故事，可不失为江南一款名菜！"

胡老板一边吃着一边赞不绝口。

刚吃上几个菜，李书记就接到一个电话，说有要事离开，吩咐我陪好胡老板，吃完饭再带胡老板到县城转一转，也可以坐坐游船，看一下艾县的夜景。

艾县虽是个山区小县，但这些年的变化大，如今被人称为"桥城"。什么碎花桥、西安桥、建昌桥、看鹤桥、古艾桥……一个小小县城计有十五座之多。这一座座横架一河两岸的桥，就像一个个艾县人，不但奋发向上，而且还始终保持一颗谦卑之心，任容步履车辙，所以艾县人有福，拥有400万亩山、50万亩水面的巨大财富。

今夜月光如银，湖边公园游人三三两两，更显夜色迷离。我们一行三人信步来到碎花桥。碎花桥是艾县一处难得的风景，可以凭栏观湖，问道松月；可以林间打坐，借廊亭的静谧，乐享岁月静好；亦可横舟远影，看桥上车流逶往，游人扶栏遐思，一行雁影遐鸣。无论你站在桥上或是岸边，可远观一湖水色，近看一城阑珊，亦可自成一帧风景。曾有诗人在这里慨叹："曾与美人桥上别，恨无消息到今朝"。胡老板也说这里水色灵动、娇艳妩媚，确是个好去处。

我曾给市报副刊写过一篇碎花桥的文章，说南宋著名江湖诗派诗人戴复古未遇时来到艾县，当地一富翁爱其才，以女许之。两三年后，戴复古要归家，原来他是有妻室的。临别时，妻宛曲解释，尽以奁具赠夫，又作词一首：

> 惜多才，怜薄命，无计可留汝。
> 揉碎花笺，忍写断肠句。
> 道傍杨柳依依，千丝万缕，
> 抵不住，一分愁绪。

如何诉，

便教缘尽今生，

此身已轻许，

捉月盟言，

不是梦中语，

后回君若重来，

不相忘处，

把杯酒，

浇奴坟土。

诵完后投河自尽了。为纪念这位贤烈女子，艾县人就在其投河处建起了这座碎花桥。

桥上有一幅幅彩绘壁画，再现了这位江湖诗人凄美的爱情故事。竹花眼里闪着泪光，胡老板也为这位贤烈、痴情的女子而啧啧慨叹。

也许是艾县的风景和文化太有特色了，我们在湖边公园游了两个多小时，直到月影西斜，游人渐少，竹花和胡老板才回宾馆，我则回了党校。我们约好第二天一早同车到黄沙坳去。

胡老板一般是不坐副驾驶的，她说昨晚怕寂寞，要竹花陪了一晚，割了我们的爱，心已悔青了，非要我和竹花坐后排，我和竹花相视一笑，也不推迟，就牵着手上了车。

车到半路，李书记打了个电话给我，说是横仔又去告状了，要我在乡政府下车，有重要工作安排。我说胡老板这边考察的事怎么办？李书记说他会安排好。

9. 第一次出差

横仔到京城告状，我第一次出差去京城，想到以这种方式来到北京，心里也觉好笑，好在同行的县信访局钟副局长多次来过北京，对这里的情况非常熟悉。我们下了飞机，走出机场，钟局长就喊停一辆出租车，吩咐司机直奔宾馆，我想着村里的事，有些着急。钟局长脸上掠过一丝不快，说："现在进不了城，要想到达目的地，必须等到明天下午！"

晚上，我们住进了宾馆，钟局长和朱秘书说要出门逛街，我就在房里看了一会儿新闻，又打了个电话给竹花，问了胡老板考察的事。

竹花说："胡老板在村里村外转了一圈，说黄沙坳是个养生福地，风景优美，在这里办厂搞旅游都非常好。只是村民送茶太过殷勤，这两天多喝了几盅，肚子咕咕叫，我叫村医给她看，她说没事，说是喝多了茶水的事，晚上饭都没吃，这会休息了。"

我听了也松了一口气，说："没事就好，要是有事，李书记就要批评我了。真要好好谢谢你！"

竹花故意在电话里说："你说什么？"

我答道："我说我要好好谢谢你！"

竹花甜甜地笑着说："那你怎么谢我？"

我故意停顿了一下，说："给你、给你一个深深的、深深的吻！"

竹花吃吃地笑了，说："骗人，你在京城，我在黄沙坳，难道你还可以飞越千山万水？"

我急不可耐地表白："但我的心可以飞呀！"

竹花又笑了，说："飞呀，飞呀，那你快点飞过来呀！"

我一本正经地说："我真想飞过去，可惜飞不了，但我可以为你朗诵一首诗。"

竹花又吃吃地笑了起来:"亲爱的,你的电话可是长途啊,你舍得?不心疼?"

我不假思索地说:"为了心爱的人,就是美国长途也要在所不惜!"竹花的笑声更甜了,说"那你想朗诵一首什么诗?"

我笑着说:"林徽因的《你是人间的四月天》,你喜欢吗?"

竹花在电话那头说:"喜欢。"

于是,我就深情地朗诵起来:

你是人间的四月天
——一句爱的赞颂
我说你是人间的四月天;
笑音点亮了四面风;轻灵
在春的光艳中交舞着变。
你是四月早天里的云烟,
黄昏吹着风的软,星子
在无意中闪;细雨点洒在花前。
那轻,那娉婷,你是;鲜妍
百花的冠冕你戴着;你是
天真,庄严;你是夜夜的月圆。
雪化后那片鹅黄,你像;新鲜
初放芽的绿,你是;柔嫩,喜悦
水光浮动着你梦中期待的白莲。
你是一树一树的花开,是燕
在梁间呢喃,——你是爱,是暖,
是诗的一篇;你是人间的四月天!

　　竹花也在电话那头轻轻地跟着我朗诵，我们两人沉浸在这首诗的意境里，生出无限的爱意。接着我又朗诵了一首徐志摩的《再别康桥》：

轻轻的我走了，
正如我轻轻的来；
我轻轻的招手，
作别西天的云彩。

那河畔的金柳，
是夕阳中的新娘；
波光里的艳影，
在我的心头荡漾。

软泥上的青荇，
油油的在水底招摇；
在康河的柔波里，
我甘心做一条水草！

那榆荫下的一潭，
不是清泉，
是天上虹；
揉碎在浮藻间，
沉淀着彩虹似的梦。

寻梦？撑一支长篙，
向青草更青处漫溯；

满载一船星辉，
在星辉斑斓里放歌。

但我不能放歌，
悄悄是别离的笙箫；
夏虫也为我沉默，
沉默是今晚的康桥！

悄悄的我走了，
正如我悄悄的来；
我挥一挥衣袖，
不带走一片云彩。

直到和我同住一间的朱秘书回来，我们才把电话挂了。

"明天登长城我不去了。"我跟朱秘书说。

"你知道那天李书记陪胡老板吃饭时，县领导临时叫他去干什么吗？"朱秘书没接我的话，兀自问道。

"不知道。"我摇了摇头，实话实说。

"就是横仔来这里告状的事。横仔一到这里，电话就一级一级往下打了，如果因此影响了市里，县领导也不好交待。县领导还说，横仔反映老宋违法违纪的事交给县纪委调查处理，确有问题该怎么处理就怎么处理。所以我们应该把横仔劝回去。"朱秘书认真地说。

我还是摇了摇头。

"你知道李书记为什么叫你来吗？"朱秘书见我还是转不过弯，索性关掉了正在放的电视。

我又摇了摇头。

"因为横仔是黄沙坳村人。"朱秘书是乡里的老干部,我倒了杯茶掇给他。

"他是黄沙坳人就要我来接他?"我还真搞不明白。

"对呀!你是黄沙坳村的支书,你村里有人告状,就说明你村里社会不稳定,不稳定还谈什么发展,还招什么商?稳定是各级政府压倒一切的大事,村里也不例外啊!"朱秘书一边接了茶放在床头柜上,一边拿了个充电器为手机充电。

"横仔又不是因我村里的事去告状,这跟我村里一毛钱关系也没有呀!"我觉得这事扯到村里头不合情不合理。

"你不要认为横仔告的是老宋,跟村里没关系,其实关系大着呢!"朱秘书呷了一口茶故意打住。

"你在乡里都是老革命了,我刚参加工作,头脑又呆笨不开窍,你就点拨我,免得我撞个头破血流遭人耻笑。"我故作谦虚地说。

"你小子刚参加工作是不错,但头脑并不呆笨。只是你村里出了个告状户,工作干得再好,按规定也不能评先进。好好的一锅粥被横仔这粒老鼠屎搅坏了,那不可惜吗?"朱秘书唉了一声,对着茶杯吹了吹,又笑着说,"其实我和钟局长都是来帮你灭火的,按理说,这一切费用都要你村里出,李书记晓得你村里困难,这钱都乡里出了,你应当感谢李书记,我就不要你感谢,你可千万不要装糊涂啊!"

"这怎么变成我的事了呢?还帮我灭火?朱秘书你可不能吓我啊!"我故意装个可怜相。

"你小子在我面前装糊涂,以为我看不出来吗?不说了,早点睡,明天要早起呢!"朱秘书茶杯一放,就掀开被子上床睡觉了。

我也关掉床头灯,可怎么也睡不着,眼前老是出现几个人的画面,一会儿是钟局长,一会儿是李书记,一会儿是老宋,一会儿是横仔，一会儿是赵叔，一会儿是铁山，一会儿是高松叔，一会儿又想到秋莲，想到眯子哥以及他两个孩子，还有竹花……一幕幕都像电影一般在眼前闪过。

第二天一早，我打了个谎说肚子痛，朱秘书晓得我是装的，也不敢挑明，就说叫我好好休息，他陪钟局长去爬长城。我透过宾馆的落地玻璃窗，看到钟局长和朱秘书走出宾馆，在门口上了车，这才如释重负。

我想起先要给老马叔打个电话。一是修路不能停，胡老板要来办厂，路要早日修好；二是赵叔担任了村老协主席，村里要成立老年腰鼓队的事，要赵叔尽快组建起来，到时胡老板办厂庆典活动也不用出村去请人了；三是竹厂的刘老板，虽然老宋打了招呼，欠村里的租钱也不能再拖了，可以开好票去找他要钱。

交待完村里的事，我又给竹花打了个电话，竹花正陪胡老板在看山歌队表演节目，她说高松叔唱的山歌，胡老板都录了下来，说这山歌比陕北山歌更有情调，更有魅力，如果黄沙坳能搞起旅游，山歌队的人都可以拿工资做专业表演人员，说得高松叔和山歌队的人心里都痒痒的。

与竹花通完电话，我走出房间，来到宾馆大堂，找了份当天的报纸，一个人坐到宾馆外的树林里，这里有奇石，假山，喷泉，小径，环境非常幽静，真是没想到，还能在京城这样的地方，看报打发时间。

到了中午时分，钟局长和朱秘书才兴犹未尽地一路说笑着走来。钟局长问我肚子痛好了没，我说好了，朱秘书则看着我笑，眼里放着光不说话。

吃完中饭，我们按钟局长的意思打车往西城区永定门西街，钟局长说那里是我们要去的地方，横仔应当就是在那里。但我们找到横仔时，他并不在那里，而是在他登记住宿的地方——叫什么村，横仔见到我们也不愿回家，好在钟局长是领导，好多事情能拍板，钟局长和他单独聊了好久，横仔总算同意与我们一道返回。因为有横仔同行，我们不便再坐飞机就改坐火车了。

火车票是买了，却是第二天凌晨五点钟的火车，因有横仔同行，也不可能再住五星级宾馆了。钟局长就找了家普通宾馆开了三间房，两个单间一个双人间，钟局长和朱秘书各住单间，我和横仔住双人间，意思是要我看住横仔，不让他跑人。横仔也知道钟局长的意思，就说："你们跑这么远来接我，车票也买好，房也订好，饭也买好，比亲人还好（好在他没说我们比儿子还好，我想横仔才不会那么蠢呢！），只要答应我的事算数，我保证不跑也不再来告状了。"

晚上吃饭的时候，横仔上了一趟厕所。钟局长虽然人在京城，可县里有什么动静，他也了如指掌。他趁横仔上厕所时悄悄地对我和朱秘书说："老宋出事了，他转干时把钱藏在鱼肚里送给李如民，任村干部时又贪污两笔水利款、在任乡干部时利用职权搭干股，为亲属介绍工程拿好处，还逼刘老板开除横仔。横仔告他，他又与竹厂刘老板串通一气，引横仔上钩嫖娼，接着又安排人报案，让他在派出所工作的亲戚带人当场把横仔从床上捉到，并送县拘留……"

"原来是老宋设的局？"我啊了一声，"真是知人知面不知心！"

"听说那李如民也……"钟局长还没说完，横仔就过来了，钟局长就不做啊了。

第十章

1. 上温州

　　横仔也是时来运转，从京城回来后，乡里派中心小学的校长——秋莲的堂弟，按乡里李书记的旨意，做通了秋莲爸的思想工作，让秋莲又回到了横仔身边，李书记还做通了刘老板的工作——让横仔和秋莲照原回到竹厂上班，横仔掰倒了船头滩乡一只大老虎的新闻传遍了十里八村，隔三差五有想去告官的人都来找他取经，也有来找他帮忙办事的。一时间，家里门庭若市。横仔还真像个管事佬，愿意出面到相关单位去说个话。有的干部怕惹他不高兴，什么时候进京告一状，还不吃不了兜着走？只好对他笑脸相迎，别人办不了的事，他横仔办得顺顺当当，而且很快就办好，不会拖三扯四，不得不让人佩服有加，于是有人又送了他一个绰号：乡长。

　　横仔在告状时结识了一些朋友，有一个叫郭生旺的和他关系最好，两人常有电话联系，郭生旺是外县人，他们在告状时就有约定，以后谁有发财路子都不能忘了对方，所以郭生旺给他打了个电话，说他眼下已在某公司当上了经理助理，每月能拿到两万，另有分红，只要带五万元来做押金，不要一年就发财，如果你不相信，可以先来实地看一看再定夺。

"上温州。"横仔想到自己在竹厂一个月也就二千元，干一年不如郭生旺干一个月，心里就痒痒的。

"我们家只能吃补药，吃不得泻药，这几万块都要靠借，万一有假，到头来讨债的就要踏破我们家的门槛！"秋莲有些担心，不同意横仔去冒这个险。

"这我知道，我不带钱去，先跟刘老板请几天假，到那里探个虚实，看准了再回来筹款，出不了问题。"横仔也怕上当，但又不想错过赚钱的机会。

秋莲见横仔考虑得这样稳当，也认为没有什么事，不就是去看下么？不成就算花几百块钱让横仔去温州旅游一趟。

横仔去温州没有告诉任何人，除了秋莲外，没一个人知道，包括铁山和刘高。

横仔走出温州车站，郭生旺就在车站出口接他，他说公司派了他和一位同事来接他，同事是公司里的业务销售骨干，开着进口的宝马，五十多万呢，横仔也不晓得宝马是什么车，反正比曾书记开到省城去接他的车要好，坐在里面软软的挺舒服，绝对是真皮，还可以放影碟，横仔是开过眼界的，知道这车是款高档车。郭生旺在车上介绍他同事入公司不到两年，在温州买了房，买了车，日子过得相当滋润。横仔不由得投去羡慕的眼光。

郭生旺先陪他去一家公司参观，说这是他们公司的生产区，做的是高端科技产品，生意非常好，厂里机器轰鸣，车间生产繁忙，工人都在加班加点，横仔看在眼里，暗暗点了点头。

晚上，郭生旺在温州一家大酒店设宴为他接风，还请了公司几位朋友来陪酒,他们个个西装革履,风度翩翩,打扮得像个港客。横仔想不到在上访路上结识了这么一位有情有义的兄弟,竟然舍得花钱在这么高档的酒店设宴招待他,这真是狗屎运来了门板也挡不住,走到哪都能遇到贵人,也充分说明这位"访友"现在今非昔比。

有朋自远方来,不亦乐乎。郭生旺在举杯喝酒时大发感慨,说想起在京城上访的艰辛苦难,就是一笔巨大的精神财富,还说要感谢生活,感谢上访,让他找到了这家公司,让他有了生活的信心,有了做人的勇气和自豪。席上,横仔又结识了几个朋友,他们都纷纷夸郭生旺业务做得好,不出一年,不换老婆也要买宝马了。横仔一高兴,就喝了七八分醉,一顿酒喝了足足两个多小时,喝完酒又到茶座喝茶聊天,玩到十一点多才回房休息。

第二天上午,郭生旺说公司正开业绩交流会,邀请横仔去感受一下气氛,这正中横仔本意。

业绩交流会在一家酒店的会议厅举行,偌大的会议厅,一百多个座位座无虚席,大多都是穿着时髦的年轻人,台上一个身穿西装的三十岁左右的男子正一手拿着话筒、一手拉着系在脖子上的红色领带在大声呱气不无自豪地说:"各位帅哥倩女,你们说我身上这根领带多少钱?"

"二百块。"有人答。

"错!"台上的男子说。

"五百块!"又有人答。

"错!"台上的男子说。

"一千块?"台下有人惊呼。

"再剩以二!"台上的男子大声说。

"两千?"台下又一阵惊喊。

"两千八!你舍得买吗?你有钱买吗?你老婆同意吗?"台

上的男子拉着西装的衣摆从台左走到台右，又从台右走到台左，一边走一边大声问，台下的人都瞪着眼，没一人敢吭气。

台上的男子走了两遍又回到台中央，看到横仔走进了会议厅，继续说：“老实说，三年前，我也跟你们一样，站在这个台下，听着他人在台上这样说，跟我一路同来的人，他们有观望的，有怀疑的，有害怕的，都不敢吃螃蟹！吃螃蟹是个新名词，你们懂吗？鲁迅先生说：第一个吃螃蟹的人是勇士，有 90% 的成功率，成功了就会拥有大财富！三年前，我连结婚的钱都没有，未婚妻对我也很失望，很伤心，我当时的心理压力不是一般的大，而是特别特别大，一天到晚都是想着钱钱钱，怎么去挣钱。我又没上过大学，又没一门过硬的技术，靠流汗卖苦力又不甘心，也吃不了那般苦；去偷，怕被捉现场，要挨打；去抢，又怕判刑，把牢底坐穿；一句话，都快绝望了！我又想到了炒股，炒股来钱快。炒股你懂吗？可炒股我又没本钱！股市也不给力，风险也大，又有庄家操纵，我借了一万，炒了一年多，一毛钱没挣到，反而亏个血本无归。当时想跳楼，就此了却一生，不活了，人没钱，就是活着，也没多大意思，也是受人白眼，遭人欺凌。诗人臧克家说，有的人死了，他还活着，有的人活着，他已经死了。在这里，我要感谢我的未婚妻，不对，是我的前妻，前妻你懂吗？不是她贴心照顾，我早就‘挂了’，真是坑爹啊！就在我债台高筑、四处流浪、无家可归的时候，我遇到了他。”台上的男子故意停了一下，手一挥，说，“你们知道他是谁吗？”

台下人你看我，我看着你，都摇了摇头。

“他就是我的同事——小戴，这么帅，他比我还要小五岁，我们现在就请他上台！”男子一番演说极是骗情，说完把手挥向一个人，台下便跳上去一个二十来岁的青年，他西装革履、神采飞扬。横仔仔细一瞧，这不就是昨天开车去接他的那个司机么？

原来那个男子也是这个叫小戴的介绍到公司来的，小戴有些腼腆，说自己加入公司后，经过一二年的努力，买了五十多万元的进口宝马，还在温州市内的繁华地段买了商品房。小戴把手一招，一位时髦倩丽的女孩款款走上台，颈上手上脚踝上都戴着金，整个人珠光宝气，走路时腰软如葱，风骚撩人。她上前就挽着小戴的手臂，做了个亲昵的动作。台下一阵噪动，目光齐刷刷地射向他们，现场气氛非常热烈。

台上那男子又拿起话筒大声说："你们也看到了，也听到了，时不再来，机不可失，名额有限，想赚钱，就加入我们公司，想发财，就赶快报名！"

男子的话音一落，就有好几个人挤到台前，要报名，横仔也想报名，可一摸口袋，里面空空如也，不觉有些尴尬。郭生旺看出了他的心思，故意问："怎么样，想不想加入？"

"确实不错！可我没带钱来，原本只是想先来看一下的，现在眼见为实，特别是听了这些人的讲解，看来这吃螃蟹也是要下决心的，撑死胆大的，饿死胆小的！我之前也是怕东怕西，上山怕老虎，下田怕马蟥，结果一事无成，只知在大山里苟且偷生，没想到外面的世界这么大，这么精彩，还有这么好的发财机会，真是开了眼界！"横仔有些兴奋。

"可名额有限呀，你又没带钱，今天不报名，就要错过机会，时不再来呀！"郭生旺故意唉了一声，摇了摇头说。

"你、你能先借……借我钱么？我报了名后就打电话，叫老婆汇钱过来还你！"横仔曾今错过好多机会，尤其是听信了铁山，把机会让给了铁山，要不然刘老板的竹厂就是他的，他也不用偷偷跑到温州来求财，他不想再错过这样发财的机会，认为这确实是一条好路子。

横仔见郭生旺有些犹豫，忙说："你放心，我来时跟我老婆商量好了的，我看准了就打电话叫她把钱汇过来，也就一两天时间，这钱就可以直接打到你账户上。"

"唉！谁叫我们是患难之交呢，不过你这个事要考虑清楚啊！即便明年你成了百万富翁，我也不会找你要一分钱利息，你就是亏个血本无归，你也不能怪到我郭生旺头上。如果你敢发这个誓，我就借钱给你！否则，我一分不借给你，免得你日后怨恨我。"郭生旺晓得横仔经过洗脑后，一心想发财了，就故意把丑话说在前头。

"放心、放心！兄弟帮了我忙，我感谢还来不及呢！哪里会怪你？那良心不给狗吃了！"横仔心里对郭生旺只有感激和佩服，哪有半点怀疑。

郭生旺真的把五万元现金交到了横仔的手上，横仔又把五万元交给了台上那男子，算是报了名。

横仔报了名就赶紧给秋莲打电话，要秋莲赶紧寄钱过来。

"你可要瞧实来啊，五万不是小数目，万一上当，你就是把我卖了也值不了这么多钱！"秋莲出门去邮局汇钱时还是不放心，再三地叮嘱。

"撑死胆大的，饿死胆小的！我横仔是那么容易上当的人吗？放心！我不看的千真万确，也不会叫你寄钱，你就等着发财数票子吧！"横仔在电话里哈哈笑着说。

秋莲见横仔说得那样好，好像很有把握，也认为稳妥，便按郭生旺提供的银行账号，把钱汇了出去。

2. 招商有奖

　　胡老板在黄沙坳考察了两天，受到了村民的热情接待，黄沙坳这地方虽然偏远，运输费用贵了点，但乡风好，村民淳朴，工人好招，而且工资比其他地方低不少，这是投资者最关心的事。胡老板还有一个想法，就是把饰品公司建好后，聘请竹花来公司管理，竹花是当地人，又是她结识的最好闺密，什么事都可以放心，她也不用长期呆在这里，会省却好多麻烦。

　　签订投资合同时，李书记要求把饰品公司的投资额写成一千万元，可胡老板只需要投资五百万元，双方因此差点谈崩了。李书记有李书记的想法，县里给乡里下达的招商引资任务是一千万元，能完成任务有奖励，完不成要罚，这还不算，关键是影响到个人升迁。胡老板想，这样做还帮了李书记的忙，让乡里完成了招商引资任务，乡里不会亏待她；二是县里招商奖金五万元，李书记答应一分不要，全归她，算是回报；三是征地手续由乡政府派人到县办理，不用她操心。胡老板觉得合同谈判很成功，自己不但少交了税，还得了不少好处，省了不少麻烦，非常满意。

　　李书记还在县政府会议室举办了一场隆重的投资合同签订仪式，邀请了县政府县长、招商局局长、旅游局局长等领导到场，县电视台、县报社都派记者进行了宣传报道，李书记也上了电视，成了新闻人物。

　　胡老板订好合同便回广东筹款去了。

　　竹花因胡老板要请她管理公司，加上婚期临近，就辞了原来的工作，作为胡老板的代理人，在黄沙坳专职负责筹建公司的工作。

　　横仔去温州已是第五天了，他请了一个星期的假，这钱汇去了后，秋莲就没接到他电话了，也不知那边情况如何，秋莲有些担心，毕竟这么多钱，万一有个什么闪失，这钱都是借的，那样的话，家里就会债台高筑，还怎么过日子？秋莲做了个噩梦，梦见横仔又被派出所抓去了，要交两万元罚款，不交钱就要送拘留所，急得秋莲哭了，哭醒了才知是个梦。

横仔不打电话来，秋莲就打了个电话过去，接电话的不是横仔，而是一个男的，秋莲觉得有些不对头，对方就说，横仔现在已正式到公司上班，底薪 3000 元，比在竹厂上班强一倍多，如果晋了级，还有业务提成，只要把业绩做上去了，一年赚个二三十万不在话下。秋莲听了半信半疑。

没过一会儿，横仔的号码打过来了，是横仔本人，他说要秋莲再去借两万，秋莲有点不愿意，横仔就在电话里说，交了这两万，就在公司晋了级，可以拿业务提成，只要把业绩做上去了，一年赚个二三十万不在话下，和那人说的一样，秋莲见横仔说得水可点灯，塘里可以过轿，就信以为真，又到亲戚朋友家借了两万汇过去。第二天，横仔又来电话，说是还想再晋一级，又要她去借两万，秋莲无处可借，就跑到她堂弟那里去借，堂弟问她借钱干什么，秋莲就把横仔去温州的事从头到尾说了一遍，堂弟是乡中心小学的校长，有文化，见识多，也知道外面搞传销的猖獗，他认为横仔是上了别人的当，被人骗去搞传销去了，说千万不要再给他汇钱了，那是个无底洞，得赶紧告诉横仔到派出所报案。秋莲听了堂弟一番话，吓得差点就晕了过去，不知是怎样走回家的。

3. 横仔又出事了

山歌队经过一段时间的练唱，水平提高了不少，队员走出去也都像模像样了，不但歌唱得好，而且鼓也打得好。乡文化站还把山歌队的节目作为全乡的代表节目推上了县艺术节的大舞台，并被艺术节组委会列为第一个节目上台表演，县文化广场上的巨幅宣传画就是高松叔带领山鼓队在打耘禾鼓的场景，让山歌队在艺术节上出尽了风头，得到了市县文化局领导的肯定，山歌队成员在艺术节上还与市领导合了影。乡文化站长非常高兴，说山歌队一鸣惊人，为船头滩乡争了光。

村老协组建了腰鼓队，赵叔作为老协主席，忙前忙后，每天排练，也想和山歌队比比风头。

竹厂因市场经济影响，厂里的生意大不如前，欠村里的厂房租金都拖了两个月。最让刘老板伤脑筋的是，原来的靠山——老宋，现在被双规了，听说连那李如民也进去了，当初横仔嫖娼，他做了一回不光彩的事，好在他是被迫做的，只偷偷打了个电话告诉老宋，其他的事都与他无关。因这，乡里李书记也找了他，说横仔告状，他是有责任的，与老宋是同谋，害了横仔，也给乡里带来了麻烦，造成了不好的影响，这屁股还得他来擦。一是恢复横仔夫妻俩的工作，他们有了工作就不会再去告状了；二是横仔告状的损失要竹厂负责。李书记的口气是不容相量的。刘老板能不接受吗？只得暗暗叫苦，只得打掉牙齿往肚子里吞。

李书记还找到乡中心小学校长，李书记知道校长与秋莲娘家是至亲，关系也好，便又给了他一个任务——把秋莲劝回家，让横仔夫妻和好。

校长知道这是个政治任务，完不成的话，李书记肯定就要换校长。校长虽无奈，却也不想因此被免职，只得动用三亲四戚当说客，好不容易才说服秋莲爸，让秋莲回到了横仔身边。这样，横仔就能安心上班了。李书记对待横仔，也算关怀备至，可谓费尽了心。

我这个周末在县里开移民工作会，正好竹花也到县里帮胡老板办事。我瞅了个空，便和竹花同去拜访吴书记，也就是吴局长，他已从交通局调到了县纪委，是一把手。我还没有去拜访过他呢。没想到吴书记到了纪委后，工作更忙了，不但经常出差，还要办案。老宋的案子就是他督办。当时有人认为，老宋曾是他的部下，吴书记肯定会网开一面，没想到吴书记铁面无私，对贪腐十分痛恨，将老宋的案子办成了铁案，还将李如民的贪腐问题也查了个水落石出，李如民都调到外县当副书记了，可谓权倾一方，谁敢在太岁头上动土？没想到遇上吴书记——他是个退役军人，什么也不怕，依然保持着军人的本色，他顶着来自各方的重压，依然要求专案组一丝不苟办案，查清案件事实，对人民负责。最后把李如民一举查获，吴书记也成了民间津津乐道的"打虎"英雄。

母亲说要我们晚上回家吃饭，竹花也点了头，父亲早早把鸡杀了，母亲把鸡炖好，就等我和竹花来吃。

竹花从广东回来后，还是我到京城去找横仔时，胡老板开车送她来过，带了几样在广东买的孝敬二老的东西来，饭也没吃，说是要陪胡老板考察，放下东西喝了碗茶就走了。

傍晚时分，我和竹花从县里坐班车到了船头滩车站，然后骑上摩托车——这是我到黄沙坳任村支书的第三天新买的。黄沙坳离乡政府有那么远，没有班车，连进出的货车也不多，为了工作需要，我就买了一辆摩托车，这样就不担心下村难了。母亲听见摩托车的响声，就倚在橱屋的栅门处张望，见我骑着摩托载着竹花出现在村口，忙推开栅门走到地坪里，一边走一边回头对着屋后的父亲喊；"竹花和憨牯来啦！"

父亲正在屋后烧火土灰，听到母亲的话就放下锄头从屋侧的小路走出来，脸上被烟灰煤涂得跟花狐狸一般，只看到两只眼睛骨碌碌转动和笑时露出的牙齿。竹花见我在一旁笑出了声，也忍不住了，父亲知道我们是在笑他，以为脸上有龌龊，又在脸上抹了一下，这一抹就更难看了。

母亲看了也扑哧一笑，说："快去洗一洗，都成黑脸包公了！"

"这都是村里害的，说什么县里要来检查，户户要烧火土灰，不冒烟还要罚款呢！"父亲无奈地笑了笑，又看着正在支摩托车的我说："你村里也要求家家烧火土灰吗？"

"都要烧啊！县里成立了专门的工作组下村检查，老百姓意见很大，说这是搞形式主义，劳民伤财。"我知道父亲对此也有意见，可有意见的人多着呢！这是县委政府的决定，连乡里也不敢不落实。

"听说隔壁一个乡，检查组一进村，村里锣一响，家家户户同时点火，村里村外到处冒烟，检查组的人一高兴，支书就在乡里得了表扬。"父亲是想给我启发，担心我工作做不好挨批评。

"烧火土灰本来是好事，成了形式就不好！你还是快去洗把脸吧。"我笑着说。

我在地坪里支好摩托车，拉着竹花的手双双跨进大门——屋里已粉刷一新，雪白的墙壁，灰青的水泥地，窗户都刷了漆，油漆垩垩的。我记得原来的窗子是用油纸订的，现在全装上了玻璃，不是那种明晃晃的玻璃，而是那种雪花纹的花玻璃，看上去很舒心。

我家房子是八十年代建的，至今已近二十年了，当时在村里也算好房子，砖是父亲自己烧的，树是自家山上砍的杉木，地基是老宅基地，除了请砖匠和木匠要花钱外，村里有个不成文的规矩——村人建房家家要义务帮工，少则三五天，多则从动工帮到完工止。听说早年帮工还得吃自家的饭，去帮别人家做事，就跟自家做事一样。

"去看看我们的新房吧？"我对竹花说。

"嗯。"竹花甜甜地应着。

我原来的房间在进门的左边，也就是东头。已被父亲请人粉刷成新房，床也换了新的，原来的踏凳也不见了，灯泡也换成了灯管的，桌上的台灯还在，那是我挑灯夜读的见证。房子空间很大，正虚位以待——就等竹花的嫁妆了。我和竹花刚走进房，就听母亲在厨屋里喊："竹花，你们两个快来把鸡吃了！"

我是吃过鸡的。小时候吃过，每年过生日也吃，母亲不敢杀鸡，都是父亲杀的，十八岁那年，母亲炖了一只鸡，被我一顿吃了，父亲说我是成年人了，要吃得下一只鸡，拖得回一头牛，揪得住一头猪，才走得百里路，上得修河放排，担得一对锣鼓石，这才是男子汉！父亲的话把我逗乐了。我知道父亲对我寄予了很大的希望，可我读书不成器，在部队也没取得好成绩，现在到村里任职，工作也总是上不去，好多事情都是疲于应付，不能创新出彩，虽有一腔热情，却无法施展。

我和竹花来到饭厅，母亲已把炖好的一钵热腾腾的鸡掇上了四方桌，摆了两副碗筷。这张厚重的四方桌有些年头了，四方都有雕花图案，一个人想掇动都费劲，是爷爷手上置办的，也算我家唯一一件文物了。这桌子还配有四条高凳，不过这高凳不是"原配"，是我出生那年请满月酒时父亲请人做的。我为竹花移拢高凳，她坐侧方，我坐下方，两人紧挨着，母亲则站在身后美滋滋地看着我们分享她的劳动成果，口里不停地催着："快吃，别凉了！"

我撕了一只鸡腿递给竹花，竹花笑嘻嘻地说："你也吃呀！"眼里露出迷人的光，脸上透出一股红嘟嘟的幸福感。

我故意说："妈在这里瞧着我们吃，我吃不下去。"

"好，你们吃，我去炒菜。"母亲说完转过身就到厨房炒菜去了。

母亲一走，我就把父亲那年说的吃了一只鸡拖得回一头牛的话又说了一遍给竹花听，竹花听了吃吃地笑。我见她笑得那么可爱，又附在她耳边偷偷地说："我现在不仅能拖得回一头牛，而且还能揪得住一个人！"我一说完，竹花就调皮地笑着把她手上的鸡腿塞进了我嘴里。

电话响了，是我的诺基亚，以前只看过大哥大，连 BB 机也没玩过，一直想拥有一部手机，可家里没钱，直到大学毕业，才买了一部诺基亚。

电话是李书记打来的。李书记在电话里说："横仔又去告状了。"

我说："他不是到温州去了吗？"

李书记说："他被人骗到温州去搞传销了，借了七万元，现在要不回来了，是秋莲到温州去报了案，他才脱身跑出来，可他没回家，直接去了京城……"

我说："他是在温州出的事，也要我们来揩屁股吗？"

李书记说："信访是属地管理，人是哪里的他就通知哪里。"

我唉了一声说："这真让人搞不懂！"

李书记说："没办法，你速来乡里，我在办公室等你。"

我说："好的，我马上过来。"

我无奈地对竹花笑了笑。竹花很通情达理，轻轻地说了声："你去吧，不是急事李书记这会儿也不会打你电话。"

我点点头，起身跟父亲和母亲打了声招呼，然后出了门，骑上那辆摩托车，不到十分钟，我就到了乡政府。

李书记和乡长正在办公室里商量横仔的事，见我进来了，李书记就说："本来乡里计划又要派你去接横仔的，刚与县信访局叶局长通了气，他说如果等我们的人赶到，黄花菜都凉了，两会就开始了，到时县领导不好交差。他说京城有这样的公司，专门从事截访工作，他们有人有车有办法，可以负责把横仔送回乡里，我们只管出钱。"

"还有这样的公司？"我有点不相信，睁大眼睛问。

"现在时势不同了，什么赚钱就有什么行当！"乡长也无奈地说。

"那送个人来得多少钱？"我说。

"他们把横仔送来要三万！"李书记答道。

"我们去京城接人也要花这么多钱，所以我和李书记商量好了，叶局长也拍了胸脯，答应出面联系这家公司处理此事，你就不用去接人了。"乡长解释说。

"好！"我心里巴不得领导这样说。

没过两天，一个不好的消息传来，横仔在京城出事了，还上了当地的报纸，引起了社会各界的严重关注。

横仔出事也就是叶局长与京城一家公司谈好"生意"后的第二天，公司雇了几个人找到横仔，遭到横仔的激烈反抗。那几个人就强行把横仔推上了车，用绳子捆他的手脚，用胶带封他的嘴、还在车上将他毒打了一顿。横仔开始还哼哼唧唧的，后来就没了声息，那几个人以为他死了，吓得弃车跑了。好在有一辆班车经过，发现这辆面包车停得不是地方，司机多看了一眼，就这一眼，救了横仔一命。班车司机看到车里还有一个人，好像被绳子绑着，司机赶紧停车，打了报警电话。横仔被及时送到了医院，经抢救，横仔命是保住了，但左脚被打断，背上还断了两根肋骨，经法医鉴定达七级伤残。警方破案神速，很快将这些人抓获归案，又揪出了公司老板。经查，这是一起有预谋的伤害案，主使正是叶局长，该案侦破后，叶局长被依法抓捕。李书记没想到的是，叶局长还要了他一回，乡里出了三万元，竟被叶局长私吞了一万，要不是警方公布出来，他还蒙在鼓里。纪委也找他谈了话，处理结果还没公布，李书记已坐立不安了，也不敢进乡政府办公室，主要是怕横仔家人来找他麻烦。

4. 到辽山寺进香

菜蓝豆，

换刀豆，

豆又尖，

飞上天，

天太高，

换把刀，

刀又快，

换根带，

带又长，

换只羊，

羊生蛆，

蛆生芥，

爷爷崽崽莫操心。

见邻家几个孩子在院里唱着童谣，玩着游戏，开心又快乐，秋莲心里却不安起来，尤其是院外的梨树上，有只乌鸦在"呜呀

"呜呀"地叫，好像她家里要出什么大事，叫得她心里乱糟糟的，有一种不祥之感袭来，让她凉透了脊背。

这种预感也不是今天才有。自横仔被郭生旺骗到温州去搞传销后，她就没睡过两个囫囵觉。有人劝她到辽山寺去求签拜佛，问问菩萨，或许菩萨会让她逢凶化吉。辽山寺座坐落在辽山的二峰顶上，建寺有三百年历史了，是方圆百里的名寺，香火最旺时，听说寺里和尚有一百多个，都说辽山寺的菩萨最发灵，前来求官求财的人不计其数，秋莲也有此意。前天一早，她就买好了贡品，决定到辽山寺去礼佛。去辽山寺，要走五里平路，再走五里上山路，上山路很陡，路坎脚坨高，没有一定的脚劲和力气，只能半途而废。秋莲早年同母亲去寺里拜过佛，走过这条路，这一路上还有"石人婆"、蛤蟆石、令牌石、石脚盆、望仙台、半山店、福禄桥、石刻石等风景。石人婆也算艾县一处有名的风景，辽山立寨的故事她从小就听大人说过；蛤蟆石如蛤蟆捕食，两眼鼓鼓有神，她小时随母亲去那里拔过草药，割过葛藤当猪草；令牌石高过屋脊，母亲说像道士唱道打蘸时手中拿的令牌一模一样；石脚盆形似一只盆，常年清泉跑过，孩提时有人在那里洗过澡，她也在盆里洗过手洗过脚，至今皮肤细嫩；望仙台可以登高望远，母亲说可以看到仙界，也可以看到凡尘，听说神仙要了解人间疾苦，就必须得到望仙台来，还有人看过神仙在仙人台上喝茶呢；半山店是上山歇脚的地方，两边的巨石凭空生出一条小街巷，极像两排铺房，还有柜台，阶沿，房子有吊脚楼的式样，这就是大自然的鬼斧神工；福禄桥是上山的必经之地，母亲说这桥建造三百年了，凡是从这桥上走过的人，都是有福有禄的人，可当她此时踏上这座桥，看到远处的辽山寺隐在云里雾中，忽隐忽现，神秘莫测。桥下水流弹唱，却是声声揪人。礼佛路上陡然让她滋生了一种羡慕他人削发为尼的心境。半山上还有一方崖，上面"辽山砦"三个字传说是李白留下的手迹，又说是黄庭坚所书，同往礼佛的人也不晓得，秋莲也无心考究，只希望菩萨能保佑横仔到京城上访一路平安，把千刀万剐的郭生旺绳之以法，把她家被骗去搞传销的钱追回来。秋莲走了一个多小时才到辽山寺，进了庙门见了菩萨就拜，见了和尚就说要求签打玟。庙里的和尚见她神情恍惚、心绪不宁的样子，就说："求签打玟无可非议，但属于非意的事。古人有句话'但行善事，莫问前程'。以前的老话是'但行好事，莫问前程'，好事未必有好果，善事不是好事，但有好报。为何不问前程？前程不可问，前路在心，行随境迁，心的想法不同，道路自然不同。心境不改变，知道了未知的事心里会很乱，乱则烦恼生，心则愁肠起，结果是越求越不顺，越求业障越多。如何才能改命换运，找明白人指点，明白人是明心见性的人，是佛是菩萨化身，能看透虚妄。明白人指点你不是告诉你做什么，怎么办。而是告诉你改命换运的方法，这才是你拜佛求菩萨的真正方法，这就是所谓积福消灾的本意。昨天有位大德问，我修到什么境界能看到前世身，这是业障心。三世身须有三世心，无心身不现。没有如如不动的心，见了虚幻的前世身，则心不能宁而障起魔生便入邪道。所以金刚经里说'过去心不可得，现在心不可得，未来心不可得。'抓住当下，放空烦恼，但修善心，莫问是非，便是礼佛修行。"

和尚一席话说得秋莲头重脚轻、云里雾里，回到家时，那群小孩还在院子里玩着旧时的游戏，一首童谣又飘出了院墙：

> 苋菜崽，
> 满地铺，
> 打锣打鼓嫁细姑，
> 细姑命又弱，
> 嫁个老公又拐脚，

上山要人牵，

下山要人驮，

过路大哥莫笑我，

可怜我是奈命不何哟！

想事即有事。

到了傍晚，铁山跌跌撞撞跑来，见秋莲正端着碗在吃饭，就结结巴巴地说："横……横仔哥……哥……在……京……京……被人……打……打残了！"铁山到乡里去办事听到这一消息，马上就跑来告诉秋莲。

秋莲听了"啊"了一声，碗也掉在地上。

横仔的事很快传遍了黄沙坳。秋莲的爸妈也来了，这是秋莲的爸妈自秋莲嫁给横仔后第一次登门。看到女儿秋莲哭得这样伤心，眼泪也快哭干了，生活的艰辛，一点一滴淤积在她眼眶里，像河道被堵塞了一样，走投无路的泪珠只好滴在心里，默默地流淌，最终汹涌成一条河。女儿这般情景，秋莲妈很伤心，觉得对女儿不住，抱着女儿大哭起来，女儿在家没享过福，嫁给横仔也没享过福，女儿真苦命啊！秋莲妈一哭，屋里人都跟着嘤嘤地哭出了声。此情此景，无不让村邻纷纷掉泪，悲从心出。秋莲的父亲想起上次秋莲喝农药后，要不是当小学校长的侄子多次上门说情，他是决不会让秋莲再回横仔家的，他对横仔没有一点好感，也知道横仔成不了气候，可秋莲就是不听，死心塌地跟着横仔，这下横仔成了一个残废人，还要养他一辈子，你秋莲担得了这个担？你可理解爷娘的心？往日对横仔不待见，那也是恨铁不成钢啊！女儿是父母的心头肉，哪有不疼爱的？秋莲爸做梦也没想到，竟会以这种方式来到女儿家，不禁老泪纵横，伤心至极。女儿的命真是苦啊！比甘草还要苦——不，比黄连还要苦三分！早年在娘家破衣烂衫，也没读几年书，少时就驮着背篓去打猪草，稍大一点又到山上去砍柴，下地帮干农活，个子还没猪栏高，就要给猪送潲食，都是苦水里泡大；后嫁给横仔，横仔家穷，上无片瓦，下无寸地，两人白手起家，生了个儿子也不争气，初中没毕业就外出打工了，在外打工也不给家里打个电话，秋莲不知为此哭过多少回，哭完了还要到厂里去上班，从没开心过，也没享过一天福。现在横仔成了残废人，儿子在外打工杳无音信，这以后的日子怎么过？想到这些，秋莲爸妈哭得泪水横流，哭得滴滴答答，旁人也不知他们是哭横仔还是哭秋莲，只好都跟着伤心落泪，叹气连连。

5. 就找赵子文

秋莲在医院护理横仔，她想把横仔受伤住院的事告诉儿子，可又无法联系上，是不是儿子混得不好，没脸打电话回家？即便你混得不好，买不起手机，街头上的固定电话也总是有的，打个电话也要不了好多钱，这孩子，也太不懂事了，家里出了这么大的事，也不能为家里分点忧，还让大人为他操心。秋莲想到这，心里难过，只好一个人在医院里偷偷地流泪。

横仔告状被打伤的事引起了高层关注，他的案子已被相关部门列为重大案例，大大小小的报纸都登了，案件还在处理中。现今有媒体重视，什么案子进展都快，相信很快就会有处理结果，那些抓起来的人，一个个都会被判刑，横仔的人身损害赔偿款也会一并解决。

村里最近事情挺多，我又到县里和乡里开了几个会，都是计划生育、新村建设、移民工作、春耕生产，招商引资等会议。招商引资是乡里的重要工作，关系到乡领导的升迁，李书记很重视，决定到广东东莞长安镇胡老板的公司去考察，一同被邀去考察的还有县招商局一位领导。李书记去考察的目的很简单，就是想通过胡老板的人脉关系，再在长安招一二个老板来船头滩投资办企业。李书记要我陪同，说这是乡里组织的招商团，还给我封了个不小的官：招商团副团长。

我们走后的第二天，村里腰鼓队又出了一件不大不小的事。

说具体点，就是我到村里上任的当天那位向我下跪讨钱的阿姨，也就是横仔一位远房亲戚，到现在我才知道她的名字叫汪德英。那天下午，她参加腰鼓队活动，在排练节目时一不小心在地上滑了一下，摔了一跤，这一跤摔得有点重，伤了骨，被送到县医院后，又是拍片，又是检查，医生说，断了一根肋骨。汪德英受了伤，她家人也不找村里，说是赵叔叫她参加腰鼓队的，闹着要赵叔赔她医药费，还有误工费、营养费什么的，都要赵叔赔。

我猜这肯定又是有人给她出了馊主意，目的就是想制造矛盾，把问题复杂化，想把赵叔逼上前台，与村里闹不和，让我难堪，让我骑虎难下，而他却躲在暗处幸灾乐祸拍掌欢笑。这一招，可谓白刀子进红刀子出，有点阴险。

横仔现在还在医院里，不可能是他出的主意。我想这事除了铁山，不会有第二人了。

横仔之前和铁山沆瀣一气，现在横仔不在家，铁山失去了一个臭味相投的人，等于断了一只胳膊，除了他父亲刘高，没有人会给他做军师了，铁山心里冷落时，便想起横仔许多好处。

铁山得知汪德英参加腰鼓队活动受了伤，被人送到了县医院抢救后，心里有说不出的高兴，眼睛也放光，便赶忙跑回家告诉父亲刘高，宽皮宕肉的刘高听了，捋着胡须阴险地说："这可是个极好的机会！你必须到医院去一趟，要去看望一下她，要让她感激我们，听我们的安排。她断了一根肋骨，赵子文这次得多少钱才能赔啊！"

"赵子文是村老协主席，他成立腰鼓队，这不是村里的工作吗？"铁山不解。

"对呀！她参加腰鼓队是赵子文上门相劝才参加的，现在出了事，他赵子文能说不关他的事吗？他就是有一千张嘴，一万个理由，也难推得一干二净！我们要让汪德英听我们的，既不找村里麻烦，也不找曹支书的麻烦，单找赵子文纠结，只要汪德英这样做，他赵子文就是不赔钱，也有戏唱，这是策略！"刘高诡秘一笑。

"不找村里，单找他赵子文赔钱，赵子文肯定不会同意，也不会妥协，怕是有点难呀！"铁山说。

"就是要他不同意！只有他不接受，我们才有戏唱。"刘高说。

"这有啥戏唱？"铁山还是不解。

"我说你脑子进了水吧，这点道理都不懂，亏你还想在村里当支书！"刘高见儿子铁山的脑瓜一点儿也不开巧，心里就有气，便骂了他一句。

"你厉害就别转弯抹角卖关子，直说不就得了？"铁山被骂得一头雾水。

"汪德英出了事，村里也不可能有这么多钱去赔，我们要让汪德英揪着赵子文不放，逼他赵子文赔钱，赵子文逼不得了，成了热锅上的蚂蚁，自然就要找村里，村里谁主事？还不是曹支书！只要他赵子文找了曹支书，他和曹支书就得红脸，一红脸这事就好办了。曹支书给钱也是罪人，不给钱也是罪人，反正里外都不是人，都做不了人。何况曹支书也没这个胆，敢一口答应赔人家几万块。这一来，他曹支书和赵子文不就针尖对针尖，锋芒对锋芒了吗，只要他俩闹起了矛盾，只要汪德英逼得紧，逼得牛牯要下崽，赵子文必定要找曹支书，是找曹支书帮忙也好，是逼曹支书要钱也好，只要赵子文找了曹支书，这事就有戏，就有看头了！我敢肯定，赵子文再怎么找，曹支书也不可能答应给他钱，不给钱就解决不了这个问题，问题不解决，赵子文就不得安宁，同样曹支书也不得安宁，只要他们两人都不得安宁，事情就会更加复杂，两人就会口和心不和，只要他们两人口和心不和，闹起了意见，我们的事情就有希望，这不就是一箭双雕吗？！"刘高得意地说。

"高，实在是高！"铁山听了真的是佩服得不得了，觉得姜还是老的辣。

铁山按父亲刘高的意思，买了罐头、水果等营养品特地去了一趟县医院。

我也委托马叔到医院去看望了汪德英。

马叔还没从县里回来，汪德英娘家就来了五六个人，坐在赵叔家不走了，点名要见赵叔，要赵叔先拿五千元给汪德英治疗，把赵婶都吓着了。

来者不善，善者不来。赵婶看到这些人个个气势汹汹，样貌吓人，忙溜出门跑到新村点上去找赵叔，赵叔这时正爬上了屋，帮方东毛家拆猪栏的瓦，德午和正发站在木梯上，一手扶着梯子，一手往下递瓦，方东毛则站在地上将接到的瓦片叠成一个圆堆，堆放在一棵柿树下，阳光透过树叶，打在瓦堆上，一半树影，一半荫凉。

俗话说，是祸躲不退，躲退不是祸。

赵叔得知汪德英娘家来了人，就对德午说："你们三人先忙吧，这些人来了，不见到我是不会走的，我去去就来。"说完就下了扶梯，手也没洗，就急急地往家里赶去。还没走出两丈远，肩上的汗巾滑落下来，赵叔也没发觉，走在后面的赵婶忙弯腰拾起。

"这些人来了会不会动粗？"正发问德午。

"是呀，要不我们也跟着过去，万一有个什么情况，我们也好作个证、传个话。"方东毛拍了拍手上的灰尘说。

"打腰鼓不小心摔了跤，怎么能怪他人呢？走！"德午说完就下了扶梯。

赵叔走到竹篱边，就看到四男一女站在他家门口，一个个绷着脸，像个火煞雷神似的，好像赵叔欠了他们不少钱，他们都是来讨账的。

"呵呵，你们都是稀客，赶紧进屋坐，先喝杯茶，有事慢慢说。"赵叔走进院门就笑着双手抱拳打招呼，并示意赵婶赶紧上茶。

"不必了！我们今天来也不是家里没茶喝，非要上你家来讨杯茶喝，直说了吧，今天儿个就问你要个理。"那个五十来岁的女人先开了口，她梳着齐耳短发，左脸有个黑油痣，说话时手也不失时机地舞动起来，像跟谁吵过了一场架，声音尖锐，一听就是个泼辣的女人。

"对，我们也不是家里没凳，非要来你这里坐，也不是我家没茶，非要来你这讨碗茶喝，明人不说暗事，你也晓得我们来的目的，你就痛快一点。"这是站在女人左边的一个男子说的。

"你是当支书出身的，以前肯定也处理过不少纠纷，我妹汪德英被你劝去打腰鼓，出了那么大的事，人还在医院里面抢救，你也不拿一分钱，也不去服侍一天，做人也太差了点吧？"站在女人右边的男人自称是汪德英的哥，说话刁钻难听，有点不讲道理。

"你是当支书的，今天你要拿个公道出来！"另一个男的说。

"我姐在医院里花了五千多了，这笔钱你今天要先拿出来，不拿出来我们就把我姐抬到你家里来！"这是汪德英的弟弟说的，火气蛮大，看来他们都是作了充分准备的。

"哎呀，你们人都来了，先喝杯茶，有事慢慢说，该我出的也要出，不该我出的你们也不会要，你们又不是不讲道理的人。喝茶喝茶，先喝茶。"赵叔一边说一边给每人掇了一把椅子，赵婶也忙把茶端上了桌。

"支书的椅子我怕咬屁股，不坐！你就说说这医药费你出还是不出，出也就一个字，不出也就一个字！"几个男的被赵叔一说，正准备坐下，没想到那女的黑着脸，一脚把椅子踢开，看来这女的是要做戏班里的丑角了。

"汪德英出事时我老赵人都不在场，她怎么摔倒的我们也不晓得，怎么怪到我们头上来了？"赵婶听不下去了，就在一旁插了一句。

"横仔不是被逼才去告状，他能成残废人？你赵子文不劝我姐去参加腰鼓队，她能摔伤住院？"汪德英的弟弟强词夺理地说。

"嗬嗬！现在出了事就想撇得一干二净，难怪你这个支书是这样当的，黄沙坳也真是黑了天！"另一个男的阴阳怪气地说。

"同志哥呀，我说你们说话也不要伤和气，汪德英受了伤，我也不好受，心里非常难过，当初我也确实是上门去劝了她，这个不假，我是党员，敢做敢当。可我也不是劝她去做坏事呀？况且她也没说不同意参加呀，而且他的孩子非常支持，都想她去参加腰鼓队，说她的身体不太好，多参加活动可以锻炼身体。现在出了这种事，这是谁也没料到的，也是我们每个人都不愿意看到的。本来我是要去医院里看望她的，只因曹支书陪李书记到广东去了，到东莞胡老板厂里考察去了，而村里的新村建设抓得紧，县上要检查，我抽不开身，所以曹支书就派马村主任去了医院，叫她安心治伤，有困难大家共同来想办法，村里也会向上级报告，争取上级医疗救助。我是确实走不开，请你们理解，并不是我故意躲着不去。"虽然这些人说话难听，但赵叔为了顾全大局，只好强忍着，尽量用温和的话去解释，毕竟谁也不想把事情闹大，那样影响不好。

"你公务忙，抽不开身，总不能让人躺在医院里等你建好新村再送钱去吧？"那女的喷着唾沫，不依不饶。

"妹子说话言重了，我吃不消，各位还是先坐下来喝碗茶。"赵叔想缓和一下气氛，很客气地示意他们坐下来。

"不坐！"那女的还是绷着脸，一副卖棺材的相。

"医药费到底出不出？"汪德英的弟弟说。

"说呀！到底给还是不给？"女人又黑着脸，像谁得罪了她，欠了她一笔狗肉债，态度蛮横。

"你说个话，痛快点！"另一个男的也催着说。

"不要把问题闹大了，你也要面子，你是当过支书的人，把动静搞大了，村里人都来看热闹，你面子也过不去。"汪德英的哥软硬兼施地说。

这个一声，那个一语，不是刻薄便是刁钻，句句像刀子一样锋利割人。

"同志哥呀，我的面子不值几个钱，关键是不能让你们伤了肝动了气，你们一个个都这样火气大，不能冷静对待问题，连坐都不愿坐，茶也不愿喝，一个个怒气冲冲的，像谁得罪了你们，都想要打人似的，只差摩拳擦掌了，就是你们想我出钱，非要我承担这个医药费，也要好好说呀，也不能这样对待我呀！"赵叔不卑不亢地说。

"你们当干部的，能说会道，长了两片薄嘴唇，一把花油刷的嘴，没个真诚实意，愿出钱就拿来呀！话说得再多有甚用？"汪德英的弟弟在桌子上敲着手指说。

"不要跟他啰嗦了！"那女的脾气躁，是个火冲子，有些不耐烦了，说完就上前拽住赵叔的胳膊，口里说是要拽赵叔去村里评理，其实她是想赖上赵叔，好让赵叔先动手，那样他们就有理由把事情闹大。

赵叔在村里工作了十多年，见过不少泼辣的妇女，偏不中她的计，也不想被她缠住，被她缠住了就有理说不清，弄不好就要打起来，到时谁先动手就由不得他说了。赵叔想用力挣脱，没想到这女的拽得紧，赵叔在挣脱的过程中，把桌上一杯茶碰翻了，那是一杯热茶，刚从水壶里倒出来，还冒着热气哩，好在那杯茶全泼在桌子上，没有烫到赵叔，也没有烫到其他人，否则又说不清了。只听"砰"的一声，那杯子又从桌上滚下来，在地上摔成了八瓣。那女的还真是个吵架出身的，立时就赖上了，口里就喊："打人了！"

正好德午和正发、方东毛三人刚走进院子，他们先是听到里面"啪啦"声响，不知是谁摔了碗还是摔了杯子，接着又听到有个女人大喊"打人了！"以为里面真的打起来了，德午三人急忙冲进屋，只见那女的拿起一把椅子正要砸向赵叔，说时尽那时快，德午一个箭步上前夺下椅子，汪德英的弟弟以为德午是来帮打架的，顺手摸起门角里一条扁担，挥起扁担就要打德午，正发眼快，一把夺下，因出力太大，把扁担夺在手时，没想到扁担尖戳到了赵叔，赵叔没招防，一个趔趄倒地，嘴巴正好磕在椅子上，当场磕落半颗门牙。赵婶见赵叔嘴上鲜血直流，吓得忙呼救命。村人听到呼救声，纷纷赶过来。那几个人也吓得不敢做唧。赵叔见屋里挤满了看热闹的人，便用手擦干嘴上的血，拾起那半颗牙齿，说："你们都回家吧，没有什么大事。"

那四男一女见势不妙，便赶紧溜了。

6. 上梁

横仔瞒着刘老板去温州，结果被人骗去搞传销，险些送了命，好在世上好人多，是公交车司机及时报警，又将其送到医院，算是捡了一条命，虽然落个残疾，也算受了莫大的教训。

横仔出院后还得靠双拐行走，再到竹厂去跑外销已是不可能，即便不跑外销，在厂里改做其他行当，也没有一项适合他的，除非刘老板把自己的位置让给他——这是不可能的，横仔也晓得这不现实。

横仔想到自己这一生受的波折，心里很不是滋味。老婆秋莲跟着他，也没过过一天好日子，孩子也没得到好的培养，家庭就这样拖沓着过来，故丈人对他不待见，总是瞧不起他，现在落到这般地步，丈人更是瞧不起他了。想到这些，横仔有点心灰意冷。

横仔成了残废人，田地里的事都得靠秋莲去做，早上吃了饭喂了猪，她就扛着锄头到地里锄地去了。横仔只能拄着双拐在院子里练步，他也想早日甩掉拐杖，像个正常人一样，有几次不小心摔在地上，他只好忍着疼痛咬咬牙又爬起来。看来，没有拐杖，他一时是无法行走了。一个人得靠双拐来支撑躯体，还怎么去闯荡，怎么去赚钱养老婆孩子？这不生不如死吗？横仔感到前路渺茫，悲观失望。

就在横仔心灰意冷之际，我推开了他家的院门，秋莲去地里锄地去了，横仔一个人在院子里练步。他看到我，有些愕然。

上次看到横仔，那时的他，人还蛮精神，没想到隔了些日子，他的相貌也发生了变化，脸上本来就没有肉，现在连嘴唇也薄削了，那两颗鼠牙又被他人打掉了一颗，比《讽刺与幽默》杂志上的漫画更加幽默难看。之前有人说他两颗门牙长得好，如两个金刚日夜为他守着大门，好像他嘴巴里藏了一个挖掘不尽的金矿。现在是他的金矿没了，被人掏光了，还损了一员守门大将，像个打了败仗的残兵。唯一值得一说的是，对他一往情深，不离不弃的，是嘴唇上那几根稀疏的胡须，既像猫毛，又像山羊嘴上的须，跟电影里某位反派明星很相似。他的头发也奇怪，好像缺少营养，显得干枯难看。以前也是自然卷，但发质油黑。现在刚出了院，他的头发则像过了火的松毛丝……

"曹……支书……"横仔停下来，看到我来了，有种冷冷的表情，神态也有些不太自然，脸上的肌肉也紧张地跳动了几下，茫然的眼睛里多了一种散漫和戒备的神色。

以前没有与横仔促膝长谈过，不是我不愿，而是没有机会。我知道横仔眼下有困难，身体没有恢复，赔偿金还没有拿到，还欠了那么多债，工作无着，心里特别犯愁。秋莲要照顾他，还要侍奉田地，连家里养的猪，他也无力帮上一把忙，生活的重担全压到了秋莲身上，秋莲只有一副柔弱的肩头，这日子长了，肯定不是个办法。横仔的忧虑全写在脸上。

我知道此时与横仔谈感情，嘘寒问暖走过场，已然没有必要，甚或还会让横仔产生逆反心理，倒不如三言两语，直接把我此行来的目的告诉他，也许横仔会更易接受，不至于大家都陷入尴尬的境地，甚或还会找到共同的话题。

"横仔哥，我听说乡中心完小的食堂要对外承包，这可是个好差事，秋莲嫂子又会搞饭，你也可以帮收收钱，如果你想去承包，就要早做决定，不然这机会就会失之交臂。"我上门来就是想告诉横仔这个消息，想劝说他去承包。

横仔有经济头脑，听了眼睛一亮，他晓得承包这食堂是包赚不亏的，就是不一定能包得到。虽说校长是秋莲的表哥，可他与丈人关系不好，如果不说服丈人，没有丈人点头，表哥也不会答应，他也不想去丈人那里低三下四，求菩萨告大爷，他做不到，要那样还不如砍了他的头。再是他现在手头也没有钱，赔偿款还不知那天下来。即使丈人同意了，这承包费也得先交，他没有钱垫本，想也是白想。想到这，横仔摇了摇头，眼睛又昏暗了。

"你只要表个态，其他事我去帮你跑。"我知道横仔有些为难，但只要他同意，我会去帮他做通这些人的工作。

"这……行吗？"横仔侧着头望着我，他对我的话有些怀疑。

"只要你同意，学校那里，还有你你丈人那里，我都会去帮你做工作，我想应当没有问题，我也知道你目前手头紧张，没钱起本，这个你也尽可放心，你的困难我们大家来克服，共同想办法。"我知道横仔还是有些担心和顾虑，现在关键的是他要有信心面对生活，面对一切，只要树立了生活的信心，好日子还会远吗？

我先到了小学，找到了校长，校长知道我的来意，连说三个不字，一是横仔跟他是亲戚，把食堂包给他，学校里的老师不服，影响不好，况且还有很多人想承包，搞得不好，就会有人说事，到时惹出事来不好收场；二是退一万步说，即便与横仔没有这层亲戚关系，他的名声也不好，人家都想避而远之，加上他现在又是个残疾人，肯定在学校里发包会上通不过；三是横仔心术不正，万一什么时候有个闪失，谁也担当不起，不行不行，绝对不行。校长一口回绝了。

校长对横仔没有好印象，也是有缘由的。这些年，秋莲跟着他吃尽了苦头，可横仔不作本，尽做些没头没脑的事，别人没害到，倒把自己害得不行，成了扶不上墙的烂泥，这样的人，谁愿帮他？就是你现在帮了他，也难猜他日不害你。校长也和横仔丈人一样对他没有一点信心了。

我说服不了校长，只好来求助李书记。李书记能不能出面，愿不愿出面，也只能打个问号。要想李书记出面，我想得从李书记的角度去说服他，否则李书记也不愿帮这个忙。

我说横仔眼下比较困难，如果我们能帮他一把，让他渡过难关，找到一份事做，有了生计，也许他就会向好的方向发展，这样于我们乡里来说，不就是一件大好事？正好乡中心完小的食堂要对外承包，我觉得这事适合横仔夫妻做，只要横仔承包了食堂，夫妻俩有了稳定的收入，他就不会再想着去告状了。我找了小学的校长，校长有顾虑，不愿包给横仔，没办法，我只能来向李书记汇报。

李书记见我说的有些道理，而且横仔的困难有目共睹，需要帮扶。

有了李书记的话，校长那一关我就放心了。现在是横仔丈人那一关，看来我也有必要上门去做工作，只要他老人家同意了，就万事俱备只欠东风了，那东风就是钱，钱的问题我之前跟信用社的主任说过，主任说只要我愿为横仔担保，他就批。

胡老板的厂房建起来了，架梁当天，一个工人在墙头接横木，由于用力过猛失去重心，连人带木不慎从一丈多高的墙上摔下来，断了一条腿，要不是下面堆了一堆沙，那根横木落在沙堆上，这名工人有可能就要当场丧命，这又是不幸中的大幸。这名工人才三十多岁，承建饰品厂的包头是李书记介绍的，工人是民工邀来的，是外村人，刚做一天事就出了事。幸好架梁那天胡老板也过来了，否则竹花也不好解释。架梁的日子和时辰也是胡老板早就定好了的，她老家也有架梁放炮竹闹喜的传统，所以她很重视，坚持要搞架梁仪式，还准备了两桌酒席招待工匠们，胡老板的目的显而易见，就是想图个热闹吉祥，扩大影响。

工人出事是上午十点，上梁的时辰定在中午十二点，尽管出了点事，但竹花果断处理，及时将受伤的工人送到了县人民医院，并没有影响到吉时上梁，胡老板很满意。

这么重要的仪式自然也少不了一个重要人物——乡里的李书记，还没到十二点，李书记与乡党办朱秘书就来了，朱秘书掇了一封大烟花来，我也买了烟花和炮竹，与老马叔一同前往祝贺。时针指到十二点，工人们开始起梁，木匠师傅则一手持锣一手拿锣锤，站在梁前敲起了锣：

镗镗——

福裕——

天地开张呃

镗镗——

日吉时良呀

镗镗——

师父打马门前过呃

镗镗——

遇见胡老板做栋好华堂呀

镗镗——

工厂建在九龙口呃

镗镗——

九龙哈气在龙头呀

镗镗——

又出朝官必宰相呃

镗镗——

又出富贵嫩娇娥呀

镗镗——

大门也是金包铁呃

镗镗——

铜打桁条贴川方呀

铛铛——

屋上盖的金银瓦呃

铛铛——

太阳一出放豪光呀

铛铛——

门前落水响叮当呃

铛铛——

左边园中有活水呀

铛铛——

右边园中桂花开呃

铛铛——

桂花开来满园香呀

铛铛——

门前有个官官样呃

铛铛——

一对狮子笑洋洋呀

铛铛——

门前一步腰带水呃

铛铛——

上通湖江下通洋呀

铛铛——

也有客人做买卖呃

铛铛——

也有官府献钱粮呀

铛铛——

自从今日祝赞后呃

铛铛——

老板屋里百子千孙万担粮呀

铛铛——

荣华富贵与天长呃

铛铛——

恭喜啊

铛铛——

丁财两顺呃

铛铛——

富贵万万年呀

铛铛——

天官皇道呃

铛铛——

地周明皇呀

铛铛——

左有青龙来哈气呃

铛铛——

右有白虎管钱财呀

铛铛——

白鹤仙子来看地呃

铛铛——

半边文章嫁罗巾呀

铛铛——

罗巾里面四个字呃

铛铛——

子丑寅卯定乾坤呀

铛铛——

子在龙头出天子呃

铛铛——

丑在龙尾要出清华大学生呀

铛铛——

寅在龙腰里呃

铛铛——

卯在朝中定朝冈呀

铛铛——

前边栽的是摇钱树呃

铛铛——

后面摆的是聚宝盆呀

铛铛——

摇钱树呃

铛铛——

聚宝盆呀

铛铛——

摇钱树呃

铛铛——

聚宝盆里落金银呀

铛铛——

一日落得三寸厚呃

铛铛——

三日落得九寸深呀

铛铛——

三三当九不来扫呃

老板屋里金银财宝撑齐门呀

铛铛——

自从今日祝赞后呃

铛铛——

荣——华——富——贵——一——满——门——呀!

铛铛——

锣鼓响起喜洋洋呃

铛铛——

恭喜胡总来上梁呀

铛铛——

此木深山长几丈呃

铛铛——

一斧砍来建厂房呀

铛铛——

我今应邀来到此呃

铛铛——

鲁班选他做大梁呀

铛铛——

先上大头进财宝哟

铛铛——

后上小头进钱粮呀

铛铛——

钱粮能进千万担呃

铛铛——

货物能发五洲城呀

铛铛——

每行朝中出宰相呃

铛铛——

企业也有状元郎呀

锵锵——

三岁孩童都夸赞呃

锵锵——

书记也来贺上梁呀

锵锵——

自从今日祝赞后呃

锵锵——

荣——华——富——贵——万——年——长——呀！

　　这个吴木匠是个大师傅，据说早年他到外村一姓徐的吝啬鬼家上梁，将他羞辱了一回，成了船头滩的美谈。徐家是个富户，做了栋高楼，总想在村人面前显露他的财势，就别出心裁地买了一只鸡和一条汗巾送给喝彩的木匠，他买鸡时又不舍得多花钱，专挑小的买，买毛巾也不想买贵的，专选便宜质量差的。吴木匠见他既想当婊子又要竖牌坊，就借机戏弄他一番，临到要上梁喝彩时，吴木匠耍了他一回滑头，当着那么多看热闹的人先唱起了起彩歌：

福裕——

锵锵——

东家送我一只雀呃

锵锵——

我伸手捉又不好捉呀

锵锵——

捉到一称有得四两呃

锵锵——

脱来炝了冇得一蚌壳呀

铛铛——

东家送我一匹纱呃

铛铛——

我就拿去回捞虾呀

铛铛——

千斤鲤鱼钻得过呃

铛铛——

万斤鲤鱼不碍纱呀

铛铛——

多谢东家我回家啊！

　　吴木匠唱完丢下东西就要走人，梁也不上了，这可是很跌面子的事，引得看热闹的人哄堂大笑，羞得那姓徐的差点钻了地圻，吴木匠也因此出了大名。

　　人怕出名猪怕壮。胡老板也把吴木匠请来了，吴木匠的喝彩声粗犷洪亮浑厚，铛铛的锣声声传四野。胡老板听得有味，说吴木匠的彩喝得好，很有意思，有乡土文化气息。村人也没见过这么热闹的场景，整个黄沙坳都沸腾了。

　　胡老板还按黄沙坳的风俗，安排两三个人在屋上撒糖果、红枣、花生、饼干，这些果品里面还放了柏籽、钱。撒钱和柏籽的意思是兴旺发达，生意兴隆，财源广进，发子发孙，胡老板能不喜欢？黄沙坳人架梁有撒钱的风俗，但面额小，一般都是角币，很少有一元的，而胡老板就不一样了，她撒的钱最少是一块的，多的是两块、五块、十块的，所以胡老板架梁就特别热闹，看热闹的人也特别多，差不多要挤破人头了，有人一家伙捡了一百多元，一谷箩的糖果、红枣、花生、饼干都撒下来了，大人小孩都在地上抢着拣。胡老板还提前派人到湖南浏阳去买了二十多箱烟花，还有一封盘箕大的炮竹哩！上了岁数的村民也没见过这么大的炮竹，大开了眼界，都说胡老板出手大方，是个有能力、会办事、办大事的女人。上梁时烟花炮竹响了一个多小时，炸裂的纸屑在空中随风飘舞，有的落在禾田里，有的落在人的头发上和衣服上，地上落眼都是炮竹烟花纸屑，烟火气弥漫不散，比去年乡政府乔迁放的炮竹还多。喝彩的吴木匠也得劲，从头到尾没停顿，一气呵成，博得现场一片掌声，胡老板一高兴，发了个大红包给他。吴木匠趁人不注意，悄悄撕开一角看了一眼，见是两张红版票，眼角便飘起了笑意，要知道那时木匠的工资一天才二十多块，乐得吴木匠逢人就说胡老板要得、要得。

架梁仪式上，乡里李书记也发表了热情洋溢的讲话，县电视台的记者也在现场采访了胡老板。

仪式结束，看热闹的村民才三三两两散去。李书记吃完饭就走了。竹花在下午三点多的时候，伤者家属派人去了医院护理，才匆匆从县里赶回来。

7. 考察归来

想不到赵叔磕掉半个牙齿，也没去医院住院，就在家吃了点消炎药，仅休息半天，又到新村忙去了。今年新农村建设县委书记提了五句话：生产发展、生活宽裕、乡风文明、村容整洁、管理民主。这二十个字，内涵极丰富，不仅勾画出了新农村的美好图景，而且提出了解决"三农"问题的系统思路。赵叔当上理事会长后，就组织理事会成员学习了今年的中央一号文件。这是党中央首次提出要加快新农村建设，赵叔还请老马叔把《中共中央 国务院关于推进社会主义新农村建设的若干意见》写出来贴上了墙，好多村民还不知道新农村是个什么概念，纷纷挤到村部宣传栏前看，有的指手画脚，有个不识字的老人见铁山也挤在那里，就说："你有文化，又要当村干部了，读给我们听一下行吗？"

铁山当着那么多人的面，又不好说自己没文化，也不敢说不愿读，只好硬着头皮，指着宣传栏上的内容一字一句地将文件读完。这个文件确实太长了，铁山好不容易读完文件，声音都嘶哑了，口也干了，舌也燥了，便赶紧儿借口离开了。

中央出台了好政策，县里也很重视，还成立了相应机构——正科级的新农村建设办公室，简称新村办。新村办有专人负责下村检查新村的沼气池建设进度和改水改厕改栏的力度，不按要求和时间节点完成任务的还要通报批评，所以新村的事情多，压力大，赵叔起早摸黑地在新村点上忙碌，不是催张家改厕，就是在催李家拆猪栏。统一改好了厕所，还要请新村办来验收，有一户沼气池没达标，村里就得了黄牌。乡政府连夜召开会议，落实整改方案报县新村办，我人在广东，只好请马叔协助赵叔按要求去落实。

我出外考察回来，新村建设也进入了尾声。

从广东考察回来的当天，我在乡政府门口下了车，我没有回家看父母，甚至电话也没来得及打，也没进乡政府的大门，就在门外的车棚里骑上摩托车去了黄沙坳。我有一种归心似箭的感觉，黄沙坳已然成了我的家，我日思夜想的都是黄沙坳。这一点，毫不夸张。赶到村里时，正好太阳下山。在黄沙坳，太阳下了山，天也就快暗了。我把摩托车停在村委院内，然后往赵叔家走去。这次去广东我什么也没买，就买了一包广东产的荔枝，是专为赵叔买的。赵叔为了村里的事，吃了那么多苦不说，还受了这么大的委屈，我心里确实过意不去。汪德英参加腰鼓队活动不慎受伤，虽然是她自己不小心造成，但她毕竟是参加集体活动，加上汪德英又是困难户，几千元的医药费也不是个小数目，何况她家那么困难，她娘家人着急也可以理解，如果医药费无着落，会引发一系列矛盾。村里现有山歌队、腰鼓队，谁也保证不了以后还会发生类似的情况，如果村里不能出面解决，就会"军心不稳"，赵叔也不能安心工作，汪德英娘家说不定还要来闹事，到时村里也就被动了。我在广东回来的车上，我把此事给李书记作了汇报，好在李书记对这次考察和胡老板的热情接待很满意，当时就答应通过困难救助为汪德英解决医疗费的问题。我听了好不高兴，想把这个好消息告诉赵叔，另外我还有一个消息，要告诉竹花，就是帮胡老板做事受伤的那个工人，他提出要胡老板赔他二十万元，他没把包头列为被告，专起诉胡老板一个人，法庭已受理了这起案子。胡老板人在广东，也接到了开庭通知。胡老板的厂子还没开业就成了被告，胡老板虽有些不高兴，但她知道我们也尽力去化解了，只是对方要求太高，有些赔偿项目离谱。胡老板听竹花说包头是李书记的远房亲戚，在接待李书记的酒桌上，将此事提出来了，李书记当即打电话给了那个包头，说胡老板同意赔工人十万元，要他做好工作。李书记开了口，这个包头不敢马哈，就上门做通了工作，最后工人撤了诉，胡老板很满意。

赵叔住在村东头，他家门口有一片田，一条田埂小路从山边斜插到他家的小院，屋后是片郁郁葱葱的竹林，竹林里夹杂长着四五棵百年老松树，天天鹤发童颜，有几只夜归的鸟正飞过我的头顶，往竹林那里飞去，丢下几声鸣叫，是呼唤同伴，还是唱着夜谣？院外那个扎着篱笆的小菜园，瓜藤牵出一丈多远，长得有些随意，几日不见，就爬满了篱笆，有的还伸出了篱笆外，想越过那条小路，跳下禾田。原来菜园边有间猪栏，屋顶上盖着杉皮，怕风吹走杉皮，上面压着青石片，杉皮上起了绿苔，长着几棵狗尾草，狗尾草站在高处，摇头晃脑地望着路旁一排竹篱笆，竹篱笆上有几朵黄色小瓜花。只是猪栏被拆掉了，新的猪栏还没建。

第十一章

1. 横仔当老板

日光光，夜光光，

梭罗树下好装香，

公一拜，婆一拜，

拜得明年好世界。

……

细细崽里爱唱歌，

肩张斧头去割禾，

日里看到牛下蛋，

夜里看到马衔窝，

爷娘生我没奈何。

　　横仔如愿以偿承包了乡中心完小的食堂，当上了老板，心里特别高兴，一有空就哼起了山歌。明眼人都晓得，他承包的食堂，其实就是校办小餐馆。学校为了抓收入，允许食堂对外营业，一年下来可以多赚不少钱。横仔有经济头脑，开张那天，为了扩大影响，他别出心裁地出了一副上联："好吃人开好吃店，是好吃还是好吃？"他请人把这十四个字的上联写好贴在餐馆大门上，并发出征集下联的消息，承诺谁对出下联，就请他在店里大吃大喝一顿，还另送一箸肉、一包烟。横仔把征联的消息贴到了学校大门外的墙上，在乡政府的门柱上也贴了一张，只等别人来揭榜了。

校办小餐馆就在船头滩集镇西头，也是临街的，开张的炮竹一放，就惹来不少人看热闹，大家看到这门上贴的半副对联，都觉得新奇。横仔出的这个上联，有点难对，关键是那个"好"字是个多音字，"好吃"与"好吃"不仔细琢磨，还真不知道有何不同，正因难对，才格外吸引人。学校老师听说此事纷纷走出学校的大门，过路的人也停下了脚步，街上几个喜爱填词作对的先生，不知从哪听到消息，也三个一群四个一伙的互邀着过来瞧热闹。一时间，横仔开张求对的新闻传遍了全乡，也有十数人写了下联来应对，都想赢得这桌酒席，但横仔都觉得不满意，还差那么一点点。直到下午四五点了，才有一个中学老师将写好的半副对子送来，横仔一看，这下联是：量才人出量才对，是量才还是量才？横仔觉得这下联和他出的上联"好吃人开好吃店，是好吃还是好吃？"对得工整恰当，"量"也是多音字，不但对得好，而且还将了他一军，说他是量才人，问他是量才还是量才，说得横仔也不好意思了，只好叫秋莲办了一桌酒席招待这位老师，还把校长等人请来作陪，横仔高兴，连敬了几杯酒，校长怕他喝多了，就及时叫他举杯团圆，众人酒足饭饱才散。

横仔征联看似输了一桌酒、一箸肉、一包香烟，花了不少钱，但他并没有吃亏，反而做了个广告，让全乡人都晓得了。这一来，各村各单位都争相来他店里吃饭，秋莲一人忙不过来，又请了个亲戚来帮忙。横仔看到店里人来人往，生意一天比一天好，他从内心感激我，如果不是我出面找李书记，李书记也不会找校长，校长也就不可能会同意把食堂承包给他；如果我不去找他丈人，没有他丈人点头，秋莲也不会同意去承包这个食堂；再退一万步说，即便学校同意发包给他，没有我到信用社去为他担保，他也贷不到款，没有钱起本，想也是白搭，还是一锅白水。横仔看到我不计前嫌，真心实意地帮他，尽管之前他做了那么多对不起我的事，可我并没放在心上，秋莲也说我是个好人，想找个合适机会，请我吃顿饭，或者买点烟酒感谢感谢我。

曹家村修水库已进入施工阶段，县里成立了指挥部，下设三个办公室，一是移民办公室，二是移民村建设办公室，三是水库建设办公室。由于时间紧，县里计划移民工作和水库建设工作同步进行，修水库的施工队也进了村，就扎在我家屋后的山坡上。因有部分移民要迁到黄沙坳村，我也成了移民和迁建工作组成员之一。

父亲听说我家要迁到黄沙坳，心里非常不高兴，树东大伯和细叔也不高兴，都不愿迁，说这不变成了憨牯到黄沙坳招亲，做上门女婿了，而且一大家都陪着去了？那曹家人的脸面还放哪？他们连夜召开家庭会，达成一致意见：不迁！这样的会，他们自然没有通知我参加，我也只是事后听说的。村里其他迁移户，自然也都在看父亲的态度。都说移民工作难做，一点都不假，确实是非常难做。你想想，这些村民在此生活了几辈子，对这里的山，对这里的水，对这里的一草一木，都是有感情的。尤其是树东大伯，他在这片土地上生活了几十年，一旦要他迁走，永远离开生他养他的故土，比刀子捅他还难过。他那副骨头还想放归祖坟山哩，要与长眠在地下的祖辈们看着儿子在屋场里生儿育女，生生不息。

还想年年看到田地种上绿肥，种上稻，春来耕种，秋来收获，还要看村里的袅袅炊烟，听一听田塍里的牛哞，还有河边那个桂竹篷，像一弯绿色的月亮守在村头，都说那是曹家村人在河边摆了个大屏风，欢迎外人进村。竹篷就是曹家村的守护神，每年洪峰来袭，竹篷总是奋不顾身，担起第一道保护屏障。村人想起竹篷，就如想起自己的兄弟姐妹。现在要毁掉竹篷修水库，还要迁出祖祖辈辈生养的曹家村，别说是树东大伯，就是我，心里也难以割舍，有一种说不出的伤感。

"事非经过不知难"。这话我现在是有一番切身体会了。

"移民工作事无巨细，必须将心比心"。这是移民工作组组长对同事们说的。移民工作组进村的第一天，我陪迁建工作组组长在黄沙坳移民安置点选址，按组长的要求，我们初步选好址，到时还要组织移民来定址，确保移民满意。因有配套政策，黄沙坳村民也支持，选址比较顺利。而移民工作组深入曹家村移民户做工作，情况就不一样了，领导和同事们怀着一腔热血，信心满满的去，结果都吃了"闭门羹"，最后怏怏而归。工程建设指挥部一位县领导听说了此事，紧急召见我，说曹家水库是县里的大事，是县长工程，民生工程，市里都挂了牌的，时间紧，任务重，不能延误，也不能出任何差错。先讲了一通大道理，然后说我是曹家村人，不愿意迁移的村民也多是我家亲戚，连我父亲都不愿迁移，党员干部家属都想不通，不支持，那移民工作怎么开展？领导口里虽说不是批评我，但他的脸色和眼神告诉了我——意思很明确，就是要我停下村里的工作，全力去做移民工作，不做好不收兵，说白了，就是一天没做好就一天不回黄沙坳，而且必须要我负责做通父亲和树东大伯等人的工作，说好听点，是个硬性任务，不完成不行，说难听点，有点像停职处分。领导这么强势和逼人，搞得我心里也有想法，领导这种粗暴的工作作风，没有人性，缺乏感情，不利于问题的解决，我实在不敢恭维。尽管有想法，但我是党员，是一名退伍军人，心里自有准则。

其实父亲和树东大伯对此想不通，不想离开故土，也是人之常情，只要干部们晓之以理，动之以情，多上几次门，多做几次思想工作，他们那个时代的人，思想还是比较纯正的，还是有大局观念的。

父亲听说县里领导找了我，给我下了个硬任务，说白了就是要逼父亲和树东大伯就范。从不骂人的父亲，就骂了这个领导不是人，树东大伯还骂他狗东西。当然，他们只敢在家里骂，在没人的时候骂，对着指挥部的方向骂，把家里那条狗也骂跑了，老半天都没看到狗影子。骂过之后，他们又冷静下来，只得"唉"一声，接受这一现实——父亲和树东大爸都不想因此而影响我的前程，只好违心地同意了，父亲提了一个条件——就是要等我和竹花办了婚礼再搬迁——这不影响水库的施工进度，也不影响移民村的建设，好在这个领导发了善心，也认为这个要求可以接受，我才"官复原职"。父亲被迫签了移民协议，接着树东大伯也签了，细叔也签了，村里其他人也都签了。

岳父知道我全家要迁移到黄沙坳来，特意在离移民新村不远的地方种了几畦菜。"不是卧室外米兰、茉莉的花香，也不是南墙下我熟悉的月季花香，嗯，是瓜棚架子上的苦瓜花开了……"这是作家女真写的《菜花香》。我看到岳父种的菜，黄瓜也结了，苦瓜也结了，都是一边开花一边挂果，都不想错过这个春天。只是黄瓜花开得大点，苦瓜花开得小，不过都是开黄色花，"雨晴瓜蔓绿，风暖菜花香"，这是画家王绂《题老圃卷》里的诗句，我在高中时读过。

还没搬迁，岳父就帮我家种了这一园菜。岳父的意思，是打算等我家搬迁过来，这几畦菜就归我家了。

父亲当然很高兴。父亲高兴是有理由的。之前岳父傅致远极力反对我进黄沙坳当支书，认为我到黄沙坳工作难开展，不但干不出成绩，还要碰个头破血流。姑父周敬财也是这样想的，父亲也一样，也有过这样的担心。事实证明，他们都错了。现在全村党员群众都知道是我一心一意干事，真心实意为村民办事，不但为村民解决了不少困难，还为村里做了几件实实在在的事，让党员干部和群众心服口服，岳父由反对变成支持，也就不奇怪了。

赵叔也确实难得，忙着新村的事，又没落下腰鼓队的事，每天要求队员排练，还到乡里参加了两次老协举办的活动，连岳母也参加了，而且非常积极，这不，她又去村小学操场排练去了。

岳父知道我要来吃饭的，担心岳母排练来得晏，就拎着竹篮先到菜园里去摘菜，见菜园里的黄瓜挤挤挨挨，长势喜人，他心里非常高兴。岳父想到近来村里发生的变化：路也通了，三港口的桥也修好了，新村也快建成了，移民安置点也在紧锣密鼓地施工。尤其是赵叔从不满到全力支持我的工作。还有正发、德午两人，也由原来的不可理喻到投身新农村建设。原来想看笑话的村民，现在都对我跷起了大拇指。只有铁山和刘高两人还有些想法，还在做着他们的美梦，但他们已日落西山，成不了气候。岳父起先也担心汪德英参加腰鼓队活动受伤的事情不好解决，解决不好就会给赵叔惹事，赵叔有麻烦就是我的麻烦，闹得不好就会给我和赵叔造成隔膜，让我进退两难。现在这事解决了，汪德英也对我产生了好感，并对其娘家人来找赵叔麻烦，造成赵叔磕掉半个牙齿表示了歉意，这个事情能顺利解决，赵叔很满意。还有胡老板厂里工人出事，也得到圆满解决，未给竹花带来半点影响。村里新村建设在全县抽查中得了满分，获得第二名，要不是之前建沼气池上出了点问题，就会得第一名。岳父越想越高兴，就哼起了一首打谜歌：

> 一妹尖尖，猜猜，
>
> 二妹圆圆，猜猜，
>
> 三妹撑伞，猜猜，
>
> 四妹捻拳，猜猜，
>
> 五妹光棍，猜猜，
>
> 六妹棍光，猜猜，
>
> 七妹一身毛，猜猜，
>
> 八妹一身疮，猜猜，
>
> 九妹一只，猜猜，
>
> 十妹一双，猜猜……
>
> 一妹尖尖，是笋，
>
> 二妹圆圆，是瓜，
>
> 三妹撑伞，是菇，
>
> 四妹捻拳，是蕨，
>
> 五妹光棍，是……

岳父的年纪是大了点，但唱山歌还是一把好手，歌声在百里幕阜山的莽莽群山中回荡着。

2. 近期有雨

移民新村建设县里借鉴了外地经验，提出了"统规联建"的建设模式。建设过程中，采取倒排工期、倒逼进度、细化任务清单等措施。工程建设指挥部还按照"高起点规划、高标准建设、高强度管理"的"三高"要求，对症施策，破解难题，全力以赴推进移民安置点基础设施及房屋建设工作，实现了移民房屋规划统一、设计统一、监管统一的"三统一"目标。县纪委吴书记也在曹家水库建设动员会上作了纪律强调，并建议村里成立由村组干部、移民群众组成的联建委员会，对房屋质量进行全程监督，充分维护移民群众的知情权、参与权和监督权。乡里也组织了移民代表来移民安置点参观，父亲也来了，看到漂亮别致、整齐划一的新村庄，看着那设施齐全、宽敞明亮的"小洋楼"，移民代表们心里别提多高兴了。

岳父得知父亲和树东大伯等人来了黄沙坳，现在双方是亲戚，以后又是同村的村民，等于是亲上加亲了，这是以前没想到的事。岳父与岳母商量好，买了肉杀了鸡，还包了哨子、做了豆腐、炖了两个火钵，煮了一锅什锦，准备了十多个菜，办了一桌大饭，把老马叔和赵叔都请来作陪。父亲也觉得岳父母通情达理，攀了门好亲，席间频频敬酒，父亲也给赵叔和老马叔敬酒，感谢他们支持我的工作。值得一说的是，父亲还和岳父互相敬了几轮酒，两人越喝越亲热，越聊越有劲，似乎有说不完的话，道不完的情。

铁山看到新村有挖机做事，想揩点油，趁挖机在他家门口做事，就提出要挖机师傅帮他干点私活，挖机师傅不同意，铁山脸一沉，说："那你就不要在我家门口动土了！"铁山见挖机师傅没有停的意思，就一不做二不休，干脆坐到挖机的铲斗里去了，这一来，倒把挖机师傅难住了，再挖，就要出人命事故了。

昨天县气象台已播报，近期艾县有大暴雨，县新村办也发文，要求加快新村建设，尤其是要赶在雨季之前，将各家各户的下水道、排水沟修好，待新村办验收。铁山家的房子是八二年建的，算是老房子了。如果他不让挖机施工，势必影响整个新村建设进度，村里就要挂黄牌，我也要挨批评。铁山这样做，也是有目的的，他就希望村里挂黄牌，挂了黄牌，他心里才高兴。我不知他是怎么入的党，也不知当初那些党员是如何投的票，这样一个思想龌龊的人，既然也成了组织上的人，这不是一种极大的讽刺么？

胡老板的饰品厂机器设备都已安装好，竹花正在组织女工培训，首期招工二十人，全是黄沙坳的村民，我建议竹花优先将汪德英、四芳两人列为首期女工，她们两家是困难户，汪德英老公是个病号，长年累月靠药维持，就靠几亩瘦田，山上几十亩油茶，还有两块山的竹木维持一家的生活；四芳老公忠水跟着别的女人跑到外面去了，至今还没回家，家里有老有少，他也不管，也不寄钱回来，一个人在外面逍遥，把家庭的重担全撂给四芳，四芳既要照顾娘，又要照顾孩子，又累又苦，好在四芳是个勤劳善良的女人，总是含辛茹苦，撑持着这个家。两家的情况都特殊，确实需要扶一把，胡老板也点了头。再过十天半月，等这些女工培训结束，饰品厂就要正式开工了。

3. 婚期定在八一建军节

星期一早上八点，接乡党办朱秘书电话，说县纪委吴书记要到黄沙坳来。吴书记是我参加工作以来接触到的一个最实在、也是我最崇拜的领导，对我影响很大。

最近县里调整了全县机关单位挂点包村方案，安排县纪委到黄沙坳包村挂点。吴书记很重视，一早就把县纪委下派的挂点干部送到了黄沙坳，还在村里召开了一个座谈会，吴书记与其他领导不一样，不在会上夸夸其谈，也不作什么指示，而是认认真真听我介绍村里的情况，了解到村里目前遇到的困难和需要解决的问题，吴书记还是老作风，一一记在本子上。吴书记在会上听了还不放心，会后又要我陪他到村里去转了一圈。在新修的三港口桥，吴书记站在桥上，手扶栏杆，望着桥下一河清水，深情地对我说："黄沙坳的生态很好，你作为村支书，一定要有保护意识，不能急功近利，切不可引进污染企业。黄沙坳山好水好，走绿色发展之路，守住一山树木，守住一河清水，就是为子孙造福。"

在移民新村，吴书记看到数十栋新居即将封顶，抑制不住内心的高兴，连说了几声"好"，并与包头和工人亲切交谈。这是县政府首次决定并村移民，为移民集中建新房，打造新时代移民新村，这将是一项惠及移民子孙的大事，也是县委县政府的大手笔，吴书记要求村里监督施工，注意安全，加快进度，按时按质按量完成施工任务。

考察了移民新村，吴书记又信步来到胡老板的饰品厂。先看了新建的厂房，又到临时设在仓库里的女工培训班上看望了首期女工，看到竹花正在教女工穿缀蝴蝶珠的技巧和操作规程，二十多个女工听得那么认真，吴书记非常高兴，频频含笑点头。看到吴书记进来了，竹花和女工们都站起来鼓掌欢迎，吴书记说大家辛苦了，要用心学，刻苦学，争取早日上岗，成为技术骨干。临了又关切地问我和竹花，何时举办婚礼，竹花脸上飞起两朵红云，有点不好意思地答："快了。"

我接嘴说："日子已经定好了，就在八一。"

"八一建军节，是个好日子！到时我要来喝杯喜酒，为你们送上祝福！"吴书记笑着说。

一旁陪同的胡老板也笑着说："届时要请吴书记为他们作证婚人，发表证婚词，作热情洋溢的讲话。"

"好，一定来！"吴书记说完就告别大家，回县里去了。

　　横仔的食堂，俨然成了镇上的小饭店，生意比预期要好。再是他的赔偿款也全部到位，他把信用社贷款还清了，又买了一条高档烟，一瓶酒，叫秋莲送到我家，母亲晓得这个不能收，可秋莲说这只是她们夫妻一点心意，不由分说地放下就走了，母亲喊也喊不住，搞得母亲也没有办法，只好把情况告诉了我，正好我也有事要回家，我就说等我晚上来处理。

　　我也有好些天没回家了，家里正忙着准备婚礼的事，父亲也想我回家商量一下，可我走不动，村里事情太多。新村建设县里催得紧，移民点事关全县，连省报都派记者来采访了，更是不能松劲。山歌队在县里艺术节上获得了一等奖，又被县文化局推荐参加全市艺术节，作为艾县唯一一个代表队上台表演，高松叔感到既光荣又压力山大，只好一天带着队员早早晚晚忙练歌，还从县文化馆请来了专业老师辅导，乡文化站长也不敢马虎，每天都赶到排练现场，还要求村里做好后勤保障。通过专业老师指导，加上队员们听说要到市里去演出，要上大舞台，大家都起了劲，也不怕苦，也不叫累了，个个用心练。有的回家了也唱，下地也唱，喂猪时也唱，洗衣时也唱，吃饭时也不忘琢磨动作，上了床也要哼上两句。队员们这么认真学，这么用心练，自然进步很快，连文化馆的辅导老师也竖起了大拇指。赵叔牵头组建的腰鼓队，上星期参加了乡老协举办的一场腰鼓比赛，赵叔亲自带队，队员们配合得力，在比赛中也获得了第一名，为黄沙坳村争得了荣誉。

　　那天村里请的挖机在铁山家门口施工，铁山想挖机帮他干点私活，与司机一言不合，就要起了赖皮，坐到挖机的车斗里，阻碍施工。铁山的行为影响极坏，一个党员，带这样的头，做出这种事，实在让人可气。其实铁山要挖机做的私活，也不能算占便宜，只是村里还没铺排，赵叔认为他后山的山坎有点高，土头厚，暂时请不到车将土运走，又听说过几天就要下大雨，为安全起见，

就决定暂时不挖铁山屋后的土坎。没想到铁山认为村里不管了，非要挖机师傅帮他先挖，而且还坐到了他的车斗里，以此来逼迫挖机师傅让步。挖机师傅没办法，也晓得他屋后的土坎，村里迟早也是要帮他挖的，就答应了，铁山这才笑着从车斗里爬出来。

村委换届选举工作开始了，老马叔昨天在乡里开了会，领回一大堆选举材料。

"听说铁山又到各组去活动了。"老马叔对我说。

"他想出来参选支书，有这个想法是好事，如果他不能改变自己，转变思想，不能起带头作用，村里的党员又怎么会投他的票？"我想即便你铁山当上了支书，你私心重了，不为群众办事，占着个位置也没用，群众眼睛是雪亮的，党委政府也不会答应，你也当不长。

傍晚，我和竹竹回了趟家。在家里吃完饭后，我对父亲说："我和竹花同去小学走一趟，把横仔送的东西退回去。"

"好，是要退回去，不该要的东西咱不能要。天快黑了，你们骑车去吧？"父亲说。

"不骑车了，只有几里路，正好和竹花晚上散散步。"我说。

"也行。"父亲说完就把东西提给了我。

好在那些东西也不重，我和竹花一路步行来到了乡中心完小。

横仔现在的伤情有也好转，在家里活动可以不用拐杖了，他正把吃饭的客人送出门，见我把东西又提来了，就说："曹支书，这、这是我的一点小小心意，你为了我的事，操了那么多心，跑了那么多路，对我以前做的对不起你的事，也从没提起过，如果你这个也不肯收下，我良心过不去，人家也要说我横仔不识情，是个忘恩负义的家伙。我希望你能收下，收下了我就心安。"

"这些都是我应该做的事，也很正常，你不要放在心上，好好经营你的小店，好好过你的日子，遇到什么困难，就告诉我，不要有什么顾虑，早日为儿子娶个媳妇，你们就可抱孙子了。"我放下东西笑了笑说。

"我忘了向你汇报，托你的福，现在我的小店生意还不错，请了一个人还忙不过来，儿子也联系上了，愿意回来帮忙，这都得感谢你哟，要不是你上次通过派出所帮我异地查找，险些还联系不上儿子呢！"横仔夫妻俩又是端凳又是掇茶的，很是热情。

"有空再来坐，我还要趁没上晚自习课，去看看眯子哥两个孩子。"眯子哥两个孩子还在小学读书，上次我来学校也去看了一次，又隔了这么些天，正好顺便去看望一下，也给他们送点钱。

我和竹花走出横仔的小店，夜幕已降到最低，到处都朦朦胧胧的，学校里已亮起了电灯。眯子哥出了事，但他两个孩子的学习费和生活费都是吴书记捐助的，而且吴书记要求学校不能声张，只有我和校长以及班主任老师几个人晓得，吴书记从乡书记到县交通局长再到县纪委书记，一直没有停止捐助，确实是一个难得又有爱心的好领导。眯子嫂水菊大难不死，被医生救回了一条命。眯子哥犯了故意杀人罪，被法院判了八年徒刑，现在也到监狱服刑去了。听说眯子嫂水菊又向法庭起诉离婚了，法院也把传票寄送到了监狱。

"眯子哥人在监狱，那怎么开庭呢？"竹花说。

"法院有规定，一方判了刑，就得到监狱去开庭，这叫原告就被告。"我说。

"开庭应当没有这么快吧？"竹花说。

"听说开庭时间也确定了。"我说。

"不知开庭时，眯子哥和水菊嫂将如何面对，他们的孩子，又将如何安排。"竹花有些担忧。

"水菊嫂离婚已决，看来这次是非离不可了，他们这个家，就这样散了，真让人伤感。"我叹了一口气说。

我们找到了眯子哥的两个孩子，问了一下他们的学习情况，又给了他们一些钱，说下次再来看他们。

从学校出来，要走二三里路才到我家。我和竹花订婚这么多年了，花前月下的浪漫还真不多。我在大学读了四年，她在广东呆了四年，期间多是鸿雁传书，少了卿卿我我。今夜的月亮也特圆，早就爬上了树梢，满眼银辉，四野寂静。这条小路顺着河往上走，右边多是桂竹，也有柳树，能听到河水哗哗的声音，偶尔也有虫鸣，更显夜的幽静。左边全是田，田里栽了晚禾，能在朦朦胧胧的夜色中看清一行行的禾苗，月亮撒出的清辉照在禾沟里，有一种水凌凌，清幽幽的梦幻，像一首小夜曲的主题画。这一路上，没有几处屋场，村里人也不爱到这里来溜达，正好给我和竹花提供了一个浪漫的空间。

我和竹花牵着手，踩着月色，欣赏着美丽的夜景，感到特别的幸福。我们有时跑，有时走，有时停，随情任性，没有半点拘束。走到一处离河最近的岸边，看到月光撒在河里，河水闪着凌凌波光，月移树影，风送清凉；远处山影幢幢，如梦似幻；禾田里几声虫鸣，敲醒满天繁星，奏出天籁之音。如此美好的夜晚，配有如此美丽的星空，是大自然的神笔。而这一切，只属于我和竹花，是不是我们太幸福了？我不禁吟起宋朝诗人赵师秀写的："黄梅时节家家雨，青草池塘处处蛙……"

竹花也来了诗兴，轻轻地吟了一首鲍君徽的《惜花吟》：

> 枝上花，花下人，可怜颜色俱青春。
> 昨日看花花灼灼，今朝看花花欲落。
> 不如尽此花下欢，莫待春风总吹却。
> 莺歌蝶舞韶光长，红炉煮茗松花香。

妆成罢吟恣游后，独把芳枝归洞房。

鲍君徽是唐代中后期女诗人，善诗，早寡，无兄弟，奉母以生，与尚宫五宋 (宋若昭五姐妹) 齐名。德宗尝召入宫，与侍臣赓和，赏赉甚厚。入宫不久，既以奉养老母为由，上疏乞归。《全唐诗》存诗四首，她的诗大都从容雅静，而不故为炫耀。她还写了一首《东亭茶宴》，都是宫人的生活写照，也是我比较喜欢的：

闲朝向晓出帘栊，茗宴东亭四望通。
远眺城池山色里，俯聆弦管水声中。
幽篁引沼新抽翠，芳槿低檐欲吐红。
坐久此中无限兴，更怜团扇起清风。

竹花见我停住脚步，索性在河岸边一个石头上坐下，随手掐了一支野草含在嘴里，情意绵绵地望着我，样子极是迷人。月光鬼贼鬼贼的，偷偷地从树的隙缝里照射下来，落在我和竹花身上，如梦似幻。毋庸讳言，我和竹花相互依偎着，甜蜜地看着朦胧的远山，河水也懂温情，默默地从脚下淙淙流过，没有打扰我们的意思，星星也眨着眼睛，羞怯地看着我们。此刻，一声不合时宜的鸟鸣，是那么清脆，是那么惊慌，惊动了一河树影，挂在树梢的月亮，一不小心便掉到了河里，没有溅起水浪，只在河水中晃荡，不停地晃荡，晃得一河夜色如诗如梦。此时此刻，如果没有爱情，那多乏味？就像生活没有诗歌，那还有什么幸福和美好可言？不用说，我和竹花都含情脉脉地望着对方，我似乎看到她的睫毛在夜风中微微地颤抖，脸上的红晕泛起一河清波，我虽看不清她的娇媚，但我能感受到她的心在激促跳动。此刻，我们相拥在一起，她的香唇甜美温润又炽热，如一瓣刚绽开的玉兰，散发出特有的幽香。她的鼻息如轻风初度，咻咻有声，是那么醉人，那么芬芳。她的双眸聚满水雾，如一湖春色荡漾，让我情不自禁地拥着她狂吻，像蜜蜂一头扎入花蕊中，贪婪地攫取那属于她的灼热的气息，我觉得竹花此时就是一颗仙桃，我要狠狠地咬一口，咬出甜甜的汁，让这甜甜的汁，流遍我的全身。我要为她写首诗，为她画一幅画，把这良辰美景，都描入其中，挂到我们婚房最显眼的位置，让全世界的人都羡慕，都送来祝福。

4. 暴雨来了

还有两个星期，我和竹花就要按村里的婚俗举办婚礼了。

村人办喜事都作兴请戏班唱戏，只有请了茶戏班，才算热闹。我家当然也不例外——尤其是我家，举办这次婚礼后，就要与村人一道搬迁到黄沙坳去，我家粉刷一新的房屋，就要被拆除，屋场就不存在了，就要藏身水底，变成一片汪洋。想到搬迁，父亲和母亲心里很乱。这里是他们祖祖辈辈生活的地方，这里的山山水水，包括每一块田，每一道坎，每一条沟，甚至每一口池塘，每一条小路，或者一道山梁，一处坟地，一个窑场，一棵树木，一棵野草，都烙印在脑子里，搬迁的日子越近，脑子里就越乱，越乱则越想，想抹也抹不掉，总是像放电影一般，时时刻刻在脑子里闪现，有时还像一条肉虫爬在身上，不停地蠕动、咬嚼，让人生疼。有时，我看到父亲和母亲和别人说话时还好好的，突然看到房屋或者家里一件老物件，便触景生情，发起了呆，甚至还自言自语，像得了老年痴呆症似的，好让我担心。好在我要结婚了，喜事冲走愁情，他们的脸上才有了喜气。父亲也想在离开老屋时，要好好欢乐一场，让众乡邻也高兴高兴，留个念想。他提前与戏班联系好了，要唱两天大戏（村里人办喜事一般只唱一天戏），而且交了定金，戏班就是船头滩老街的，班主叫为东，唱了几十年的戏，他们夫妻唱的《天仙配》，参加过市里的演出，得过金奖。父亲也喜欢看这个戏本，不知看了多少遍，还津津乐道，这次又选了《天仙配》这个戏本。

眼看婚期临近，我和竹花还没来得及照婚纱照，父亲和母亲都催了，要我们赶紧去照，说照迟了到时照片不能及时洗出来，结婚那天没有照片挂上墙，人家都要笑话。

我和竹花决定就在镇上的"四方照相馆"拍婚纱照，那相馆开了二十多年，竹花也光顾过，我也在那里照过不少证件照，老板的口碑好，手艺也不错。也有可能是竹花考虑到我没时间去县里拍照，就决定在船头滩这家相馆拍的。

老板得知我们在十天左右要拿相片，虽然有点急，但老板还是满口应承，说绝对不会误事，我们拍了婚纱照，又为竹花选了一款结婚那天穿的婚纱，竹花也试穿了。那款洁白的婚纱款式清新自然，简单大方，正适合她的身材，穿在身上，更显丰盈俊秀。这款婚纱，竹花很是喜欢，试穿时还请老板帮拍了一张照片，脸上的笑容像朵花，站的姿势也极是漂亮。

黄沙坳村两委换届工作按乡上要求在紧锣密鼓地进行。

老马叔把选举办法、选举时间、选择举委员会成员名单，全都写好贴上了墙。村里换届选举是大事，村民都关心，每天都有不少人站在宣传栏前观看。

这次换届，黄沙坳村被列为"两推一选"试点村（"两推"指的是：由"党员、群众推荐和上级党组织推荐"，"一选"指的是：选举时，严格按照有关规定和程序召开党员大会，选举产生新一届村党组织），按乡里的要求，我现在只是黄沙坳村的代理支书，到了换届就不能再"代理"了，如果我能在换届选举中当选最好，如果选不上，乡里打算把我撤调到另一个村去包村。领导还特地叮嘱，无论我当选与否，都要把这次黄沙坳村的换届选举工作组织好，不能出纰漏。

按乡里要求，村里又召开了一个专题会，全村党员组长和村民代表共60人参加。我认为乡党委下发的《关于"两推一选"试点村两委换届工作的实施方案》虽然是全乡性的指导文件，其实是为黄沙坳村量身定做的，很重要，也很有必要借此机会在会上学习一下，老马叔也有同样的想法，就在会上认认真真地读了一遍，还把这个实施方案写在一张大红纸上，贴到了村委会的宣传栏里，开会前，铁山和一些党员组长都挤在宣传栏前指手画脚大声议论着，都觉得这个做法好，公开透明，能让人信服。

按这个文件的规定，黄沙坳村有资格参加这次选举的党员有36人，有8人外出，有年老体弱卧床不起和长期生病生活不能自理的4人，实际能参加选举的党员只有24人，包括我才有25人。

村里开党员组长会的时候，我又接到乡党政办朱秘书的电话通知，说接县上电话通知，今明两天要下大暴雨，黄沙坳是山区，必须提前做好防汛工作，尽量避免地质灾害发生。当时正是上午九点多，这个时间段，以前在这会议室开会从没开过灯，而今天室外也暗下来了，比傍晚还要暗，眼看就要下暴雨了，往日明明亮亮的会议室，现在隔几米远就看不清人了，老马叔只得把电灯全部打开，赶紧把会开完。我也关注了气象台的天气预报，知道近期有暴雨，要涨洪水，遂要求各组组长立即回去做好防汛准备工作，组里也要成立防汛抢险队，组织人员到本组的山塘堰溪巡察，对有塌方可能的屋后山坡也要仔细检查，及早消除隐患，确保村民的生命财产安全。

岳父会观天象，他说："辽山戴帽子，下雨不大事；辽山着衣裳，落雨落得长；辽山系皮带，落雨来得快；辽山捉迷藏，雨水胀破塘！"

而此刻的辽山，正藏在云里雾里，只有辽山寺那个山凹眼开了一条圻，整个天空像盖了一床黑棉絮。风在呼呼地叫，雨说来就来了，大点大点的雨密匝匝地打在瓦屋上，一阵"嗒嗒嗒嗒"响，像扫过一排机关枪。路上的大树被风吹得树叶翻飞，枝丫无法抵挡，全往一边仄倒，也不知是大树害怕，还是风在呜咽，只听到一阵"呜呜"声。我担心小学那里的安全，便和老马叔打着伞走进雨地里，还没走出几步，手中的雨伞就被风吹翻了，好像有人要夺我的伞似的，任我怎样出力争夺也无济于事，整个人都快要被吸走，要被吸上天，没一会，路上，地坪里，到处都要是水，水流朝低凹处猛冲。被吹翻的伞还没来得及松手，人就被淋了个透湿。这雨着实好大，不是一般的大，雨点砸在地上，溅起一片水洼，接着又漾起一片水洼，好像天上决了堤，破了塘，雨水倾泻而下。老马叔和我都挣不开眼睛，就像有人往我们头上一盆盆地浇水，不停地浇。我一松手，雨伞就被风卷走，飞过了几块田，在一栋矮屋顶上打着旋，很快又不管不顾地撞向一棵大树，伞骨挂在树枝上，伞布被风撕破，卷到了半空中。好险！如果我再不松手，就有连人带伞都会被风卷跑的可能。什么天刮什么风，什么风夹什么雨，这话看来一点也不假。老马叔年岁大，我怕他被风吹跑，便赶紧拉着他紧跑几步，才跑到小学门口的门卫室，前后不到十分钟，我和老马叔就成了落汤鸡。

"这雨确实好大，我活了五十多岁也没见过几次。"老马叔站在屋檐下，不停地抹着脸上的雨水，望着屋外的狂风暴雨，不无忧虑地说。

"是呀，这场雨太大了，又下得急，这样下去，不要一个小时，那些山就要胀破肚皮，小河也撑不下了，三港口的水如果出不了，

那黄沙坳不就变成了一口大水塘？"我也有些担心。

好在小学的排水沟在主题党日活动时被党员组长清理过一次，要不然，这些水就要漫进学校的操场，危及校舍和学生的安全。

雨，还没有半点停歇的意思，四野里雨雾沉沉，哗哗的雨声如刀似剑充斥双耳，路上也没一个人，村民们都蜷缩在屋里不敢出门。

地上的雨水有点慌不择路，很快就漫过了田坎，冲上了小路。低洼处已一片汪洋，那一垄田也被水流撕开了一道豁口，田里的禾苗迅即被冲出一条水路，那些柴枝烂叶也趁势冲入禾田中，在田垄里狂欢乱舞，好似打了一场胜仗。一眨眼，田垄里翻波浪涌，浊水横流，禾苗都没入了水中，看不到禾梢了，村民们暗暗叫苦。

老马叔突然想起了什么，忙对我说："昨天挖机师傅为铁山开挖了屋后的山坎，那些土还没来得及运走，会不会出事？"

"谁叫挖的，不是说了要等过了这个雨季再挖的吗？"我听了心里一惊。

"没有谁叫，是铁山自己坐到挖机斗里，逼着挖机师傅挖的。"老马叔解释说。

"唉！这个铁山，真是没头没脑，成事不足败事有余，要是出了事，就有他悔的！"我生气地说。

"胡老板那里不会出问题吧？"老马叔说。

"她的厂房都是新建的，屋后也是山，虽然厂房做的结实，可这样大的雨，也难免不出问题啊！要不你我分头行动，你到胡老板厂里去看看，我去铁山家。"我说完就冲进雨地里，往铁山家跑去。

老马叔见我冒着瓢泼大雨淌过了学校附近那一段齐腰深的低洼水路，上了去铁山家的小路，这才放心，随后他也冲进雨幕里，往胡老板的饰品厂赶去。

胡老板的饰品厂是新开地基，地势比较高，厂房也结实，屋后的山也是竹林，山体坡度不大，相对还是比较安全，只是这雨落得急，厂里的积水已漫过了脚背。为了以防万一，竹花安排了数名员工负责疏沟排水，确保万无一失。老马叔还没进屋就急切地问："这雨好大，厂里没有问题吧？"边说边抹着脸上的雨水。

"应当没有问题，厂里排水都是按设计要求施工的，我又安排了人员值守，厂后的山坎我们也巡查了一遍，老马叔尽可放心。"竹花见老马叔全身湿透跑过来，说完又问了一句："你一个人过来多危险，一男呢？"

"他到铁山家去了。"老马叔答道。

"下这么大的雨，他不守在村里，跑铁山家去干吗？"竹花说。

"昨天挖机师傅为铁山开挖了屋后的山坎，那些土还没来得及运走，他怕那里出事，就叫我来厂里，他去铁山家。"老马叔说。

"村里早广播了，说近两天要下大雨，怎么还去挖土呢？"竹花有点急了。

"是呀，村里没叫谁挖，是铁山自己坐到挖机斗里，逼着挖机师傅挖的。"老马叔说。

"这个铁山，真是害人精一个！"竹花也气愤愤地说。

"当时我们都不在场，他坐到挖机的斗里去，逼着挖机师傅挖，现在说也没用了。"老马叔说。

"这么大的雨，那些土被雨水一冲，说不定就会形成积水塘，直接影响到铁山家房屋的安全。"竹花说。

"唉……这害人精！"老马叔也叹了口气说。

"老马叔，要不你留在这里，我也去铁山家看看。"竹花担心我的安全，说完就打了一把伞，走进雨地里，也往铁山家赶去。

"我也去。"老马叔不放心竹花一个人去，便跟着走进了雨地里。

　　铁山在村里开完会，眼看就要下大雨了，他一点也不急，一个人站在村部宣传栏前，将老马叔贴在墙上的《关于"两推一选"试点村两委换届工作的实施方案》看了一遍，看完这个文件，就往组长李东家走去，刚到李东屋门口，就下起了大雨，天也突然黑了下来，四野里雨雾沉沉，要不是闪电划过天际，还以为是黑夜呢！铁山为什么此时要来找李东？铁山有铁山的想法。

　　因为村里过几天就要换届了，他担心赵子文还想出来当支书，只要李东一家几个党员不投赵子文的票，他赵子文再怎么努力，也是一锅白水。二是曹一男是乡干部，虽说他家要迁到黄沙坳来，毕竟现在还没迁来，作为一个国家干部，他不可能没一点志向，就想在黄沙坳当一辈子的村干部，所以曹一男是不可能下苦功去争夺支书这个位置的，那样的话，他也就太没出息了！如这两人都能排除，又能拿定李东手中的票，他竞选村支书就多了几成把握，就有了希望。

　　李东门口那几块禾田，昨天刚好打了肥料，这雨水冲到田里，肥料就被流水冲走了？可这雨下的没完没了，大有不冲跑禾苗不罢休的架势，李东心里着急，所以铁山进门，李东也没理他，就戴上斗笠，背上蓑衣，还拿了一把锄头出了门。也不是李东故意不理铁山，而是他家的禾苗要紧，得急着要去田里堵缺口。铁山还没搭上话，李东就跑进了雨地里，把他一个人晾在屋里。

　　铁山坐也不是，站也不是，只得倚着大门往外瞧，想等这阵雨过了，再与李东说上两句。

　　李东扛着锄走在雨地里，还没下田坎，头上的斗笠就被风吹跑了，落在田中央，在水里打着旋。他背上的蓑衣，不时被风掀起来，没一会，全身就淋湿了。他也顾不得去捡斗笠，赶紧作好下面两块田的缺口，又去堵上面一块田的缺口。待他走到上块田的缺口，下面刚刚作好的田缺又被水冲开了，李东一边骂着什么，一边丢下锄头，搬了个一百多斤的大石头堵在下面的缺口处，他堵住了缺口，再下到田中央去捡那个斗笠，田中间的水都高过了膝盖，李东好不容易上了路坎，回头一望，满垄的水就漫过了田埂，禾苗也看不到了，昔日的田园已成一片泽国。

雨，还在下。

铁山看见这雨下得没完没了，雨水已漫上了大路，路面也看不到了，田里就是一口大水塘。又见李东斗笠被风吹跑了，身上披的蓑衣也不管用了，人已淋成了落汤鸡，估计屌毛都没两根干的，还在田里作田缺，这么大的雨，作田缺能管用？真是傻不拉几的蠢家伙！看到这么大的雨，铁山也担心自家屋后那些没来得及运走的土，会被雨水冲跑，他也没想到这天气预报这么准，说下雨就下雨，心里有点后悔昨天没听赵子文的话。可话又说回来，你赵子文又算什么角色，支书不当了就也罢了，还有何脸面去当那个什么狗屁新村理事会长？要是我，就是一路放炮竹，抬四杠官轿来迎接，我也不会干！可当他看到这么大的雨一直下个不停，心里又担心屋后那堆土，担心他家那栋土巴墙的老屋，屋里就他老婆和父亲刘高在家。

"要是那堆土被雨水冲到了屋背沟……"铁山不敢再想了，像被蜂蜇了一下，倏地推开栅门，也顾不得与李东打声招呼，也不借伞，也不借雨衣，就冲出了屋，好像再拖延一会，他家的老屋就要在雨中倒塌。

从村小学到铁山家，只有一里多路，有几处路段都要趟水而过，还有两个山弯处，两垄水田全被洪水淹没了，想必这么大的雨，是数年不遇的，架在沟溪上的木桥已被洪水冲走，没了踪影。我趟过齐腰深的沟溪，又走过一段泥湿路滑的山边小路，总算看到了铁山家的屋脊。还没走到他家屋门口，便听见轰隆一声巨响，他家的土巴屋就倒塌了一角，尽管那么大的雨，还是腾起了一股

船要过滩

烟尘，像放了一颗不大不小的炸弹。铁山的老婆正从屋里跑出来，惊魂未定的样子，她站在雨地里望着坍塌下来的半边老屋呼天抢地地嚎哭起来，悲伤的脸上雨水横流，分不清那是雨水那是泪水，她看到我来了，像看到了救星，忙不迭指着那塌下来的屋说："我爹……爹……"

原来铁山他爸被埋在了里面，我来不及细想，赶紧冲进去，脚下全是摔碎的瓦片和横七竖八的屋料，还有两堵半截欲倒未倒的土墙，土墙上不规则地撬着数根黑木头，在雨地里摇摇欲坠，随时有塌下来的可能。我猫着腰，用手轻轻搬开一根根拦在前面的屋料，这些屋料不知被烟火熏了多少年，上面有一层厚厚的油渍和烟尘，手一摸都是黑的，且那些屋角和屋料上都有铁钉，稍不注意，就会被铁钉划破衣服或者划伤手脚，我不得不小心翼翼地弓着腰前行，有时钻，有时爬，有时得让过一根根黑乎乎的屋料，此刻，雨声充斥着耳朵，恍惚什么也听不见，我只能尽力搜寻。好不容易钻到了刘高住的房间，雨水已模糊了我的双眼，我用手抹了一把脸，脸就成了黑脸包公，只有两个眼珠在转动。我似乎听到墙角有人哼叫，忙掀开几根木料瓦角，果真是刘高被塌下来的屋料压在下面，还好没有被倒塌的土墙砸伤，我赶紧用手扒开压在他身上的木头和瓦片，背起他就往外走，一根搁在墙上的屋料突然滑落下来，"啪啦"一声落在我脚前，好险，就差一尺的距离，要是被木头砸中，我和刘高两人都没命了。刘高虽然有病在身，但他的体重有140多斤，我背着他艰难地走过一处处险境，好不容易才把刘高背到屋坪里的安全地方，却没看到铁山的老婆，不知她又跑哪去了。正好竹花赶到，我也不敢把刘高背到那半边没倒的屋里，只得让他坐在雨地里的一个旧石磨上，竹花帮他打着伞。我也不知铁山跑哪去了，这家伙，下这么大的雨，也不回家，家里就他老婆和父亲刘高两人，铁山也不担心？

这时，我又听到屋里"啪啦"一声响，接着就听见铁山老婆"哎哟"一声喊。原来她不舍得屋里一台电视机，想冲进去抢出来，没想到电视机还没端上手，那没倒的半边屋又坍塌了一角，木料和瓦片一齐砸下来，铁山老婆顾不上电视机，赶紧瑟缩在墙角，眼看那些搁在墙上的屋料就要掉下来了，而铁山老婆蹑在那里一动也不敢动，再不把她救出来，就十分危险了，我放下刘高来不及细想，转身又冲进了雨地里。

5. 投下神圣一票

雨还没停，远山都被雨雾罩住了，雨声充塞两耳，四野里只听一片雨水声。

老马叔随后也到了铁山家。

竹花见我又冲进了屋，心里非常担心，眼睛盯着屋里不敢眨一下。突然听到屋内"啪啦"一声响，竹花心里一惊，忙把雨伞递给老马叔，要老马叔为刘高撑伞，转身跑进了铁山家。

坍塌现场一片狼藉，我弓着腰钻过横七竖八的木架，走过一方危墙，总算靠近了铁山老婆。她已经吓傻了，头发梢上也滴水，水在脸上流成了河，她的手在哆嗦，人缩成一堆，口里不知说着什么，我拉着她的手往外走时，她如木偶一般，不知开脚。突然一根牮着墙的桁条，被她不小心碰撞了一下，另一根拴在墙上的横梁再也撬不住了，眼看就要掉下来，砸在铁山老婆身上，我来不及细想，一把将她推开，我似乎听到头上"咚"的一声响，眼前便一片漆黑，什么也不知道了。

第二天下午，我才醒过来，我看到房间里有医生走动，我手上还插着针，正打着点滴，那药水不紧不慢往下滴，比昨天的雨点温柔了许多。柜上摆着一束非常漂亮的花，我以为是竹花送的，后来才知道是铁山夫妻送的。但我没有看到竹花，只有父亲坐在床边。父亲见我醒了过来，立即起身过来，他一个晚上没睡，都要在医院里服侍我，显得很疲倦，脸色很难看，头发也有点乱，可能脸都没洗。我想下床，可头还是晕的，浑身乏力，脚也抬不动，手也无力举起来。医生说我是脑震荡，叫我不要动，为我调整了输液管的流速，又要求一旁的父亲少和我说话，说是要让我多休息。

我能休息吗？脑子里跟放电影一般，全是昨天的情景。铁山的老屋在暴雨中倒塌了，刘高没有跑出来，他靠拐棍行走的，怎么跑得动，又怎么能跑得出来？对，铁山老婆当时也没有跑出来，后来跑出来没有，她有没有受伤？还有竹花，她也随后进了坍塌现场，她是看到我被桁条砸中了，冒险要去救我，那竹花呢？我喃喃地说着，努力要下床，父亲见我还在想着昨天的事，也怕我过度伤心，就对我说："你放心，刘高被你救出来了，只是受了点风寒，现在没事了，铁山老婆也没事，当时一根杉梁落下来，要不是你及时把她推开，她可能就没命了。好险哪，要不是那根牮在墙上的杉木，为你挡了一下，否则你的头都要打破，还是祖人坐得高啊！如果不是竹花及时赶过去，帮你掀开那根杉木，你受的伤会更重，只是竹花为了救你，她被一根滑下来的桁条击中，右腿当场被砸断，当日被送到省城骨科医院抢救去了，你现在在县人民医院治疗，你母亲和你岳母都到省城医院去了。你和竹花出事的时候，老马主任就想去救你们，正好铁山也赶回来了，见你救了他父亲刘高，又冒着生命危险冲进去救他老婆，铁山也感动了，便奋不顾身地冲进去，将你和竹花救出来了……"

乡里李书记到医院看望了我，叮嘱我安心养伤，说："村里的事你就不要操心了。再过两天，村里就要选举了，到时乡里再派一个干部去村里接替你，等你养好伤，把婚事办好了，再去乡里上班。"

横仔听说我受伤住了院，关了店门，夫妻俩一早从船头滩搭班车赶到县人民医院，还买了一抱花送给我，要我好好养伤，争取早日出院，还说要去省城看望竹花，我说他店里忙，千万不能关门，要好好做生意，把生意做好了，就是对我和竹花最好的安慰。横仔看到我急了，就答应不去省城了，在病床上坐了好一气才回去。

县纪委吴书记也来了，村里还有好多村民自发来了，县电视台的记者闻讯也来了。

我清醒后的第一件事，就是给竹花打电话，没想到接电话的是岳母，岳母在电话中哭簌簌地说竹花正在动手术，母亲在一旁搭话，说竹花的右腿已截肢，以后得靠拐杖行走……

我听了，泪在眼眶里打转，始终找不到出口，头也像要炸了一般，医生见我情绪不稳定，遂把所有人都劝出了病房……

村里换届选举工作如期进行，因我还在住院，乡里临时派了一名干部去村里协调工作。上午选举村支委，下午投票选支书。黄沙坳村有正式党员三十六名，以往开会，外出和病事假的就有十二人，能参会的实际只有二十四人，可今天到会的党员却有三十二人，有两个在县城做事的，还有几个有病的老党员也在家人的搀扶下，赶来投下了他们神圣的一票。乡党委考虑到我还在住院，就建议我不参加选举。可村民们坚决不同意，连铁山也反对，横仔还以村民代表的身份找到李书记，要求将我列为选举对象，李书记也被村民们感动了，选举的时候，他还派了乡党委一位副书记去监督。全村三十二名党员、二十名村民代表参加投票选举，要选出三个支部委员，想不到我竟然得了五十二票，全票当选村支委。这也是我没有想到的。其实我有很多缺点，也没有为村民做什么事，可村民们却对我寄予如此厚望，我感到很内疚、很惭愧。村民们很淳朴，他们的要求也不高，只要你真心实意为他们办事，把村民当亲人，把村里的事当自家的事，村民们就没意见，他们就会支持你！我觉得黄沙坳的村民太淳朴了，就像我的父亲一样可亲可敬，也值得我去为之奋斗一生，这又坚定了我的决心。老马叔也当选了村支委，他考虑到我还在医院不能回村参加选举的实际情况，经报乡党委同意，决定支委会在县人民医院的病房里举行，这在艾县没有先例。医院领导得知此事，也很重视，还派人在病房里布置了一下会场，当然，也就是临时在病床边摆了一张桌子和几把椅子，还在墙上挂了面崭新的党旗，虽然简单，但意义非凡。

在医院病房里开支委会选举村支书，这是艾县一件特大新闻，市报和县电视台的记者闻讯都赶来了，他们要在现场搞直播。想到村民对我如此厚爱，我心潮澎湃，久久不能平静，为了不辜负大家的期望，我就坐在病床上也为自己投下了神圣一票。那一刻，我才真正感到肩上的担子是何分量。

6. 洁白的婚纱

竹花的手术做得很成功，我每天都要打几个电话给她。

我在县医院住了四五天才稍微好转，头也不那么晕了，医生还不让我出院。可我要去见竹花，竹花还在南昌的医院里。原本父亲是要我和竹花在五一劳动节举办婚礼的，但后来我们定在八一。为什么选这个日子，这是我和竹花商量好的。竹花晓得我是退伍军人，有军人情结，便说通了我父母，同意我们在八一建军节这天举办婚礼。现在离八一建军节也就三天，家里一切都准备好了，而现在竹花还在医院里，还没有出院，如果等竹花出院再举行婚礼，那婚礼就得推迟，我不想推迟，我想给竹花一个惊喜，就带上了之前竹花选好的那款洁白的婚纱，我要和竹花举办一场特别的婚礼，而且就在医院的病室中举行，以表白我对她的爱。可能竹花猜到了我的心思，当我第二天早上抱着鲜花、带着婚纱来到她住的那家医院，病房里已住进了一位新的女病友，这位女病友见到我就问："你就是曹一男？"

"是的，我就是曹一男。"我答。

"唉！早来一个小时就好了。你女朋友坐轮椅刚走不久，不过她留下了一封信，说你今天会来，要我一定把信转交给你。"女病友说完把信递给了我。

我急忙拆开信：

亲爱的一男：

　　请允许我最后再这样称呼你一次。虽然我们还没有到民政局去领结婚证，但你我从相识到相知再到相爱，至今已走过了几年的风风雨雨，你给我留下了很多值得怀恋的东西，我会好好珍藏。通过这场暴雨，让我真正读懂了你，你不是属于我竹花一个人的，你是属于大家的，你是属于黄沙坳村全体村民的。尽管铁山那么过分，但在危急关头，你为了铁山的父亲和他老婆，面对那么危险的坍塌现场，没有丝毫犹豫，竟然连自己的生命都不顾，你的胸怀那么宽广，你用行动诠释了一名退伍军人的本色，你是一名优秀的共产党员，是我心中的一面旗帜！那一刻，我真真地被你感动了。我为你感到骄傲，也为黄沙坳村有这么一个支书而骄傲，这是我们黄沙坳人的福气。我还希望在这次村委换届选举中，你能继续当选，你一定可以选上，也一定能选上，而且会满票当选，我有信心。我希望你能把黄沙坳的村民早日带上致富路，早日过上小康生活。请相信，我会默默为你祝福的。今后的路很长，你有你的事业，我有我的追求，为了不影响和拖累你，请允许我选择离开，并请代为向爸妈说声对不起（请允许我最后再这样喊一次。对，我还要说一句，请原谅我把你妈"骗"回了家）。当你看到这封信的时候，或许你妈已经到家了，我也已上了飞机，请不要问我去了哪，也不要为我的不辞而别而伤心，我只能说声对不起！

爱你的花

即日

"竹花，我亲爱的竹花！"我喃喃地喊着，泪已洇湿了信笺。我忙打开病房的玻璃窗，看到楼下进进出出的人群，我想在那里找到竹花的身影，这显然已不可能。楼外一侧是这座城市最繁华的街道，大街上车辆川流不息，一轮红日正从不远处的楼顶喷薄而出……

2018 年 2 月 20 日初稿于船滩

2022 年 7 月 2 日定稿于武宁